ZAKON KRAŃCA ŚWIATA

fabryka słów®
WYDAWNICTWO
MMXVII

KOSSAKOWSKA
MAJA LIDIA

ZAKON KRAŃCA ŚWIATA

TOM I

Ilustracje
Dominik Broniek

fabryka słów®
Lublin – Warszawa

4

Moim Rodzicom i Jarkowi

Prolog

W chwili, gdy duchy postanowiły przemówić do Matki Gwiazd, ta wychodziła z chaty, dzierżąc w ręce wiadro na wodę. Naczynie wysunęło się z bezsilnych palców. Twarz kobiety zastygła w wyrazie całkowitej obojętności, drgały tylko zaciśnięte powieki. Oczy Matki Gwiazd oglądały teraz obrazy niedostępne dla zwykłych śmiertelnych.

Woda, synowa Matki Gwiazd, zauważywszy, co się dzieje, natychmiast odwróciła wzrok. Skupiła się całkowicie na szyciu skór. Jej myśli koncentrowały się wokół trzymanej w palcach igły, równego ściegu i miarowego przewlekania nici. Natychmiast wyparła ze świadomości obraz pogrążonej w transie teściowej. Nawet spojrzenie w jej stronę byłoby niebezpieczne. Dałaby wtedy po sobie poznać, że spostrzegła rzeczy nadprzyrodzone, że zauważyła przybycie duchów. Istoty z innego świata mogłyby się poczuć urażone. Woda zacisnęła usta. Igła śmigała w jej dłoniach. Obecność duchów stawała się dla młodej kobiety nie do zniesienia. Czuła ją niczym podmuchy zimnego wiatru.

Matka Gwiazd zamarła w odrętwieniu.

Dlaczego to tak długo trwa, pomyślała z rozpaczą Woda. Jeszcze chwila, a zwróci na siebie uwagę duchów. Dostrzegą, że odczuwa ich obecność, i porażą ją śmiertelnym tchnieniem albo wydrą z niej duszę i porzucą daleko na pustkowiu, skąd nigdy nie odnajdzie drogi do wioski, nie powróci do swego ciała. Zadrżała ze strachu. Pochyliła się nisko nad szyciem, aby tylko nie spojrzeć przypadkiem w stronę teściowej.

Zamknięte oczy Matki Gwiazd oglądały zamazane, dziwaczne sceny, których stara kobieta nie potrafiła pojąć. Ogromne góry ze szkła. Dziwnie kanciaste skały poznaczone rzędami równych jak wycięte nożem jaskiń, w których ludzie mieszkali niczym w chatach. Przepastne wąwozy o dnach pełnych kłębiących się bez ładu, bezsensownie ubranych ludzi. Sznury dziwnych pojazdów poruszających się, mimo że nie ciągnęły ich zwierzęta.

Matka Gwiazd patrzyła posłusznie na ten chaos, nawet nie próbując dociec, po co duchy roztaczają przed nią podobne wizje. Czekała. W końcu przedstawią jej oczom obrazy, które będzie w stanie zrozumieć. Skały, ludzie, wąwozy i pojazdy przesuwały się coraz szybciej, aż przemieniły się w ciągi migających plam. Drgające kleksy barw zatrzymały się raptownie i zmieniły w znajome kształty. Las. Rzędy wysokich, omszałych pni, w górze kudłate gałęzie sosen. Wciągnęła w nozdrza zapach butwiejącego igliwia, żywicy, mokrych liści. Czuła unoszącą się w powietrzu wilgoć.

Mężczyzna przedzierał się przez niskie zarośla. Z pewnością nie należy do Ludzi, pomyślała Matka Gwiazd, jeszcze zanim zauważyła, że jest cudacznie ubrany i zdecydowanie za duży, żeby urodzić się wśród jej współplemieńców. Mimo imponującej postury wydawał się wychudzony, choć z powodu obcego stroju stara kobieta nie potrafiła ocenić jak bardzo. Miał bladą skórę, znacznie jaśniejszą niż ktokolwiek z plemienia, i jasne włosy, mokre od parującej w powietrzu wilgoci. Rozgarniał krzaki rękoma, a krwawe zadrapania od cierni na dłoniach i ramionach wyglądały jak tatuaże.

Matka Gwiazd wpatrywała się w przybysza z ciekawością. Nie przypominał nikogo z mieszkańców Dalekich Krain, nie wydawał się też podobny do Mówiących Lisów. Miał twarz o ostrych rysach, zbyt wydatnym nosie i kanciastym podbródku. Wyglądał brzydko i obco. Musiał przywędrować z bardzo daleka, prawdopodobnie spoza świata. To dziwne, zdążyła pomyśleć, a wtedy duchy porwały ją ze sobą i podprowadziły bliżej.

Usłyszała świszczący oddech nieznajomego, uderzenia serca boleśnie obijającego się o żebra. Widziała mokre od potu kosmyki oblepiające czoło, zapadnięte policzki ze śladami niestarannie zdrapanego zarostu, spierzchłe usta półotwarte z wysiłku. Pomyliła się. Mężczyzna nie był po prostu wycieńczony. Znajdował się u kresu sił.

Minie jeszcze wiele dni, zanim dotrze do wioski. Gdyby ktokolwiek z plemienia mógł go teraz widzieć, powiedziałby, że nie dożyje rana. Ale Matka Gwiazd wiedziała, że osiągnie cel. Zrozumiała to, gdy tylko spojrzała w szare jak tafla Wielkiej Wody oczy, w których płonęło zupełne szaleństwo. Nieznający przeszkód, niepokonany, przerażający ogień bogów.

Stara kobieta natychmiast odwróciła wzrok. Pochyliła z pokorą głowę, nie śmiąc spojrzeć na świętego człowieka, który podążał Ścieżką ku Drzewu. Zaintonowała cicho dziękczynną pieśń dla duchów, które pozwoliły jej zobaczyć wydarzenie niezwykłej wagi. Wybraniec bogów ma przybyć do wioski. Istoty z innych wymiarów nie interesowały się upływem czasu, więc Matka Gwiazd nie była pewna, czy obcy pojawi się w osadzie jeszcze za jej życia, ale przeczucie podpowiadało, że może na to liczyć.

Mężczyzna z uporem przedzierał się przez zarośla. Na plecach miał dziwny, kanciasty worek obwieszony brzękającymi przedmiotami. Niejeden prawdziwy Człowiek roześmiałby się serdecznie na myśl, że ta pokraczna istota może być Idącym ku Drzewu, ale Matka Gwiazd nie wątpiła. Wciąż widziała twarde, przerażające postanowienie płonące w głębi szarych jak agaty oczu. Moc podźwignięcia z gruzów tego, co doprowadziło się do upadku.

Rzeczywistość pękła nagle na kawałki jak upuszczony gliniany dzban. Matka Gwiazd znów znalazła się na progu chaty. Nabrała głośno powietrza.

– Wskrzesiciel – powtórzyła szeptem słowa duchów. – Jeden z tych, którzy podniosą z ruin dawny porządek.

Woda drgnęła zaskoczona. Czubek igły poderwał się w górę i ukłuł młodą kobietę w palec. Pisnęła ze strachu. Gdyby duchy nie odeszły, zapach krwi z pewnością zwróciłby ich uwagę.

Matka Gwiazd prychnęła z pogardą.

– Uważaj, jak szyjesz – rzuciła. – Poplamisz pięknie wyprawioną skórę.

Synowa w milczeniu pochyliła się nad robotą.

Stara kobieta sięgnęła po wiadro, po czym kołysząc się na boki, podreptała ku studni. W drodze natknęła się na Ciągła, swego młodszego syna.

– Ktoś idzie Ścieżką ku Drzewu – powiedziała.

Twarz mężczyzny ściągnęła się w wyrazie niepokoju.

– Czy coś nam zagraża? – spytał.

Matka Gwiazd uśmiechnęła się krzywo.

– Duchy obdarzyły mnie dodatkową parą oczu – mruknęła – oraz głupim i tchórzliwym synem. Cóż, nie można mieć wszystkiego.

Wyminęła Ciągła, który został na ścieżce z rozdziawionymi ze zdumienia ustami.

TUTAJ

Rozdział 1

Rozpostarł ręce, wciągnął do płuc haust zimnego, czystego jak kryształ powietrza i zaczął biec. Ubita ziemia pod stopami była twarda, pozwalała na pewne, sprężyste odbicie. Przed sobą widział ciemną, połyskliwą wstęgę rzeki. Wydłużył kroki. Biegł szczytem wysokiego wału przeciwpowodziowego. Zbocza nasypu porastał gąszcz trawy i ziół rozedrgany cykaniem świerszczy, gładzony szerokimi dłońmi letniej nocy. Powietrze przesycał zapach roślin i świeżej, wilgotnej ziemi. Trzciny na brzegu rzeki kołysały się z szelestem, który brzmiał jak szept. Woda połyskiwała oleiście. W górze, na czarnej płachcie nocy, lśniły maleńkie, zimne gwiazdy.

Oddychał głęboko, kroki stawały się coraz dłuższe, miarowe, pewne. Gdzieś w sercu narastało dobrze znane, niemal ekstatyczne uczucie wyzwolenia i szalonej radości, zapowiadające łatwe, owocne przejście. Czuł, że tym razem dotrze do celu. Serce waliło jak szalone, jakby euforia miała rozerwać je na strzępy. Ale umysł musiał pozostać chłodny. Skupienie było jedyną gwarancją sukcesu. Pozwolił sobie tylko na przelotną myśl, że idzie nieźle. Biegł.

Już nie dotykał ziemi, unosił się ponad szeroką ścieżką wydeptaną w trawie porastającej szczyt nasypu. Szybował z rozłożonymi ramionami, powoli nabierając prędkości. Nagle wystrzelił w górę. Gwiazdy rozmazały się w jasne smugi, niebo skręciło wokół niego jak spirala, pęd powietrza wcisnął oddech z powrotem do płuc, ciśnienie zdawało się rozsadzać mu klatkę piersiową, w głowie szumiało. Świst wiatru ogłuszał. Pęd szarpał włosami i ubraniem. Ciemność przecinały wstęgi świetlistych barw. Słyszał dźwięk podobny do chichotu czy szlochu, choć w uszach brzmiał tylko miarowy wizg. Skóra płonęła, chociaż przejściu towarzyszył przenikliwy chłód. Krztusząc się zimnym jak lód powietrzem, wirował między iskrzącymi się, zamazanymi galaktykami przepełniony radością i triumfem obcym istotom śmiertelnym.

Opadł równie raptownie, jak poszybował w górę. Zobaczył przed sobą zadbany, dyskretnie oświetlony park. Widocznie po drugiej stronie wciąż panowała noc. Całe szczęście. Ułatwi to lądowanie, najtrudniejszą część operacji. Na razie przejście jeszcze się nie dokonało. Obraz parku wydawał się dziwnie przerysowany i lekko nieostry, jak widziany przez grubą, mleczną szybę. Teraz trzeba wybrać możliwie ciemne i ustronne miejsce, żeby opaść. Jest. Zaułek z ławką, obrośnięty gęstymi krzakami podobnymi do głogu. Park wydawał się wyludniony. Tylko ostrożnie. Powoli i ostrożnie. Niczego nie wolno zaniedbać.

Nabrał głęboko powietrza, starając się uspokoić walące jak młot serce. Teraz. Skulił się, przybrał odpowiednią pozycję i spadł na perłową taflę dzielącą go od szczytów dorodnych kasztanowców. Otworzyła się lekko jak woda. Przejście się dokonało. Przez chwilę przed oczami widział oślepiające bryzgi światła, skóra paliła, wzdłuż kręgosłupa przebiegały fale dreszczy, ale dolegliwości szybko ustąpiły. Klęczał na żwirowej ścieżce obok ławki. Sekundę trwał jeszcze z brodą przyciśniętą do piersi, osłaniając ramionami głowę. Stary dobry nawyk pozwalający uspokoić oddech, uniknąć mdłości i przekonać się, że przejście przebiegło normalnie.

Wstał szybko, otrzepał spodnie. Skrzywił się, bo żwir boleśnie powbijał się w kolana. Rozejrzał się. Jego twarz błyskawicznie przybrała wyraz spokojnej obojętności. Wyglądał jak ktoś, kto właśnie wstał z parkowej ławki, by po krótkim odpoczynku kontynuować przechadzkę. Tylko oczy patrzyły bystro i czujnie.

Odetchnął z ulgą. Był sam. Wolnym krokiem ruszył w stronę głównej alei. Latarnie jeszcze nie zgasły, choć niebo już różowiało, zapowiadając poranek. Spojrzał na maleńki złoty żarnik zamknięty w kloszu mijanej właśnie lampy. Wyglądał jak złota rybka w słoju, ale nie spełniłby nawet jednego drobnego życzenia. Po prawdziwej stronie byłby bezużyteczny. Wyrwany ze szklanej kuli świeciłby dwa, może trzy dni słabym blaskiem, a potem umarłby bezpowrotnie.

Park, cichy o brzasku, cały w różach i fioletach budzącego się dnia, wydawał się najspokojniejszym miejscem we wszechświecie. Świeża zieleń drzew i krzewów koiła wzrok.

Na razie wszystko wygląda pięknie, pomyślał ostrożnie, bo nauczył się nie ufać szczęśliwym trafom i pięknym widokom. Starał się nie rozglądać, nie rzucać w oczy. Odruchowo wsadził ręce w kieszenie kurtki, ale szybko skorygował błąd. Zbytnia nonszalancja nie była tu na miejscu. Nie przypuszczał, żeby ktokolwiek w tej części miasta spacerował rankiem po parku z dłońmi w kieszeniach. Minął zakręt ścieżki, zobaczył wysoką pergolę porośniętą nieznanym mu pnączem o kolorowych kwiatach. Za szpalerem równo przyciętych krzewów alejka, którą szedł, łączyła się z szeroką, wysypaną żwirem drogą. Klomby, fontanna, drzewa i górka porośnięta pięknymi płożącymi się jałowcami. Żadnego budynku, tylko gąszcz zieleni. Drobne kamyki pod stopami nie chrzęściły. Panowała cisza. Zupełna cisza, pomyślał i poczuł chłodny dreszcz wzdłuż kręgosłupa. Żadnych ptaków, szelestu liści, nawet krople wody tryskające z fontanny wpadały bezgłośnie do marmurowej misy.

– Ogród Ciszy – szepnął do siebie.

Gdzieś głęboko w środku obudziły się nagle dwa znajome uczucia. Niepokój i podekscytowanie. Jeszcze nie był pewien, czy rzeczywiście dostał się w miejsce tak obiecujące i niebezpieczne zarazem. Oblizał suche nagle wargi. Sytuacja wymagała ostrożności i perfekcji. O niebo większych niż zazwyczaj. Dobra, pomyślał, jeśli naprawdę wylądowałem w Ogrodzie Ciszy, to gdzie właściwie jestem? Odpowiedź nasuwała się sama. Na pewno gdzieś w Górnym Mieście.

– W porządku – szepnął. – Na razie idzie nieźle.

Minął fontannę. Woda kapiąca bezgłośnie wydawała się dziwnie nierzeczywista. Nieduży cylinder wygłuszacza ukryto prawdopodobnie wewnątrz marmurowego cokołu podtrzymującego misę. Na dole, gdyby go odpowiednio podrasować, mógłby służyć jako doskonałe urządzenie rejestrujące dźwięk. Dwa cylindry zapewniały komunikację na odległość. Czasem zasięg był tak duży, że pozwalał kontaktować się nie tylko z oddalonymi od siebie dzielnicami, ale nawet z sąsiednimi miastami. Cenny pryz, ale żeby go dostać, musiałby rozwalić fontannę. Pierwotniak na pewno by tak zrobił. A potem zwiał. I zmarnował szansę na znalezienie czegoś bardziej wartościowego. Górne Miasto oferowało lepsze łupy niż wygłuszacz dźwięków gwizdnięty z fontanny. Choć, trzeba przyznać, ręce trochę świerzbią. Z westchnieniem zostawił fontannę za sobą.

Wysokie drzewa i krzewy przesłaniały widok. Wciąż nie potrafił się zorientować, co się znajduje za ścianą zieleni. A mogło tam być wszystko. Cenna nagroda. Przykre rozczarowanie. Albo śmierć. Bezwiednie wydłużył krok. Twarz miał ściągniętą, pobladł lekko. W czujnych, bystrych oczach obudził się niepokój. Już nie przypominał spacerowicza. Wściekły, złapał się na tym, że galopuje główną aleją niczym koń, który dostrzegł stajnię. Zwolnił. Starał się możliwie rozluźnić napięte mięśnie karku i ramion.

– Skąd te nerwy, Berg? – mruknął, słuchając tłukącego serca.

Spokojnie, przecież nie ma lepszego od ciebie. Jesteś Grabieżcą, elitą elit i królem królów. Nigdy cię nie dostali. Wracasz do domu z łupami, o których inni nawet nie mogą marzyć, a skaldowie układają o tym pieśni. Bo masz nerwy ze stali, umysł jak kryształ i talent jak jasna cholera. A teraz spacerujesz sobie po parku i jesteś jednym z nich. Mędrcem poszukującym natchnienia. Czystym duchem ponad wodami. Wdychasz balsamiczne powietrze. Medytujesz z gwiazdami, chmurami i niebem. Składasz hołd nowemu dniowi, patrząc, jak pierwsze promienie słońca rozpraszają ciemność nocy. Jesteś świetlisty niczym wybuch bomby atomowej i przepojony najwyższymi wibracjami. Wczuwaj się, Berg, bo inaczej nigdy nie wrócisz do domu.

Górne Miasto było szczególnie niebezpieczne. Dobrze o tym wiedział. Mnóstwo skarbów i jeszcze więcej niebezpieczeństw. Jasne, że doskonale go strzegli. Mieli powody. A to znaczy, że nie można sobie pozwolić na żaden błąd. Tacy, którzy stracili tutaj nerwy, najczęściej tracili też życie.

Jeszcze parę kroków. Zaraz powinna ukazać się brama. Nie, cholera. Między drzewami zamajaczył biały fronton budynku. Berg mimowolnie zacisnął dłonie. Oddychał szybko przez uchylone usta. Słyszał łomot pulsującej w skroniach krwi. Zmrużył oczy, żeby lepiej widzieć. Nie, nie może się mylić.

– Jezu – szepnął bezgłośnie. – To Biblioteka.

Przełknął ślinę. Usta miał suche jak wiór. Bał się, że widać po nim zdenerwowanie. Przyszedł czas, żeby zastosować formułę Paxa. Zmienić postawę ciała, a napięcie opadnie samo jak zbyt obszerna koszula.

Odetchnąć głęboko. Nie zaciskać pięści. Nie gapić się na Bibliotekę. Popatrzeć na coś ładnego, na przykład kwiaty. Zwolnić i wydłużyć krok. Nie kulić się, nie napinać mięśni jak zwierzę przed walką. Odprężyć się. To proste. Zmieniasz postawę, a napięcie pryska. No i super. O to chodziło.

Wyćwiczone, świetnie przygotowane ciało zareagowało odruchowo. Nikt nie posądziłby o zdenerwowanie jasnowłosego mężczyzny, spacerującego alejami otaczającego gmach parku. Z umysłem było więcej kłopotów. W głowie wciąż piszczał cienki, zachrypnięty z ekscytacji głosik: „O Jezu, Berg! To Biblioteka! Człowieku, to naprawdę ona!". A w tle pobrzmiewał ponury refren: „Jeden fałszywy ruch i gryziesz piach, facet". Berg dobrze znał ten histeryczny duet. Pewnie miał z nim do czynienia niejeden Grabieżca. Abordaż czasem sprzyjał lekkiemu rozchwianiu emocjonalnemu. Ale istniał prosty sposób, który natychmiast przynosił uspokojenie. Wystarczyło dopuścić do głosu profesjonalistę. Uświadomić sobie, że każdy skok jest w sumie taki sam. Trzeba trzymać się reguł i nigdy nie poddawać panice. Nowy dzień, nowy abordaż. Taki zawód.

Biały budynek przybliżał się. Biblioteka. Jedno z najlepiej strzeżonych, obwarowanych jak twierdza miejsc w mieście. Centrum edukacji i myśli technicznej. Skarbnica wiedzy. I wspaniały, szalony, nieprzytomny pryz.

Oblizał usta i stwierdził, że wyszczerza się w radosnym, złym uśmiechu. Cztery lata musiał czekać, żeby trafić tutaj ponownie. Oczywiście, nie mógł poznać budynku od razu. Nigdy jeszcze nie wchodził od frontu, od strony parku. Zawsze wyrzucało go przy bocznych drzwiach. A przecież gmach był olbrzymi. Wszedł do Biblioteki trzy razy w życiu. Raz za to, co wyniósł, żył potem przez pół roku.

Wiedział, że budynek jest zawsze otwarty. I zawsze pełno w nim chętnych dupków zgłębiających drogę duchowego oświecenia. Adeptów, alumnów, akolitów, poszukujących, początkujących i uczniów, szalonych półświętych starających się gorliwością zasypać przepaść dzielącą ich od mistrzów. Bo ukochani idole – sami Oświeceni czy jak lubili się zwać – także zaglądali czasem do Biblioteki.

Berg uśmiechnął się krzywo. Jasne, że zaglądali, ale nigdy o poranku. Ta pora była odpowiednia do ćwiczeń duchowych tylko dla poszukiwaczy wiedzy stojących znacznie niżej w hierarchii.

Cóż, widać osiągnięcie najwyższego poziomu samouświadomienia pozwala się przynajmniej wysypiać.

W miarę jak zbliżał się do budynku, narastało w nim radosne podniecenie. Czuł się niczym lis podkradający się do kurnika pełnego tłustych, sennych kur. Pryz! Pryz! Pryz! – waliło wesoło serce, bo Berg uświadomił sobie właśnie, że abordaż może pójść łatwiej, niż się spodziewał. O cudownym, bladym jak lica chorowitej ascetki poranku nikt z Oświeconych nie pofatyguje się do Biblioteki, więc niebezpieczeństwo wpadki malało proporcjonalnie do wartości spodziewanego łupu.

Kto rano wstaje, temu Pan Bóg daje. W każdym razie jakiś osobisty bóg Grabieżców. Dzielnych Robin Hoodów swojego świata. Do przodu, Berg. Na wiking. Na zajazd. Na chąsę. Do abordażu. Biblioteka jest twoja.

Wyszedł na obszerny plac wysypany żwirem. Kroki stawiał niespiesznie, spokojny, rozluźniony, bez uśmiechu. W Górnym Mieście uśmiechy były rzadkie jak egzotyczne ptaki. Mądrość nie tolerowała radości.

Olbrzymi, biały budynek rozparł się pośrodku placu niczym paskudny, wielooki smok. Złowrogie błyski lśniły w ślepiach niezliczonych okien, dwa pasma szerokich, płaskich schodów wystawały z paszczy drzwi jak rozdwojony język. Kamienny Argus nie spał. Czuwał przyczajony, gotów pożreć śmiałka, który wtargnął tu bezprawnie.

Berg uniósł głowę, zmierzył wzrokiem fasadę. Budowla miała zdecydowanie zbyt dużo ozdób. Wszędzie tłoczyły się alegorie, symbole i emblematy o skomplikowanych kształtach. Dziewice w powłóczystych szatach. Nagie grubaski potrząsające rogami obfitości lub wieńcami ludzkich czaszek. Mandale. Dziwaczne przedmioty przypominające tłuczki. Podwójne topory. Ornamenty z liter i znaków graficznych nieznanego pochodzenia. Wyobrażenia zwierząt. Rogaci mężczyźni przycupnięci u stóp bogiń. Wszystko to stłoczone na ścianie frontowej. Postacie zamarłe w nienaturalnych pozach zdawały się spychać nawzajem z niezliczonych wąskich gzymsów. Całość sprawiała wrażenie jakiejś oszalałej impresji na temat Orientu. Pysk Argusa był dosłownie pokryty parchami rzeźb. W złotym blasku wstającego słońca, które bezlitośnie wydobyło ostre kontrasty światła i cienia, budynek wyglądał wyjątkowo szkaradnie.

Berg powoli wstępował na schody, a jego stopy wybijały radosny rytm. Pryz. Pryz. Pryz.

W parku i na dziedzińcu było zupełnie pusto. Nieśledzony, nienagabywany przez nikogo wkraczał do Biblioteki o cichym, złotym poranku, porze wymarzonej dla drapieżnika.

Mijając wielkich kamiennych strażników, przycupniętych u stóp schodów, poczuł charakterystyczne, dobrze znane ukłucie chłodu w lewym ramieniu. Ukryty pod tuniką i kurtką tatuaż ożył. Chłód zmienił się w promieniujące zimno. Poziom mocy był bardzo wysoki. Jednak Berg się nie zawahał. Wchodził po stopniach pod obojętnym spojrzeniem kryształowych ślepi, ogromnych jak dwie męskie pięści. Wewnątrz każdego klejnotu kryła się śmiercionośna broń. Maleńka kropla trucizny, ślad pozostawiony przez Mistrzów Blasku. Przekleństwo rzucone na głowę każdego, kto nie jest namaszczonym przez nich wybrańcem. Czujniki potrafiły natychmiast wykryć i obezwładnić obcego, a nieszczęśnikowi, uwięzionemu niczym owad w pajęczej sieci, pozostawało tylko czekać na przybycie mścicieli. Chyba że był Grabieżcą. Właścicielem unikalnej, jedynej w swoim rodzaju przepustki, pozwalającej złamać zabezpieczenia Mistrzów Blasku. Żyjącego tatuażu, uzyskanego jako zwieńczenie procesu inicjacji. Swoistego dyplomu ukończenia szkoły przy gildii Grabieżców. Kiedy gildia i szkoła jeszcze istniały.

Berg niespiesznie pokonywał stopnie. Ręka drętwiała z zimna, ale wyrysowana głęboko pod skórą końska czaszka, obrońca i przyjaciel, nie zawodziła nigdy. Bestia z laurową gałęzią i bestia z obnażonym mieczem nawet nie drgnęły. Nie porwały się z miejsc, żeby jednym uderzeniem łapy zmieść z powierzchni ziemi złodzieja, który włamywał się na uświęcony teren Biblioteki. Były tylko kiczowatymi posągami, co z tego, że wielkimi na cztery metry.

Berg miał przelotną ochotę położyć palec na ustach i szepnąć do nich „ciiiii", ale lata praktyki dały o sobie znać. Naczelna zasada pozyskiwaczy brzmiała: nie rób niczego, co może zwrócić uwagę. Utrata czujności oznaczała rychłą katastrofę. Berg doskonale wiedział, że zbytnia pewność siebie kończy się klęską. Nie zdoła zapomnieć, jak skończyli tacy, którzy poczynali sobie zbyt śmiało. Przed oczami stanął mu niespodziewanie obraz z dalekiej przeszłości. Scena, która czasem powracała w ciężkich, niespokojnych snach po nieudanych przejściach. Widok zmasakrowanego ciała Luki, pociętego na kawałki siecią Stockla. Krew była wszędzie, jakby szkarłat wyparł czy pochłonął pozostałe barwy. Pokrywała lepką, śliską warstwą ściany, podłogę, maszyny i koję Luki. Pamiętał białą jak papier, kamienną twarz Paxa, kiedy wepchnął do azylu Berga i jeszcze dwóch innych szczeniaków, żeby popatrzyli.

– Jak pieprzony Porfirogeneta – powiedział wtedy Pax. – Tylko odwrotnie. Zapamiętajcie sobie na zawsze. Tego cesarza zgubiła pycha. I całe jego wielkie Bizancjum. Na abordażu nigdy nie jesteście bezpieczni. Nawet jeśli stoicie na środku pustyni, nie wolno wam nabrać pewności, że nikt was nie obserwuje.

Berg nie miał wtedy pojęcia, o co Paxowi chodzi. Mógł tylko patrzeć, jak ciało Luki rozpada się na krwawe, czerwone klocki niczym zabawka jakiegoś szalonego olbrzyma, i walczyć z atakiem mdłości. Nie potrafił uwierzyć, że te poszatkowane kawały mięsa to naprawdę Luka, bezczelny, roześmiany, arogancki mężczyzna, któremu tak bardzo pragnął dorównać.

Tamten drugi chłopak, który odpadł tak szybko, że Berg nie zdołał zapamiętać jego imienia, rzygał na podłogę, a trzeci, Sebastian, stał sztywno z zaciśniętymi powiekami. Śmierdziało wymiocinami i ostrą, zwierzęcą wonią krwi. W azylu kręcili się gorączkowo jacyś pozyskiwacze, ale Berg ich nie dostrzegał. Pamiętał tylko Paxa. Twardą, kościstą dłoń na swoim ramieniu. Spokojny, rzeczowy głos.

– Ty to sobie szczególnie zapamiętaj, synu. Bo będziesz kiedyś dobry. Lepszy od niego. – Ruchem głowy wskazał ześlizgujące się z koi elementy szalonej, anatomicznej układanki. – Nie pozwól, by zabiła cię brawura. To nie gra, Berg. To walka o przetrwanie naszego świata. Rozumiesz?

Berg z trudem skinął głową. Miał wtedy szesnaście lat. Teraz przekroczył trzydziesty piąty rok życia, a walka toczyła się nadal.

Wzdrygnął się. Po latach wspomnienie pozostawało wciąż paskudnie realne.

Spojrzał na swoje palce, zaciśnięte na wielkiej klamce rzeźbionej w kształt splecionych węży. One też były bardzo realne.

– Odbiło ci? – szepnął bezgłośnie. Właśnie złamał kolejną żelazną zasadę pozyskiwaczy. W czasie abordażu nie myśl o niczym prócz samej akcji. I nigdy, pod żadnym pozorem, nie wspominaj kumpli, którzy zginęli.

Nacisnął klamkę.

Wielkie, czarne drzwi, jedyna gładka rzecz na fasadzie budynku, otworzyły się bezszelestnie. Berg zmrużył oczy. Po jasnym świetle poranka wnętrze wydawało się czarne. W półmroku wyraźnie rysowały się tylko dwie szerokie, białe klatki schodowe. Pewnie przestąpił próg. Nigdy się nie wahaj – jeszcze jedna naczelna zasada pozyskiwaczy. Drzwi zamknęły się cicho. Berg spokojnie, bez pośpiechu przemierzał ogromny hol. Pod stopami przesuwały się czarne i białe romby mozaikowej podłogi. Serce waliło jak wściekłe, w głowie kłębiły się sprzeczne myśli, przed oczami migały krótkie jak mgnienie obrazy.

Wszędzie, dosłownie wszędzie stały, wisiały lub leżały przedmioty po prawdziwej stronie warte fortunę. Płaskie, srebrzyste czytniki. Sześciany mocy. Płytki prawdy. Sensor. Prawdziwy sensor. Białawy i obły jak zażywny, tłusty Budda. Lustra poszukiwawcze. Wykrywacze. Wahadła Mingha. Kule remedialne. Skarby.

Czerń, biel. Czerń, biel. Marmurowe płytki posadzki skakały przed oczami. Berg uporczywie starał się nie odrywać wzroku od podłogi.

Nie kradnij przedmiotów, choćby były nie wiem jak cenne, jeśli możesz zdobyć informację o ich budowie, grzmiał mu w uszach chłodny głos Paxa. *Moc przedmiotu wyczerpie się i stanie się bezużyteczny. Schemat pozwoli odtworzyć daną rzecz, tak aby znów mogła służyć ludziom. Myśl perspektywicznie, Berg. Nieważne, że nie zrozumiemy zasady działania. Najważniejsze, że będziemy mieć cuda Oświeconych na własny użytek. Uprawiamy finezyjne rzemiosło, chłopcze. Schematy to większe korzyści i większy zysk.*

Romby na podłodze tańczyły. Wywijały szalone łamańce, tak że nie mógł skupić na nich wzroku. Podniósł głowę. Na postumencie pod szklaną kopułą stał gorejący szkarłatem mentometr Arvaniego. Pulsował jak wielkie, ulepione ze światła serce. Dłonie pozyskiwacza zacisnęły się w pięści. Kostki pobielały.

Jezu, mentometr. Legenda. Niezwykłe urządzenie, o którym mówiono, że potrafi czynić cuda. Uzdrawiać, ratować życie, naprawiać świat, tworzyć geniuszy ze zwykłych ludzi, zło przemieniać w dobro. Kropla boskiej krwi zamknięta w kryształowym kloszu.

Jak go stąd zgarnąć?

Rozejrzał się rozpaczliwie. Urządzenie zdawało się wrastać w kamienny postument. Miało przeszło dwa metry wysokości i metr średnicy. Czerwone, świetliste jądro wewnątrz cylindra rozbłyskiwało i przygasało łagodnie. Fascynowało.

Berg nie mógł oderwać wzroku od kuli szkarłatnego blasku. Wirowała, pulsowała, sypała iskrami. Rosła. Stawała się galaktyką, wszechświatem, biła niczym serce Boga. Jak Arvani zdołał przenieść na dół coś takiego?

Szkarłat rozlał się wokół. I nic już więcej nie było. Krwista, gorąca światłość budziła straszliwą tęsknotę. Berg wyciągnął ręce. Dłonie uderzyły o kryształowy chłód cylindra. Czerwień wzywała. Pragnął roztopić się w niej, zginąć i narodzić na nowo. Znaleźć się wewnątrz tej słodkiej, szaleńczej, smutnej galaktyki i wirować wraz z nią. Nagle blask przygasł. Mentometr drgnął, kula światła skurczyła się, stała się mała jak pięść. Już nie była wszechświatem. Pulsowała szybko.

– *Nie zadowalaj się przedmiotami, Berg* – szepnęła głosem cichym jak tchnienie. – *Rozejrzyj się, spójrz w górę, w górę. Znajdź marzenie, podążaj za marzeniem, Berg... Odejdź. Teraz nie czas. Znajdź swoją ścieżkę. To dzieje się już, już. Słyszę, jak wzywa cię Drzewo. Odejdź, Berg. Odejdź. Odejdź.*

Oszołomiony cofnął się. Mentometr płonął łagodnym, przytłumionym blaskiem. Berg przymknął oczy. Trochę kręciło mu się w głowie. Mgliście pamiętał jakieś słowa, światło, dziwną tęsknotę. Uniósł do oczu obie dłonie. Drżały.

– Jezu Chryste – szepnął. – Mam szczęście, że nikogo tu nie ma.

Przesunął ręką po twarzy. Czuł się rozbity i wytrącony z równowagi. To pewnie przez ten mentometr. Musi być naprawdę potężny. Spojrzał z żalem na urządzenie. Nie ma szans go stąd ruszyć. Nawet gdyby zdołał utrzymać podczas skoku tak wielki ciężar, pewnie by go dorwali jeszcze przed startem. A nie utrzymałby chyba. Za wielki i... *nie chce iść z tobą, Berg* – powiedział wyraźny, wewnętrzny głos.

Szkarłatne serce mentometru biło równo i spokojnie. W budynku panowała cisza. Po raz pierwszy, odkąd wszedł do Biblioteki, Berg poczuł się przytłoczony ogromem budowli. Zdał sobie nagle sprawę, że stoi w gigantycznym labiryncie sal, schodów i korytarzy, pełnym niebezpiecznych i tajemniczych przedmiotów, które niekoniecznie zechcą się poddać jego woli.

Olśnienie przyszło nagle, przynosząc oczywiste rozwiązanie. To Biblioteka. Powinien więc skorzystać z katalogu. Tu musi być coś w tym rodzaju. Wystarczy poszukać.

Ostatni raz spojrzał tęsknie na mentometr i ruszył przed siebie.

Hol kończył się klatkami schodowymi. Berg musiał którąś wybrać. Skręcił w lewo. Tutaj już nie był sam. Kątem oka zauważył, że ktoś zmierza do drzwi. Z ciemności korytarza po lewej stronie wyszła spowita w bury płaszcz kobieta. Nie miał zbyt wiele czasu na podjęcie decyzji.

Nie mógł dopuścić, żeby wzięto go za nowicjusza albo kogoś, kto zgubił się w wielkim budynku. Mieszkańcy Górnego Miasta zawsze byli czujni. Skończyłoby się na serii uprzejmych, ale podchwytliwych pytań, więc po co ryzykować?

Wyminął kobietę w płaszczu i pewnym krokiem zaczął wspinać się na schody. Na piętrze powinny znajdować się cenniejsze zbiory niż na parterze.

Cenniejsze zbiory, pomyślał. Jezu, przecież to Biblioteka! Tu cenny może się okazać nawet świstek z szatni. Radość powoli zajmowała miejsce lęku. Był tu, dostał się do środka. A teraz ma w zasięgu wszystkie spasione, senne kury tego świata.

Szybko znalazł się na półpiętrze. Na ścianie, na wysokości wzroku, wisiały trzy nieduże lustra poszukiwawcze. Ciemne, matowe powierzchnie lśniły oleiście. Cenny łup, ale miał nadzieję na coś lepszego. Już się odwracał, żeby odejść, gdy nagle zrozumiał. Katalog. Właśnie ma go przed sobą.

Pozwolił sobie na uśmiech politowania. Berg, głupku, spodziewałeś się fiszek czy co?

Zbliżył się do luster. Nigdy jeszcze nie używał ich po tej stronie. Na dole pomagały odszukać ludzi i miejsca, czasem pokazywały dziwne obrazy, podobno wieszczyły przyszłość. Niektóre prześwietlały człowieka na wylot i wskazywały zmienione przez chorobę narządy. Kosztowały dużo i zawsze był na nie popyt.

Berg przejrzał się w matowej ciemności tafli. Lustro oprawione w prostą, srebrną ramę zafalowało. Ale pozostało czarne. Wyglądało jak morze nocą. Bardzo głębokie, nieprzewidywalne, choć przyjazne. Berg lubił morze.

Pamiętał z dzieciństwa zapach soli i jodu. Wygładzone jak kość kawałki drewna wyrzucane na brzeg. Szarą, nieskończoną przestrzeń wody. Kiedy był mały, rozmawiał z morzem. Opowiadał mu różne rzeczy, a ono szumiało ze zrozumieniem. Przyjaźnili się w pewnym sensie. Dawne, zagubione wspomnienie wróciło odbite w tafli czarnego lustra. Berg już nie widział w nim swojej podobizny. Patrzył na spokojny przestwór nocnego morza.

– Daj mi coś – powiedział cicho, tknięty nagłym impulsem. – Coś cennego. Coś, czego pragnę. Poprowadź mnie. Proszę.

Rzeczywistość zwinęła się jak spirala. Berg stał nadal wpatrzony w taflę lustra przenoszącego, choć jednocześnie błyskawicznie przemierzał sale i korytarze Biblioteki. Widział zamglone sylwetki studiujących księgi akolitów, minął nawet kilku adeptów, ale oni zdawali się go nie dostrzegać. Śmigał po schodach, przebiegał aule i obszerne hole, przeciskał się między półkami pełnymi woluminów, a czarna tafla lustra falowała i szumiała jak morze. Stracił poczucie czasu. Wszystko to odrobinę przypominało przejście, tylko przebiegające wolniej i znacznie łagodniej. W końcu zatrzymał się przed kręconą klatką schodową z białego marmuru.

Lustro znikło. Berg czuł się dziwnie lekki i nierzeczywisty. Przez dwie, trzy sekundy miał wrażenie, że stał się przejrzysty jak duch. Na ustach miał posmak soli.

Podniósł głowę i zerknął w górę. Klatka schodowa kończyła się krótkim podestem, skąd wiodły dalej trzy szerokie korytarze. Wspiął się po stopniach na piętro. Przystanął i uśmiechnął się do siebie. Teraz powinna zjawić się wróżka i wskazać, który prowadzi ku bogactwom, który ku wielkiej miłości, a który ku nieśmiertelnej sławie. A potem słodkim głosem upomnieć, żeby się przypadkiem nie pomylił. Do kasy tędy i tędy. W pierwszej chwili chciał skręcić w lewo, ale pod wpływem nagłego przeczucia wybrał środkowy korytarz. Na abordażu dobrze jest słuchać intuicji.

Mijał powoli rzędy ciemnych, milczących drzwi. Ustrojone w grube, frezowane kryzy framug wyglądały jak wejścia do grobowców. Ponury ten przybytek wiedzy, pomyślał. Ale czego się można spodziewać. Znał Arkadię panów mądrali lepiej niż ktokolwiek inny. I nie miał wątpliwości, że to paskudne miejsce. Zimne, nieprzyjazne i równie wesołe jak grób.

Na gładkich taflach drzwi fosforycznym blaskiem lśniły napisy. Dziwne znaki nie przypominały żadnego ziemskiego alfabetu, ale Berg, znalazłszy się po drugiej stronie, potrafił je odczytać, a raczej intuicyjnie odgadnąć, co oznaczały. Wpatrzył się uważnie w pajęcze hieroglify na najbliższych drzwiach. „Czara lotusowego spokoju" – głosił napis. Skrzywił się. Kiepsko. Do niczego. Za tymi drzwiami nie znajdzie nic wartościowego. Z następnymi nie było lepiej. „Rozważania o duchu świętości". Kompletny szajs. Przemądrzałe ględzenie Oświeconych. „Efemerydy złotego południa" brzmiały jeszcze gorzej. „Istność a sedno". Zmrużył oczy. Nie. Totalna dupa. Stek bredni. „Szczytność a jawa" – oznajmiały kolejne drzwi.

– I co jeszcze? – mruknął do siebie, lekko zaniepokojony, że jednak źle trafił. – Ciasteczko z napisem: „Zjedz mnie"?

Czarne drzwi zdawały się szyderczo wyszczerzać rzędy świecących hieroglifów. Napisy nie niosły w sobie niczego obiecującego. Same bezwartościowe, nadęte idiotyzmy. Berg zaczął tracić nadzieję. Lustro poszukiwawcze okazało się paskudnym oszustwem. Może było tylko sztuczką Oświeconych. Zwykłym szyderstwem. Brzydkim dowcipem w stylu Mistrzów Blasku. Prawdziwe oświecenie wiąże się z wyrzeczeniem wszelkich pragnień. Twoje marzenia to tylko ułuda, mały człowieczku. Naucz się pokory. Zgłębiaj szczytność, a dostąpisz jawy.

Zawód miał gorzki smak porażki.

Zrobili mnie w konia, pomyślał Berg. Dałem się wrobić jak jakiś pierwotniak.

Dalsze poszukiwania w tym korytarzu nie miały sensu. Nie znajdzie tu nic poza naiwnymi bzdurami dla początkujących. Papką dla zapchania pustych głów akolitów. Będzie musiał zawrócić do podestu schodów i wypróbować inny korytarz. Niedobrze. Stracił dużo czasu, a kręcenie się po Bibliotece może się okazać niebezpieczne.

Wlot bocznego korytarzyka był tak wąski, że o mało go nie przeoczył. Tylko nieco ciemniejsza plama na ścianie wskazywała, że w tym miejscu znajduje się przejście. Starannie zamaskowane przed wzrokiem postronnych. Jedynie Oświeceni lub doskonale wyszkoleni adepci potrafiliby je zauważyć, ale nie przekroczyć. Do tego był potrzebny specjalny klucz albo nieprawdopodobny talent. Berg uśmiechnął się. Talent, który mają Mistrzowie Blasku i niektórzy nieliczni Grabieżcy. Na przykład on.

Rozejrzał się uważnie. Na szczęście nadal był w korytarzu sam. Nawet jeśli, otwierając przejście, uruchomi jakiś alarm, fizyczny czy mentalny, prawdopodobnie zdąży zgarnąć łup i uciec. Tylko głupiec zrezygnowałby teraz z ryzyka. A Berg za takiego głupca się nie uważał. Podszedł do ściany. Oparł o nią płasko obie dłonie i przymknął oczy. Bardzo wyraźnie wywołał pod powiekami obraz iluzorycznej zasłony. Fałszywe cegły stały się przejrzyste jak szkło. Skoncentrował się i zaczął ostrożnie przekształcać w myślach szklistą powłokę w bladą, cieniutką jak bańka mydlana błonę. Oglądane pod zaciśniętymi powiekami cegły zafalowały. Wybrzuszyły się, drgnęły i zaczęły rozpływać. Berg zwarł z wysiłku zęby. Z trudem starał się utrzymać przed oczami obraz cegieł z cieniuteńkiej błonki. Wreszcie ściana zadygotała i pojawiło się wejście przesłonięte zasłoną z opalizujących tęczowo mydlanych baniek. Berg pozwolił sobie na leciutkie westchnienie ulgi. Czuł, że dłonie wciąż trzyma oparte o cegły, ale mur stał się jakby odrobinę cieplejszy. Teraz powinien zmusić bańki, żeby pękały kolejno, cicho i łagodnie. Zaczął od dolnej warstwy, najbliżej podłogi. Skoncentrował całą siłę woli na obrazie bladych, pękających pęcherzyków powietrza. Znikały niemal bezszelestnie. Niebawem Berg poczuł delikatne mrowienie w palcach. Otworzył oczy. Tynk i cegły rozwiewały się pod dotykiem jak mgła. Po chwili mógł spojrzeć w ciasną, słabo oświetloną odnogę korytarza.

Zimno w ramieniu zakłuło gwałtownie. Berg zmrużył oczy.

– A, więc nie obeszło się bez pułapki – mruknął. – No, pokaż się, draniu. Gdzie jesteś?

Zatrzymał się w pół kroku. Wiedział, że powinien wystrzegać się gwałtownych ruchów. Uważnie przesuwał wzrokiem po krawędzi powstałej szczeliny. Cegły. Zaprawa. Resztki tynku. I cieniuteńki, matowy paseczek czerni. Sieć Stockla.

Uśmiechnął się krzywo. Nieźle. To znaczy, że korytarz kryje coś ważniejszego niż zapomniane od dawna obsesje jakiegoś trawionego nieufnością do kolegów Oświeconego. Powoli, możliwie płynnym gestem sięgnął do kieszeni. Od razu wyczuł znajomy kształt małego metalowego prostokąta. Błyskawicznym ruchem wydobył płytkę i przyłożył do ciemnego pasemka na ścianie. Przylgnęła natychmiast. Wyryte w metalu znaczki zadrgały i rozpłynęły się niczym stopione. Płytka powoli od dołu zaczęła zmieniać kolor. Berg poczekał, aż ze srebrnej stanie się zupełnie rdzawa, przybierając barwę miedzi. Pasek w ścianie zmatowiał, jakby spopielał. Sieć Stockla była martwa.

– Mam cię – powiedział cicho i wszedł do środka.

Chyba nie wywołał żadnego alarmu, ale nie mógł być niczego pewien. Poza tym, że musi się spieszyć. Czas zawsze działał na niekorzyść Grabieżców.

Tym razem uderzenie zimna w ramieniu było silne jak ból. Berg natychmiast zastygł w bezruchu. Bał się nawet głębiej oddychać. Napięte mięśnie drgały.

Jezu, jest coś jeszcze, pomyślał w panice. Prawie się w to władowałem.

Ostrożnie, bardzo powoli obrócił głowę. Lewa ręka pulsowała bólem. Miał wrażenie, że zamieniła się w bryłę palącego lodu.

– Co to za cholerstwo? – wyszeptał.

Dawno nie natknął się na tak potężną zasadzkę. Czuł, że jest o krok od nadepnięcia na minę. Wpatrywał się w ściany i podłogę tak intensywnie, aż oczy zachodziły łzami, ale niczego nie mógł dostrzec. Jeszcze raz zaryzykował powolny, płynny ruch głową.

Jest. Ledwo dostrzegalny błysk między marmurowymi rombami podłogi. Czarna bomba. Nie ma wątpliwości. Teraz widział już mikroskopijną jak ziarnko maku kuleczkę ukrytą w szczelinie posadzki.

Mokra od potu tunika lepiła się do pleców. Czarna bomba tkwiła w podłodze jak beznamiętne, złowieszcze oko pająka. Berg oblizał spierzchnięte usta. Dla wkraczającego tu akolity, uzbrojonego w odpowiednie klucze i remedia, była całkowicie niegroźna. Podobnie jak schowana w ścianie sieć Stockla. Ale Berg nie miał kluczy ani remediów. Zostawała mu tylko niezbyt potężna i zdecydowanie zbyt często zawodna smolna łza. Mały kawałek miękkiej jak plastelina, czarnej substancji, od której zależało teraz jego życie.

Wolno, rozpaczliwie wolno, klatka po klatce niczym w animowanym filmie, sięgnął ponownie do kieszeni. Palce natrafiły na ciepławą, szorstką powierzchnię łzy. Ugniatał ją delikatnie, starając się naładować broń jak największą dawką emocji. Nic się nie liczyło. Pryz, czarna bomba, Biblioteka. Została tylko wola życia, która ściekała z palców, napełniając łzę siłą do walki. Gęsta, złota jak miód, świetlista substancja. Miał ją cały czas przed oczami. Wtedy gdy wyszarpywał rękę z kieszeni i rzucał łzę na podłogę. Wtedy gdy czarna, napełniona płynnym złotem kulka potoczyła się ku szczelinie między marmurowymi płytami, gdzie czaiło się złowrogie ślepie pająka. I wtedy gdy łza roztopiła się, żeby otulić ziarno maku i na zawsze zamknąć w swoim wnętrzu.

Ból w ramieniu ustąpił. Berg oparł się plecami o ścianę, żeby nie upaść. Nogi miał jak z gumy. W szczelinie podłogi tkwiła smolna łza, stwardniała teraz i lśniąca niczym kawałek obsydianu. Czarna bomba w jej wnętrzu była martwa.

Berg wypuścił wstrzymywane od kilku sekund powietrze. Przesunął dłońmi po twarzy. Skórę miał zimną i bladą jak marmur. Gdyby łza nie zadziałała, już byłby martwy. Z wysiłkiem odkleił się od ściany. Nogi utrzymały go z trudem, drętwe i ciężkie jak kłody. Nic nie wskazywało na obecność innych pułapek. Tatuaż nie wysyłał żadnych sygnałów. Mimo to Berg z trudem zmusił się do stąpnięcia na płytę marmuru, pod którą była ukryta czarna bomba. Wszędzie, w każdym załomie muru, mogła się czaić kolejna zasadzka. A końska czaszka na ramieniu któregoś razu go nie ochroni. Dreszcz za dreszczem przebiegał po kręgosłupie pozyskiwacza. Przepocona tunika nieprzyjemnie ziębiła plecy.

– Masz paranoję, stary – mruknął.

Starał się bezskutecznie opanować drżenie rąk. Minęła dobra chwila, zanim zdobył się na trzeźwą ocenę sytuacji. Jak dotąd miał mnóstwo szczęścia. Dwukrotnie uniknął śmierci, dostał się do pilnie strzeżonego korytarza i nie natknął na nikogo po drodze. Rzadko spotykany zbieg wspaniałych okoliczności. To mógł być bardzo udany abordaż. Lustro poszukiwawcze jednak nie kłamało.

Doszedł do siebie na tyle, żeby się rozejrzeć.

Rzędy masywnych, czarnych drzwi ciągnęły się tylko z jednej strony korytarza. Wystarczył rzut oka na pierwszy napis, żeby na twarzy Berga pojawił się krzywy uśmieszek.

– Wypchajcie sobie szczytność waszymi efemerydami – szepnął. – Wygląda na to, że na razie idzie nieźle.

Wątłe litery pod grubym gzymsem framugi oznajmiały: „Krynice uzdrawiających mocy". Najprawdopodobniej leki. Obiecujące. Sprawdził następne drzwi. „Materia w ruchu – energie złotego środka". Genialnie. Paliwa i technologie napędowe.

Serce Berga zaczęło szybciej bić. Pomylił się. To dużo więcej niż udany abordaż. To będzie nieprawdopodobny pryz. Lustro poszukiwawcze jednak go nie zawiodło. Podziękował w duchu ciemnemu morzu w srebrnych ramach. Przed oczyma miał cudowne wizje spokojnych lat w dostatku. Dotknął rzeźbionej framugi, jakby nie mógł uwierzyć w jej istnienie. Była bardzo zimna. Palce Berga ślizgały się po polerowanym drewnie. Ze zdenerwowania zaczęły mu się pocić dłonie.

– Boże, ten skok może mnie ustawić do końca życia – wymamrotał.

Usta miał suche, jakby powleczone warstwą gipsu. Serce wykonywało pomiędzy żebrami dziwaczne podskoki jak egzotyczne zwierzę załadowane siłą do klatki.

Zerknął na następny napis. Fosforyzujące znaki tańczyły mu przed oczami. „Siła i moc. Tajemnice kręgów wiedzy". Oszołomiony, cofnął się odruchowo o kilka kroków. Zamrugał i znów spojrzał na drzwi.

– Nie wierzę – wyszeptał.

Miał przed sobą nieoceniony skarb. Jedną z tajemnic Mistrzów Blasku. Prawdopodobnie tę najważniejszą. Jak wpływać na rzeczywistość i kształtować ją wedle woli. Nawet jeśli księgi za drzwiami kryły tylko podstawy tej wiedzy albo uproszczoną, niepełną wersję dla laików, i tak dostał właśnie w ręce świętego Graala. I złote runo. I kamień filozoficzny. I wejściówkę do raju.

Błagam, niech się tylko nic nie spieprzy, pomyślał nieprzytomnie. Ale ta dziwaczna modlitwa wywołała w umyśle nieprzyjemne, złowróżbne echo. Nie może być aż tak dobrze. Cuda takiego formatu po prostu nie istnieją.

Berg zadrżał. Po drugiej stronie złe przeczucia miewają wartość alarmowych dzwonków. Ale cokolwiek się wydarzy, teraz się nie wycofa. Podobna myśl nawet mu nie przebiegła przez głowę. Nie wtedy, gdy znalazł się o krok od najcudowniejszego pryzu tysiąclecia. I szansy, żeby stać się zbawcą ludzkości. Bardzo, bardzo bogatym zbawcą ludzkości.

Odetchnął kilka razy głęboko i spokojnie, rozluźnił napięte mięśnie. Cud czy nie, nie ma czasu stać bezczynnie pod drzwiami. I tak wygląda podejrzanie.

Ostrożnie położył dłoń na klamce. Chłód ukąsił go w palce. Chwila, w której trzeba otworzyć drzwi sezamu, nadeszła. Mimo to Berg zamarł na moment w bezruchu.

– Dobry Boże – powiedział bezgłośnie. – Niech się uda, proszę.

I nacisnął klamkę.

Jaskrawe światło, które dosłownie buchnęło spoza uchylonych drzwi, oślepiło go na moment. Potknął się w progu, więc oczywiście zwrócił na siebie uwagę. Przez zmrużone powieki dostrzegł tylko, że kilkoro czytających uniosło na chwilę głowy znad ksiąg. Znajdował się w sporym pokoju zastawionym kilkoma rzędami ławek. Pod ścianami, jak ponure formacje skalne, wznosiły się ogromne, czarne regały pełne ksiąg i teczek. Ostre światło poranka wlewało się kaskadą blasku przez wielkie okno, zastępujące niemal całą przeciwległą ścianę. Zdawało się gęste jak woda. Przez chwilę Berg miał wrażenie, że wkroczył do ogromnego akwarium wypełnionego płynnym blaskiem.

Zamknął starannie drzwi i pewnym krokiem ruszył w stronę pobliskiego regału, który dzielił przestrzeń sali niczym ponura rafa. Starał się wybrać miejsce możliwie osłonięte przed wzrokiem korzystających z czytelni osób, lecz nie stwarzać jednocześnie wrażenia, że pragnie się przed nimi ukryć. W ławkach przy oknie siedziało trzech akolitów. Mężczyzna w średnim wieku, młody chłopak i nieco starsza dziewczyna, wszyscy w błękitnych szatach terminujących. Zdawali się całkowicie pogrążeni w lekturze i gdyby się nie potknął, nie zwróciliby na niego uwagi. Przechodząc, obrzucił ich krótkim, na pozór obojętnym spojrzeniem. Żadne nie podniosło wzroku. Nie powinni być specjalnie niebezpieczni, ocenił. Inaczej miała się rzecz z kobietą siedzącą na parapecie. Ubrana w coś w rodzaju sari o intensywnie szafranowej barwie, rozparta w dość nonszalanckiej pozie, przeglądała kolorowe kartonaże wyjęte z grubej skórzanej teki. Ostre rysy jej twarzy zastygły w wyrazie wyższości graniczącej z pogardą, lecz w źrenicach lśniła czujność drapieżnego ptaka. Długo mierzyła Berga wzrokiem i nawet teraz, gdy opuściła głowę, pozornie na powrót zajęta rycinami, nie spuszczała z niego spojrzenia czarnych, przenikliwych oczu.

Przeszkolona adeptka, pomyślał. A może nawet świeżo wyniesiona Oświecona. Szlag. Trzeba na nią uważać. Wygląda jak jakiś pieprzony krogulec.

Stanął przy półce z książkami i lekko przekrzywiwszy głowę, odczytywał tytuły na grzbietach. Starał się wyglądać na wyższego stopniem akolitę, który korzystając z wolnej chwili, postanowił poświęcić się studiom duchowym lub odświeżyć nieco zapomnianą wiedzę. Jego postawa i ruchy znamionowały pewność siebie zabarwioną odrobiną nonszalancji, choć wyraz twarzy miał skupiony i poważny. Dokładnie tak powinien zachowywać się kandydat na Oświeconego. Jednak w głębi duszy Berg się denerwował. Cały czas czuł na plecach świdrujące spojrzenie adeptki, niemal fizycznie dolegliwe jak łażący pod koszulą duży, niebezpieczny żuk.

Delikatnie przesuwał palcami po wytartych skórzanych oprawach. Pajęcze znaki rozpływały mu się przed oczami, tak że nie był w stanie odczytywać tytułów. Wziął pierwszą z brzegu księgę, otworzył i zaczął przeglądać. Ale tylko prześlizgiwał wzrokiem po stronicach. Myślał. Myślał intensywnie.

Terminujący przeglądają księgi. Prawdopodobnie zgłębiają podstawy wiedzy. Czyli samą teorię. Pożyteczne, ale niezbyt cenne duchowe kocopałki. Wyzwól w sobie siłę, osiągnij głęboką koncentrację, a materia sama ci się podda. Otwórz się na czyste światło. Załóż na głowę foliową torebkę i stań na rękach, a gwarantuję, że twój przewodnik w końcu przybędzie. Po właściwej stronie z pewnością będą miały sporą wartość. Jak wszystko, co wyniósłby z tej sali, nawet wieszak na ubrania. Ale naprawdę potrzebna jest technika. Twarde, żelazne konkrety. Coś, co przemieni się w dane, pozwalające osiągnąć od razu poziom Mistrzów Blasku. Ta wiedza też musi kryć się gdzieś tutaj. Musi, cholera jasna. Tylko gdzie?

Berg bezwiednie pocierał podbródek.

Moment. Pozwól sobie pomyśleć. Kobieta w sari jest niewątpliwie najwyższa stopniem. I nie czyta ksiąg. Przegląda rysunki. To raczej nie są wykroje modnych kiecek. Więc może schematy? Wiedza, którą łatwiej przekazać graficznie niż za pomocą opisu. Swoisty kod, jak w traktatach alchemicznych, gdzie pod postaciami zwierząt i symboli kryły się równania i substancje używane podczas reakcji chemicznych. Zapisana farbami i tuszem sekretna wiedza Mistrzów Blasku.

Zamknął książkę i z obojętną miną odłożył tom z powrotem na miejsce. Dobra, teraz trzeba przejść do półek z teczkami. Spokojnym krokiem minął krogulczą piękność w żółtym sari, świadom jej ostrego, taksującego wzroku. Nie uśmiechnął się, nie zrobił żadnego podobnego głupstwa, tylko przeszedł bez słowa, obrzucając kobietę przelotnym, beznamiętnym spojrzeniem. Wróciła do rycin, ale Berg wiedział, że nadal ma go na oku.

Skórzane i płócienne grzbiety teczek leżących na półkach regału miały brunatny lub żółtawy kolor starych kości. Złożone w stosach, ciasno stłoczone obok siebie, wyglądały jak szczątki jakiegoś ogromnego, skamieniałego przed wiekami szkieletu. Przez chwilę Berg nie mógł oprzeć się wrażeniu, że będzie musiał użyć kilofa, żeby wydobyć choć jedną. Zamarł z wyciągniętą ręką, nie wiedząc, którą teczkę wybrać. Nie mógł jednak wahać się zbyt długo, by nie zwracać uwagi krogulczej damy. Dłonie miał wilgotne ze zdenerwowania, serce znów tłukło mu o żebra, a powietrze wydawało się gęste jak dym. Przymknął lekko powieki i musnął palcami grzbiet pierwszej z brzegu teczki. Już kiedy zaciskał dłoń na skórzanej oprawie, zrozumiał, że wybrał właściwie. Teczka wysunęła się lekko ze stosu pozostałych. Duża, ciężka, pełna niewiarygodnej potęgi. Ważył ją w rękach, czując pod palcami mrowienie pulsującej energii. Przez ułamek sekundy obraz sali bibliotecznej rozmazał się i zakołysał, choć może to był tylko lekki zawrót głowy.

Berg cofnął się odrobinę między półki regału, żeby kobieta w sari straciła go z oczu, i drżącymi palcami rozwiązał teczkę. Troczki z grubego rzemienia ustąpiły nadspodziewanie łatwo. Ciemna, wyświecona ze starości skóra oprawy była gładka. Nie zdobił jej żaden ornament ani napis. Jedynie pośrodku słabo lśnił pojedynczy znak. Płytko wytłoczona strzała stercząca pionowo w górę, przecięta w połowie dwiema ukośnymi liniami i zakończona małym kółkiem obwiedzionym obręczą. Znak promieniował mocą. Wydawał się bardzo stary i bardzo potężny. Jakoś nie pasował do kiczowatej ornamentyki, którą Berg widywał do tej pory w Bibliotece.

Nie musiał długo przyglądać się teczce, żeby nabrać pewności, że ma właśnie w dłoniach swój upragniony skarb. Pryz życia. Ostrożnie, jakby rozbrajał bombę, otworzył okładkę. W środku, wsunięte w specjalne przegródki, leżały trzy bardzo stare, niezwykle starannie namalowane karty. Od uderzenia potężnej mocy Bergowi zakręciło się w głowie. Musiał przytrzymać się półki, żeby nie upaść. O mało nie wypuścił cennej teczki z rąk. Dopiero po paru sekundach ośmielił się drżącymi palcami wysunąć karty z przegródek. Pierwsza przedstawiała ciemne, sklepione pomieszczenie przypominające loch, pośrodku którego znajdowała się cembrowana studnia emanująca potężnym blaskiem rozświetlającym ciemność. Na drugiej był wyobrażony koń, biegnący po rozległym, nieskończonym stepie. Na trzeciej znajdował się rysunek płonącej świecy, stojącej na drewnianym blacie stołu. Wszystkie przedstawienia cechował niezwykły, wręcz fotograficzny realizm, choć jednocześnie wydawały się nierzeczywiste niczym wizje ze snu.

U samego dołu każdej karty biegł starannie wykaligrafowany napis. Litery nie przypominały wątłych hieroglifów Oświeconych. Składały się z serii kresek, kółek i kropek połączonych w proste, pełne wyrazu znaki. Berg nigdy nie widział ich na oczy. Mimo to w jakiś sposób potrafił odczytać, co oznaczały. Studnia – energia i moc. Koń – emocje i wyniesienie. Świeca – czas i ostrzeżenie. Nie miał pojęcia, co się za tym kryje, ale przeczuwał, że coś bardzo wartościowego.

Bezwiednie przesuwał palcami po krawędziach kart, bojąc się dotknąć obrazków. Były niezwykle precyzyjne. Nie mógł się pozbyć absurdalnego wrażenia, że palec zagłębiłby się w rysunek.

– Zabiorę was ze sobą, dobrze? – szepnął do kart, jakby były żywymi stworzeniami, które muszą wyrazić swoją zgodę. – To nie jest dla was właściwe miejsce. Tam, gdzie was zaniosę, znów będziecie służyć ludziom.

Czuł się dziwacznie i trochę głupio, przemawiając do barwnych kartoników, ale wiedział, że tak powinien postąpić. A w trakcie abordażu nie wolno lekceważyć nawet najbardziej szalonych przeczuć. Szybkim ruchem wsunął karty do wszytej wewnątrz tuniki kieszeni. Zerknął w stronę parapetu. Ptaszyca w sari nic nie zauważyła, bo inaczej już wszczęłaby alarm.

Chciał zamknąć teczkę i odłożyć na półkę, kiedy dostrzegł, że pod przegródkami na karty znajduje się jeszcze jedna kieszonka. Wsunął tam palce i wyciągnął niewielką, pożółkłą kartkę, zapisaną systemem kółek i kresek.

Fanty przynależne do siódmego i ostatniego Filaru: „Wszechświat" – odczytał. *Figur przynależnych, czem będą „Wiosna" oraz „Myśliwy", poszukuj pośród odpowiednich rycin oznaczonych cyfrą siedem. Także i właściwego Filaru. Opisów, coby zrozumieć ich znaczenie ukryte a prawdziwe, szukaj w księgach zapieczętowanych znakiem Strzały, co tajemne sprawy jawnymi czyni. Trzy takowe znajdziesz, a w każdej proste wyłożenie jako też i szczegółowe wyobrażenie kart wszelkich, abyś talię własną mógł sprokurować i umiejętność nią się posługiwania pojął ku dobru ogólnemu, pożytkowi i nauce dla ludzkości całej. Ufam, Uczniu mój umiłowany, iż tę spuściznę po mnie przyjmiesz jako dar z serca płynący.*

Podpisu nie było.

Pod Bergiem ugięły się nogi.

Nie spodziewał się, że znajdzie gotowe do użycia, przystępnie przedstawione rozwiązanie tajemnicy Mistrzów Blasku. Podręcznik do kształtowania rzeczywistości. Już nie skarb, ale prawdziwy cud. Trzeba tylko odnaleźć wszystkie trzy księgi, zwinąć je i wrócić na prawdziwą stronę. Jako wskrzesiciel nadziei. Jako zbawca ludzkości. Jako jedyny, któremu się powiodło.

Nie wyjdzie z tej cholernej, wspaniałej sali, zanim nie znajdzie swojej szansy na nieśmiertelność. Choćby miał zadusić sukę w żółtym sari, zdefenestrować terminujących i zabarykadować się tutaj na kilka miesięcy.

Dziewczyna wyłoniła się zza półek bibliotecznych zupełnie nagle. Ubrana w długą, bezkształtną szatę w kolorze surowego lnu, z dziwną, postrzępioną fryzurą i łagodnym wyrazem twarzy, wydała się Bergowi równie nieprawdopodobna jak widmo, które wyszło niespodziewanie ze ściany. Choć niewątpliwie była z krwi i kości.

Pozyskiwacz, niemile zaskoczony, drgnął. Nie miał pojęcia, jak mógł ją przeoczyć. Przecież był pewien, że w sali znajdowało się tylko troje terminujących i krogulcza dama. A odkąd wszedł, drzwi pozostawały zamknięte. Tak straszne, szczeniackie niedopatrzenie, godne jakiegoś pierwotniaka, mogło go kosztować życie. I utratę pryzu. Najcenniejszego w historii.

Wściekły, starał się zachować kamienną twarz, chociaż przekleństwa, które sypał na własną głowę, powinny wywalić w powietrze całą Bibliotekę.

Dziewczyna spacerowała między regałami z niewinną miną. Wydawała się rozluźniona, a nawet dziwnie beztroska. Dotykała półek, przesuwała palcami po grzbietach książek. Zwracała uwagę.

Nie tylko Berga. Kobieta w sari podniosła czujne, ptasie oczy i patrzyła.

Dziewczyna krążyła chwilę między półkami, wyjmowała księgi, otwierała i zaraz odstawiała z powrotem, marszcząc nos z dezaprobatą czy niesmakiem. Widocznie nie rozumiała ani słowa. Berg gapił się na nią coraz bardziej zdumiony.

Kiedy wyraźnie znudzona zawartością regałów zbliżyła się do ławek, ptasie oczy kobiety-krogulca zwęziły się niebezpiecznie.

Dziewczyna zatrzymała się przy najstarszym, zatopionym w lekturze akolicie i z zaciekawioną, odrobinę figlarną miną zerknęła mu przez ramię. Zaniepokojony nagłym ruchem i cieniem mężczyzna uniósł twarz, na której zagościło nieznające granic zdumienie. Intruzka rozłożyła ręce w przepraszającym geście i uśmiechnęła się szeroko.

Co ona wyrabia?! – pomyślał wstrząśnięty Berg. Chyba oszalała!

Usta akolity otwarły się odruchowo. Osłupiał. W jego świecie podobne rzeczy nie miały miejsca.

Twarz kobiety w sari wykrzywiło niedowierzanie. Patrzyła na dziewczynę, jakby ta była dużym, leśnym zwierzęciem, sarną czy łanią, która w nieprawdopodobny sposób znalazła się w sali bibliotecznej.

Wariatka z postrzępioną fryzurą mrugnęła do niej porozumiewawczo.

Serce Berga zatrzymało się, zmrożone w lodową bryłę, kiedy pojął rozmiary klęski. Zdążył doskoczyć do dziewczyny w tym samym momencie, gdy adeptka porwała się z parapetu i przeraźliwie wrzasnęła, wskazując długim palcem drzwi. Kartonaże posypały się na podłogę jak barwne jesienne liście.

W sali pociemniało gwałtownie. Szyby ogromnego okna zmatowiały, pokryte nagle siecią drobnych, połyskujących łusek. Terminujący skulili się w ławkach, zakrywając uszy, jakby starali się ochronić przed jakimś przeraźliwym dźwiękiem.

Adeptka stała nieruchomo z wyciągniętą ku drzwiom dłonią. Poły żółtego sari łopotały szaleńczo, porwane nieistniejącym wiatrem. Wyglądały jak skrzydła anioła zagłady.

Dziewczyna o postrzępionej fryzurze przyglądała się temu lekko zdziwiona, ale wyraźnie bez śladu lęku. Berg nie miał czasu na panikę. Zacisnął dłoń na chudym nadgarstku i pociągnął wariatkę ku drzwiom. Poczuł, że się opiera.

– Uciekaj, kretynko – jęknął. – Chcesz, żeby cię dorwali?

Szarpnął mocno, zmuszając dziewczynę do biegu. Za późno. Zdołał zrobić może trzy kroki, gdy drzwi zafalowały, rozmazały się w serię migających smug i znikły. Za nimi zamiast korytarza pojawiła się wirująca konstrukcja z obracających się w wielu kierunkach zębatych tarcz i kół o szprychach ostrych jak brzytwy.

Z sufitu i ścian tynk odpadał płatami, odsłaniając lśniącą jak lustro metalową powierzchnię.

Berg puścił dziewczynę, odwrócił się ku kobiecie w sari. Jej usta poruszały się bezgłośnie. Inwokowała.

Wzywa pomoc, pomyślał. I tak jest niezła, suka. Choć nie tak dobra, żeby mnie dostać. Ale jeśli zdoła wezwać Oświeconych, żegnaj, życie.

Wyprostował się, nabrał powietrza i skupił wzrok na twarzy przeciwniczki. Ich oczy się spotkały. Świat skurczył się, zawirował i zniknął. Stali naprzeciw siebie w pustce. Berg poczuł chłód, a zaraz potem uderzenie gorąca, jakby owionął go pustynny wiatr. Skoncentrował całą siłę woli na postaci adeptki. Musiał ją przejrzeć i zatrzymać. Zanim przybędą Oświeceni. Zaatakował błyskawicznie. I niespodziewanie dla samego siebie przeszedł przez jej zasłonę jak nóż przez masło. Okazała się słabsza, niż przypuszczał. Rozszerzone źrenice przeciwniczki zmieniły się w studnie, do których mógł bez trudu zajrzeć. Przeleciał jak burza przez gniew, strach, upokorzenie, bezradność, brutalność i żądzę zemsty. Napotkał opór i uderzył ponownie. Krzyknęła. Zasłona eksplodowała czymś, co spostrzegł jako brunatny rozbryzg. Strzępy koloru wirowały w powietrzu. Wokół sylwetki kobiety pojawiła się ciemna jak skrzepła krew pulsująca poświata. I to był doskonały moment na księżycową łzę. Znów stali naprzeciw siebie w sali bibliotecznej. Czas przestał istnieć, więc akolici i zwariowana dziewczyna wyglądali jak ustawione w dziwacznych pozach manekiny. Panował absolutny bezruch. Tylko mleczna, opalizująca kulka potoczyła się w kierunku krogulczej damy w szafranowym sari. Kobieta cofnęła się. Suchą, piękną twarz wykrzywił strach. Poderwała rękę w górę, jakby chciała się zasłonić. Nie zrobiła jednak nic, żeby odbić łzę. Mleczna kulka rozlała się u jej stóp w kałużę blasku. Adeptka krzyknęła histerycznie. Stała teraz w słupie miękkiego, łagodnego światła łzy. I zmieniała się. Wyginała dziwnie w przód, kurczyła, jakby chciała opaść na czworaki. Skóra ciemniała, marszczyła się, głowa uległa nienaturalnemu spłaszczeniu, twarz wydłużała się, wyciągając w kształt pokracznego ptasiego dzioba. Włosy skłębionymi kłakami padały na podłogę. Księżycowa łza, narzędzie iluzji, przemieniała adeptkę w upiorne ptaszysko.

Poświata przygasała. Łza kończyła przeobrażenie. Czas znów ruszył z miejsca. Berg rzucił okiem na drzwi. Wirujące koła zwalniały, kruszyły się jak przeżarte rdzą. Zrobiło się jaśniej. Z okien opadły broniące przejścia łuski. Adeptka najwyraźniej nie była w stanie dłużej kontrolować zabezpieczeń. Miotała się rozpaczliwie, wymachując ramionami podobnymi do skarlałych skrzydeł. Nawet jej krzyki brzmiały jak krakanie przerażonej wrony.

Berg obrócił się, chwycił za rękę dziewczynę o postrzępionej fryzurze. Musiał wykorzystać nikłą szansę na ucieczkę.

– Gazu! – syknął. – Wyciągnę cię stąd.

Napotkał zdumione, trochę przestraszone spojrzenie jasnych oczu.

– Co jej się stało?

– Nic – krzyknął, ruszając ku wyjściu. – Zmusiłem ją, żeby odblokowała drzwi. Zaraz dojdzie do siebie i będzie bardzo wściekła. Chodź!

Pobiegła za nim. Przeskoczył połamane, przerdzewiałe kosy leżące na progu.

– Daj mi rękę – nakazał dziewczynie. – Musimy wiać! Złapię z tobą synchron i... kurwa mać!

Z głębi korytarza pędził na nich tauros. Musiał uaktywnić się, kiedy adeptka podniosła alarm. Berg pchnął swoją towarzyszkę w plecy.

– Uciekaj! – nakazał stanowczo.

Chyba się zawahała, ale nie mógł tracić czasu, żeby się nią zajmować. Miał tylko nadzieję, że posłucha i da mu tym samym pole do manewru. Korytarz był wąski, a Berga czekała zabawa w torreadora. Tauros zbliżał się w zastraszającym tempie. Wielki łeb, wrośnięty bezpośrednio w tułów tak głęboko, że stwór zdawał się wcale nie mieć głowy, pokrywały kostne guzy i wypustki. Z rozwartej paszczy, spomiędzy żółtych kołków kłów, wystawał jęzor podobny do zdechłego węża. Łapy, uzbrojone w długie jak ludzki palec pazury, uderzały miarowo o podłogę. Krępe cielsko taurosa porastało kępami brunatne futro. Stwór śmierdział trupem.

Berg stał przyciśnięty do ściany. Gdyby teraz zaczął uciekać, potwór bez trudu by go dogonił i rozszarpał na strzępy. Musi jakoś zatrzymać to bydlę, choć na chwilę, żeby dopaść wylotu korytarza. Księżycowa łza była bezużyteczna. Tauros jest za głupi, żeby poddać się iluzji. Smolna łza też go nie zatrzyma. Zostawał kieszonkowy piorun. Raczej sztuczka niż prawdziwa broń, ale może się okazać skuteczna. Zwłaszcza że blade, rybie ślepia stwora są pewnie wrażliwe na światło.

Tauros był już prawie na wyciągnięcie ręki, kiedy Berg cisnął mu w pysk srebrzysty, podobny do ołówka pręcik i błyskawicznie rzucił się do ucieczki. Usłyszał stłumiony syk i przeciągły, niski ryk potwora. Błysk błękitnego światła zalał korytarz. Berg pędził ku wyjściu. To, że nie czuł na karku i plecach wściekłych cięć pazurami, znaczyło, że plan się powiódł. Piorun oślepił i zatrzymał taurosa. Na chwilę. Miarowe uderzenia łap znów zadudniły o posadzkę. Ale Berg dopadł już wyrwy w ścianie, przedtem przesłoniętej iluzorycznym maskowaniem. Miedziana płytka przylepiona do cegieł wciąż dezaktywowała uśpioną sieć Stockla. Przeskoczył próg i zerwał ją jednym ruchem, czując już na plecach gorący, cuchnący oddech potwora. Teraz pozostał ostatni ryzykowny manewr. Tauros jako strażnik Biblioteki z pewnością pozostawał niewrażliwy na pułapki i zabezpieczenia. Ale Berg nie. Przypadł do ściany, a kiedy rozpędzony stwór znalazł się tuż przed progiem, błyskawicznie przesunął dłonią przed czarnym paskiem w ścianie. Usłyszał świst wystrzelonej sieci i kłapnięcie wielkich kłów taurosa, które o milimetry minęły jego ramię. Odskoczył akurat w chwili, gdy cieniutka, pajęcza siatka spadała na łeb i pysk zwierza. Jedna srebrzysta nić zdarła kawał skóry z dłoni Berga, ale na szczęście nie odcięła palców. Tauros, nagle unieruchomiony, stał przez moment w bezruchu. Z płytkich rozcięć na skórze jego grzbietu i boków sączyła się ciemna, brunatna posoka. Nagle rybie ślepia zasnuła mgła wściekłości. Potwór ryknął, wstrząsnął łbem, zerwał się do biegu i zaczął rozpadać na wielkie, krwawe kawały, gdy pobudzone ruchem oka sieci zaczęły się zaciskać. Brunatna posoka zalała podłogę. Tauros jęknął prawie ludzkim głosem, zadrżał i upadł, zamieniony w kupę cuchnących kawałów mięsa.

Berg dyszał ciężko. Mało brakowało, pomyślał. Skaleczona dłoń krwawiła. Czerwone krople spływały po palcach, spadały na marmur podłogi jak jednobarwne konfetti. Na szczęście rana, choć rozległa, była powierzchowna. Ponieważ nie miał czym jej przewiązać, włożył rękę do kieszeni. Materiał kurtki natychmiast przesiąkł.

Berg rozejrzał się za dziewczyną. Stała pod ścianą, rozszerzonymi oczami wpatrując się w martwego taurosa. Dobrze, że potwór nie zdołał ich zranić. Bydlak był potwornie jadowity. Nawet drobne draśnięcie mogło mieć tragiczne konsekwencje.

Dawno nie nadział się na taurosa. Stwór miał obniżony próg bólu, był durny jak kilo gwoździ i nigdy nie zaprzestawał pogoni. Marzenie Grabieżcy.

Dziewczyna z postrzępioną fryzurą poruszyła się niepewnie.

– Co teraz? – spytała.

Głupie pytanie, ale pewnie była w szoku.

– Wiejemy – powiedział. – Masz jakąś chustkę?

Bez słowa skinęła głową i podała mu lnianą przepaskę, która prawdopodobnie służyła do zakrywania włosów.

Zabandażował prowizorycznie rękę i podał jej zdrową dłoń.

– Trzymaj mocno – powiedział. – Muszę złapać z tobą synchron.

Mieli bardzo mało czasu. Z ukrytego korytarza zaczęły dochodzić jakieś dźwięki, głosy i szmery. Adeptka w żółtym sari prawdopodobnie już dochodziła do siebie. Ryk taurosa wywołał niepokój. Drzwi z napisem „Szczytność a jawa" uchyliły się i w szczelinie ukazała się wystraszona twarz jakiegoś akolity. Gdzieś zaskrzypiały kolejne. I jeszcze jedne.

Berg ścisnął szczupłe palce dziewczyny. Skupił się, zamknął oczy, zwizualizował dobrze znajomy, bezpieczny wlot jaskini. Szare głazy porośnięte mchem, strumień, sosny, spokój.

– Teraz – szepnął do towarzyszki i zaczął biec.

Uderzenie mocy trzasnęło go niczym bicz. Potknął się i upadł na kolana, podpierając się rękami. Ostry ból przeszył skaleczoną dłoń, ale był niczym w porównaniu z wybuchem ognia, jakim eksplodował tatuaż. Straszny ucisk w głowie mieszał myśli. Berg miał wrażenie, że czaszkę zgniata mu imadło.

Obok pojękiwała skulona na podłodze dziewczyna.

Oświecony przybył, pomyślał.

Potrząsnął głową, w której ból przelewał się jak brudna woda, i zmobilizował wszystkie siły, żeby wstać. Dźwignął się ciężko na nogi. W korytarzu zrobiło się ciemno. Powietrze zgęstniało tak, że trudno było oddychać. Daleko w mroku majaczyła niewyraźna postać. Ktoś biały, wysoki, jakby otoczony mgłą.

W sercu Berga rozbłysła iskierka nadziei. To awatar. Z pewnością awatar. Oświecony nie zdążył jeszcze dotrzeć do Biblioteki. Na razie przysłał swoją emanację.

Zrobił chwiejnie kilka kroków.

– Wstań – wychrypiał pod adresem swojej towarzyszki. – Nie poddawaj się.

Awatar wyciągnął rękę.

Ucisk w głowie Berga zwiększył się nie do zniesienia. Grabieżca jęknął i znów runął na kolana. Ciężar przygniatał klatkę piersiową, dusił. Ból w ramieniu promieniował na bark, rozlewał się w boku. Przed oczami zatańczyły czerwone plamy. Berg walczył jeszcze, ale słabł z każdą chwilą. Blada postać awatara rosła, wypełniała wszystko. Dotyk zimnej, perłowej mgły wysysał siły. Pozyskiwacz tracił przytomność.

W mrocznej, ponurej otchłani, która nagle się pod nim otwarła, coś zalśniło gorącym szkarłatem. Maleńkie jak wiśnia, pulsujące serce ze światła. Mentometr Arvaniego. Ożywiał, dodawał otuchy, z każdym skurczem ładował w duszę Berga porcję energii. Ucisk w głowie zelżał nieco. Mgła się rozrzedziła. Biały, widmowy awatar cofnął się w głąb korytarza, zmalał. W pomieszczeniu pojaśniało.

Berg zdołał wstać. Cały czas czuł, że w holu na dole czerwień zamknięta w szklanym cylindrze pracuje pełną parą. Zataczając się, wykonał parę niezgrabnych kroków, żeby zbliżyć się do dziewczyny, wciąż skulonej na podłodze. Zmusił ją, by wstała, bezceremonialnie szarpiąc i ciągnąc drobne ciało w górę. Miała twarz szarą jak płótno i nieprzytomne oczy.

– Uciekajmy – wymamrotał. – No, dalej! Damy radę.

Przytaknęła skinieniem, a może po prostu głowa jej opadła.

Uciekali. Chwiejnie, niepewnie, otruci bladą mgłą, oszołomieni. Wpadali na ściany, potykali się. Biegli. Z każdym krokiem nabierając pewności, że nie dadzą rady. Awatar znów się przybliżył, pociemniało. Ale w obolałej, skołowanej głowie Berga zaświtał plan. Wciąż mieli szanse. Muszą tylko dotrzeć do schodów.

Korytarz zdawał się nie mieć końca. Rzędy czarnych drzwi przeradzały się w pyski potwornych zwierząt, czarne i białe romby podłogi wirowały w oczach.

Wreszcie wypadli na schody. Tu moc prześladowcy wyraźnie osłabła. Berg zeskakiwał po dwa stopnie. Byle dotrzeć do półpiętra, myślał gorączkowo. Musi tu być! Boże, spraw, żeby było!

Obrzucił ściany nieprzytomnym spojrzeniem. Było. Wisiało spokojnie. Malutki kwadrat czerni okolony srebrną ramką.

– Trzymaj mnie mocno! – krzyknął do dziewczyny i skupił wzrok na bezbrzeżnej tafli nocnego morza.

– W bezpieczne miejsce – powiedział cicho. – Natychmiast!

Świat zwinął się w wir. Rozbłyski i kolory migały przed oczami. Berg czuł kurczowy uścisk palców dziewczyny na swoim ramieniu. Czarne morze falowało.

Po chwili znikło. Porwani impetem upadli na zakurzone deski. Wokół piętrzyły się oblepione warstwą wieloletniego brudu skrzynie, puste regały przypominały wręgi zatopionych wraków. Wszędzie walały się śmieci, posadzkę zasnuwała warstwa pożółkłych ze starości papierów. Małe okno oplatały pajęczyny, szyby pokrywała warstwa kurzu, tak że w pomieszczeniu panował półmrok.

Trafiliśmy do jakiegoś od wieków nieużywanego skrzydła, pomyślał Berg. Graciarni czy czegoś w tym rodzaju. Albo sekretnej sali Mistrza Blasku, który dawno już umarł. I świetnie. Tak łatwo nas nie znajdą.

Panna w lnianym chałacie gramoliła się z podłogi. Berg wyciągnął do niej rękę.

– Jazda – powiedział. – Za chwilę będzie po wszystkim.

– Matko – jęknęła. – Chcę się już obudzić.

– Jeszcze moment. – Zacisnął palce na jej dłoni. – Tylko złapię synchron. Może przynajmniej teraz się uda.

Poszło bez przeszkód. Szybko zwizualizował wejście do jaskini. Wystarczyły trzy kroki i przejście się dokonało.

Unosili się wśród granatowej głębi przetykanej wirami galaktyk, a chłód i gorąco na przemian smagały skórę. Mleczna tafla, za którą otwierało się wejście do ogrodu, rozstąpiła się lekko. Berg pociągnął za sobą dziewczynę. Płynnie przeniknęli przez gardło jaskini. Rozbłysk towarzyszący przejściu był krótki, lądowanie przebiegło perfekcyjnie. Grabieżca pomyślał z goryczą, że ucieczki z awaryjnych sytuacji ma doskonale opanowane. Szkoda, że z abordażem poszło znacznie gorzej. Łagodnie opadli na miękką trawę. W kotlinie świeciło słońce. Berg puścił dłoń dziewczyny i odetchnął z ulgą. Tu już nic nie mogło im zagrozić. Wrócili bezpiecznie do domu.

Rozdział 2

Podźwignął się ciężko z murawy. W głowie wciąż paskudnie szumiało, skaleczona ręka bolała.

Dziwna dziewczyna leżała na wznak w trawie. Wystarczyło jedno spojrzenie na jej bladą twarz i rozwichrzone włosy, żeby zalała go gorąca fala wściekłości. Rozczarowanie dławiło, podchodziło do gardła wstrętnym smakiem goryczy.

Boże, był tak blisko, a ta głupia suka wszystko zmarnowała. Wyrwała mu z rąk pryz życia. I żegnaj, tajemnico Mistrzów Blasku. Nawet gdyby zdołał znów dostać się do Biblioteki, nigdy nie odnajdzie księgi z kartami. Awatar widział, jak posłużył się lustrem poszukiwawczym. Z pewnością po tym wypadku Oświeceni wprowadzą do nich odpowiednie korekty, uniemożliwiające znajdowanie ukrytych sal, albo w ogóle je zdejmą. A całą zawartość rozszyfrowanego korytarza przeniosą gdzie indziej. I zmienią zabezpieczenia przy wejściu do Biblioteki. Wszystko przez tę jedną świrniętą idiotkę.

Dziewczyna niespiesznie gramoliła się z trawy. Berg patrzył na jej wysiłki z niechęcią graniczącą z obrzydzeniem. Jezu, po co ją w ogóle stamtąd wyciągał? Powinien zostawić kretynkę w rękach Oświeconych. Zasłużyła na to.

Usiadła i rozejrzała się z odrobinę oszołomionym wyrazem twarzy.

– No i masz – powiedziała cicho, raczej do siebie niż do Berga. – A myślałam, że się wreszcie obudzę.

Oczy pozyskiwacza zwęziły się. Był zbyt wściekły i rozczarowany, żeby zwrócić uwagę na słowa dziewczyny. Czuł tylko żal. Nie miał pojęcia, dlaczego w ogóle ratował ją z Biblioteki. Chyba zadziałała wpajana od dzieciństwa zasada Grabieżców. Nikt nie zostaje sam, jeśli można mu pomóc.

Potarł podbródek. Z pewnością jestem prawdziwym Grabieżcą, pomyślał z goryczą.

Przynajmniej dowiedział się czegoś wartościowego na swój temat. Właśnie zdał sobie sprawę, że nie potrafiłby zostawić nikogo na pastwę Oświeconych, jeśli istniała choćby nikła szansa uratowania mu życia. Nawet jeśli w grę wchodziło życie wariata.

Dziewczyna przeciągnęła się jak kot.

– Ładnie tu – powiedziała, obrzucając przelotnym spojrzeniem kotlinę, obrośnięte krokusami i dzwonkami zbocza, mały wodospad spadający do czystego niczym lustrzana tafla jeziorka, omszałe głazy na brzegu i ogromne, sękate drzewo rzucające okrągły cień na zieloną plamę murawy. – Mieszkasz w pobliżu?

– Nie, na miłość boską! – warknął. – To mój ogród.

Uśmiechnęła się z pobłażaniem.

– Jasne. A tam, między kamieniami, hodujesz marchewkę i selery.

Poczuł, że coś w nim pęka.

– Co z tobą?! – wrzasnął. – W domu nie wszyscy zdrowi? Wiesz, co zrobiłaś? Zdajesz sobie sprawę, co zrobiłaś, durna cipo?

– Nie jesteś zbyt uprzejmy – mruknęła. – Chyba sobie pójdę.

Skrzywił się z niesmakiem. Wariatce wyraźnie zebrało się na kpiny.

– A niby dokąd? Przecież powiedziałem, że to mój ogród.

– Nie martw się – prychnęła. – Nie podepczę grządek.

– Jakich grządek? – warknął wściekle. – Nie rozumiesz? Zabrałem cię z Biblioteki i ściągnąłem w bezpieczne miejsce, do własnego ogrodu. Uratowałem ci dupę, idiotko, po tym, jak o mało przez ciebie nie wpadłem. Myślisz, że co to jest? Zabawa? Można się fajnie bezkarnie powygłupiać? Chcesz się władować w gówno, proszę bardzo! Ale narażasz też innych, rozumiesz? Kiedyś ktoś zginie przez twoje idiotyzmy. Pomyślałaś o tym? Choć przez chwilę, co? Na pewno nie, bo musisz być pieprzoną pierwotniaczką. Wyglądasz na taką. Wiesz, że miałaś kupę szczęścia? Bo cię wyciągnąłem. A nie musiałem. Boże, straciłem nieprawdopodobnie cenny pryz przez ciebie! Wszyscy ludzie stracili! Dlaczego? Bo jedna głupia laska postanowiła strugać chojraka. Jezu, cztery lata czekałem, żeby wejść ponownie do Biblioteki, a ty wszystko spieprzyłaś.

Siedziała nastroszona, z nadąsaną miną.

– To czemu nie zostałeś? – burknęła. – Po co uciekaliśmy?

Gdzieś podskórnie Berg przeczuwał, że coś jest mocno nie w porządku. Ale fala gniewu jeszcze nie opadła. Tłumiła wątpliwości i zdrowy rozsądek.

– Tego też cię nie nauczyli? – wrzasnął, celując w nią oskarżycielsko palcem. – Że narażając siebie, możesz narazić kogoś innego? Nigdy nie wiesz, czy obok ktoś nie pracuje. Co niby miałem zrobić, gdy uruchomili alarmy? Czekać na przybycie panów mądrali i udawać, że jestem zwykłym akolitą? Jaki Oświecony miałby się na to nabrać? Debil taki jak ty? Nawet stetryczały, głuchy i ślepy dureń natychmiast by mnie rozpoznał. Już ta żółta wrona zaczęła coś podejrzewać. To twój pierwszy raz, co? Z pewnością, bo nie przeżyłabyś nawet trzech sekund, gdyby nie ja...

– Popatrz, kotek! – przerwała ucieszona. – Ty też go widzisz?

Urwał w pół słowa z otwartymi ustami. No pięknie, pomyślał. Jest gorzej, niż myślałem. Sprowadziłem sobie na łeb autentyczną wariatkę. Ona naprawdę ma coś nie tak z garem.

– Jasne, że widzę – powiedział możliwie wolno i spokojnie. – To moje zwierzę mocy.

Felis skakał po kamieniach z nastroszonym ogonem. W żółtych ślepiach płonął niepokój. Berg wiedział, że w tym stanie ducha kot nie przyjdzie na wezwanie i nie udzieli żadnej rady. Westchnął.

– O! A tam jest koń! – Postrzępiona fryzura podskoczyła zabawnie. – Ale wielki! Też twój? Nigdy nie widziałam konia na wolności.

Berg podniósł głowę, żeby zobaczyć lśniący, brązowy zad Maxa znikający za skałami. Rozwiany ogon powiewał jak proporzec. Na wizytę konia również nie było więc szans. W takim razie Euzebiusz nawet nie wystawi wąsatego nosa. Chociaż najbardziej by się teraz przydał.

Berg przykucnął obok dziewczyny. Rozpacz i gorycz wcale się nie zmniejszyły, ale do głosu z wolna dochodził tłumiony wcześniej zdrowy rozsądek. Powoli zaczynał się domyślać, z jakim zjawiskiem ma do czynienia. Przyglądał się uważnie brzydkiej, bezkształtnej szacie, jaką panna Postrzępiona miała na sobie, sandałom z rzemieni i grubemu sznurowi przewiązanemu na biodrach. Bardzo chudych biodrach, których wystające kości rysowały się ostro pod materiałem. Łagodna, owalna twarz o wielkich, szarych oczach byłaby nawet ładna, gdyby nie szpeciły jej potargane, dziwacznie obcięte włosy.

– Jak się nazywasz? – spytał.

– Miriam – odpowiedziała. W jej głosie zabrzmiała lekka nuta niepokoju.

Berg nabrał głęboko powietrza.

– Więc dobrze. Jedno pytanie, Miriam. Co tutaj robisz?

Uśmiechnęła się z ulgą.

– Siedzę z tobą na trawie.

Machnął ręką.

– Nie o to mi chodzi. Co tak naprawdę teraz robisz? Czy rzeczywiście siedzisz na trawie?

Potrząsnęła głową.

– Pewnie, że nie. Ja śpię. A ty jesteś częścią snu.

Przesunął dłonią po twarzy. Spodziewał się podobnej odpowiedzi, ale i tak robiła wrażenie.

– A tam, w Bibliotece, w tym dużym budynku, też śniłaś?

– Oczywiście – powiedziała łagodnie. – Słuchaj, wiem, że to dla ciebie trudne. Przykro mi, że znikniesz, kiedy się obudzę, ale...

Nie pozwolił jej skończyć:

– Często miewasz takie sny? Rozumiesz, dziwne. Bardzo rzeczywiste, z logicznym ciągiem wydarzeń, gdzie spotykasz różnych ludzi, istoty i zdajesz sobie sprawę, że widzisz je we śnie?

Wzruszyła ramionami.

– No, dość często. Ale niestety, nigdy nie spotkałam dwa razy tej samej osoby. Przykro mi, lecz nie powinieneś się łudzić, że wyśnię cię jeszcze raz.

Berg już nie słuchał. Potarł nerwowo podbródek.

– Święta Matko! – powiedział. – Co za pieprzony numer. Nie wierzę.

Szare oczy Miriam wodziły za nim z niepokojem.

– Nie przejmuj się tak – wymamrotała. – Może dalej będziesz istniał, kiedy się już obudzę.

Ukląkł przed nią, zacisnął dłonie na wątłych, ptasich ramionach. Zadrżała, bo nigdy jeszcze nie widziała z tak bliska twarzy mężczyzny.

– Dziewczyno – powiedział. – Ty nie śnisz. Przechodzisz po prostu na drugą stronę. Jesteś naturalnym talentem. Jak możesz o tym nie wiedzieć?

Zająknęła się.

– Ja... Nie, nigdy. Jak to nie sen? Czyli co?

Drżała, więc opuścił ręce.

– Słyszałaś kiedyś o pozyskiwaczach?

Skinęła słabo.

– Tak, trochę. Ale to źli ludzie. Sprzeciwiają się woli Najwyższego. Przedostają się podstępnie do rajskiej krainy wybranych i kradną różne rzeczy, których nie wolno nam, potępionym, nawet oglądać. Bo nie są przeznaczone dla tych, którzy musieli pozostać na padole łez. Ale my wierzymy, że swoją pokorą i pracowitością wybłagamy łaskę i Najwyższy kiedyś podniesie nas do godności wybranych, i zabierze żywcem, cieleśnie, do swej błogosławionej dziedziny, tak jak uczynił z wybrańcami przed niemal stuleciem.

– Dokładnie osiemdziesiąt sześć lat temu – mruknął Berg. – W noc jesiennego przesilenia.

Zrobiła okrągłe oczy.

– Skąd wiesz? – wyszeptała.

– Wszyscy na Ziemi wiedzą – powiedział. – Nie sądzę, żeby ktokolwiek zdołał zapomnieć tę datę.

– A ty? Kim jesteś? Wybranym?

Poczuł ukłucie goryczy pod sercem. Pochylił się nisko, spojrzał w wystraszone oczy dziewczyny.

– Nie, skarbie. Jestem pozyskiwaczem. Grabieżcą. Nazywam się Lars Bergerson, ale mówią też na mnie Końska Czaszka.

Zakryła usta dłonią.

– Boże – szepnęła. – Słyszałam o tobie!

– Pewnie nic dobrego, co? – Spróbował się uśmiechnąć.

Nie odpowiedziała. Miała tak przerażoną minę, że zrobiło mu się żal.

– Nie bój się. Grabieżcy pożerają tylko dzieci. Dorosłych nie tykają. Zbyt żylaści. Gdzieś ty się taka uchowała?

– Mieszkam w Osiedlu – wykrztusiła. – Należę do wspólnoty.

Nagle wszystkie fakty ułożyły się w logiczną całość. Berg palnął się otwartą dłonią w czoło.

– Jasne! – powiedział. – Pochodzisz z Czajnika. Dlatego jesteś taka dziwaczna. Mogłem się wcześniej domyślić.

Potrząsnęła głową.

– Nie rozumiem. Urodziłam się w Osiedlu.

Usiadł na trawie. Wciąż trudno mu było uwierzyć, że akurat gdy dostał się do Biblioteki, musiał nadziać się na dziewczynę obdarzoną tak ogromnym, naturalnym talentem, w dodatku pochodzącą z podejrzanej sekty. Ale z faktami się nie dyskutuje. Zachciało mu się śmiać. Co za idiotyczny zbieg okoliczności. Po prostu niemożliwy.

Miriam siedziała sztywno z dłońmi splecionymi na kolanach. Przypominała wystraszone zwierzątko, które nie bardzo rozumie, dlaczego znikła klatka przez całe życie zastępująca świat.

Popatrzył na wylęknioną twarz okoloną wystrzępionymi kosmykami i machnął ręką.

– Nieważne. Tak się mówi o waszej wspólnocie. Z czajnika, czyli tak jak z kapelusza albo z kapusty. Z gara... z bani... Towarzystwo wzajemnej adoracji świrów. Miriam, posłuchaj mnie teraz uważnie. To bardzo ważne. Wszystko, co wiesz o świecie, co opowiadają w tym waszym Osiedlu, niekoniecznie jest prawdą. Słyszałaś o Oświeconych?

– O prorokach? – szepnęła.

– Nie wiem, jak ich nazywacie. O ludziach, którzy mają moc. Potrafią wpływać na rzeczywistość.

Pobladłe wargi drgnęły.

– Słyszałam. Są potężni i dobrzy.

Lars westchnął.

– No, niezupełnie. Ale tym zajmiemy się później. A Mistrzowie Blasku? Mówi ci coś ten termin?

Skuliła się.

– To Mędrcy. Zbawcy ludzkości, którzy przed laty połączyli siły, oddzielili godnych od niegodnych i wynieśli wybranych na błogosławione dziedziny Najwyższego. Nie wolno o nich mówić bez szacunku, bez formuł... – recytowała bez tchu.

Nieładny uśmiech wykrzywił usta Berga.

– Pewnie – warknął. – Ci dranie uwielbiają splendor. Są tak wypełnieni pychą, że powinni unosić się w powietrzu jak balony. Pieprzeni zbawcy ludzkości! Pięknie, cholera.

Dziewczyna poszarzała niczym płótno.

– Nie bluźnij – wyszeptała. – Bo...

– Bo co? – przerwał. – Spali mnie piorun? Szlag trafi? Czy w ten sposób ludzie dobrzy i uczciwi powinni reagować na krytykę?

– Nie wiem – jęknęła bezradnie.

Lars znowu westchnął. Dziewczyna wyglądała na zupełnie skołowaną. Chyba zafundował jej za dużo wrażeń.

– Dobra – mruknął. – Nieważne, kim są i co robią. Zapamiętaj jedno. Nigdy, pod żadnym pozorem, nie staraj się wywoływać tych dziwnych snów. Bo lubisz to robić, prawda? Zasypiając, chcesz, żeby taki szczególny sen nadszedł. Przyzywasz go, ponieważ podróż do innych wymiarów sprawia ci przyjemność. Mam rację?

Na policzkach Miriam pojawiły się ceglaste rumieńce. Wbiła wzrok we własne stopy.

Lars jęknął w duchu. Nie nadaję się do uświadamiania niewinnych dziewcząteк, pomyślał z irytacją. Cholera, czemu nie trafiło na kogoś innego?

– Nie wstydź się. Nie ma w tym nic złego – powiedział łagodnie. – Ale musisz kontrolować talent, bo inaczej grozi ci niebezpieczeństwo.

Dziewczyna uparcie gapiła się w ziemię.

– Nie jesteś potępiona ani nieczysta, ani chora czy co tam ci wmówili – ciągnął z trudem, klnąc w duchu na czym świat stoi. – Masz dar. Potrafisz dokonywać nieświadomych abordaży, to znaczy skoków w wyższy wymiar, w którym Mistrzowie Blasku zbudowali swoją kaleką utopię. Urodziłaś się pozyskiwaczem. Ale nie wiedziałaś o tym aż do dziś. Nie potrafisz kontrolować tej siły. Nie panujesz nad nią i dlatego możesz zrobić sobie krzywdę. Oświeconym będzie wszystko jedno, z jakiego powodu wkroczyłaś do ich świata. I tak cię zniszczą. Boże, dziewczyno, nawet się nie domyślasz, ile szczęścia miałaś do tej pory!

Miriam już nie patrzyła na własne buty. Uniosła głowę, a w szarych oczach wlepionych z napięciem w Berga obudził się dziwny blask. Pozyskiwacz w pierwszej chwili nie był pewien, co oznacza, ale szybko zrozumiał. Lęk zniknął. Źrenice Miriam zapłonęły szaloną, niespodziewaną nadzieją. Tak mogli spoglądać na świat skazańcy odcięci od stryczka na moment przed opuszczeniem zapadni.

– Więc jestem pozyskiwaczką, tak? – spytała wolno.

Cholera, pomyślał. Chyba uruchomiłem lawinę.

Nie przyszło mu do głowy, że dziewczyna z Czajnika może pragnąć innego życia, zachować się jak normalny człowiek. W ogóle mało wiedział o mieszkańcach Osiedla. I pewnie dlatego popełnił błąd, a teraz nie miał pojęcia, czy zdoła go naprawić.

– Nie! – powiedział z naciskiem. – W nic podobnego mnie nie wrabiaj! Masz talent, to wszystko. Potencjalny, rozumiesz? Ale żadnych umiejętności. Musiałem ci powiedzieć, żebyś nie władowała się w poważne kłopoty. Nigdy nie zostaniesz pozyskiwaczką. Urodziłaś się w głupiej, pieprzonej sekcie i po prostu nie dasz sobie rady. Już za późno na naukę. Zresztą najpierw musiałabyś się nauczyć normalnie żyć poza sektą. Zawód pozyskiwacza jest trudny, niebezpieczny, wymaga lat treningu, sprzętu, wiedzy, doświadczenia. Nikt ci tego nie zapewni. Rozumiesz? Przykro mi, ale to by było na tyle.

– Przecież powiedziałeś... – zaczęła, lecz nie pozwolił jej skończyć.

– Powiedziałem. Nie kontrolujesz daru. Nie masz pojęcia o świecie. Jeśli kiedykolwiek znów przytrafi ci się taki sen, natychmiast z niego wychodź. Po prostu otwórz oczy. To nie jest trudne. Wystarczy zmusić śpiące ciało, żeby wykonało polecenie. Powiedz głośno i wyraźnie: „Chcę otworzyć oczy" albo „Chcę się zbudzić". I będziesz bezpieczna. Jasne? Po jakimś czasie sny odejdą. Tylko, na miłość boską, nie rozdmuchuj tej iskry, bo spłoniesz. Dotarło?

W milczeniu skinęła głową.

– No, to sprawa załatwiona – powiedział, wstając. – Chodź, wyprowadzę cię.

– Dokąd? – spytała oszołomiona.

– Do wyjścia. Wracasz do domu.

Zerwała się natychmiast.

– Zaraz! Poczekaj! Musisz mi wszystko wyjaśnić! Więc moje sny to nie sny? A Mędrcy nie są dobrzy? Czemu? Przecież zabrali wybrańców w rajskie dziedziny? Dlaczego nie mogę zostać pozyskiwaczką, skoro Najwyższy obdarzył mnie talentem? Talenty trzeba wykorzystywać! Dlaczego chcesz się mnie pozbyć? Musisz mi wszystko wytłumaczyć! Co teraz ze mną będzie? Nie możesz mnie tak zostawić!

Rozłożył ręce.

– Owszem, mogę. Tak się składa, że to mój ogród. Więc ja zostaję, a ty wychodzisz.

– Nie! – krzyknęła. – To wstrętne! Nie wolno ci!

Oczy mu się zwęziły.

– Miriam – powiedział wolno. – Spotkaliśmy się przypadkiem. Zmarnowałaś największą szansę, jaką mieli ludzie od czasów Jonasa Arvaniego. Dobra, może tak było przeznaczone. Może musimy jeszcze dłużej czekać, bo to nie jest odpowiedni moment. Albo po prostu wredny, żałosny zbieg okoliczności. Nie wiem i nie obchodzą mnie powody. Przegrałem. Bo pojawiłaś się jak cholerna burza z czystego nieba, kiedy już ściskałem w garści świętego Graala. I wykopałaś mi go z ręki. Mimo wszystko nie zostawiłem cię. Pomogłem, uratowałem i sprowadziłem bezpiecznie do domu. Ale dość już tego. Chcę zostać sam i nigdy więcej nie oglądać twojej twarzy. Dla mnie masz na imię „klęska", dziewczyno.

Miriam zamilkła.

– Nie chciałam – szepnęła po chwili.

Lars poczuł nagle, jak bardzo jest zmęczony. W skaleczonej ręce pulsował ból.

– Wiem – skinął głową. – Nie mogę cię za nic winić. Ale idź już, dobra? Wystarczy, że przejdziesz przez tę szczelinę w skale, o tam, widzisz? Na moment zrobi się ciemno i obudzisz się we własnym łóżku.

Odwrócił się.

– Więc nie pomożesz mi? – spytała cicho.

– Już ci pomogłem. Wystarczająco.

– Więc można tak sobie przewrócić komuś życie do góry nogami i już? – odezwała się po chwili.

– Tak jak można jednym ruchem pogrążyć pryz, który pozwoliłby wznieść się ludziom na poziom Mistrzów Blasku – rzucił cierpko. – Wyjdź z mojego ogrodu, Miriam. Proszę po raz ostatni. Potem cię zwyczajnie wyrzucę.

– A jeśli kłamiesz? Jeśli to ojciec Jozjasz i wspólnota mówią prawdę? – rzuciła desperacko.

– To już twój problem – warknął. – I ojca Jozjasza.

Dawno powinien wysłać ją w diabły, ale nie wiedział jak. Siłą? Złapać za te chude, ptasie ramionka i wepchnąć w szczelinę? Byłoby w tym coś groteskowego i obrzydliwego zarazem. Zaatakować to chuderlawe stworzenie o wykrzywionej rozpaczą twarzyczce, wedrzeć się do jej biednego umysłu, pozbawionego nawet podstawowych osłon, i zmusić do wyjścia? Nie, to jak utopić kociaka. Podłe i niegodne. Więc co? Wyjść z ogrodu i zostawić ją samą? Przecież mogłaby tu siedzieć w nieskończoność! Na myśl, że po powrocie znów zastałby pod drzewem nieszczęsną wariatkę w workowatej kiecce, zrobiło mu się słabo. To ogród, na litość boską. Integralna część umysłu każdego Grabieżcy. A teraz oprócz zwierząt mocy ma w nim prywatnego demona, którego w dodatku sam sobie ściągnął na łeb. Brawo, Berg. Kto ma miękkie serce, musi mieć twardą dupę.

Tracił resztki cierpliwości, lecz miejsce wściekłości zajmowała powoli bezradność. I przemożne zmęczenie. Pięć razy się zastanowię, zanim kogoś znów uratuję, pomyślał z goryczą. Jezu, współczuję facetowi, który zostanie mężem tej małej.

Stała wyprostowana, z rękami sztywno przyciśniętymi do boków.

– Zabierz mnie ze sobą – wyrzuciła.

Lars poczuł, że jeszcze sekunda i trafi go szlag.

– Nie ma mowy, kurwa mać! – wrzasnął. – Zabieraj się stąd! Spadaj. Pozwól mi pracować i uratować chociaż resztki tego, co zdobyłem. Wracaj do swego pieprzonego Czajnika, ale już! Nie wiesz, gdzie jesteś?!

– Nie musisz się tak wstrętnie zachowywać – burknęła nadąsana.

Berg jęknął.

Jezu, dlaczego była taka tępa? Obiecała na początku, że nie podepcze grządek, a właśnie deptała istotny kawałek jego osobowości. Czy ta pieprznięta idiotka naprawdę nie wie, co to jest ogród?

Zadarła brodę.

– Nic więcej dla mnie nie zrobisz?

Obrócił się i spojrzał jej prosto w twarz. W szarych oczach znalazł lęk i rozpacz. I determinację, która była niczym w porównaniu z twardą jak granit nieustępliwością w jego własnych źrenicach.

– Zrobię – powiedział. – Wywalę cię na zbity łeb.

Starała się być harda, ale już pękła.

– Sama wyjdę – szepnęła.

– Doczekać się nie mogę – warknął.

Nie spodziewał się, że tak prędko odpuści, ale posłuchała. Odwróciła się i chwiejnym krokiem poszła w kierunku skalnej rozpadliny. Jeśli liczyła, że ją zawoła, rozczarowała się. Lars poczekał, aż zniknie w ciemności.

Od razu poczuł nieopisaną ulgę. W ogrodzie nareszcie zrobiło się pusto. Wodospad szumiał uspokajająco. Wielkie, rosochate drzewo o liściach wykrojonych w kształt serc rzucało na trawę okrągły cień. Panował spokój.

Jedyny ślad niedawnej obecności dziewczyny stanowiła płócienna chusteczka, którą Berg obwiązał skaleczoną dłoń. Rozsupłał prowizoryczny opatrunek, przyklęknął na brzegu jeziorka i włożył rękę do wody. Eksplodowała chmurą czerwieni, ale głęboki chłód szybko ukoił ból.

Lars usłyszał szelest między kamieniami. W trawie błysnęły dwa czarne, okrągłe paciorki oczu.

– Euzebiusz? – spytał cicho.

Ale szczur nie miał zamiaru się pokazać. Widocznie wizyta Miriam z Czajnika wytrąciła zwierzęta mocy z równowagi.

Berg wyjął rękę z wody i z braku lepszego bandaża znów okręcił płócienną chustką. Mała wróci do domu bez przepaski na włosy, pomyślał. Ma przegwizdane. Urodzić się w Osiedlu, w dodatku z talentem pozyskiwacza, to więcej niż niefart. Szkoda. Skoro weszła bez przeszkód do Biblioteki, bez przeszkolenia i praktyki, musi dysponować potężnym darem.

Przypomniał sobie szare oczy przepełnione desperacją i lękiem.

– Biedna mała – mruknął.

Teraz, kiedy już znikła, mógł pozwolić sobie na współczucie.

Wrócił pod drzewo. Usiadł ciężko, oparłszy plecy o pień. Zmęczenie dawało się we znaki, ciążyło mięśniom, odzywało się ćmiącym bólem w głowie. Starcie z awatarem i ucieczka z Biblioteki kosztowały Berga mnóstwo siły.

Sięgnął do wewnętrznej kieszeni po karty. Przez chwilę zmroziło go paskudne przeczucie, że zgubiły się podczas przejścia, ale palce do razu natrafiły na sztywne kartoniki. Odrobinę pogięte, co zauważył z niepokojem. Na szczęście rysunki nie poplamiły się krwią ani nie uległy innym uszkodzeniom.

Lars usiadł wygodniej, rozłożył karty przed sobą. Precyzyjnie nakreślone przedmioty nadal wydawały się niepokojąco nierealne, jakby pochodziły z bardzo podobnego do ludzkiego, ale rządzącego się innymi prawami świata. Długo i uważnie wpatrywał się w każdy obrazek, starając się zapamiętać jak najwięcej szczegółów. Koń. Świeca. Studnia. Im dłużej się przyglądał, tym bardziej rzeczywiste stawały się przedmioty. W powietrzu unosił się piwniczny zapach. Ponad cembrowiną stał słup zimnego, intensywnego światła, rzucający migotliwe odblaski na kamienne ściany. Wosk topniejącej świecy kapał na palce. Knot skwierczał. Na gładkich bokach konia wystąpiły plamy potu. Kopyta głucho uderzały w ziemię. Z pyska płatami spadała piana.

Przemijała wieczność. Słońce i księżyc wstawały i zapadały za horyzontem. Wicher chłostał step, gonił po niebie chmury, rozwiewał ogon i grzywę galopującego rumaka. Świeca płonęła, strzelając iskrami. Podpalała księgi. I domy. I szaty uciekających ludzi. Kamienne mury piwnicy ociekały wodą, erozja żłobiła w ścianach nisze i kolumny. Korzenie drzew przebijały się przez strop, dziurawiły sklepienie. Słup blasku strzelał w niebo, przyćmiewając słońce i księżyc. Wypalał gwiazdy, eksplodował światłem w ciemnościach kosmosu. Płonął. A w tle brzmiało wysokie, oszalałe rżenie konia.

Przeciągły ptasi okrzyk i trzepotanie skrzydeł wyrwały Berga z transu. Rozejrzał się nieprzytomnie. W gałęziach drzewa mignęło coś białego, zaświeciły szeroko rozwarte ślepia.

– Dzięki, pani Luizo – powiedział ochrypłym głosem. – Zamyśliłem się.

Wielka sowa śnieżna nie odpowiedziała. Nie spodziewał się niczego prócz milczenia, bo nigdy się nie odzywała. Wykręciła głowę zupełnie do tyłu i zaczęła czyścić pióra.

Lars schował karty do kieszeni. Palce trochę mu drżały. Pewnie ze zmęczenia.

– Czas do domu – mruknął do Luizy. – To był wariacki abordaż.

Sowa mrugnęła jednym okiem.

Rozdział 3

Miriam ocknęła się. Leżała na pryczy, wbijając wzrok w pobielony wapnem, znienawidzony sufit celi. W gardle czuła ucisk i wstrętny, gorzki smak łez. Ściany ciasnej izdebki pochylały się ku sobie, przytłaczały. Siedmiu Mistrzów Blasku z obrazka nad drzwiami, odzianych w błękitne i złote szaty, szyderczo wykrzywiało starcze twarze. Miriam skuliła się, zasłoniła rękami twarz. Wątłymi ramionami wstrząsnął szloch.

– Nienawidzę was wszystkich! – wyszeptała z pasją.

Naciągnęła koc na głowę, żeby nie widzieć ponurego pokoiku i drwiących min Mędrców znad drzwi. Wypchany słomą siennik, równie cierpliwie jak wiele razy przedtem, wchłaniał płynące po policzkach łzy.

Leżał w ciemności, wsłuchany w kojące mruczenie maszyn. Powrót przebiegł łagodnie, bez wstrząsów. Berg odczekał, aż niski dźwięk pracujących urządzeń przejdzie w cichy, jednostajny szmer, i uniósł pokrywę koi. Przyćmione światło wypełniające azyl złotawą poświatą nie raziło oczu.

Usiadł, spuścił nogi na podłogę. Odczekał, aż ustanie lekki zawrót głowy, i wstał. Tarcza wewnątrz czaszy wirowała leniwie, z każdym obrotem wytracając prędkość. Proces przeniesienia już się zakończył. Berg podszedł do sezamu, otworzył przezroczystą kopułę. Pochylił się nad tarczą, czując w piersi gwałtowne bicie serca. Nie mógł się doczekać, aż zobaczy, jaką formę przybrały karty po przejściu.

Wyłączył maszyny. Odkrył przesłonę i zerknął w głąb czaszy. We wnętrzu urządzenia coś lśniło metalicznie. Lars wsunął dłoń w otwór, dotknął chłodnej, gładkiej powierzchni. Przesunął dźwignię zamka.

Zaraz je zobaczę, pomyślał.

Na mlecznej wypukłości czaszy pojawiła się cienka szczelina. Po chwili dwie połówki rozsunęły się bezgłośnie, ukazując trzy srebrzyste płytki leżące na dnie. Berg wyciągnął dłoń. Były cieńsze niż karty wykradzione z Biblioteki i odrobinę mniejsze. Na każdej widniał jednak ten sam precyzyjny rysunek, wytrawiony na powierzchni metalu cieniutkimi rytami. Odwrotne strony płytek ozdabiał znak przekreślonej strzały, identyczny jak na teczce, w której Lars znalazł karty.

Pozyskiwacz odetchnął z ulgą. Podczas przejścia pryz nie uległ uszkodzeniu. I na pierwszy rzut oka widać, że jest wiele wart. Położył płytki na blacie i zabrał się za ściąganie stroju do abordażu. Przyjrzał się krytycznie rudej plamie krwi na kieszeni. Kurtka musi trafić do prania. Tunika także. Jest przepocona. Brązowawe plamki u dołu świadczą, że jej też się oberwało, kiedy skaleczył się siecią Stockla. Spodnie od biedy ujdą, ale im również przyda się pranie.

Z przyjemnością założył normalne ubranie.

W szorstkim, wielobarwnym stroju akolity zawsze czuł się jak przebieraniec. Rozplątał szmatkę Miriam i rzucił na stertę ubrań. W apteczce znalazł słój z bladozieloną maścią i posmarował grzbiet dłoni cienką warstwą. Skrzywił się, bo zapiekło. Maść szybko wsiąkła w ranę, zabezpieczając powierzchnię gładką, elastyczną błonką. Lars wyłączył maszyny, zgarnął z podłogi brudne łachy. Wychodząc, zabrał z blatu karty i wyłączył światło. Drzwi do azylu zasunęły się z cichym szelestem.

Berg starannie odłożył karty na stół i zaniósł brudne ciuchy do łazienki. Kiedy ciskał je do kosza, nabrał przemożnej ochoty na kąpiel. Wysoko pod sufitem na kształt ogromnego kokonu wisiał miedziany baniak z wodą. Żarnik zamknięty w opalizującym mlecznie sześcianie świecił równo i jasno. Lars pozyskał go niecały rok temu, więc nie musiał oszczędzać wody. Wystarczy, że odkręci krany, a do wanny spłynie cudowna, gorąca struga, która zmyje zmęczenie i stres pozostały po abordażu.

Jednak fioletowy poblask za oknami przypominał, że nad miastem zapada zmierzch. Berg niechętnie zrezygnował z myśli o kąpieli. Jeśli chce sprzedać bez problemów tak cenny pryz jak karty, powinien znaleźć kupca jeszcze wczesnym wieczorem, zanim wszędzie zrobi się tłoczno. Duże transakcje nie lubią ani tłumu, ani rozgłosu. Inaczej jutro wszyscy będą gadać, że spotkał się z Chryzostomem Albą.

Skrzywił się z niesmakiem. Czemu nie zajmą się własnymi sprawami, do diabła?

Wrócił do pokoju i ostatni raz przyjrzał się płytkom. Przez chwilę wodził palcem po misternych liniach grawerunku. Trudno, pomyślał. Nie udało się zdobyć wszystkich. Ale i te trzy mogą nas przybliżyć do sukcesu. Kiedyś, może jeszcze za mojego życia, szlag trafi Mistrzów Blasku i ich parszywą Arkadię. Miło będzie pomyśleć, że się do tego choć trochę przyczyniłem.

Wsunął karty do kieszeni na piersi. Światło w pomieszczeniu ledwo się ćmiło, więc go nie wyłączył. Lepiej sprawiać wrażenie, że nie wyszedł z domu. Sześć kul, zwanych lampami Aladyna, rozmieszczonych w różnych punktach mieszkania, mogło przemienić trzy pokoje, kuchnię i łazienkę w gigantyczną flarę, ale Lars wolał stłumione światło. Po co rzucać się w oczy? I tak na tle migotliwych ogników lamp olejowych, widocznych zza szyb sąsiednich kamienic, często jego okna lśniły, jakby trzymał w domu prywatne słońce. Na taki luksus mógł sobie pozwolić tylko ktoś bardzo bogaty. Albo pozyskiwacz. A ludzie różnie reagowali na sąsiedztwo pozyskiwacza. Poza tym Berg nie lubił wzbudzać zainteresowania. Ava śmiała się z niego, twierdząc, że jest o krok od paranoi.

Ava. Czerwonowłosa, smukła, potężna jak surmy zbrojne, z nogami sięgającymi nieba i twarzą gotyckiego anioła. Jego utracona walkiria.

Wspomnienie dziewczyny zabolało, jak zwykle, niespodziewanie mocno. W takich chwilach brak Avy, na co dzień spychany gdzieś poza świadomość, stawał się fizycznie odczuwalny jak głód czy niedostatek tlenu.

Mieszkanie wydawało się puste i zimne niczym grobowiec. Każdy przedmiot opowiadał po swojemu historię jej nieobecności. Upływ czasu niczego tu nie mógł zmienić. Trzy lata minęły puste jak bańki z mydła.

Berg bezwiednie położył dłoń na kieszeni z kartami. Pryz, przypomniał sobie. Jeśli chciał coś dzisiaj sprzedać, powinien już wyjść. Naciągnął kurtkę. Wczesna jesień przyniosła ze sobą chłód. Trzasnął drzwiami i wyszedł w mrok.

„Babilon" rozpościerał się za wielkimi metalowymi drzwiami z cyklopim ślepiem judasza pośrodku. Nad wejściem nie kołysał się żaden szyld, który poinformowałby obcego, że wewnątrz znajduje się rozległa, mroczna kraina, rządząca się własnymi prawami i obyczajami. Królestwo Grabieżców.

Wielki, pokraczny budynek, który krył w sobie „Babilon", tonął w mroku. Nikt już nie pamiętał, czemu służył dawniej. Może był halą fabryczną, może magazynem albo obiektem sportowym. W każdym razie teraz wyglądał jak ruina mezopotamskiego zigguratu. W uliczce, do której przylegał, wąskiej i zaśmieconej, późnym wieczorem zawsze czaiły się cierpliwe cienie. Pozyskiwacze, żądni przygód przybysze i drobni krętacze, liczący, że uda im się wniknąć do środka. Jednak cyklopie oko na drzwiach nigdy nie pozwalało się oszukać. Bramy „Babilonu" otwierały się tylko przed wybrańcami. Ponad framugą kołysała się duża, jasna lampa Aladyna, świecąca niby gwiazda w ciemności uliczki. Tkwiła na posterunku od lat, ułatwiając selekcję gości, i jakoś nikt do tej pory nie ośmielił się jej ukraść.

Berg zaklął pod nosem, gdy dwie niewysokie postaci oderwały się od ściany i ruszyły w jego kierunku. Jednak przyszedł za późno. Hieny już tu były.

Drobna dziewczyna z makijażem imitującym lamparcie cętki przyskoczyła i chwyciła go za ramię.

– Och, to ty! Co za niespodzianka! Pamiętasz mnie, prawda? – zaszczebiotała. – Widzieliśmy się ostatnio w „Veve". Może tydzień temu.

Szczerzyła zęby w przymilnym, nieszczerym uśmiechu. Plamki na niezbyt ładnej, dziecinnej twarzy wyglądały jak liszaj. Berg stanowczo wyswobodził rękę z uścisku.

– Nie chodzę do „Veve" – powiedział i ruszył do drzwi, ale zagrodziła mu drogę.

– No pewnie! – zawołała szybko. – To było u Anzelma!

Lars westchnął.

– Ani u Anzelma, ani na targu, ani u samego diabła. Myślisz, że się nabiorę na te tandetne numery? Słyszałem je milion razy. Wysil swoją inteligencję, królewno, i wymyśl coś lepszego.

Oczy dziewczyny zrobiły się okrągłe i puste jak dno szklanki.

– Ale na pewno się widzieliśmy – wymamrotała bezradnie.

– Jasne – rzucił Berg. – W zoo.

Otworzyła usta ze zdumienia. Minął ją i ruszył do przodu. Wtedy wystartowała druga. Była równie młoda, ale znacznie ładniejsza. Nawet krzykliwy makijaż i tandetna sukienka nie szpeciły niebanalnej twarzy i smukłej sylwetki.

Ta się pewnie załapie, pomyślał Berg. Ale nie ze mną.

– Hej – zagadnęła niskim, głębokim głosem. – Zabierz mnie z sobą. Nie pożałujesz.

Pokręcił głową.

– Nie da rady – mruknął. – Próbuj dalej.

Pokazała w uśmiechu ostre, drobne zęby.

– Jesteś pewien? A może jednak?

– Nie, królewno. Znajdź innego frajera.

Odsunęła się o krok.

– Trudno. – Posłała Larsowi kolejny olśniewający uśmiech. – Twoja strata, panie Końska Czaszka.

Zmrużył oczy.

– Jakoś to zniosę – powiedział.

Cofnęła się i pozwoliła mu przejść.

– Mam na imię Laura – zawołała za nim. – Tak na przyszłość.

Nie obejrzał się.

– Pomyślnych łowów, Lauro – mruknął.

Nie zdążył nawet zapukać, gdy drzwi „Babilonu" rozwarły się ze skrzypieniem. Potężna sylwetka Kryspina niemal całkowicie zasłaniała wejście. Wykidajło rozpromienił się, jakby ujrzał utraconego w dzieciństwie brata.

– Dobry wieczór, panie Bergerson – zahuczał głosem donośnym jak odgłos bębna.

Lars skinął głową.

– Dużo dziś gości? – zagadnął.

Kryspin odsunął się, żeby go przepuścić.

– Niezbyt, proszę pana. Jeszcze wcześnie.

Berg przede wszystkim chciał się zorientować, czy przyszedł już Alba, ale postanowił spytać barmana. Kryspin nie musi wiedzieć, że poszukuje handlarza. Ostrożność się zawsze opłaca.

We wnętrzu panował półmrok, dający Grabieżcom miłe poczucie intymności, konieczne, żeby czuć się swobodnie. „Babilon" nie był zwykłą knajpą. Był odrębnym światem. Trochę targowiskiem, trochę świątynią, a z pewnością królestwem należącym niepodzielnie do Grabieżców. Niektórzy spędzali tutaj pół życia. Prowadzili rozmowy handlowe, spotykali przyjaciół, kochali się, nienawidzili, wdawali w bójki albo romanse. Tu naprawdę istnieli.

Ogromna przestrzeń „Babilonu" przywodziła na myśl jaskinię, w której tkwią zapadnięte ruiny jakiejś antycznej cywilizacji. Dwa górne poziomy wspierały się na potężnej kolumnadzie. Filary oplatały skomplikowane ornamenty, w które, jak głosiła legenda miejska, wrysowane były ochronne pentakle.

Berg uniósł wzrok. Na antresoli płonęły znajome konstelacje oliwnych lampek, ale większość stolików czekała pusta na gości.

Na dole było chyba jeszcze mniej ludzi. Pośrodku, niczym na wpół zburzony barbakan, wznosiło się półkole baru i trzy wielkie, miedziane banie browaru, podobne do lśniących kopców termitów. Przy kontuarze siedziało może ze dwadzieścia osób. Kilka cieni snuło się z drinkami pomiędzy stołami, jakaś para tańczyła czule objęta. Ze ścian wykrzywiały się do gości pyski ogromnych płaskorzeźb. Patrzyły puste oczodoły smoczych czaszek. Twarze gorgon, lamii i trytonów otwierały usta do krzyku. Wiły się splecione w uścisku, walczące bestie. Galeria osobliwości mistrza Arvaniego. Pod szczerzącymi kły paszczami potworów można było przejść do kryjących się za nimi gabinetów. Doskonałych do prowadzenia negocjacji, bo idealnie osłoniętych przed wzrokiem i słuchem postronnych, tak że Lars nie mógł się zorientować, ile jest już zajętych ani czy w którymś nie siedzi przypadkiem Alba. Z zewnątrz wyglądały jak grobowce, ale w środku zamiast sarkofagów rozpierały się kanapy, fotele i niskie stoliki.

Ostatnią kondygnację postanowił sobie na razie odpuścić. Prawdopodobieństwo, że Alba poszedł na dół, wydawało się nikłe. Chyba że załapał jakiegoś naprawdę poważnego klienta albo poszedł się zabawić. Piwnice „Babilonu" jeszcze bardziej przypominały labirynt. Berg setki razy chodził ich krętymi korytarzami i za każdym razem miał wrażenie, że wszystko wygląda zupełnie inaczej niż ostatnio. Płaskie, pokryte ornamentami półkolumny myliły się, kamienne ściany pojawiały się nagle tam, gdzie, jak mógłby przysiąc, nigdy ich nie było. Lars bez trudu potrafił znaleźć drogę do małego baru, zwanego potocznie „Bańką", wiedział, gdzie mieszczą się gościnne pokoje dla pozyskiwaczy, którzy z jakichś przyczyn chcieli nocować w „Babilonie", i prywatne apartamenty kilku Grabieżców. Ze dwa razy pojawił się na zamkniętej imprezie w wielkiej, ponurej sali bankietowej, raz chyba nawet zaproszony przez Albę, a i tak uchodził za człowieka doskonale orientującego się w labiryncie. Jedynym miejscem, do którego trafiało się naprawdę łatwo, było jasno oświetlone, zupełnie pozbawione mrocznego uroku skrzydło, mieszczące przyzwoicie wyposażone azyle, przeznaczone, rzecz jasna odpłatnie, dla początkujących pozyskiwaczy, którzy jeszcze nie dorobili się własnego sprzętu. Sam kiedyś musiał z nich korzystać, na szczęście dość krótko. Do pozostałych pomieszczeń byłby pewnie w stanie trafić, ale z dużym trudem. Resztę labiryntu stanowiły zaplecza knajpy, magazyny, kuchnia, gorzelnia i diabli wiedzą co jeszcze. Część ogromnych piwnic od lat trwała pogrążona w mroku. Czasem któregoś pozyskiwacza nachodziła chęć na spacer pustymi korytarzami. Podobno niektórzy nigdy nie wrócili. Berg, jeszcze jako zupełny szczeniak, odbył kilka wypraw do labiryntu w towarzystwie Franka i Dirka, ale znaleźli tylko rzędy zamkniętych drzwi. Podobno klucze zaginęły w zamierzchłych czasach, a pytana o nie obsługa z uprzejmymi minami rozkładała ręce.

O piwnicach „Babilonu" krążyły niestworzone opowieści. Jedni twierdzili, że spoczywają tam zgromadzone przez gildię skarby, inni przysięgali, że wynalazki i przedmioty pozyskane przez Arvaniego. Część skłaniała się do twierdzenia, że sam założyciel szkoły Grabieżców leży gdzieś tu pogrążony w transie, ani żywy, ani umarły, a za zamkniętymi drzwiami otwierają się przejścia do innych światów.

Niezłe brednie, pomyślał Berg. Ale trzeba przyznać, że mają się czym karmić.

„Babilon" stał się pierwszą siedzibą gildii i został zaprojektowany, według ścisłych wskazówek Arvaniego, przez jego przyjaciela, architekta nazwiskiem Lidle. Lars nie mógł oprzeć się wrażeniu, że jeden musiał być miłośnikiem archeologii, a drugi zapalonym grotołazem. Obu za to łączyło głębokie upodobanie do dziwactw i grozy.

Berg spędzał w klubie tyle czasu, że przywykł do mrocznego nastroju knajpy, ale na niektórych młodych pozyskiwaczach „Babilon" robił niezłe wrażenie. Zastanowił się przelotnie, jak zareagowałaby Miriam z Czajnika, gdyby przyprowadził ją w miejsce, które uważał za drugi dom. Może byłaby zachwycona. Kto wie jak żyła w tym swoim dziwacznym kibucu.

Przeszedł przez salę, kierując się prosto do baru. Po drodze odpowiedział na pozdrowienia kilku znajomych, na szczęście na tyle dalekich, że go nie zaczepiali. Oparł się o ciemny, szeroki kontuar. Homer, który starannie wycierał szklanki, usłyszał, że ktoś podszedł, i odwrócił się. Na jego płaskiej, kanciastej twarzy pojawił się uśmiech.

– Witaj, Berg – powiedział. – Co podać?

W szeroko rozwartych, pozbawionych powiek oczach barmana ślizgał się odblask lampek. Dwa matowe, jednobarwne kamienie wstawione w oczodoły wyglądały jak upiorne bielma. Lars wzdrygnął się mimo woli. Chociaż znał Homera od lat, wciąż nie potrafił przyzwyczaić się do tych koszmarnych, zielonych ślepi.

– Daj duże piwo – powiedział spokojnie.

Nie potrafił odgadnąć, czy barman zauważył to drgnięcie i słusznie wziął je za objaw odrazy. Nie chciał urazić człowieka, którego miał w jakimś sensie za przyjaciela, a w każdym razie za kogoś życzliwego i godnego szacunku. Ale, do cholery, Homer sam był sobie winien, jeśli wsadzał kawałki nefrytu w puste oczodoły. Twierdził, że dzięki kamieniom jest w stanie lepiej widzieć trzecim okiem.

Barman płynnym ruchem sięgnął po szklankę. Powoli, niemal z namaszczeniem, odkręcił kurek i zaczął toczyć gęsty, pszeniczny trunek z wielkiej beki pod barem. Poruszał się pewnie i z gracją. Nic nie wskazywało, że od dawna jest zupełnie ślepy. Był niezłym Grabieżcą, zanim nie stracił wzroku podczas abordażu. Lars pamiętał go jeszcze ze szkoły, chociaż w tamtych czasach nie utrzymywali kontaktu. Sporo starszy Homer nie uważał za stosowne spoufalać się z pierwotniakami.

– Trzymaj, Lars. – Bez wahania podał szklankę prosto do ręki Berga. – Świeżutkie i chłodne.

Bergerson z przyjemnością upił duży łyk. Piana, wysoka i sztywna, dopiero zaczęła osiadać, a półprzejrzysty, lekko tylko mętnawy trunek miał piękny, złoty kolor. Maszyneria browaru bulgotała kojąco. Lubił patrzeć, jak w szklanych cylindrach przelewa się piwo. Bez dwóch zdań, w „Babilonie" warzyli najlepsze w mieście.

Homer przestawiał butelki. Gliniane na niższe półki, szklane na górę. Niektóre ze szklanych były poobijane od wielokrotnego użycia, większość pozbawiona nalepek. Homer segregował je według własnego, niepojętego kodu.

– Nie widziałeś dzisiaj Alby? – zagadnął Lars.

Barman roześmiał się.

– A co? Masz wartościowy towar do opchnięcia?

Berg skinął głową.

– Może i tak – przyznał.

Barman cmoknął.

– Ten sukinsyn ma szósty zmysł, Lars. Jasne, że jest. Jakby wiedział, cholera. Pewnie dlatego tak dobrze mu idzie.

Bergerson pozwolił sobie na uśmiech.

– Może też korzysta z trzeciego oka.

Homer położył wielkie jak talerze dłonie na kontuarze i wychylił się w przód.

– I trzeciego ucha.

– Gdzie go znajdę?

Barman wzruszył ramionami.

– Sam cię znajdzie. Poszedł na dół, ale chyba już wrócił. Niedawno słyszałem, że się tu kręci.

– Dobra. – Lars upił kolejny łyk piwa. – Dzięki, Homer. Poszukam go.

– Nie musisz. – Wąskie usta byłego Grabieżcy rozciągnęły się w uśmiechu. – Zerknij no tam.

Ruchem podbródka wskazał za plecy Berga. Lars się odwrócił. Niski, szczupły mężczyzna płynął w stronę baru. Poruszał się lekko i posuwiście, jakby wcale nie przebierał nogami. W ten sposób powinny przemieszczać się widma. Twarz miał nieruchomą jak zamarznięta woda.

Bergerson potrząsnął z niedowierzaniem głową.

– Niezły jesteś – rzucił Homerowi z nutką podziwu w głosie.

Barman uniósł palec.

– Trzecie oko – powiedział z dumą.

Lars oparł się plecami o bar i czekał.

– Witaj, Wilf – mruknął do przybysza.

Ochroniarz Chryzostoma Alby ukłonił się sztywno. Drobny, starannie ubrany, o martwej twarzy pokerzysty, z pozoru wyglądał jak zawodowy szuler, ale w mieście chodziły słuchy, że był Tancerzem. Berg nie miał pojęcia, w jaki sposób Alba miałby skłonić prawdziwego Tancerza, żeby dla niego pracował, lecz wcale nie wykluczał tej możliwości. Chryzostom Alba był człowiekiem wielu talentów.

– Pan Alba pozdrawia – powiedział Wilf miękko, jakby recytował wyjątkowo piękny wiersz. – I pyta, czy pan Bergerson nie zechce przyjąć zaproszenia na drinka i pogawędkę?

– Pan Bergerson przyjmie z przyjemnością. – Lars uśmiechnął się krzywo, zastanawiając się usilnie, czy sukinsyn naprawdę ma szósty zmysł, czy zadziałał zwykły przypadek.

– W takim razie proszę ze mną. – Wilf przepłynął posuwiście przed Berga. – Pan Alba czeka w gabinecie.

Przeszli przez salę, lawirując między wciąż pustymi o tej porze stołami, i weszli w rozwarte do krzyku usta wyrzeźbionej na ścianie gorgony. Chryzostom Alba wstał z sofy, wyciągnął na powitanie rękę.

– Berg! – zawołał serdecznie. – Dawno cię nie widziałem. Siadaj, proszę.

Lars potrząsnął zimną, kościstą dłonią handlarza, nie mogąc oprzeć się wrażeniu, że ściska druty oblepione śniegiem. Opadł w miękkie objęcia sofy, a Alba rozsiadł się wygodnie po przeciwległej stronie. Wilf zniknął dyskretnie. Handlarz sięgnął po stojącą na stoliku butelkę.

– Napijesz się? – spytał.

Berg uniósł nieco szklankę z piwem.

– Mam własne.

Wąskie, blade wargi Alby rozciągnęły się w uśmiechu.

– Nie odmawiaj pochopnie, Berg. To prawdziwa whisky. Ma pewnie ze sto lat.

– Świętujesz coś? – zdziwił się Lars.

Wiedział, że Alba jest bogaty, ale taki trunek kosztował fortunę. Handlarz zmrużył powieki.

– Nie. Wydaję ciężko zarobione pieniądze. Każdemu się należy odrobina luksusu.

Podsunął Bergowi szklankę. Lars chwilę obracał ją w palcach, zanim zdecydował się wypić łyk. Cudowny, aromatyczny trunek rozlał się miłym ciepłem w przełyku i żołądku.

– Niebywała – przyznał. – Miałem szczęście, że się załapałem. Tylko dlaczego ja?

Alba milczał, lekko uśmiechnięty. Berg czekał w napięciu, ale nic się nie wydarzyło. Nie zemdlał, nie doznał niekontrolowanego odjazdu, nie upił się ani nie został zmuszony do mimowolnych, wywołanych narkotykiem wyznań. Wyglądało na to, że handlarz po prostu poczęstował go bezcenną, prawdziwą whisky. I to zaniepokoiło Berga jeszcze bardziej. Wie o kartach, przebiegło mu przez myśl. I o Bibliotece. Tylko jak to możliwe? Skąd się skurwysyn dowiedział?

Starał się panować nad twarzą i gestami, żeby nie zdradzić zdenerwowania. Ufał Albie tyle, co wściekłemu psu, ale i tak o wiele bardziej niż innym handlarzom. Zresztą Człowiek w Bieli dawał najlepsze ceny. Praktycznie zmonopolizował rynek najbardziej wartościowych pryzów.

Na owalnej, regularnej twarzy handlarza uczucia malowały się jasno i szczerze. Ale tylko pozornie. Dobry handlarz powinien być dobrym aktorem, a Alba opanował tę sztukę do perfekcji. Emocje pojawiały się i znikały nałożone na rysy Chryzostoma jak maska, ale Lars przejrzał go już dawno. Doskonale wiedział, że prawdziwa twarz Człowieka w Bieli jest martwa i nieruchoma niczym pokerowe oblicze Wilfa. Blada gęba manekina, miękka, jakby wyrzeźbiona w kawałku mydła. Albo śniegu. Odznaczały się w niej tylko nienaturalnie czarne oczy, podobne do dwóch pistoletowych postrzałów. Alba nosił się całkowicie na biało. Nawet długie, związane na karku włosy lśniły nieskazitelnym blaskiem lodu. Nigdy żaden pozyskiwacz nie widział handlarza ubranego inaczej. Także sprzączki, metalowe guziki, wszystkie podobne elementy stroju i cienka obrączka na chudym palcu były białe, jakby oszroniały natychmiast po zetknięciu ze skórą Alby.

Lars napił się whisky i potarł podbródek. Wszystko fajnie. Tylko że w północnych dzielnicach miasta Facet w Bieli podobno przemieniał się w Faceta w Czerni. I pod innym nazwiskiem kręcił z Tancerzami. A w ponurym światku szulcrów i dziwek znano go jako Pana Niebo, bo ubierał się wyłącznie w błękity. Jeśli to rzeczywiście Alba. Jeśli w tych gadkach tkwiło ziarno prawdy.

I tak będę na ciebie uważał, panie Biały, pomyślał Berg.

– Szukałem cię – powiedział.

Handlarz uniósł brwi.

– Tak? Co za przypadek.

Berg splótł palce.

– Szczęśliwy przypadek, Alba. Dla ciebie i dla mnie.

Chryzostom poprawił się na sofie. Tym razem włożył maskę pod tytułem „uprzejme zainteresowanie". Ale w głębi czarnych jak dziury oczu zabłysł i zgasł słaby ognik.

– Masz dobry pryz?

Berg skinął głową.

– Niezły – przytaknął.

– Stawka zwyczajowa? – spytał Alba.

Lars się uśmiechnął.

– Nie ma mowy.

– Coś ekstra – mruknął handlarz. – Pokaż.

Berg wyciągnął karty. W świetle małej żarnikowej lampki wiszącej nad stołem lśniły miodowymi rozbłyskami.

– Trzy złote rybki – powiedział. – Spełniają życzenia.

Alba przełknął ślinę, jakby zaschło mu w ustach.

– Moje z pewnością – przyznał uczciwie. – To naprawdę ekstra pryz.

Wyciągnął rękę, ale Berg nakrył karty dłonią.

– Nie tak szybko.

Blade wargi Alby drgnęły.

– Pozwól mi je sprawdzić. Możesz sam wgrać w czytnik.

– Dobrze – zgodził się Lars. To była uczciwa propozycja.

Handlarz podał mu urządzenie, więc Berg przesunął powoli ramieniem czytnika nad powierzchnią płytek. Alba sprawdził wynik.

– Niezwykłe – mruknął. – Oczywiście biorę i przebijam wszystkie ewentualne oferty. Jednak nie dam rady znaleźć od ręki nabywcy. To zbyt cenny i unikalny pryz. Daj mi ze trzy dni, dobrze?

Lars pociągnął łyk whisky.

– Zgoda. Ale w zamian dostanę jeszcze jedną szklaneczkę.

Twarz handlarza rozpromieniła się.

– Nawet dwie.

Znów wyciągnął rękę po pryz, jednak Berg był szybszy.

– Teraz ich nie dostaniesz – powiedział spokojnie. – Dopiero jak dostarczysz całość forsy. Stawka oczywiście najwyższa.

Alba rozłożył ręce.

– Chciałem wziąć tylko jedną.

Oczy Berga zrobiły się chłodne i odległe jak zimowy ocean.

– Nie ma mowy. Masz dane w czytniku. To wystarczy.

Handlarz westchnął.

– Będzie musiało.

Berg rozparł się wygodnie na sofie.

– Aha, jeszcze jedno – rzucił.

Alba spojrzał wyczekująco. Lars uśmiechał się szeroko.

– Zaliczka – powiedział.

– Oczywiście – mruknął Chryzostom. – Zaliczka.

Gdy Berg opuścił gabinet handlarza, w butelce została mniej niż połowa trunku. Karty nadal spoczywały bezpiecznie w kieszeni na piersi pozyskiwacza, a jego portfel miewał się znacznie lepiej niż rano. Oczywiście, ktoś bardziej ostrożny zostawiłby pryz w domu, starannie ukryty, a Albie przedstawił tylko dane z czytnika. Ale takie zachowanie nie było w dobrym tonie. Transakcje wymagały pewnych rytualnych gestów, a okazanie zaufania, choćby wyłącznie kurtuazyjnego, należało do najważniejszych. Handlarz poczułby się obrażony, a Berg nie miał zamiaru narobić sobie wrogów. Zresztą w „Babilonie" było bezpiecznie. Do środka mogli wejść tylko Grabieżcy i zaufani pozyskiwacze. Jasne, że środowisko było skłócone, podzielone i zazdrosne, a między pozyskiwaczami zdarzała się czasem głęboka nienawiść, lecz w dawnej siedzibie gildii obowiązywały szczególne prawa. Nigdy nikogo tu nie napadnięto i nie zrabowano pryzu, bo każdy, nawet beznadziejny pierwotniak, mógł kiedyś pojawić się w knajpie z wartościową zdobyczą. I każdemu, kto na co dzień ryzykował życie, potrzebne było miejsce, gdzie nie musiał się martwić o swój tyłek. Handlarze też nie mieli żadnego interesu w ograbianiu swoich dojnych krów. Nawet gdyby któregoś skusił pryz oszałamiającej wartości, byłby to numer na raz. W branży natychmiast by się rozniosło, kto stał za rabunkiem, a to oznaczałoby koniec kariery. Handlarze tacy jak Alba żyli z pryzów. Utalentowany Grabieżca, który regularnie przynosił cenne zdobycze, miał o niebo większą wartość niż okradziony Grabieżca, leżący w zaułku z poderżniętym gardłem. Jasne, że zdarzały się napady na pozyskiwaczy. Ale potencjalni złodzieje wywodzili się spoza struktury. Zwykle były to przypadkowe grupy wyrostków, zbyt głupich, żeby wiedzieć, w co się pakują, albo szumowiny ze slumsów, którym zachciało się akurat szukać szczęścia. A musieliby mieć go dużo, żeby trafić akurat na bezbronnego Grabieżcę niosącego cenne zdobycze. Uczniowie szkoły Arvaniego umieli się bronić. Berg zazwyczaj wolał nosić przy sobie wartościowe, drobne pryzy, niż zostawiać je w skrytce w azylu. Coś mu mówiło, że mimo zabezpieczeń w razie czego mieszkanie poradziłoby sobie gorzej niż on. Włamania do azylów zdarzały się znacznie częściej niż napaści na pozyskiwaczy. Nawet ci, którzy zgodzili się pracować dla jakiejś dużej stajni i byli objęci ochroną, często po powrocie do domu zastawali swoje azyle zupełnie splądrowane.

Berg bezwiednie dotknął kieszeni i uśmiechnął się. Wkrótce spłynie mu do rąk piękna, okrągła suma. Wiedział, że Alba go nie oszuka. Za dużo sam by na tym stracił. Widać nieznany bóg Grabieżców pobłogosławił jednak ostatni abordaż.

W „Babilonie" zrobiło się gwarno. Lars nie zdążył jeszcze dojść do baru, gdy podniosło się kilka powitalnych okrzyków. Przy długim stole siedzieli Roxy, Uter, Lila i Frank. Szczerzyli w uśmiechach zęby i machali rękami. Berg, przebijając się przez tłum w kierunku przyjaciół, zauważył kątem oka ostrą, wyzywająco umalowaną twarz Laury. Wdzięczyła się do jakiegoś rosłego pozyskiwacza przy barze.

Wiedziałem, że ci się uda, królewno, pomyślał.

Przywitał się z kumplami, usiadł między nimi na ławie, zamówił piwo i poczuł się naprawdę w domu.

Kiedy Kryspin otworzył przed nim uprzejmie drzwi „Babilonu" i wypuścił na ulicę, już dniało.

Rozdział 4

Trzask. Motyka trafiła na coś twardego i obsunęła się ze zgrzytem. Pewnie kamień albo kawał żelastwa. Z poletka zbierało się więcej śmieci niż kartofli. Miriam szturchała ziemię wokoło końcem narzędzia. W sumie i tak będzie zmuszona uklęknąć i wygrzebać rękami zawadzający przedmiot. Rozprostowała obolałe plecy. Motyka ciążyła w rękach, więc rzuciła ją na ziemię. Przykucnęła i zaczęła niemrawo rozgarniać bruzdę. Nienawidziła pracy w ogrodzie. Chyba nawet bardziej niż sprzątania i prania. Do tkania nie miała cierpliwości, ale to zajęcie przynajmniej pozwalało zaznać odrobiny samotności. Przędzenia nie znosiła, bo kołowrotki stały w jednej sali, więc wciąż była narażona na towarzystwo innych dziewcząt. Niańczenie dzieci nie wchodziło w grę. Nigdy by nie zezwolili, żeby podjęła podobne zajęcie. I dobrze, bo wcale jej do tego nie ciągnęło. Podcierać brudne tyłki i wycierać zasmarkane nosy. Też mi przyjemność. Z zadań gospodarskich najbardziej lubiła zajmować się zwierzętami, ale ta wredna suka, matka Marta, musiała zauważyć, że karmienie i dojenie sprawia jej przyjemność, więc powierzyła wszystkie obowiązki związane z hodowlą tej głupiej Ruth i Zuzannie. Nawet durne kury i kaczki jej zabrała, odrzucając prośbę Miriam o opiekę nad kurnikiem.

Bodajby pokręciło tę starą wiedźmę, pomyślała, obrzucając nienawistnym spojrzeniem porzuconą obok motykę, która wyglądała całkiem jak matka Marta. Równie wstrętna, chuda, krzywa i brzydka.

– Patrzcie no! – drwiący głos rozległ się tuż za plecami Miriam. – Z gołą głową paraduje, ladacznica jedna. Wstydu nie ma!

Dziewczyna drgnęła. Pięknie, pomyślała. Jeszcze mi tu brakowało Rebeki. Ale tym razem nie da się sprowokować. Zacisnęła zęby i dalej rozgrzebywała bruzdę.

– Bez wstydu całkiem! Patrzcie, bez wstydu! – wrzeszczała dalej przysadzista młoda kobieta, jakby coś się w niej zacięło.

Miriam drapała paznokciami ziemię do wtóru tego monotonnego refrenu, przekonana, że Rebeka jest po prostu za głupia, żeby wymyślić cokolwiek innego.

Kobiety przestały pracować, gapiły się bezmyślnie.

– Hej, Miriam! – krzyknęła nagle znana z wtrącania się w cudze sprawy Rachela. – Jakże to tak, z gołą głową? Wstyd! Czekaj, niech się dowie matka Marta!

– Albo ojciec Jozjasz! – pisnęła cienko Berta.

– Zakryj se te kłaki, bo ci wrona narobi! – zarechotała Rachela, biorąc się pod boki.

– Bo pomyśli, że to gniazdo! – dodała szybko Berta.

W jednej chwili na polu podniósł się gwar. Kobiety gęgały jedna przez drugą.

Sytuacja zrobiła się tak napięta, że Miriam nie mogła dłużej ignorować zaczepek. Wstała, dysząc ze złości i upokorzenia.

– Wam wrony narobiły pewnie do głowy – syknęła – bo nie znalazły rozumu.

– Co ta wywłoka gada?! – wrzasnęła Rebeka. – Że my niby głupie?

– Widzicie ją, jaka harda! – parsknęła Rachela. – Ladacznica bez wstydu! Wiedźma przeklęta! No, gdzie masz chustkę, co? Zaraz ci ją sama nasadzę na łeb!

Miriam zmierzyła przeciwniczkę wzrokiem.

– Nie mam chustki – wycedziła zimno. – Zgubiłam ją w nocy, kiedy wędrowałam po innych wymiarach.

Kobiety cofnęły się. Na wykrzywionej wściekłością twarzy Rebeki pojawił się grymas lęku. Rachela pobladła, splunęła na ziemię.

– Wynocha! Do roboty! – warknęła Miriam. – Bo was przeklnę! Sprowadzę na was upiory z krainy snów. I zarazę na wasze dzieci.

W grupce kobiet odezwały się jęki i trwożne szepty. Niektóre żegnały się zamaszyście, inne pluły na ziemię i mamrotały zaklęcia. Ale wszystkie były przerażone.

– Czekaj! – syknęła Rachela. – Ojciec Jozjasz się dowie.

Miriam hardo uniosła podbródek.

– Ty mu powiesz, Rachelo? – spytała spokojnie. – Na pewno? Twój pierworodny to ten dzieciak na krzywych nogach, z zezem i nosem jak kartofel, prawda? Wykapana mamusia. Więc jak, ojciec Jozjasz dowie się czegoś czy nie?

Nalana twarz Racheli błyskawicznie zmieniła barwę z czerwonej na szarą jak popiół. Policzki obwisły, dolna warga drżała.

– No co ty – wymamlała. – Ja tylko tak... bez złości. Do śmiechu.

Na ustach Miriam pojawił się chłodny uśmieszek.

– Oczywiście. Do śmiechu – powtórzyła. – A teraz do roboty.

Kobiety rozpierzchły się posłusznie, szybko łapały za motyki, nie patrząc sobie w oczy.

Miriam uklękła w bruździe. Wciąż drżała ze złości i nienawiści.

Któregoś dnia mnie zabiją, pomyślała z rozpaczą. Albo zwariuję i całkiem postradam zmysły. Nieraz już zastanawiała się, czy nie zostać w świecie snów. Ale nie potrafiła. Zawsze w końcu budziła się lub ktoś wyrywał ją z transu. Była pewna, że nie ma innej drogi ucieczki. Świat na zewnątrz Osiedla przerażał. W końcu wychowała się w przeświadczeniu, że za murami otwiera się piekło. Wierzyła święcie w nauki ojca Jozjasza i matki Marty. Aż do tamtej nocy, kiedy spotkała Larsa. Prawdziwego Grabieżcę. Nawet tu, w Osiedlu, czasem się o nich słyszało. Byli źli. Okropni jak same szatany. Sprzeciwiali się woli Najwyższego i okradali Mędrców. Mieszkańcy wspólnoty bali się ich i nienawidzili. Prawdziwi mieszkańcy wspólnoty, ale nie Miriam. Ona też była zła. Przeklęta i dziwna. A sam straszny Końska Czaszka powiedział jej, że ma dar. Talent pozyskiwacza.

Poczuła przebiegający całe ciało dreszcz podniecenia. Matko, jeśli to prawda? Jeśli rzeczywiście potrafi przechodzić między wymiarami, może uciec i zostać pozyskiwaczką. Cudowne, przerażające słowo, które upajało i wprawiało serce w szalony galop. Ucieczka.

Miriam dygotała. Przed oczami widziała szkarłatne plamy, przelatujące jak jesienne liście. Z emocji zrobiło jej się słabo. Drżącymi palcami przeczesywała ziemię, ale myślami szybowała daleko, w obcym, wspaniałym świecie. Tam, gdzie nikt nie szydził, nie bał się jej daru. Gdzie była pozyskiwaczką.

Z trudem łapała oddech. Ucieknie. To takie proste. Przecież nikt jej nie zatrzyma. Ludzie z Osiedla lękali się wszystkiego, co zaczynało się za murami. Do głowy by im nie przyszło, że ktoś może chcieć tam iść. Strzegli wspólnoty tylko przed tym, co czaiło się na zewnątrz. Nie spodziewali się ucieczek. Jedna sprytna dziewczyna z pewnością zdoła jakoś przeniknąć przez bramę. Pewnie z początku nawet nie zauważą zniknięcia. A potem odczują ulgę. I na pewno nie będą jej szukać.

Klęczała na polu, blada, drżąca z emocji.

Więc postanowione, powiedziała sobie w duchu. Teraz muszę spokojnie i cierpliwie przygotować plan ucieczki.

Berg przeciągnął się i usiadł na łóżku. Promienie jesiennego słońca wpadały do pokoju przez szpary w okiennicach. Musiało być grubo po południu. Lars ziewnął. Chciał wstać, gdy poczuł znajome, paskudne zawirowanie rzeczywistości. Na moment, prawdziwy ułamek sekundy, zamiast wnętrza sypialni zobaczył las poskręcanych, czarnych pni starych jak kosmos drzew. W ustach miał gorzki smak.

Za wcześnie, pomyślał. Za wcześnie i cholernie mocno. Wtedy uderzyło znowu. Coś złego stało się z perspektywą. Wszystkie kąty w pokoju zrobiły się nagle rozwarte. Sufit zawisł ciężką banią nad podłogą, która wybiegła mu na spotkanie. Lars wbił palce w ramę łóżka. Zobaczył, że okna i drzwi zaczynają skręcać się wzdłuż własnych osi. Zacisnął zęby i spróbował przetrwać. Ale nie było dobrze. Potężna jak uderzenie wichru siła zwaliła się na niego, próbując wyszarpać go z rzeczywistości i unieść ze sobą, bezwolnego jak kawałek papieru w czasie burzy. Bezwiednie zamknął powieki, chociaż wiedział, że to tylko pogorszy sprawę. Oczywiście wciąż widział wybrzuszone, nienaturalnie pokrzywione wnętrze sypialni, ale teraz zobaczył także byty. Ślizgały się po ścianach, podobne do gigantycznych, czarnych modliszek. Wymachiwały dziwacznie pokręconymi odnóżami. Po podłodze sunął korowód stworzeń. Robaków? Myszy? Pokracznych, bezkształtnych cieni, jakby ulepionych z kurzu. Nieistniejący wicher wciąż ponawiał ataki. Lars siedział sztywno na łóżku, zaciskając szczęki i walcząc rozpaczliwie, żeby nie dokonać niekontrolowanego przejścia.

Zwyciężył. Moc wypaliła się nagle i wszystko odeszło. Berg padł na wznak na łóżko. Dyszał ciężko, po twarzy płynęły strużki potu. Mięśnie drżały jak po ogromnym wysiłku. Czuł podchodzącą do gardła falę mdłości. Leżał bez ruchu, czekając, aż ustanie. Po chwili przypełzł ciężki, otępiający ból głowy. Lars sięgnął po pudełeczko leżące na nocnym stoliku. Trzęsącymi się palcami odkręcił wieczko. W środku zagrzechotała garść zielonych pigułek. Jezu, jak mało, pomyślał niemile zaskoczony. Więc połknął już tyle tego świństwa? Kiedy? W głowie odezwał się młot pneumatyczny i tłukł miarowo, nie pozwalając zebrać myśli. Berg wygrzebał dwie pastylki i połknął, a po chwili zdecydował się na jeszcze jedną.

Poleżał z pół godziny, zanim minęło osłabienie, a ból głowy uspokoił się na tyle, że pozwolił mu wstać. Wyjął z pudełka czwartą pigułkę, połknął i przeliczył pozostałe. Piętnaście. Wspaniale. Tyle co nic. Skrzywił się z niesmakiem.

– Nie ma co, Berg – mruknął. – Czeka cię wyprawa do Glizdy.

W kantorku śmierdziało. Zawsze unosił się ten sam zapach stęchlizny i słaba, mdła woń, jakby rozkładającego się mięsa. Glizda siedział za ladą, ledwie widoczny spod sterty gratów. Zegarki, świecidełka, drobiazgi osobistego użytku rozrzucone wszędzie, dla Berga wyglądały jak rzeczy zrabowane trupom. Cały sklepik był zawalony starzyzną, jakby Glizda splądrował grób jakiejś wyjątkowo licznej rodziny.

– Czego tu taki burdel? – spytał, przekraczając próg.

Szczurza twarzyczka sprzedawcy wykrzywiła się radośnie.

– Witam, panie Końska Czaszka. Przyjęcie towaru – powiedział i mrugnął porozumiewawczo.

Berg popatrzył na rzadkie, bezbarwne włosy przyklejone do czaszki Glizdy, chytre ślepka wiecznie uciekające przed wzrokiem innych, paskudny uśmiech na wąskich, sinawych wargach i dłonie podobne do ruchliwych, bladych pająków, żyjących własnym życiem. W tej jednej chwili nabrał przemożnej ochoty, żeby skręcić handlarzowi kark. Tak po prostu, żeby świat był piękniejszy.

– Potrzebuję stoperów – powiedział szorstko.

Nie miał zamiaru tracić czasu na uprzejmości. Gardził Glizdą, który doskonale zdawał sobie z tego sprawę. Blada gęba Glizdy wykrzywiona w uśmiechu wyglądała tak, że tylko splunąć.

– Żółtych? – zagadnął przymilnie.

Bergowi zadrgały mięśnie szczęk. Żółte już od dawna były dla niego za słabe, a handlarz świetnie o tym wiedział.

– Zielonych – warknął. – Przynajmniej ze dwieście sztuk.

Na szczurzej mordce Glizdy pojawił się wyraz strapienia.

– Zielonych? Już potrzebujesz zielonych? Jak ten czas leci, Berg.

Lars pochylił się, oparł dłonie na ladzie.

– Masz czy nie, bo nie będę tracił czasu.

Glizda rozłożył ręce.

– Jakże mógłbym nie mieć? Ale najwyżej sto pięćdziesiąt sztuk. Mało kto potrzebuje tak silnych dawek.

Znów ten wredny uśmieszek odsłaniający krzywe, żółte zęby szczurka. Prosi się, żeby strzelić go w ryj, pomyślał Berg.

– Dobra, biorę – powiedział spokojnie.

Glizda wślizgnął się pod ladę.

– Zaraz poszukam, zaraz znajdę – mruczał. – O, proszę.

Wychynął z pudełkiem w cienkich palcach.

– Zielone dla pana Końska Czaszka.

Berg bez słowa sięgnął po pieniądze.

– Podrożało – rzucił szybko Glizda na widok banknotów.

Ręka Berga wystrzeliła błyskawicznie i zacisnęła się na chudej szyi.

– Skurwysynu – warknął. – Znam się na cenach.

Oczy Glizdy po raz pierwszy nie uciekły przed wzrokiem Larsa. Patrzyły twardo i nienawistnie.

– Podrożało – wycharczał handlarz.

Berg go puścił.

– O ile? – spytał spokojniej.

Glizda rozcierał sobie grdykę.

– O pięć dych.

Lars potrząsnął głową.

– Mowy nie ma. Najwyżej dwadzieścia.

Rzucił pieniądze na ladę, schował pudełko do kieszeni i odwrócił się, żeby wyjść. Zatrzymał go nieprzyjemny, drwiący głos Glizdy.

– Kończysz się, Berg, co? Pamiętasz, kiedy sprzedałem ci ostatnie pudełko zielonych? Dwa miesiące temu, panie Końska Czaszka.

Oczy Larsa zwęziły się.

– Uważaj na słowa, Glizda. Dobrze radzę.

Handlarz stał blady, wyprostowany, a nienawiść, która płonęła w kaprawych ślepkach, zaskoczyła nawet Berga.

– Będziesz musiał się niedługo wycofać. Inaczej skończysz jak pieprznięty popapraniec. Stracisz rozum i kontrolę nad talentem. Będzie cię rzucać między wymiarami, aż całkiem zwariujesz. Jak wielu przed tobą.

Zły uśmiech wykrzywił usta Berga.

– Dzięki, Glizda. Pięknie to ująłeś. A teraz spierdalaj. Nie wiem gdzie. Na zaplecze, za szafę, schowaj się pod ladą, żebym nie patrzył na twoją parszywą gębę. Chcę spokojnie wyjść.

Glizda ani drgnął.

– Chciałem tylko zaproponować interes – powiedział chrapliwie. – Kiedy się wycofasz, będziesz potrzebował forsy. Teraz jeszcze jesteś wielki. Ale wkrótce twoje akcje zlecą na łeb. Wykorzystaj ten moment.

Berg milczał z tym samym drapieżnym uśmiechem na ustach.

Glizda przełknął ślinę. Bał się, że przeholował.

– Myślę o kolekcji pana Woo – ciągnął już ostrożniej. – Ma mnóstwo tatuaży różnych pozyskiwaczy, ale najbardziej zależy mu na prawdziwych tatuażach Grabieżców. Wiesz, tych autentycznych, jeszcze z czasów istnienia gildii. Gdybyś zdecydował się sprzedać swój teraz, dostałbyś kupę forsy. Pan Woo byłby wniebowzięty. Prawdziwa Końska Czaszka Larsa Bergersona z czasów, gdy jeszcze jest gwiazdą pierwszej wielkości. Mógłbym wszystko załatwić. Pomyśl o tym...

Twarz Berga ściągnęła się, mięśnie szczęk drgały.

– Posłuchaj mnie uważnie, gnido – powiedział cicho i bardzo spokojnie. – Zniknij mi z oczu. Natychmiast, zanim skręcę ci kark. Rozumiesz?

Glizda skulił się, błyskawicznie wycofał na zaplecze. Lars wyszedł, trzaskając drzwiami tak, że zadrgały szyby.

Szedł wielkimi krokami, a w zaciśniętej, ukrytej w kieszeni pięści miażdżył pudełko z lekarstwami.

Miriam była głodna. I okropnie zmarznięta. Siedziała na spękanych płytach chodnika z kolanami podciągniętymi pod brodę. Blade, jesienne słońce, które niedawno wychynęło znad dachów okolicznych domów, wcale nie chciało ogrzać skostniałych dłoni i gołych nóg dziewczyny.

W ulicę skręcił właśnie wóz wyładowany jarzynami. Osie skrzypiały niemiłosiernie, a kopyta wielkiego, chudego koniska tłukły o bruk ze złością i determinacją. Jeszcze niedawno zerwałaby się i podbiegła do kiwającej się na koźle, sennej kobiety, okręconej jak tobół warstwami chust i szali, ale teraz nie chciało jej się nawet wstać. Po co? Najwyżej usłyszy gniewne burknięcie.

W mieście wszystko wyglądało niezwykle. Puste skorupy kamienic, gapiące się powybijanymi ślepiami okien. Bryły popękanego asfaltu, spomiędzy których wyrastały kępy trawy na niezwykle szerokich, ciągnących się w nieskończoność ulicach. Poletka i grządki warzywne na każdym wolnym skrawku ziemi. Cudacznie ubrani ludzie, spieszący się nie wiadomo dokąd. I wszechobecne furmanki. Nigdy nie widziała tylu wozów, ale te, zwyczajnie zaprzęgnięte w konie, przynajmniej nie budziły lęku jak tamte cudaczne, rzężące maszyny, poruszające się w kłębach smrodliwego dymu. Kiedy pierwszy raz zobaczyła takie obrzydlistwo, padła na ziemię i ze strachu nie śmiała się poruszyć, zanim nie ucichł ryczący dźwięk. Najpierw myślała, że nadszedł długo oczekiwany ponowny koniec świata. Potem, że to diabeł na czele orszaku z piekła przybył, żeby ją porwać i ukarać za samowolne opuszczenie Osiedla. W końcu, kiedy nic się nie stało, tylko przechodnie patrzyli jakoś tak dziwnie, doszła do wniosku, że nauki ojca Jozjasza choć w części były prawdziwe. W mieście demony rozzuchwaliły się do tego stopnia, że w swoich upiornych karetach bez koni rozbijały się spokojnie po ulicach, a ludzie nic sobie z tego nie robili. Na szczęście nie jeździło ich dużo. Nawet teraz, po trzech dniach spędzonych samotnie w mieście, starała się schować, gdy tylko usłyszała zawodzący dźwięk diabelskiej maszynerii.

Nocowała w pustych, ponurych murach opuszczonych, często zrujnowanych domów, modląc się, żeby nie zamarznąć. Kuliła się w jakimś kącie, a pachnąca wilgocią ciemność zamykała wokół niej ramiona. W mroku poruszały się cienie. Cichutko, prawie bezszelestnie. Świeciły ślepia podobne do małych, podwójnych księżyców. Czasem odzywał się przeszywający pisk, odgłosy szamotaniny, szuranie. A potem cisza. Odwieczne małe dramaty nocy.

Miriam nie bała się ciemności, szczurów ani kotów. Drżała wciśnięta w kąt, bo świat, w który wkroczyła, porzucając mury Osiedla, był tak strasznie niezrozumiały.

Ucieczka okazała się łatwiejsza, niż przypuszczała. Po prostu ociągała się z powrotem z pola. Udawała, że pękł jej rzemień u sandała, rozsypała zebraną rzepę i długo zbierała upuszczone warzywa, a potem, uszedłszy kawałek drogi, musiała zawrócić po zapomnianą celowo motykę. Odczekała, aż kobiety znikną jej z oczu, wyjęła z kryjówki przygotowany kosz z zapasami, przelazła przez płot i ruszyła biegiem. Pędziła do utraty tchu, aż ledwie żywa ze zmęczenia padła na ziemię, dysząc z wysiłku. Niczego nie żałowała. Rozpierały ją radość i triumf. Chciała krzyczeć, śmiać się i tańczyć. Zostanie pozyskiwaczką. Nigdy już nie wróci do znienawidzonej wspólnoty. Jest wolna. I ma wielki talent.

Teraz, gdy siedziała na zimnym krawężniku, skubiąc wyrastającą spomiędzy płyt chodnika trawę, czuła wielkie znużenie zabarwione błękitną nutą smutku, ale nadal niczego nie żałowała. Już lepiej umrzeć w tym mieście ogromnych szarych domów i obcych ludzi, niż zobaczyć wykrzywione triumfem twarze ojca Jozjasza i matki Marty.

Przejechał następny wysoko wyładowany wóz. Na widok dorodnych główek kapusty, pomarańczowych płomyków marchwi i rozwichrzonych czupryn porów żołądek dziewczyny skręcał się z głodu. Umysł podsuwał cudowne obrazy. Prosi o podwiezienie, a woźnica sadza ją na koźle i częstuje warzywami. Żebrze i dostaje kilka dorodnych marchwi. Podbiega do fury i kradnie rzepę. Wóz podskakuje na wybojach i gubi trochę zieleniny. Jabłka, dynie i małe, czerwone słońca pomidorów toczą się po ulicy, wpadają jej wprost do rąk. Ale nawet przemożna potrzeba zdobycia jedzenia nie wyrwała Miriam z apatii.

Zabrane z Osiedla podpłomyki i jarzyny skończyły się nadspodziewanie szybko. Miriam wyrzuciła niepotrzebny kosz, tak jakby chciała wyrzec się wszystkiego, co wiązało się ze wspólnotą. Nigdy nie myślała, że miasto jest takie ogromne. Nie przyszło jej do głowy, że będzie miała jakiś problem ze znalezieniem pozyskiwaczy. Pierwszy człowiek, którego zagadnęła, wzruszył tylko ramionami i odszedł bez słowa. Inni stukali się w czoło, krzyczeli, że nie pora na wygłupy, albo śmiali się, zanim zdążyła wyjaśnić, o co chodzi. Szczególnie boleśnie zapamiętała spotkanie z pewnym młodym mężczyzną, do którego podeszła, bo jakoś odlegle przypominał Berga.

– Bracie – zagadnęła z nadzieją. – Chciałabym zostać pozyskiwaczką.

Zmierzył ją zimnym, szyderczym spojrzeniem.

– No to powodzenia, siostro – powiedział.

Odwrócił się i odszedł, zostawiając samotną Miriam na środku ulicy. Chyba wtedy zaczęła się ku niej podkradać rezygnacja i jak bezpański pies, który warczy, lecz boi się podejść, krążyła w pobliżu gdzieś na granicy świadomości.

Słońce zdołało się wspiąć nieco wyżej i mozolnie wędrowało w górę po wywietrznikach kominów. Miriam przymknęła powieki, wystawiła twarz naprzeciw bladych promieni, starając się złowić nieco ciepła, gdy usłyszała stłumiony okrzyk. Otworzyła oczy i zobaczyła leżącego na ulicy staruszka. Mężczyzna niemrawo gramolił się z chodnika. Spojrzała na oszołomioną, pobladłą twarz przechodnia i sama nie wiedząc kiedy, znalazła się tuż przy nim. Wyciągnęła rękę.

– Pomogę, ojcze – powiedziała. – Proszę się chwycić.

Staruszek zawahał się. W oczach miał lęk i niedowierzanie.

– Nie chcę was okraść, ojcze – głos miała łagodny. – Pomogę wam wstać.

Nakrapiana plamami wątrobowymi dłoń zacisnęła się na ręce dziewczyny. Miriam sprawnie postawiła staruszka na nogi. Był bardzo lekki. Kości miał chyba puste i cienkie jak ptak.

– Dziękuję – wyszeptał.

Miriam delikatnie otrzepywała płaszcz starego mężczyzny.

– Nic wam nie jest, ojcze? – spytała z troską. – Nie zrobiliście sobie krzywdy?

W niebieskich, wodnistych oczach zobaczyła wdzięczność.

– Nie, nie – mamrotał. – Wszystko w porządku.

Miriam uśmiechnęła się.

– Tutaj tyle popękanych kamieni, niewygodnie chodzić. Można się łatwo przewrócić. Wolę zwykłe, piaszczyste drogi.

Twarz staruszka rozjaśniła się.

– Przyszłaś ze wsi, dziecko?

Po namyśle skinęła głową.

– Chyba można tak powiedzieć.

– I co tu robisz sama? Miasto nie jest zbyt bezpiecznym miejscem.

Miriam westchnęła.

– Chcę zostać pozyskiwaczką – wyznała. – Ale nie wiem, jak to zrobić.

– Pozyskiwaczką? – zdumiał się. – A masz dar, dziecko?

Wyprostowała się dumnie.

– Pewnie, że mam, ojcze. Tak powiedział sam Końska Czaszka.

Staruszek pokręcił głową.

– Naprawdę znasz jednego z najlepszych Grabieżców, panienko?

– Tak. Tylko nie wiem, gdzie go znaleźć – przyznała ze smutkiem.

Stary człowiek rozłożył ręce.

– Nie mam pojęcia, gdzie mieszka. Pewnie w jakiejś lepszej dzielnicy. To są przedmieścia, dziecko. Tu go na pewno nie znajdziesz.

Miriam zachciało się płakać.

– To co mam zrobić? – szepnęła.

Staruszek milczał przez chwilę.

– Wiem – powiedział w końcu. – Musisz iść na Plac Noży. Tam podobno spotykają się pozyskiwacze. Mówią, że zawsze ich pełno.

– Dziękuję! – zawołała. – Niech was Najwyższy błogosławi, ojcze!

Chwyciła staruszka za ramiona i ucałowała go w szorstki od zarostu policzek. Cofnął się, zmieszany.

– Ale to bardzo daleko, dziecko – wymamrotał. – Po drugiej stronie miasta.

– Nie szkodzi! – zaśmiała się. – Będę pytać ludzi.

– Na razie idź prosto tą ulicą, aż dojdziesz do bardzo szerokiej alei. Tam skręć w prawo. Nie zgubisz się, bo tamtędy ciągną na targ wszystkie wozy. Po prostu idź za nimi. Dotrzesz na plac targowy. Tam pytaj dalej.

Miriam ukłoniła się głęboko. Chciała pocałować starca w rękę, ale się wyrwał.

– Nie trzeba! – zawołał. – Co ty wyrabiasz?

– Dziękuję wam, ojcze – powiedziała poważnie.

Na zapadniętych policzkach mężczyzny wykwitły blade rumieńce.

– Idź, dziecko – szepnął. – I powodzenia.

– Niech Najwyższy spogląda na was życzliwie, ojcze – powiedziała na pożegnanie, nie mogąc się nadziwić cudacznym obyczajom ludzi z miasta.

Stary człowiek spoglądał chwilę w zadumie na oddalającą się sylwetkę dziewczyny.

– Niech lepiej spogląda na ciebie, córeczko – rzekł bardzo cicho.

Berg nie lubił przechodzić przez Plac Noży. Przygnębiał go widok czekających na okazję pierwotniaków. Koczujący na rozłożonych kocach i drewnianych podestach ludzie spędzali wiele dni, starając się przypodobać ewentualnym pracodawcom. Naganiacze wyciągali od nich ostatnie grosze, obiecując niezwykłe protekcje. W najgorszej sytuacji byli zupełni nowicjusze, w większości dzieciaki o sercach przepełnionych nadzieją i ufnym wzroku szczeniąt, gotowych lizać ręce każdego potencjalnego pana. Niektórzy wykrzykiwali głośno skąpą listę swoich talentów, inni starali się zwrócić uwagę strojem, zachowaniem i żałośnie udawanym profesjonalizmem. Dziewczyny lepiły się do każdego, kto w ich mniemaniu wyglądał na człowieka z branży, aż po tygodniach czy miesiącach takiego życia nabierały wprawy w innym zawodzie i konsekwentnie kończyły w burdelu. Pozyskiwacze, których nie było stać na własny sprzęt, trzymali się z boku. Udawali, że są prawdziwymi profesjonalistami, choć w rzeczywistości odbyli ze dwa, trzy skoki i wcale nie różnili się od pierwotniaków.

Na targ niewolników zstępowali czasem bogowie. Szefowie stajni albo selekcjonerzy, zwani potocznie pasterzami, którzy przyszli po mięso armatnie. Burzyli na chwilę mętne bajoro Placu Noży i zabierali ze sobą kilka przeznaczonych na rzeź owieczek, promieniejących takim szczęściem, że Larsowi chciało się rzygać.

Prawdziwi pozyskiwacze, którzy stracili wszystko albo wypadli z kursu przez prochy czy dopalacze, siedzieli w przypadkowych miejscach, obojętni jak pogrążeni w transie jogini. Patrzyli w przestrzeń pustym wzrokiem mędrców, którzy pozbyli się złudzeń. W ich umysłach, spowitych mrokiem, wypalonych jak żużel, nie znalazło się miejsce na żadne emocje. Tylko oni traktowali Plac Noży we właściwy sposób. Nie jako wyspę nadziei ani przystanek na drodze, tylko dno dna. Ubojnię.

Przechodząc tędy, Berg zawsze czuł na plecach ich martwe spojrzenia. Dołącz do nas, bracie, zdawały się mówić. Już niedługo i ty będziesz szybować wśród gwiazd na Placu Noży. Wzdrygnął się.

Diabli nadali, że w sezamie trzasnęły kości łącznikowe. Dirk męczył się trzy godziny, aż w końcu rozłożył ręce w przepraszającym geście. Dwie spośród pięciu były nie do naprawienia. Lars musiał szybko kupić nowe, a traf chciał, że stragany z najlepszymi częściami stały na tyłach Placu Noży.

Klnąc na czym świat stoi, starał się przemknąć bokiem, żeby nie przechodzić przez środek targu niewolników, chociaż idąc po obrzeżu wielkiego placu, nadkładał sporo drogi. Głos, który zawołał go po imieniu, zadziałał jak smagnięcie bata. Ostatnie, czego sobie życzył, to zostać tu rozpoznanym. Jęknął w duchu, przekonany, że zaraz oblezie go tłum namolnych nieszczęśników, błagających o pomoc czy protekcję. Obrócił się błyskawicznie i zamarł. Przez jedną straszną chwilę uwierzył, że zawodzą go zmysły, jakby dokonał bezwolnego przejścia. Minęło trochę czasu, zanim zrozumiał, że rzeczywistość jednak nie uległa odkształceniu. Naprawdę stał twarzą w twarz z Miriam z Czajnika.

– Co tu robisz? – spytał zdumiony.

Potrząsnęła wystrzępioną czupryną.

– Szukam pracy – powiedziała z dumą. – Uciekłam, a teraz zostanę pozyskiwaczką.

Nie wierzę, pomyślał. To mi się, kurwa, śni.

Położył ręce na ramionach dziewczyny.

– Miriam – starał się mówić spokojnie. – To bez sensu. Nie zostaniesz pozyskiwaczką. Musisz wrócić do domu.

– Nie! – krzyknęła. – Mam talent, a Najwyższy chce, aby wykorzystywać talenty.

– Jezu Chryste! – jęknął. – Nie masz pojęcia, gdzie trafiłaś. To złe miejsce. A Najwyższy, jeśli ci dobrze życzy, chce, żebyś spadała stąd jak najszybciej.

Zbladła.

– Nie bluźnij!

– Nie bluźnię – podniósł odrobinę głos. – Dziewczyno, to nie jest bajka o Kopciuszku. Książę na białym koniu nawet nie patrzy w tę stronę. Tu najwyżej może się o ciebie upomnieć zły wilk, który cię zeżre razem z talentem i sandałami. To targ niewolników. Rzeźnia. Stąd właściciele wielkich stajni ściągają sobie biednych, naiwnych głupków, których posyłają na drugą stronę jako mięso armatnie. Żeby odwrócić uwagę od abordażu, który tymczasem przeprowadza pracujący dla nich pozyskiwacz. Rozumiesz?

W szarych oczach znalazł tylko upór i urazę.

– Nie, jasne, że nie rozumiesz. – Przesunął dłonią po twarzy. – Więc zaufaj mi. Uciekaj stąd. Natychmiast. Wyprowadzę cię.

Kamienny, ponury opór. Berg poczuł, jak ogarnia go rozpacz.

– Miriam, proszę. Idź sobie. Wracaj do domu.

Pochylił się, żeby zajrzeć prosto w oczy dziewczyny. Spuściła wzrok.

– Myślałam, że się ucieszysz.

Nabrał głęboko powietrza.

– Nie mogę się cieszyć, kiedy wiem, że grozi ci niebezpieczeństwo. Ty też byś się pewnie nie cieszyła, gdybyś widziała, że topię się w bagnie albo spaceruję z zawiązanymi oczami na krawędzi przepaści, prawda?

Wydęła wargi.

– Ciągle gadasz o niebezpieczeństwach. To straszne, tamto okropne, a...

Coś pękło. Larsa zalała nagła fala złości.

– Bo tu, kurwa, tak właśnie wygląda! – krzyknął ostro. – A ja tylko staram się znów uratować ci dupę. Chociaż sam nie wiem po co!

Oczywiście natychmiast kilka głów się odwróciło. Parę osób gapiło się bezczelnie, czekając na ciąg dalszy. Berg wciągnął Miriam w najbliższą bramę.

– Posłuchaj mnie – syknął z pasją. – Jesteś biedną, naiwną dziewusią wychowaną w debilnej sekcie. Tam spędziłaś w spokoju całe swoje życie, łuskając groch i wznosząc modły. Twój ojciec mówi świętą prawdę. W porównaniu z Czajnikiem miasto to piekło.

Wyrwała z furią ramię, na którym zaciskał palce.

– Co ty wiesz o mnie! – wrzasnęła. – Co wiesz o życiu we wspólnocie?!

Oczy Berga zrobiły się wąskie i zimne.

– Wiem wystarczająco dużo o życiu tutaj. Wracaj do domu, Miriam.

– Ja nie mam domu! Zostaw mnie! Nie chcę cię znać! – krzyknęła z pasją i wybiegła.

Szybko zniknęła w tłumie, rozpychając zaciekawionych pierwotniaków. Z pewnością płakała.

Lars oparł się plecami o ścianę. Pięknie to rozegrałeś, nie ma co, pomyślał gorzko. Brawo, panie Końska Czaszka. Fanfary i oklaski.

Ucisnął palcami skronie. Złość wyparowała, zostawiając tylko przygnębienie. Nawet nie ma po co szukać Miriam z Czajnika. Nie posłucha go, choćby jej sam Najwyższy kazał.

– Spieprzyłeś sprawę, Berg – powiedział na głos. – Spieprzyłeś dokumentnie.

Najchętniej wróciłby teraz do domu, ale przypomniał sobie o grzechoczących w kieszeni kościach.

Szedł przez plac długimi krokami, roztrącając czekających na cud nieszczęśników, jakby nie byli niczym więcej, tylko owcami przeznaczonymi na ubój, i nie mógł sobie przypomnieć, kiedy ostatnio czuł się tak parszywie.

Czerwone i złote światło zachodu rozlało się już po niebie. Cichymi krokami nadchodził fioletowy, aksamitny wieczór, przybrany w woal sączącego się z kominów węglowego dymu. W szybach sąsiednich kamienic odbijały się nikłe płomyki lampek. Berg wyglądał przez okno. Na ulicy zrobiło się pusto, ciągnął tylko ostatni, spóźniony wóz konny wracający z targu.

Szewc zamknął już swój warsztat, ze szpar żaluzji wyzierała ciemność. W pobliskim zakładzie tkackim kręcił się samotny czeladnik z miotłą. Mistrz zamykał okiennice od ulicy. Dzielnica starych, liczących ponad dwie setki lat kamienic szykowała się na przybycie nocy.

Berg lubił patrzeć, jak wieczór obejmuje miasto w posiadanie. Robiło się wtedy tak cicho i spokojnie. Jakby nic nie miało się nigdy wydarzyć. Jakby nie istnieli Mistrzowie Blasku, a koniec świata był dawno zapomnianym mitem.

Alba znalazł w końcu klienta, który zapłacił za karty. Cena okazała się lepsza, niż Berg się spodziewał. Pryz z Biblioteki mógł mu zapewnić utrzymanie na dobre siedem, osiem miesięcy. To było przyjemne uczucie. Pewność, że w najbliższym czasie kłopoty finansowe nie spadną mu na łeb jak stado kruków, które wyczuły padlinę. Mimo tego Berg nie miał zamiaru zrezygnować z abordaży. Grabieżca nie powinien wychodzić z wprawy. Ani przejadać beztrosko wysokiego pryzu i wracać do pracy dopiero, gdy w kieszeni zrobi się pusto. Pozyskiwanie wymagało oddania i cierpliwości. Nie było zwykłym zawodem. Raczej darem, czymś w rodzaju powołania. Pozyskiwacz, który miał talent, kochał swoją robotę.

Tęsknił do tych cudownych chwil, gdy wyrywał się z ciała i szybował poprzez wymiary.

Berg uśmiechnął się. Boże, tego się nie da z niczym porównać, niczym zastąpić. Warto, nawet jeśli talent tak drogo kosztuje.

Dziś złożył wizytę Matiasowi i wciąż jeszcze czuł się przygnębiony. Miał przed oczami bladą twarz Anny, jej znużony głos, gorycz kryjącą się w spojrzeniu, w opadających kącikach zaciśniętych ust. Oczywiście przyjęła pieniądze, ale Berg nie potrafił oprzeć się wrażeniu, że gdyby mogła, cisnęłaby mu je pod nogi. Dziękowała, jak zwykle, chłodno i zdawkowo. Nie miał jej tego za złe. Musiała przyjmować pieniądze, które w swoim mniemaniu dostawała z litości. Jak jałmużnę. Nie potrafiła pojąć zasad i obyczajów gildii. Nigdy nie była pozyskiwaczką. Obojętnie odpowiadała na pytania, beznamiętnie relacjonowała stan zdrowia Matiasa, wyliczała potrzebne leki. Berga bolało tylko, że patrzy na niego tak oskarżycielsko, niemal z nienawiścią. Jakby chciała wykrzyczeć: ty żyjesz, a mój mąż... Mój mąż! Bo Matias przecież nie żył. Istniał, w pewnym sensie nawet w tej rzeczywistości, ale chyba tak, jak mogłaby istnieć pokutująca dusza. Czasem krzyczał, czasem kiwał się monotonnie, ale najczęściej prowadził niekończące się rozmowy z nieistniejącymi istotami. Zwykle nikogo nie poznawał. Bardzo rzadko spoglądał jakoś przytomniej na żonę i kazał podawać dewom kawę albo ukryć się przed potworami za kanapą. Jednak przez większość czasu szybował w błękicie, między wymiarami, jak strzęp papieru porwany wiatrem.

Chyba lepiej, gdyby trafił na szarą bombę, pomyślał Lars. Byłby przynajmniej pogodnym kretynem. A tak jest szaleńcem, który nie potrafi utrzymać się w rzeczywistości.

Tak wyglądała cena pozyskiwania. Wędrujący na drugą stronę skoczkowie z biegiem lat mieli coraz mniejszą kontrolę nad talentem. Musieli przyjmować drogie, coraz mocniejsze leki, które pozwalały im uniknąć mimowolnych abordaży. A handel tymi środkami pozostawał całkowicie w rękach organizacji przestępczych. One dyktowały ceny i stawiały warunki. Nawet Grabieżcy nie pozostawali wolni od uzależnienia. Garściami łykali kolorowe tabletki nie po to, żeby mieć odlot, ale po to, żeby go uniknąć.

Chociaż dla każdego nadchodził czas, gdy cudowne pigułki przestawały działać. Wtedy umysł pozyskiwacza wyzwalał się z ciała i błąkał w krainach poza światem jak duch. Szalone widmo wciąż żywego człowieka.

Niektórym udawało się uniknąć takiego losu. Po prostu wycofywali się z branży, zanim było za późno. Całkowicie wyrzekali się skoków, stopniowo odstawiali leki i wolno, lecz konsekwentnie tracili talent. Potem przechodzili na emeryturę, żyjąc ze zgromadzonych wcześniej funduszy, lub szukali innego zawodu.

Tylko jak to, cholera, zrobić? Wyrzec się daru, porzucić abordaże? Berg się wzdrygnął. Nie, jeszcze nie czas. Jest młody, u szczytu sławy. Ma wszystkich pod sobą. Nie grozi mu los Matiasa.

– *Nie?* – syknął chłodny, nieprzyjemny głosik w głowie. – *Na pewno nie, panie Końska Czaszka?*

– Nie wiem – szepnął Berg ponuro.

Dzisiejsza wizyta u byłego Grabieżcy nie przebiegła jak zwykle. I chociaż Lars bardzo starał się wyprzeć z pamięci niepokojące, przykre obrazy, one wciąż powracały. Chude, węźlaste palce Matiasa obracające patyczki krwawnika. Spojrzenie dawnego przyjaciela, na chwilę znów bystre i przenikliwe, wolne od bielma szaleństwa. Spokojny, rzeczowy głos.

– Feng. Obfitość. Nie smuć się, Berg. Bądź jak słońce w południe.

Larsa na samo wspomnienie znów przeszedł dreszcz. Obfitość. Pięćdziesiąty piąty heksagram Księgi Przemian. Oznacza, że został osiągnięty najwyższy punkt rozwoju, który siłą rzeczy nie może trwać wiecznie. Jest początkiem przesilenia, momentem pełni przed nieuniknionym upadkiem.

Nie wytrzymał długo u Matiasa. Uciekł, tłumacząc, że się spieszy, odprowadzany zimnym, pełnym pogardy wzrokiem Anny.

Teraz patrzył przez okno, jak noc spowija cieniem ulicę, bo ten widok zawsze go uspokajał.

– Jesteś przesądnym głupkiem, Berg – powiedział do siebie. – Przez Matiasa nie przemawia głos Norn, tylko zwykły obłęd. To wariat, nie wyrocznia.

Nabrał ochoty na herbatę. Nie obrzydliwy napar z malin i liści mięty, ale prawdziwą, cholernie drogą, sprowadzaną z daleka herbatę, którą trzymał w szczelnej puszce na specjalne okazje. Rozpalił pod kuchnią, szczapki szybko zajęły się wesołym płomieniem. Postawił czajnik na fajerce i czekał, aż woda się zagotuje.

Mieszkanie w starej kamienicy miało wiele dobrych stron. Wciąż działały wielkie kaflowe piece, wznoszące się niczym fortece w kątach pokojów. Węglowa kuchnia miała osobny przewód kominowy, zimą dawała dużo ciepła i nie wymagała wspomagaczy ściągniętych z dziedziny Oświeconych. W łazience grzała wodę ogromna miedziana terma. Nawet kanalizacja nieźle funkcjonowała.

Woda się zagotowała. Berg wrzucił na dno kubka szczyptę bezcennych listków, a po namyśle postanowił osłodzić napar resztką trzcinowego cukru, zamiast jak zwykle tańszym i łatwiej dostępnym miodem. Alba zapłacił tyle, że z łatwością uzupełni zapasy.

Siedząc w fotelu z kubkiem gorącej herbaty w rękach, przypomniał sobie Miriam. Może powinien poszukać jej jutro na Placu Noży? Nie, to beznadziejne. Niczego nie zdoła jej wytłumaczyć. W końcu jest dorosła, odpowiada sama za siebie. Chce się sprzedać pasterzowi, proszę bardzo. Droga wolna. Nie może łazić za nią jak pieprzony Gadający Świerszcz, bo jedyne, co dostanie, to młotkiem przez łeb.

– Do diabła z tobą, Miriam z Czajnika – powiedział na głos. – Rób, co chcesz ze swoim życiem.

Noc zapadła na dobre, więc wstał, żeby zapalić lampę. W pustym domu było bardzo cicho. Przez chwilę wydawało mu się, że unosi się w ciemności nocy zupełnie sam, zamknięty, niczym w kapsule, w kręgu drżącego, żółtawego światła lampy.

Wtem na ulicy odezwał się gniewny wrzask rozzłoszczonego kota i wrażenie prysło.

Maszyny buczały kojąco, znajoma ciemność koi pomagała się skoncentrować. Berg z łatwością zwizualizował pas startowy. Stał na wysokim wale przeciwpowodziowym, gotowy do drogi. Nad srebrną wstęgą rzeki unosiła się czerwona tarcza wstającego słońca. Czas w krainach wyobraźni rządzi się własnymi prawami. Lars nabrał głęboko powietrza w płuca i zaczął biec. Po chwili wzniósł się nad ziemię, a potem popłynął w górę, w czerń między wymiarami.

Zobaczył pod sobą wnętrze pokoju, urządzonego niemal ascetycznie, ale niesłychanie starannie. Proste meble i nieliczne ozdoby pozostawały w doskonałej harmonii. Panował nienaganny porządek.

Obraz drgał nieco, mleczna zasłona falowała. Lars wytężył wzrok. Rzadko lądował bezpośrednio we wnętrzach, choć to pozornie ułatwiało pracę. Odpadał trud dostania się do środka. Ale za to możliwości odwrotu stawały się bardzo ograniczone. Nie znając drogi do wyjścia, ryzykował kosztowną pomyłkę.

Wisiał w ciemności między prawdziwą i drugą stroną, zastanawiając się usilnie. Jeśli zdecyduje się opaść, może władować się do siedziby jakiegoś Oświeconego, a wtedy będzie miał kłopoty. Takich miejsc strzegły zwykle bardzo wymyślne, nietypowe pułapki. Jeśli zrezygnuje z abordażu, będzie musiał wrócić z niczym. Nie wycofał się ani razu od kilku lat, a przecież włamywał się do znacznie bardziej niebezpiecznych obiektów. Postanowił zaryzykować. Mieszkanie było urządzone zbyt gustownie i za skromnie jak na kwaterę Oświeconego. Nie miało okien. Perłowe, łagodne światło sączyło się bezpośrednio z sufitu. Poza tym lokum wydawało się znacznie za małe dla kogoś stojącego wysoko w hierarchii. Pewnie należy do wyjątkowo wyrafinowanego adepta.

Przybrał pozycję i opadł na bladą zasłonę mgły. W ułamku sekundy znalazł się w snopie lodowatych iskier na podłodze pokoju. Wstał z klęczek, rozejrzał się szybko. Nigdzie nie dostrzegł niebezpieczeństwa. Tatuaż z końską czaszką nie wysyłał nawet najmniejszego sygnału. Chyba było czysto.

Spokojnie i metodycznie zabrał się za badanie wnętrza. Całe było utrzymane w czerni i bieli z drobnymi elementami w kolorze czerwonego wina. Na czarnej, lśniącej jak polerowany heban podłodze leżał biały dywanik. Utkany z wełny odpornej na wilgoć, niepalnej, praktycznie niezniszczalnej, lekkiej jak piórko, która dostosowywała swe właściwości do temperatury na zewnątrz, grzejąc lub chroniąc przed upałem w miarę potrzeby. Poza tym była całkowicie odporna na brud. Zwykle tkano z niej płaszcze. Dywanik stanowiłby dobry pryz, ale trzeba by go było spruć i utkać na nowo.

Nieźle się gościowi powodzi, jeśli rzuca coś takiego na podłogę, pomyślał Berg. Ciekawe, co to za jeden?

Eleganckie półeczki z czegoś, co przypominało czarną lakę, były pełne książek. Niestety, ku rozczarowaniu Larsa, bezwartościowych. Przerzucił kilka tomów. Mowy Mistrzów Blasku do ludu. Mądrości Oświeconych. Droga ku czystości duchowej. Służba najwyższą wolnością. Same propagandowe brednie.

Na biurku stało małe lusterko poszukiwawcze. Cenny drobiazg. Berg zwinął je do wewnętrznej kieszeni tuniki. Otworzył leżące na blacie nieduże puzderko i uśmiechnął się promiennie. Na czerwonej, aksamitnej wyściółce spoczywało spokojnie pięć naładowanych talizmanów uzdrawiających. Wyjął dwa, a po krótkim namyśle jeszcze trzeci. Połyskujące, czarne jak obsydian kulki ciążyły w dłoni. Musiały być naprawdę porządnie naładowane, bo czuł lekkie mrowienie w miejscu, gdzie stykały się ze skórą. Wsunął talizmany do kieszeni. Zwykły pozyskiwacz pewnie zabrałby wszystkie, ale Berg nie łamał niektórych zasad. Zwłaszcza zasady przyzwoitości. Jeśli adept był chory, potrzebował leczniczej mocy talizmanów. A dwa tak intensywnie naładowane spokojnie wystarczą na kilka dni.

Na biurku oprócz lustra i puzderka leżała tylko czarna, oprawna w skórę teczka. Lars podniósł okładkę i zobaczył plik kartek zapisanych starannym, energicznym pismem. „Wskazania dla prostych ku życiu w pokorze" – brzmiał tytuł. Berg z niesmakiem zamknął teczkę.

– A więc tym się zajmujesz, zacny adepcie – mruknął. – Piszesz propagandowe pogadanki. Jasne, że ci się powodzi.

Schylił się, żeby otworzyć szufladę biurka, gdy poczuł ukłucie zimna w ramieniu. Uniósł wzrok i napotkał bladoniebieskie, jakby nieobecne spojrzenie szeroko rozwartych ślepi. W progu, kołysząc się lekko na swoich sześciu przypominających ludzkie ręce kończynach, kołysał się niepies. Trzymał nisko łeb o płaskiej, niepokojąco rozumnej twarzy i uśmiechał się.

Berg przełknął ślinę. Małe uszka stwora ściśle przylegały do czaszki. Sierść na karku i garbie jeżyła się wyraźnie. Niepies dobrze wiedział, po co niespodziewany gość odwiedził dom jego pana.

Lars starał się patrzeć stworzeniu prosto w oczy i niczym nie zdradzać lęku. Niepsy atakowały, gdy tylko wyczuły słabość ofiary.

Uśmiech nie znikał z warg stwora. Berg wyprostował się powoli, starając się oddychać spokojnie i równo, bez najmniejszych oznak zdenerwowania. Jeśli chciał pokonać niepsa, musiał zbić go z tropu, ale w żadnym wypadku nie sprowokować do ataku.

– Hej, niepsie – powiedział wyraźnie. – Przynieś coś do jedzenia. Jestem głodny.

Stwór przestąpił z łapy na łapę. Uśmiech znikł z jego warg.

Berg odczuł głęboko w umyśle komunikat stworzenia: *Przybysz.*

– Oczywiście, że jestem przybyszem – powiedział spokojnie. – Przecież tu nie mieszkam.

Niepies zakołysał łbem.

Obcy – poczuł Berg. W tym słowie brzmiała agresja i przypływ pewności siebie. Muszę uważać, pomyślał.

Stwór znów się uśmiechał, odsłaniając trójkątne jak u rekina kły.

– Powiedziałem, że jestem głodny – powtórzył Lars ostro.

Niepies oblizał wargi.

Głód?

– Przynieś jedzenie!

Stworzenie ugięło przednie łapy, dyszało.

Gość? Obcy? Głód? – komunikaty były słabo czytelne, niepewne.

Tylko nie przeholuj, pomyślał Berg. Niepies z pewnością nie spełni polecenia. Trzeba powiedzieć coś, co zupełnie go skołuje. Wygrać trochę czasu. Byle nie rzucił się do ataku.

Sięgnął do kieszeni, wymacał obły kształt grota.

Stwór zauważył ruch. Uniósł tułów, zamachał przednią parą kończyn.

Bezruch. Agresja! Agresja! – wyczuł Berg wyraźnie. Nie wyglądało to najlepiej, chociaż wciąż pojawiała się nuta niepewności.

Niepies kołysał łbem.

Agrrrresja. Morrrd. Morrrd.

– Spokój! – nakazał ostro Berg. – Pan się rozzłości. Pan okaże gniew. Obrażasz gościa.

Stwór skulił się.

Gość? – Lars wyczuł kolejną falę niepewności. – *Pan! Strach! Strach!*

Lepszej okazji nie będzie, ocenił. Spokojnie wyjął z kieszeni niewielki, obły grot.

– Żegnaj, niepsie – powiedział.

Płaski pysk zwierza wykrzywił się. Berg patrzył prosto w blade, niebieskie ślepia, bezmyślne, lecz jednocześnie nieprzyjemnie ludzkie.

Dziwnie – zakomunikował niepies, przestępując z łapy na łapę. – *Dziwnie...*

Lars cisnął grot. Gwałtowny ruch natychmiast wyzwolił w stworze instynkt walki.

Obcy! Obcy! Agresja! Mord! – zawył.

Odsłonił trójkątne kły i wydał wysoki wizg. – *Morrrd!* – Spiął ciało do skoku, lecz nim zdążył rzucić się na Berga, dopadł go grot. Ostrze wniknęło w ciało łatwo jak w masło.

Niepies zamarł, zdumiony. Na płaskim pysku malował się wyraz niedowierzania. W sekundę później poderwał w górę przednie łapy, zaskomlał rozpaczliwie. Objął wielką, pałkowatą głowę koślawymi dłońmi i kołysał

nią jakoś obrzydliwie po ludzku. Nagle zadygotał i ciężko upadł na bok. Wielkim, pokracznym ciałem wstrząsały drgawki. Ślepia gapiły się tępo na Berga. Stało się coś strasznego, czego potwór nie potrafił zrozumieć. Zamiast szarpać kłami ciało ofiary i upajać się smakiem krwi, upadł i nie mógł wstać. Dygotał.

Dziwnie! – Lars wyczuł strach i zdumienie niepsa. Stwór wił się na podłodze, spazmatycznie kurczył kończyny. – *Dziwnie! Ciemno! Niedobrze!* – krzyczał w jego umyśle.

– Zdechnij wreszcie! – zawołał Lars, bombardowany rozpaczliwymi komunikatami niepsa.

Nidorzeeee – jęczał stwór, coraz bardziej bełkotliwie. *Niiiii...*

Wycie przeszło w nieznośny, przeciągły wizg.

Berg odruchowo zatkał dłońmi uszy, choć uporczywe zawodzenie rozchodziło się bezpośrednio w jego głowie. Czuł podchodzącą do gardła falę mdłości. Obrzydzenie zdecydowanie brało górę nad odrobiną litości, jaką darzył niepsa.

– Zdychaj, durne bydlę! – krzyknął, kiedy dźwięk stał się niemożliwy do zniesienia. – Zdychaj!

Niestety, nie mógł w żaden sposób dobić zwierza. Przeciw podobnym stworom skuteczny był tylko grot, a Berg użył jedynego, jaki miał.

Niepies kopał powietrze łapami, dygotał spazmatycznie. Z rozwartego pyska wypadł siny, obrzmiały jęzor.

Wreszcie ciało stwora skurczyło się konwulsyjnie, kościste palce wyprostowały, ślepia zaszły bielmem. Niepies drgnął ostatni raz i zamarł w bezruchu z podkurczonymi łapami. W niczym już nie przypominał człowieka. Raczej obrzydliwego, bladego pająka.

Berg otarł pot z czoła. Dłonie trochę mu drżały. Dawno już nie był zmuszony zabić niepsa. Trącił czubkiem buta martwe cielsko i skrzywił się z odrazą.

– Skurwysyn – powiedział, mając na myśli zarówno zwierza, jak i jego pana.

Niepsy cieszyły się wśród pozyskiwaczy ponurą sławą. Były obdarzone wyższą inteligencją niż zwierzęta i specjalnie ćwiczone w okrucieństwie. A uczyły się bardzo gorliwie i chętnie. Podobno strach i cierpienie ofiary potrafiły wprawić niepsa w prawdziwą ekstazę.

– Fajne miał pan zwierzątko, panie cholerny adepcie – mruknął Berg. – Godne właściciela.

Rzucił krótkie spojrzenie na nieruchome cielsko potwora i uznał, że pora się zbierać. Stracił sporo czasu na unieszkodliwienie zwierza, a trochę się obawiał, że stwór mógł mieć telepatyczną więź ze swoim panem, który w jakiś sposób odczuł tak silne doznanie jak śmierć pupila. Poza tym był po prostu zmęczony. Znalazł niezły pryz, a na wyrywanie lamp ze ścian i wymontowywanie sześcianów energetycznych zwyczajnie nie miał ochoty. Takimi zabawami powinny się zajmować pierwotniaki.

Sprawdził, czy talizmany i lustro bezpiecznie spoczywają w kieszeni, i przywołał w pamięci obraz szczeliny pośród omszałych skał.

Rozdział 5

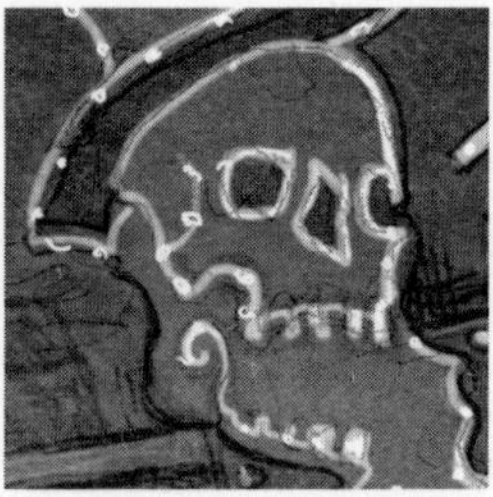

Wieżowce dawnej dzielnicy biurowej źle zniosły koniec świata. Poczerniałe, grożące zawaleniem konstrukcje godziły w blade, jesienne niebo niczym wyciągnięte palce, przestrzegając przed zbytnią wiarą w zdobycze cywilizacji. Ślepe oczodoły powybijanych okien kryły tylko pustkę. W opustoszałych korytarzach hulał wiatr. Życie toczyło się jedynie na najniższych kondygnacjach. Dawne świątynie pieniądza zmieniły się w slumsowiska, osobliwe memento mijającego czasu. Mieszkańcy dzielnicy biurowej funkcjonowali niejako na marginesie życia miasta, tworząc na własne życzenie getto. Enklawę artystów, szaleńców, wróży i desperatów, którzy postanowili poświęcić życie jedynej naprawdę działającej magii, jaką znało społeczeństwo Zachodu.

Berg zszedł po wąskich, spękanych schodach do wielkiej, mdło oświetlonej hali dawnego parkingu. Gwar, śmiechy, muzyka bębnów i wrzaski podrzędnych czarowników biły w betonowe niebo sufitu, powracając echem niczym pogłos burzy. Berg przeciskał się z trudem między kramami, deptał rozłożone na podłodze płachty drobnych handlarzy, potykał się o klatki z kurami. Dwie kozy, przywiązane do betonowego filaru, beczały żałośnie. Chuderlawy mężczyzna o twarzy pokrytej sinymi liniami tatuaży obiecywał odkryć przed klientami tajemnice przyszłości, tasując garść kart kredytowych. Berg zerknął na przerzucane z ręki do ręki karty i nie bez zdziwienia stwierdził, że przynajmniej połowa była autentyczna. Przed straganem wróża zatrzymało się kilku gapiów. Magik gestykulował żywo, przekonywał. Jakaś naiwna kobiecina dała się w końcu skusić i drżącą ręką wyciągnęła tekturową podróbkę American Express. Lars, przechodząc obok, usłyszał jeszcze radosne zapewnienia chudego o dobroczynnej opiece loa zdrowia.

Na kramach i płachtach handlarzy piętrzyły się stosy magicznych przedmiotów. Leżące w stertach woskowe figurki wyglądały jak polegli w straszliwej bitwie lilipuci. Zasuszone kurze łapy, przewiązane wstążkami i czerwoną wełną, przypominały uschłe korzenie. Rzędami stały flaszeczki i słoiczki z cuchnącymi cieczami. W glinianych garnkach spoczywały zabójcze lub miłosne proszki. Spreparowane czaszki szczurów i węży spoglądały smętnie czarnymi dziurami oczodołów. Pogardliwy uśmieszek wykrzywił usta Larsa, gdy na jakimś kramie zobaczył święte obrazki miejskich loa. Stare, plastikowe krążki i płytki przedstawiały strzępiastowłosych, barwnych bogów, zastygłych w dynamicznych pozach. Berg, długo i dobrze szkolony w gildii Grabieżców, z miejsca rozpoznał w nich bohaterów rysunkowych historyjek dla dzieci. Dawno, przed końcem świata, byli kosmicznymi robotami lub łowcami przygód. Zdumiewające, jak wiele wiedzy o przeszłości bezpowrotnie zniknęło. Pomyślał ciepło o Arvanim, który zakładając szkołę, szczególny nacisk kładł nie tylko na umiejętności techniczne, ale także na naukę historii. Również w całkiem przyziemnej postaci.

Oprócz kart z bohaterami kreskówek odkrył też kilka niegdysiejszych zabawek, aktualnie posążków bogów i demonów, wymachujących plastikowymi blasterami. Kolekcję starych, niedziałających zapalniczek, sprzedawanych jako talizmany zapewniające obfite plony, i płyty kompaktowe, zawsze popularne do wyrobu biżuterii. Zabawa w archeologa zaczęła mu się nawet podobać. Przynajmniej zapewniała rozrywkę podczas powolnego przepychania się między stoiskami.

Dotarł mniej więcej do połowy sali, gdy drogę zagrodził mu spory tłumek. Gruba kobieta w czerwonej sukni, obwieszona naszyjnikami z kości, guzików i drobnych elementów elektronicznych, sapiąc, sypała na ziemię mąkę w kształt skomplikowanego znaku. Przed nią, na krzywym stołku, siedziała młoda dziewczyna z włosami starannie zaplecionymi pękiem kolorowych kabelków. Powieki miała mocno zaciśnięte, twarz i dłonie umazane świeżą krwią. U jej stóp leżała martwa kura. Trwał jakiś egzorcyzm. Czarownica mamrotała pod nosem tajemne słowa.

– Indeksy giełdowe firmy wzrastają o kilka punktów procentowych... Oooo tak! Wielki ojciec podnosi i opuszcza inflację! Tak czyni raz! Tak czyni dwa! Precz, zło! Odejdź, duchu...

Szacowne mury biurowców to miejsca pełne magii, pomyślał Berg gorzko.

Z trudem przebił się do wąskiego korytarza kończącego się niebieskimi, metalowymi drzwiami. Za nimi otwierał się wrzaskliwy, histeryczny świat klubu „Veve". Nie przyszedłby tu, gdyby nie rozpaczliwe błagania Lokiego. Znał tego malutkiego, wąsatego człowieczka, podobnego do bobra czy fretki, a w każdym razie do futerkowego zwierzątka, jeszcze ze szkoły. Loki nie miał talentu. Nie miał też, niestety, szczęścia. Wmanewrował się w jakieś podejrzane interesy, ukrywał się jakiś czas na przedmieściach, handlował lewym towarem i robił mnóstwo podobnych idiotyzmów, aż definitywnie stracił prawo wstępu do „Babilonu". Lars czuł do tego nieszczęśnika coś w rodzaju sympatii. Czasem zdawało mu się, że Loki zgarnął na siebie całą pulę pecha przypadającą na jego rocznik w szkole Grabieżców. I za to należała mu się odrobina wdzięczności. Dlatego starał się nie spuszczać Lokiego ze schodów, jeśli tylko nie musiał. Nawet za cenę wizyty w „Veve". W strasznie ważnej, kluczowej sprawie, jak wyszeptał konspiracyjnie Loki przez zasłonę wąsów.

Berg westchnął. Dla tego biedaka wszystkie sprawy nabierały natychmiast niezwykłej wagi. Ale Loki już się taki urodził.

Niebieskie drzwi klubu otworzyły się gwałtownie. Muzyka buchnęła ze środka niczym gorączka. W oparach dymu z kadzideł, do wtóru wrzasków i wściekłego rytmu bębnów, z czeluści „Veve" wypadła dziwka. Dosłownie, jakby knajpa ją wypluła. Gramoliła się niezdarnie z podłogi, klnąc ochryple. Była zupełnie naga, nie licząc długiego naszyjnika z żarówek i kawałków płyt kompaktowych, który zwisał jej z szyi jak stryczek elektryka-samobójcy. Po chwili przez uchylone drzwi wypadła zmięta szmata, zapewne kreacja damy.

Nieźle przechodzona, pomyślał Lars obojętnie, mijając bluzgającą przekleństwami dziwkę. Witamy w klubie „Veve".

Nie lubił tej knajpy. Irytowała go hałaśliwa atmosfera, tandetny wystrój i parszywa klientela. Grabieżcy rzadko pojawiali się w królestwie miejskich loa. Za to chętnie zaglądali tu pozyskiwacze, którzy z różnych przyczyn nie byli mile widziani w „Babilonie". Liczne szumowiny, drobne cwaniaczki kręcące się przy ludziach z branży, handlarze o niezbyt dobrej reputacji i oczywiście pasterze. A tych skurwysynów Lars nie znosił szczególnie.

Wnętrze oświetlały niezliczone świece powtykane w butelki stojące w rzędach na długich deskach, pozatykane w jakieś koszmarne jelenie poroża, przylepione niby rogi dziwacznych jednorożców na czołach krowich czaszek. Wszędzie wisiały nanizane na sznurki kości, girlandy nieodłącznych kurzych łapek, pęki ziół i zasuszone jak papuaskie główki, ozdobione pęczkami wełny owoce. Na ścianach, obowiązkowo pomalowanych na czarno, podskakiwał w groteskowych pozach powielony w nieskończoność Baron Samedi. Kościotrup wymachiwał cylindrem, z którego sypały się, niczym z kapelusza iluzjonisty, czaszki, trumny, nagrobki i nieudolnie namalowane upiory. Wokół unosiły się wściekle kolorowe znaki, namazane pospiesznymi pociągnięciami pędzla. Veve miejskich loa.

Berg, ledwie wszedł do środka, poczuł się zmęczony. Rozglądał się bezradnie w nadziei, że spostrzeże Lokiego. Ale równie dobrze mógłby szukać szpilki w chlewie pełnym wieprzy.

W klubie kłębił się tłum. Przy długim kontuarze baru panował ścisk jak na przedstawieniach średniowiecznego piekła. Dym z kadzielnic snuł się ciężkim oparem, w chwiejnych płomykach świec półnagie postaci słaniały się, podrygiwały do rytmu bębnów i wrzeszczały jak chore. Było duszno i gorąco jak diabli.

Co jest, pomyślał Berg. Mają imprezę? Imieniny jakiegoś cholernego demona?

Ubranie, przemokłe od potu, lepiło się do pleców. Od wrzasku i hałasu bębnów parowały myśli. Bez przerwy ktoś go popychał, trącał lub następował na nogę. Tańczący mieli nieprzytomne oczy, twarze wykrzywione w ekstazie.

Wychodzę, powiedział sobie. Do diabła z tobą, Loki.

Przepychał się właśnie ku wyjściu, gdy poczuł szarpnięcie za ramię. Bobrzy pyszczek Lokiego wychynął z tłumu. Usta pozyskiwacza otwierały się, ale Berg nic nie słyszał.

– Nic z tego. – Potrząsnął głową. – Nie rozumiem ani słowa.

Wargi Lokiego uporczywie powtarzały to samo słowo, a ponieważ towarzyszyło temu ciągnięcie za rękaw, Berg zrozumiał, że ma dokądś iść. Przeciskali się przez tłum tańczących, bliskich transu bywalców „Veve". Lars co chwila obijał się głową o wiszące na sznurkach kości i kurze łapy. Bębny warczały coraz szybciej.

– A ja myślałem, że „Babilon" ma dziwny wystrój – mruknął, odgarniając z twarzy pęk szczurzych czaszeczek.

Loki przebił się pod ścianę i wepchnął Berga za parawan przedstawiający czerwonookiego bokora dzierżącego w obu garściach zarżnięte kurczaki. Otworzył niskie drzwi i zniknął za nimi. Berg, niezbyt chętnie, podążył za Lokim.

– Uważaj, schody – ostrzeżenie przebiło się przez gwar z sali.

Stwierdził z ulgą, że na klatce schodowej jest dużo ciszej. Brnęli w górę w całkowitej ciemności. Wreszcie Loki uchylił kolejne drzwi.

– Witaj w sali dla prawdziwych bywalców – powiedział z dumą.

Berg musiał się schylić, żeby zmieścić się w niskim wejściu. Sala dla bywalców nie różniła się wystrojem od głównej, była jednak znacznie mniejsza. I bardziej cicha, choć i tu dobiegały wrzaski tańczących oraz terkot bębnów. Pod ścianami stały okrągłe ogrodowe stoliki imitujące styl rokoko, tyle że pomalowane na czarno. Nie było zbyt wielu gości. Za małym barem w rogu znudzona barmanka wycierała szklanki. Jej twarz, pokryta siecią misternych tatuaży, wyglądała zupełnie nieludzko, a wrażenie potęgowały ciężkie, czarne powieki, kryjące pozbawione białek czerwone szparki oczu. W zaplecionych jak sznurki, cienkich, szkarłatnych warkoczykach fryzury tkwiły kogucie pióra.

– Siadaj – zakomenderował Loki. – Wezmę nam kogucią krew!

Berg się skrzywił.

– Czekaj – zawołał. – Nie mają tu piwa?

Loki popatrzył z dezaprobatą.

– Zebrało ci się na żarty? – burknął.

Berg westchnął. Kto ma miękkie serce...

Loki wrócił z dwiema szklankami jadowicie czerwonej cieczy.

– Nie dodali mieszadełek z kościotrupkiem? – zdziwił się Berg.

Loki spiorunował go wzrokiem.

– Mam do ciebie poważną sprawę – powiedział z naciskiem.

– Dobra, słucham. – Lars powąchał płyn w szklance i upił malutki łyk. Niestety, drink smakował równie obrzydliwie, jak się nazywał.

Loki przysunął się bliżej, rozejrzał z miną konspiratora.

– Berg, ktoś bardzo wpływowy jest pod wrażeniem twoich osiągnięć.

Lars uniósł brwi.

– Pan burmistrz?

– Nie wygłupiaj się – żachnął się Loki. – Mam na myśli kogoś naprawdę niesamowitego. Wypytuje o ciebie.

– Aha – mruknął Berg chłodno. – I co?

Loki wzruszył ramionami.

– Interesuje się tobą i twoimi dokonaniami.

Osobista paranoja Berga ocknęła się i zabrała żwawo do pracy. Pewnie dlatego, że Lars wyjątkowo nie lubił, gdy ktoś interesował się jego dokonaniami.

– Loki – warknął. – Do rzeczy.

Brązowe wąsy zafalowały.

– Czego się wściekasz? Wyświadczam ci przysługę. Chcę dla ciebie jak najlepiej. Ty na tym zrobisz świetny interes, ja też zgarnę trochę kasy. Forsa leży na ulicy, Berg. Wystarczy się schylić.

Mrugnął porozumiewawczo.

Berga ogarnęła nagła irytacja. A tymczasem na wskaźniku paranoi czerwony słupek podskoczył o dobre dwie kreski.

– Loki, gadaj, co wiesz, bo naprawdę się wściekne.

W orzechowych oczach Lokiego pojawił się wyraz godny skrzywdzonej łani.

– Ktoś bardzo wpływowy cię szuka, a ty...

– A ja chcę, kurwa, wiedzieć kto i po co! – nie wytrzymał. – Gadaj, co wiesz.

– No, niewiele – przyznał Loki, krzywiąc się boleśnie. – Jakaś wielka figura chce ci zaproponować pracę. Ja jestem tylko pośrednikiem.

Oczy Berga zwęziły się nieprzyjemnie.

– Znaczy pasterz, tak?

Loki nerwowo przełknął ślinę.

– Pewnie tak... ale nie wiem który. Podobno bardzo potężny.

Berg odchylił się na krześle.

– Człowieku – syknął. – Czyś ty się w łeb strzelił? Namawiasz Grabieżcę, żeby się sprzedał pasterzowi? Za taką propozycję możesz tylko dostać w pysk.

Loki mrugał nerwowo.

– Ja... ja niczego złego... – szepnął.

Berg wstał, a mały człowieczek na krześle obok skulił się odruchowo. Lars właściwie nie czuł gniewu. Raczej niesmak i odrobinę litości. Pochylił się nad Lokim.

– Nie próbuj takich sztuczek na żadnym innym Grabieżcy. Przecież to tak, jakbyś komuś w twarz splunął. Ocknij się, chłopie. Jezu, dobrze, że trafiłeś na mnie. Przestań się trząść. Przecież cię nie uderzę.

– Ja... – bąknął Loki. – Chciałem trochę zarobić...

– Chyba w mordę – mruknął Lars. – Uważaj na siebie, facet. I zastanów się dwa razy, zanim coś znów zmalujesz.

Pociągnął za klamkę drzwiczek tak gwałtownie, aż uderzyły o ścianę.

– Lars! – zawołał Loki. – Jak będę coś więcej wiedział, to się odezwę.

Berg znikł w wąskim korytarzyku.

Spadaj, Loki, pomyślał. Golnij koguciej krwi za moje dobre serce.

Przepychał się do wyjścia wkurzony i chyba jakoś zraniony. Loki zawsze był idiotą, ale przecież nie aż do tego stopnia. A teraz wyraźnie dał do zrozumienia, że jego zdaniem Berg się kończy. Jeszcze rok, dwa lata temu nie śmiałby przedstawić takiej parszywej, drańskiej propozycji. Chrystc, naprawdç zaproponował mi robotç u pasterza.

Potrząsnął z niedowierzaniem głową, choć czuł w sercu przykre ukłucie smutku. Najpierw ten gnojek Glizda, teraz Loki. Kto następny go skreśli?

Tancerze rozstąpili się nagle, skupili pod ścianami, tupiąc i klaszcząc miarowo. Na środku sali została tylko młoda dziewczyna, którą widocznie przed chwilą dosiadł loa. Wyginała się ekstatycznie, jakby wcale nie miała kości, wyrzucała z siebie przekleństwa i żądała rumu. Jakaś usłużna ręka podała jej flaszkę. Przecież bogom się nie odmawia. Chwyciła, wyciągnęła korek zębami. Piła, choć pomalowane na złoto gibkie ciało wciąż wiło się w szaleńczych łamańcach, a fioletowe włosy zamiatały podłogę.

– Berg! – krzyknęła nagle ochryple.

Grabieżca drgnął, zdumiony.

– Idź ku Drzewu! – zawołała. – Ku Drzewu! Nadchodzi czas!

Zaśmiała się, wywrócone białkami oczy oglądały pejzaże szaleństwa daleko, w świecie duchów.

Lars zadrżał. Szerokimi ruchami ramion rozgarniał klientów „Veve", żeby jak najszybciej dotrzeć do wyjścia. Brakowało mu powietrza, w płucach czuł ucisk, w głowie szum. Tancerze gapili się na niego, szemrali. Czaszki, kościeje i symbole duchów wirowały w dzikim korowodzie. Pomyślał, że za chwilę zemdleje. Zdawało mu się, że nadchodzi kolejny niekontrolowany przeskok. Rzeczywistość rozdarła się jak brudna szmata. Loa śmiały się, szczerząc zęby. Ludzie mieli psie, małpie, jastrzębie głowy. Nie było ścian, tylko niebieski prostokąt metalu pozostał na miejscu. Berg, zlany potem, bez tchu parł do wyjścia. Wreszcie niebieskie drzwi klubu otwarły się i zatrzasnęły za nim. Był wolny, ale w uszach wciąż słyszał schrypnięty głos opętanej dziewczyny. „Ku Drzewu. Idź ku Drzewu, Berg".

Walące serce uspokajało się powoli. Ucisk pod czaszką zmienił się w tępy ból. Kadzielnice, pomyślał. W tych cholernych kadzielnicach musiał być jakiś narkotyk. Dlatego miałem halucynacje.

Oddychał ciężko, oparty o ścianę. Naga dziwka ze sznurem żarówek na szyi leżała obok na podłodze, pogrążona w pijackim śnie.

Chrapie jak maciora, pomyślał Berg. Niech diabli wezmą Lokiego i jego pieprzone „Veve". Czas do domu.

W hali parkingu wciąż kłębiło się sporo ludzi. Targ trwał nieprzerwanie przez całą dobę, ale ożywiał się z nastaniem nocy. Wtedy miejskie loa osiągały pełnię swojej mocy.

Berg stał w wąskim korytarzyku, spocony i wciąż jeszcze oszołomiony, zbierając siły, żeby znów wkroczyć w tłum. Spita dziwka leżała u jego stóp niczym osobliwe trofeum łowieckie, ale Berg już o niej nie myślał. Wizyta w „Veve" pozostawiła niejasne, dręczące poczucie zagrożenia. Ktoś grzebie w jego życiu, interesuje się nie swoimi sprawami. Pasterz? Jaki, na litość boską? Chyba całkiem stuknięty. Grabieżcy i pasterze nienawidzą się programowo. Wysoko postawiony pasterz nie zaproponowałby pracy byłemu członkowi gildii. A wychowanek szkoły Arvaniego nigdy by takiej propozycji nie przyjął. Inaczej obaj straciliby twarz. Coś tu wyraźnie nie grało. I jeszcze ta opętana dziewczyna. Skąd znała jego imię? Ktoś ją podkupił, żeby udawała osiodłaną przez loa? Po co? Miała go zdetonować? Zaniepokoić? Jeśli tak, to cel został osiągnięty.

Berg zaklął. Bardzo nie lubił, kiedy sprawy wymykały się spod kontroli.

Przesunął dłonią po twarzy. Jednak wizyta w „Veve" nie była całkowitą stratą czasu. Dzięki niej dowiedział się o niebezpieczeństwie. Może powinien bardziej przycisnąć Lokiego, ale był głęboko przekonany, że pozyskiwacz powiedział wszystko, co wie.

Westchnął.

– Nadchodzą niedobre czasy – powiedział ponuro. – Czas obfitości przeminął.

Podniósł głowę, bo nagle zdał sobie sprawę, że w charakterystycznym gwarze hali parkingowej pojawiły się nowe nuty. Hałas na targu nasilił się. Okrzyki bokorów zmieszały się z innymi, brzmiącymi dziwnie histerycznie. Berg zmrużył oczy. Coś się działo między straganami. Chyba tylko działaniu zawartych w dymie kadzideł narkotyków mógł przypisać, że tak późno zwrócił na to uwagę.

Płachty handlarzy wylatywały w górę, sypiąc wokół drobnymi przedmiotami i tumanami miłosnych proszków. Kramy waliły się na podłogę, ludzie i zwierzęta wrzeszczeli rozpaczliwie. Berg wytężył wzrok, ale już zdążył zgadnąć, jaki kataklizm nawiedził krainę miejskich loa. Przez targowisko przebijał się orszak pasterza podążającego do „Veve".

Lars zaklął ze złością. Tylko jeden skurwysyn mógł przeciągać przez tłum tak bezceremonialnie. Jego Wysokość Jaszczur. Najbogatszy, najbardziej wpływowy i najmocniej pieprznięty z pasterzy. Berg czuł do tej kreatury jedynie pogardę. Nie potrafił żywić innych uczuć wobec człowieka, który żerował na biednych pierwotniakach, pozował na wielkiego czarnoksiężnika, a za zgromadzone na swoim parszywym procederze pieniądze kazał pokryć całe ciało drobną, połyskliwą łuską, żeby stać się bardziej przerażającym.

Raczej pierdolniętym, pomyślał Lars, patrząc na otoczonego kordonem ochroniarzy, odzianego w jakieś szkarłatne złotogłowia pasterza, kroczącego majestatycznie pomiędzy wywróconymi straganami.

– Po co udajesz gada, Jaszczur? – syknął do siebie. – Lepiej być jaszczurką niż gnidą?

Orszak zbliżał się do niebieskich drzwi „Veve". Berg z niesmakiem odkrył, że pasterz wiedzie za sobą grupkę nowo pozyskanych pierwotniaków. Pewnie na jakiś idiotyczny rytuał oczyszczenia czy zależności. Podobno uwielbiał takie kretyńskie ceremonie. Ubrani na żółto i czerwono goryle Jaszczura, wytatuowani na pyskach, z piórami i koralikami wplecionymi we włosy, wyglądali jak groteskowi kanibale prowadzący na miejsce kaźni schwytanych cudzoziemców.

Berg chciał ominąć tę dziwaczną procesję, ale w pewnej chwili zauważył wśród pierwotniaków drobną sylwetkę w brudnej tunice.

– Kurwa mać – jęknął. – No i pięknie.

Postrzępione włosy i blada, owalna twarz nie pozostawiały wątpliwości. Miriam z Czajnika. To fatum, pomyślał rozpaczliwie. Nie ma innego wyjścia.

Choćby chciał, nie mógł zostawić jej i odejść. Nie w wypadku tak ewidentnego zrządzenia losu. Coś się wydarzyło w Bibliotece po drugiej stronie. Życie Berga i dziewczyny z Osiedla splotło się nieodwołalnie. Każdy Grabieżca rozpoznawał podobne znaki. Postanowił poczekać u wejścia i spróbować pogadać z dziewczyną. Należało jej się przynajmniej ostrzeżenie.

Orszak Jego Wysokości gada zbliżał się do drzwi „Veve". Lars wyszedł z korytarzyka i zatrzymał się tuż przy ścianie. Ochroniarze Jaszczura z groteskową powagą rzucili się sprawdzać, czy wejście jest bezpieczne. Trzech wpadło do klubu, robiąc więcej zamieszania, niż dawało to efektu, jeden kopniakami starał się usunąć z drogi pijaną dziwkę.

Okutany w coś w rodzaju kapy na kanapę pasterz czekał statecznie nieopodal, otoczony pozostałymi gorylami.

Ale cyrk, pomyślał Lars. A mnie nawet nie zauważyli, dupki.

Korzystając z zamieszania, prześlizgnął się ku grupce zbitych z tropu, wystraszonych pierwotniaków.

– Miriam! – syknął. – To ja!

Spojrzała mu w twarz zdumionymi oczami.

– Co tu robisz?

Machnął ręką.

– Nieważne. Posłuchaj, jesteś w niebezpieczeństwie. Jaszczur to ostatnie bydlę. Musisz mu uciec, inaczej zginiesz. Zabije cię z zimną krwią...

Wydęła pogardliwie wargi.

– Nie mam zamiaru cię słuchać. Znalazłam pracę. Idź sobie.

Zauważył, że Jaszczur odwrócił głowę i gapi się na niego, a po chwili mówi coś do jednego z ochroniarzy.

Nabrał głęboko powietrza.

– Znalazłaś rzeźnię. Spieprzaj póki czas.

– Nie! – Tupnęła. – To ty się wynoś! Mam cię dość! Przestań się wtrącać!

Nie, pomyślał. To przechodzi wszelkie wyobrażenie.

Biała, lodowa fala wściekłości zalała go całkowicie aż po czubek głowy.

– Dobra! – warknął. – Zdychaj, jak chcesz, głupia cipo! Ja odpadam! Więcej mnie nie zobaczysz.

Obrócił się i ruszył przez tłum.

Złość gotowała się w nim, kipiała jak zostawione na ogniu mleko. Cały stał się jednym kłębkiem wściekłości. Dobrze głupiej cipie, myślał, zaciskając dłonie w pięści. Jest za durna, żeby żyć. Pieprzona kretynka. I mnie dobrze, cholernemu Gadającemu Świerszczowi. Dostałem młotkiem między oczy. I fajnie. Należało się.

VEVE
VEVE

Świta pasterza powoli wlewała się w drzwi klubu „Veve". Miriam, popchnięta przez kogoś, ostatnia weszła do mrocznego wnętrza. Ale Berg tego nie widział. Nie odwrócił się. Szedł wielkimi krokami przez targowisko szlakiem wywróconych straganów, depcząc towary, skorupy rozbitych butelek, połamane deski kontuarów. Pod jego butami chrzęściły miażdżone szczurze i wężowe czaszki, ginęły woskowe figurki. Wściekłość wciąż go roznosiła. Sprzedał nawet serdecznego kopa Bogu ducha winnej kozie, która zaplątała się w płóciennym daszku zwalonego kramu, ale to nie pomogło. Grabieżca kroczył przez targowisko niczym duch zniszczenia.

Nawet jeśli jego los był związany z małą idiotką z Czajnika, to teraz się wypełnił. Definitywnie. Berg nie miał ochoty już nigdy więcej oglądać dziewczyny na oczy.

Miriam patrzyła nieufnie na nienaturalnie wąską, pokrytą łuskami twarz Jaszczura. Nie potrafiła wyczytać żadnych uczuć z tej dziwacznej, nieludzkiej maski. Jakby naprawdę miała przed sobą oblicze gada. Żółte oczy pasterza wyglądały jak szklane korale. Miriam zaczęła się bać. Gdzieś w środku cichy głosik mówił, że temu dziwadłu w jaszczurzej skórze nie powinna była zaufać. Tak bardzo różnił się od Berga. Przypomniała sobie kanciastą, nieco zbyt pociągłą twarz pozyskiwacza. Szare oczy, takie szczere i spokojne. Sposób, w jaki mówił, uśmiechał się, gestykulował. Nie, z pewnością z tych dwóch to nie Jaszczur zasługiwał na zaufanie.

Brzydki grymas wykrzywiający usta pasterza miał pewnie dodać Miriam otuchy. Prawdopodobnie oznaczał uśmiech. Albo nie. Nie wiedziała. Poczuła się zupełnie bezradna i zagubiona. Berg miał rację. Nie nadawała się na pozyskiwaczkę. Nie nadawała się do niczego oprócz życia we wspólnocie. W Czajniku, jak powiedział. Wariackiej sekcie. Przechowalni dla świrów.

W duszy Miriam znów strzeliła nikła iskierka gniewu, a dziewczyna zapragnęła rozdmuchać ją w taki sam płomień wściekłości, jaki palił się tak jasno po spotkaniu na Placu Noży. Gniew pomagał stłumić wątpliwości, dodawał sił. W końcu to Berg cały czas ją obrażał, upokarzał i wyraźnie dawał do zrozumienia, że nie chce mieć nic wspólnego z wariatką z sekty. A Jaszczur okazał pomoc, dał pracę, docenił jej talent. W pierwszej chwili, gdy wysiadł ze swej kopcącej, dziwacznej maszyny i zaczął się przechadzać po Placu Noży, pomyślała bez zdziwienia, że to sam diabeł. Przecież wyglądał jak demon. Nie bała się jednak. Ojciec Jozjasz ostrzegał, że w mieście jest pełno diabłów. Żyją między potępionymi, radując się ich grzechami. Można się przed nimi ustrzec jedynie we wspólnocie, poddając się regułom posłuszeństwa i cnoty. Ale ona opuściła wspólnotę, więc teraz musi przebywać między diabłami.

Kiedy Jaszczur zatrzymał orszak swoich przybocznych demonów i zaczął się w nią wpatrywać żółtymi ślepiami gada, także nie poczuła lęku. Potem kiwnął zakończonym pazurem palcem, poddani unieśli nad nią jakieś brzydkie, trzeszczące amulety, a po chwili już miała pracę. Została pozyskiwaczką Jaszczura.

Musiało minąć sporo czasu, zanim zrozumiała, że jest człowiekiem. Przyjacielem, który wyciągnął do niej pomocną dłoń. Pracodawcą, poszukującym nowych talentów. Kimś, kto postanowił dać jej szansę, mimo że pochodzi ze wspólnoty.

Wydęła wargi. Wielki pan Końska Czaszka jest po prostu zazdrosny. I tchórzliwy. Trzęsie się o własną pozycję, więc stara się za wszelką cenę pozbyć każdego, kto ma prawdziwy dar. Wszystko z czystej zawiści.

Nie sądź po pozorach, mawiał ojciec Jozjasz. Co z tego, że pasterz wygląda tak okropnie? Ludzie w mieście są inni. Zachowują się niezrozumiale, ubierają cudacznie. I tylko z tego powodu mieliby być źli? To Jaszczur okazał się prawdziwym przyjacielem, nie ten hipokryta Lars Bergerson. Do diabła z nim!

Podniosła głowę i uśmiechnęła się.

– Od czego mam zacząć naukę? – spytała.

Żółte oczy pasterza rozwarły się jakby w zdziwieniu.

– Naukę? – powtórzył. – Po co? Jesteś urodzoną pozyskiwaczką. Kto miałby cię szkolić i w jakim celu? Nie, ślicznotko. Żadnej nauki nie potrzeba. Chodź, przed tobą stoi pierwsze zadanie.

Poczuła ukłucie lęku.

– Ale... – szepnęła. – Ja nie wiem...

Dźwignął się z głębokiej, miękkiej kanapy, rozrzucając stertę szkarłatnych i szafranowych poduszek.

– Daj spokój – powiedział tonem, w którym brzmiała protekcjonalna nuta. – Przecież się nie boisz? Czego miałaby się obawiać dziewczyna, fruwająca swobodnie po wyższych wymiarach, bez sprzętu, bez pomocy? Jesteś perłą, skarbie. Wierzę w ciebie.

Zacisnął zimną, kościstą dłoń na ramieniu Miriam. Wzdrygnęła się lekko.

– Chodź, chodź – mruczał Jaszczur. – Wszystko pójdzie świetnie, zobaczysz.

Biuro pasterza wyglądało jak namiot zdziwaczałego paszy. Ściany zasłonięte storami. W kątach przyczajone jak brzydkie, pokraczne zwierzęta puchate sofy i niskie, przykryte haftowanymi narzutami ławy. Wielkie kadzielnice, z których sączyły się smugi słodkiego, duszącego dymu. Wszędzie wyrysowane mandale, skomplikowane znaki, inskrypcje w nieznanych językach. Szła posłusznie, potykając się w puchatej czerwieni dywanów, osaczona zewsząd szkarłatami kotar i szafranowymi girlandami firan, a serce waliło jej w piersi jak szalony dzwon. Dzwon na alarm, zaczynała się obawiać. Dłonie miała zimne i spocone. W głowie szumiało.

Jaszczur odsłonił kolejną kotarę i otworzył przed nią wąskie drzwi. Surowe, białe ściany przypominały cele w Osiedlu. Przez krótką chwilę Miriam poczuła, że rzeczywistość uległa niezwykłemu odkształceniu, a ona sama stoi na granicy jawy i snu. Zawahała się, więc Jaszczur lekko popchnął ją do środka. Przestąpiła próg. Szeroko otwartymi oczami wpatrywała się w dwa przezroczyste sarkofagi, połączone siecią rur i przewodów z wielką, mruczącą cicho maszynerią, której najbardziej rzucającą się w oczy część stanowił ustawiony pionowo cylinder, wysokością dorównujący przeciętnemu człowiekowi.

Wąska, pozbawiona warg szczelina, która zastępowała Jaszczurowi usta, rozciągnęła się w groteskowej parodii uśmiechu. Pasterz uruchomił jakiś mechanizm na obudowie bliższego sarkofagu. Przejrzysta kopuła uniosła się z cichym syknięciem.

– Zapraszam do koi, ślicznotko – powiedział.

Miriam z trudem przełknęła ślinę.

– Tam ktoś leży – wyszeptała. – W tej drugiej bańce ze szkła.

W szczelinie ust błysnęły białe, ostre jak igły zęby.

– Oczywiście – głos Jaszczura brzmiał pewnie, uspokajająco. – Przecież to jasne, prawda?

Skinęła głową, chociaż nic nie było jasne.

Pasterz poklepał obudowę koi.

– No, zapraszam – powtórzył. – Do pracy, Miriam.

Ze strachu zrobiło jej się nagle niedobrze. O Najwyższy, pomyślała rozpaczliwie. Powinnam słuchać Berga. Ale na odwrót było już za późno. Zobaczyła to w zimnych, gadzich ślepiach Jaszczura.

– Co mam zrobić? – wyszeptała spłoszona.

– Połóż się w koi.

Oddychała szybko przez rozchylone wargi.

– A... potem?

– To, co powinien pozyskiwacz. Ukradnij coś i wracaj.

Mrugnął. Miriam znów ogarnęła fala mdłości.

– Nie umiem wrócić – wykrztusiła.

– O, to nic trudnego. Zacznij biec i myśl o domu.

– Dobrze – skinęła głową. – Ale co mam zrobić, żeby wystartować?

Rozłożył ręce.

– Nic, ślicznotko. Maszyna cię przerzuci. No, chodź już.

Wgramoliła się do koi. Bała się jak nigdy dotąd. Chciała zapytać o milion rzeczy, ale nie potrafiła ułożyć żadnego sensownego zdania. W głowie słyszała szum, myśli uciekały, zanim zdołały przybrać formę słów. Płakałaby, gdyby lęk nie paraliżował wszystkich odruchów. Wtem pochyliła się nad nią koszmarna twarz Jaszczura.

– Pa, ślicznotko – warknął i zatrzasnął pokrywę koi.

Chociaż z zewnątrz wydawała się przezroczysta, po tym, jak się zatrzasnęła, w koi zapadła atramentowa ciemność. Miriam pisnęła ze strachu. W popłochu zaczęła macać gładką, chłodną czaszę, wiszącą nad nią niczym straszne niebo bez gwiazd.

Jak w trumnie, myślała rozpaczliwie. O Najwyższy, całkiem jak w trumnie. To koniec.

Uderzyła pięściami w pokrywę.

– Wypuść mnie! – krzyknęła. – Wypuść natychmiast!

Jedyną odpowiedzią był niski pomruk maszyny.

– Chcę wyjść! – wrzasnęła dziko, ogarnięta paniką.

Zaczęła się dusić, jakby z koi ktoś naraz wypompował powietrze. Tłukła pięściami i kopała w czarną gładkość wieka. A potem poczuła uderzenie mocy, które przypominało podmuch nieruchomego wiatru. Potężna siła napierała na nią, jakby chciała rozedrzeć na strzępy. Miriam nie mogła się poruszyć. Nie mogła nawet krzyczeć. Czuła gorąco. I strach. I ból. I potworny zawrót głowy. Słabła z każdą chwilą, jakby siły wyciekały z jej ciała niczym woda.

Umieram, pomyślała. Naprawdę umieram.

A potem wystrzeliła w ciemność rozświetloną rozmazanymi smugami gwiazd.

Berg spał. I śnił, z czego doskonale zdawał sobie sprawę. Ale sen wcale mu się nie podobał. Patrzył na ciemne, pocięte rzędami kolumn wnętrze. Nikły blask bił tylko od strony ścian. Po tynku przesuwały się barwne cienie. Postacie w długich szatach wyciągały do siebie ramiona. Gdzieś na horyzoncie stała krwawa łuna pożaru. Na miasto spadały płonące kamienie. Przerażeni, maleńcy ludzie chronili się pod płaszczem gigantycznego starca, którego twarz promieniała dostojeństwem. Miasto zapadało się w ziemię. Tysiące maleńkich sylwetek, które nie znalazły ratunku pod połami dobrotliwego olbrzyma, zaczynały płonąć. Ciała zwęglały się, aż zostawały same wijące się w męce szkielety. Pod nimi także rozstępowała się ziemia i wpadały w buzujące pomarańczowym płomieniem otchłanie. Posągowy starzec otulał ocalonych płaszczem. Płakali ze szczęścia, padali na kolana i wznosili rozmodlony wzrok ku swemu wybawcy, a ten patrzył na swoje owieczki z czułością i słodyczą, od której Larsa niemal zemdliło.

Bez trudu rozpoznał bohatera tego osobliwego przedstawienia. To chram któregoś z Mistrzów Blasku, pomyślał. Ale co tu robi Miriam?

Dziewczyna stała wsparta plecami o kolumnę. Kamienną posadzkę u jej stóp pokrywały lśniące odłamki szkła. Lars zmrużył oczy. Twarz Miriam spowijała księżycowa bladość. Usta wykrzywiał grymas lęku.

– Proszę, niech ktoś mi pomoże – szeptała. – Błagam! Ratunku! Berg, ratunku! Berg, dlaczego cię nie posłuchałam! Najwyższy, jak mi zimno. Pomóż, błagam.

Po białych jak szron policzkach płynęły łzy, które zamarzały w cienkie, przezroczyste sople. Lars wytężył wzrok. Kałuża szklistych odłamków powiększała się. A nogi dziewczyny aż do kolan pokrywały błyszczące, przejrzyste kryształki, podobne do kawałków rozbitego lustra.

Berg ze świstem wciągnął powietrze.

– Szlag! – syknął. – To nie sen. Władowała się w krę.

Przez głowę Grabieżcy przebiegały gorączkowe myśli. Nie jest tak źle. To tylko kra. Jezu, nie mogę jej tak zostawić! Muszę ją wyciągnąć.

– Miriam, słyszysz mnie? – spytał głośno i wyraźnie.

Nic na to nic wskazywało. Szlochała przytulona do kolumny.

– Nie ruszaj się – powiedział, choć nadzieja, że coś do niej dotrze, była bardzo nikła. – Nie rób gwałtownych ruchów. I myśl o mnie. Myśl cały czas, bo inaczej nie złapię synchronu. Trzymaj się. Już idę.

Żadnej reakcji. Berg zaklął. Nie usłyszała. Nie ma szans. Nie mógł już dłużej tracić czasu. Do chramu z pewnością za chwilę ktoś wejdzie.

– Chcę się obudzić – nakazał swemu ciału.

Zamknął, a za chwilę znów otworzył powieki. Ocknął się wpatrzony w biały sufit sypialni. Odrzucił kołdrę i popędził do azylu. Odpalił maszyny. Otworzył w pośpiechu szafkę pod koją, wyciągnął nieduży skórzany woreczek i zawiesił sobie na szyi. Po namyśle dorzucił do niego dwie smolne łzy, mocno zaciągnął rzemień i uznał, że może ruszać. Czas ciekł gęstą, lepką strugą, a sezam ładował się w nieskończoność. Wreszcie niski, głęboki pomruk podniósł się o oktawę, ekran zaświecił błękitem i wyświetlił komunikat o gotowości. Lars wskoczył do koi. Leżąc w czarnej, głębokiej ciemności, przywołał pod powiekami obraz chramu. Teraz musiał nałożyć na niego obraz twarzy Miriam. Przypominał sobie po kolei szare oczy, łagodny owal twarzy, drobne usta dziewczyny. Wołał ją w myślach, przyzywał słodkimi imionami, starał się odtworzyć w pamięci sylwetkę, gesty, tembr głosu, każdy drobiazg, każdą scenę, która kojarzyła mu się z Miriam. Z ulotnych wspomnień i skojarzeń rzeźbił w myślach postać dziewczyny, modląc się, żeby to wystarczyło.

Przejście dokonało się gwałtownie. Wystrzelił w górę i poszybował przez czas i przestrzeń, ostro jak strzała zwolniona z cięciwy. Nie starczyło mu czasu, żeby przeprowadzić poprawne lądowanie. Runął na mleczną taflę przesłony, spowity w fajerwerki wyładowań. Kamienna posadzka chramu, która nagle znalazła się niebezpiecznie blisko, odwróciła się i z impetem grzmotnęła go w twarz. Upadł, a kiedy chciał się pozbierać, dopadł go potworny zawrót głowy. Kolumny wirowały obłędnie, podłoga falowała, a barwne widowisko na ścianach sypało się jak kalejdoskop. Berg nie próbował walczyć. Poleżał chwilę bez ruchu, aż koszmarne kolebanie ustało. Wstał ostrożnie, przyciskając dłonie do brzucha, żeby uspokoić mdłości.

Rozejrzał się. W chramie panowała cisza. Wielki starzec, zwielokrotniony na kolejnych partiach muru, rozpościerał jadowicie czerwony płaszcz nad głowami wiernych. Miriam tuliła się do kolumny. Berg pobiegł chwiejnie w jej stronę, bo świat wciąż jeszcze wirował mu przed oczami.

Przypadł do dziewczyny, ukląkł przed srebrzystą kałużą odłamków.

– Nie rób gwałtownych ruchów – polecił, ściągając z szyi woreczek. – Zaraz cię uwolnię.

Miriam zamarła w pół szlochu. Okrągłymi ze zdumienia oczami patrzyła na Berga.

– To ty? – wyszeptała. – Naprawdę ty?

– Nie – mruknął. – Święty Mikołaj. Cholera, mówiłem, nie ruszaj się!

Wyjął z woreczka fiolkę napełnioną fioletową, opalizującą cieczą. Ostrożnie przechylił naczynie, żeby kropla płynu upadła na srebrne odłamki, w których tonęły stopy dziewczyny.

– Spokojnie – uśmiechnął się. – Zaraz narobimy dymu.

Fioletowa iskra bryznęła na lśniącą taflę. Berg odskoczył zwinnie, a Miriam wydała zdławiony okrzyk. W jednej chwili kolumnę spowił słup fiołkowej mgły. Gorąca i wilgotna zasłona otuliła dziewczynę, krusząc lodową skorupę. Niosła w sobie miłe ciepło, rozgrzewała, napełniała otuchą. Miriam wdychała zbawczy dym, czując, jak w przemarzniętym ciele wraca życie. Odłamki kry parowały intensywnie, znikały, przemieniając się w fiołkowy opar.

– Dobra – powiedział Lars. – Spróbuj się poruszyć.

Miriam zrobiła chwiejny krok. Wyciągnął do niej ręce. Wpadła mu w ramiona, szlochając przeraźliwie.

– Doskonale, puściło – szeptał uspokajająco, głaszcząc postrzępione włosy Miriam. – Dzielna dziewczynka. Już po wszystkim. Już w porządku. Ale zabierajmy stąd tyłki, dobrze?

– Dziękuję! – łkała. – Boże, jaka byłam głupia. Och, to naprawdę ty! Nie wierzę. Przepraszam... Och, Berg, przepraszam... Najwyższy, o Panie, ocaliłeś mnie!

– Jeszcze nie – mruknął Berg do siebie, bo Miriam w tym stanie i tak by go nie zrozumiała.

Rozglądał się zaniepokojony. Za chwilę ktoś wejdzie, pomyślał. Chramy prawie nigdy nie są puste. Musi wejść. Trzeba się stąd zbierać.

– Miriam, daj mi rękę – powiedział stanowczo. – Musimy uciekać. Jeszcze nie jesteśmy bezpieczni.

W szarych oczach znalazł tylko oszołomienie.

– Podaj mi rękę – powtórzył. – Zabiorę cię stąd.

Otworzyła usta, jakby chciała coś powiedzieć, ale milczała. Zacisnął palce na szczupłym nadgarstku.

– Gotowa? – spytał.

Patrzyła na niego pustym wzrokiem.

– Berg – powiedziała wolno. – Ty jesteś goły.

Zrobił nieokreślony gest ręką.

– Wyciągnęłaś mnie z łóżka. Wynośmy się stąd.

Chłodne mrowienie przebiegło skórę lewego ramienia. Prawie równocześnie usłyszał odgłos kroków. Zerknął szybko przez ramię. W drzwiach chramu zamajaczyły dwie spowite w czerwone szaty postaci.

– Gazu, Miriam! – syknął i pociągnął dziewczynę za sobą.

Zdołał dostrzec zdumione miny i rozdziawione usta akolitów, gdy przejście się rozpoczęło.

Wylądowali w ogrodzie Berga ekspresowo, ale stosunkowo łagodnie.

Miałem rację, ucieczki wychodzą mi najlepiej, pomyślał Lars kwaśno, zbierając się z ziemi. Miriam wyglądała na przestraszoną i oszołomioną. Przysiadł obok niej na trawie.

– Wszystko w porządku? – spytał.

– Dziękuję – wyszeptała. – Uratowałeś mnie. Och, Berg! Przecież nie musiałeś.

– Zgadza się – potwierdził. – Ale inaczej nie dałabyś mi spać.

Nie pojęła ironii. Patrzyła szeroko otwartymi oczami, pełnymi lęku i niedowierzania.

– Powinnam ci ufać. Wybacz. Byłam głupia i próżna. Myślałam o tobie okropne rzeczy. A ty... ty byłeś dla mnie taki dobry.

– Bez przesady – mruknął.

Nie słuchała.

– Dziękuję ci. Dziękuję Najwyższemu, że pozwolił mi przejrzeć na oczy. Berg, tak mi wstyd... Uratowałeś mnie, ryzykując życie.

– Daj spokój. – Machnął ręką. – Taki zawód. Codziennie ruszam na abordaż. Czemu nie miałbym raz przynieść sobie ładnej dziewczyny?

Chciał być miły – chyba nie wyszło, bo Miriam w jednej chwili spłonęła rumieńcem. Odwróciła głowę, lecz zdołał dostrzec, że oczy dziewczyny błyszczą szkliście. Wyraźnie zbierało jej się na płacz. Lars westchnął. Nie miał pojęcia, co takiego zrobił lub powiedział. Biedaczka naprawdę była trudna. Dobra, pomyślał. Pogadam z nią chwilę, żeby ochłonęła, i odeślę z powrotem. Najlepiej do Czajnika. Tutaj zjedzą ją żywcem.

– Zdobyłaś jakiś pryz? – spytał, żeby zmienić temat.

– Tak – szepnęła, nadal spłoniona. – Proszę.

Wyjęła zza pazuchy mały posążek i wyciągnęła do Berga drżącą rękę.

Pozyskiwacz obrócił w palcach kościaną figurkę. Przedstawiała tłustego, uskrzydlonego demona i była wyjątkowo brzydka. Bezwartościowe, ocenił z okrucieństwem fachowca.

– Ładny – powiedział, a kłamstwo przeszło mu przez gardło niczym wielka kluska.

Miriam siedziała z wzrokiem wbitym w ziemię. Była biała jak wapno, a na policzkach pałały czerwone plamy.

– Wszystko w porządku? – zaniepokoił się. – Nic ci się nie stało?

Słabo skinęła głową. Odwracała wzrok, żeby na niego nie patrzeć. Przypomniał sobie, że jest nagi, i nagle zachciało mu się śmiać. Zerknął na purpurowe policzki dziewczyny i nie potrafił dłużej pohamować wesołości. Padł na ziemię, skręcając się ze śmiechu.

Miriam przyglądała się tym spazmom wystraszona, potęgując tylko wybuchy radosnego rechotu Berga.

– Rany boskie, dziewczyno – wykrztusił. – Nigdy się ciebie nie pozbędę! Siedzisz jak jakiś cholerny upiór w każdej szafie, którą otwieram. Jak ty to robisz?

– Przepraszam – wybąkała.

Chciał powiedzieć, że nic złego nie miał na myśli, ale znów porwał go atak wesołości. Musiał wyglądać idiotycznie – goły, ze skórzanym woreczkiem na szyi, przebiegając tuż przed nosami tych dwóch nieszczęsnych akolitów. Pewnie doszli do wniosku, że doznali objawienia. Modlą się teraz do cudownego, latającego nagusa i głowią nad interpretacją tego znaku. Dobry omen czy zły? Ani chybi zapowiedź drugiego końca świata.

Wycierał z kącików oczu łzy szczerej radości, gdy pojawił się Felis.

Szary cień wylądował lekko na pobliskim głazie.

– Witaj – mruknął Lars. – W samą porę.

Kocur nerwowo machał ogonem.

– Ryzykowny pomysł – fuknął. – Mimo wszystko gratulacje. Jeszcze nikt nie wyciął takiego numeru. Jesteś pierwszy. Może powinni cię wpisać do jakiejś księgi rekordów. Wielki bohater ratuje uwięzioną księżniczkę. Jak myślisz, co ci przypadnie w nagrodę? Pół królestwa czy kopniak w tyłek?

Berg pocierał skronie. Po gwałtownym skoku i jeszcze szybszej ucieczce bolała go głowa.

– Co się tak wściekasz? Udało się.

Kot zmrużył żółte oczy.

– A nie musiało. Nie o to chodzi. Zadarłeś z Jaszczurem. To niebezpieczny skurwysyn. Coś czuję, że to się źle skończy.

Berg wzruszył ramionami.

– Czasem człowiek po prostu nie ma wyjścia. Zwierzęta tego nigdy nie zrozumieją.

Felis syknął gniewnie.

– Uważaj, co mówisz.

Lars westchnął.

– Jestem wykończony i nie chce mi się wysłuchiwać kocich fochów. Spadaj, Felis.

Koniec ogona kocura drgał gniewnie.

– Pakujesz się w wielkie gówno, Berg.

Pozyskiwacz uśmiechnął się krzywo.

– Więc starannie otrzep łapki, kiciuś.

Felis pokazał ostre, długie kły, wydając dźwięk, który przypominał nagły spust pary.

– Głupek – syknął. – Ludzki głupek.

Lars zasalutował, rozciągając usta w szerokim uśmiechu.

– Kocie głupie fochy. Idź pogrzebać w piasku.

– Obyś nie żałował – prychnął bury cień, zeskakując z głazu.

Berg rozłożył ręce w przepraszającym geście.

– Nie przejmuj się – zwrócił się do Miriam. – Ma trudny charakter, ale to dobry kumpel.

Z trudem przełknęła ślinę.

– Rozmawiałeś z kotem – stwierdziła.

W jej głosie brzmiały chrapliwe nuty strachu.

– Ze zwierzęciem mocy – wyjaśnił. – W sumie to tylko emanacja mojego umysłu. Utożsamia pewne cechy osobowości. Konkretnie intuicję i takie tam. Podobnie jak pozostałe stworzenia.

– To jest ich więcej? – spytała drewnianym tonem.

– Jasne. Koń, szczur i śnieżna sowa. Chociaż ona właściwie się nie odzywa. Czasem pojawia się jeszcze mały, czarny koziołek, ale nie mam pojęcia, jaką część mnie określa. Nigdy nie podchodzi blisko.

– W domu też je widujesz?

Roześmiał się.

– Miriam, to zwierzęta mocy. Nie mogą istnieć poza ogrodem. To takie prywatne, psychologiczne demony, które każdy Grabieżca przywołuje na własny użytek. Rozumiesz, coś w rodzaju duchów opiekuńczych.

– Duchów – powtórzyła. – Oczywiście.

Przypatrywał się jej spod przymrużonych powiek.

– Podróżujesz między wymiarami, a nie wierzysz w duchy.

Spuściła wzrok.

– Ojciec Jozjasz mówił, że duchów nie ma – burknęła. – Wiara w duchy to wielki grzech. Wierzyć można tylko Najwyższemu.

Uderzył otwartą dłonią w kolano.

– Ojciec Jozjasz! Super! I co jeszcze mówił? Że Ziemia jest płaska, a księżyc zrobiony z sera?

Uśmiechnęła się nieśmiało, a Berg zrozumiał, jak bardzo czuła się skrępowana. Widocznie nigdy nie przebywała sam na sam z nagim mężczyzną, a on zachowywał się pewnie zbyt swobodnie. Mimo całej sympatii do Miriam bawiło go, że tak usilnie starała się na niego nie patrzeć.

– Dobra. – Postanowił skończyć sprawę. – Wyślę cię z powrotem. Obudzisz się w koi Jaszczura. Jeśli dasz radę, udawaj, że wszystko poszło gładko. Nie znalazłaś łupów, ktoś wszedł, wystraszyłaś się i wróciłaś z powrotem. Powinien połknąć gładko tę naiwną bajkę. W każdym razie spełniłaś zadanie lepiej, niż mógłby oczekiwać. Odwróciłaś uwagę od prawdziwego skoczka i w dodatku wróciłaś bezpiecznie do bazy. Teraz będzie mógł cię jeszcze raz wykorzystać. O mnie nie wspominaj nawet słowem, rozumiesz?

Zwilżyła językiem usta.

– Tak, oczywiście. Nic nie powiem. Ale... – zawahała się – ja nie chcę tam wracać. Boję się.

Westchnął.

– Musisz, Miriam. Mogę cię odesłać tylko tam, gdzie znajduje się fizycznie twoje ciało. Skąd dokonałaś przejścia. Inaczej to niemożliwe. Nie masz się czego bać. Wyrwiesz się od tego cholernego gada. Pomogę ci. Ufasz mi, prawda?

Przygryzła wargi.

– Ufam – szepnęła. – Berg, ja...

Urwała nagle. Uśmiechnął się zachęcająco.

– Jeśli czegoś nie zrozumiałaś, pytaj.

Zadarła podbródek, w szarych oczach zalśniła duma.

– Kazałeś mi powiedzieć Jaszczurowi, że nie znalazłam nic cennego. Ale ja mam pryz.

Rzucił okiem na posążek i litościwie postanowił nie wyprowadzać dziewczyny z błędu.

– Oczywiście – zgodził się. – Ale chyba nie chcesz oddać go tej parszywej gnidzie? Przechowam twój pierwszy pryz dla ciebie, dobrze?

Rozpromieniła się.

– Dziękuję! – Niespodziewanie objęła Berga za szyję i pocałowała w policzek. – Jesteś wspaniały! Tak mi przykro, że nie uwierzyłam ci od początku.

– Nie szkodzi. – Delikatnie odsunął dziewczynę od siebie. – Idź już. Jeśli za długo cię nie będzie, wzbudzisz podejrzenia. I pamiętaj: Jaszczur to niebezpieczny, krwawy skurwysyn. Nic sama nie kombinuj. Przyjdę po ciebie. Czekaj.

Poważnie skinęła głową.

– Będę czekać. Nie martw się.

Berg odprowadzał wzrokiem jej drobną sylwetkę, dopóki nie zniknęła w szczelinie skały.

Odwrócił się z westchnieniem i spojrzał na skaliste zbocza kotliny.

– Chyba się przyzwyczajam do tej małej – mruknął. – Jeśli nie możesz się czegoś pozbyć, spróbuj polubić.

Ruszył wolnym krokiem ku wylotowi kotliny. Wąskie wejście tarasowały rozgrzane od słońca głazy. Wdrapał się na szeroki, płaski grzbiet najbliższego kamienia, żeby popatrzeć na morze. Widok falującej, rozległej tafli wody uspokajał. Głaz, opity słonecznym ciepłem, przyjemnie grzał stopy. Czasami Lars nie miał ochoty wracać z ogrodu. Mógłby tu zostać. Łazić po plaży, spać na trawie i zrywać z drzewa czerwone, podobne w smaku do śliwek owoce. Całkiem jak w raju.

Schylił się, podniósł mały kamyk i cisnął na plażę. Otoczak upadł w piasek i zniknął. Lars zastanowił się przelotnie, czy świadomość Grabieżców, którzy nadziali się na szarą bombę, nie przenosi się aż do czasu ich śmierci do ogrodu. Przecież nie może tak po prostu gasnąć.

Na myśl o szarej bombie poczuł niemiły dreszcz na plecach. To najgorszy koniec dla pozyskiwacza. Tracić powoli rozum i osobowość, głupieć z każdym dniem aż do poziomu odmóżdżonej rośliny.

Wzdrygnął się. Nie miał pojęcia, czemu przyszła mu do głowy szara bomba. Nie lubił takich myśli, bo przelatywały przez głowę mimowolnie, złowrogie niczym zapowiedź burzy. Czasem mogły nieść w sobie moc profetyczną.

Dość, Bergerson, powiedział sobie. Wystarczy znaków, przepowiedni i niewiniątek z Czajnika. Potem się będziesz martwił. W razie czego.

Postanowił przejść się brzegiem morza. Zeskoczył na miękki piasek i poszedł na spotkanie falom. Przybiegły pospiesznie, łasząc się do nóg i podstawiając do głaskania białe, pieniste grzbiety. Lars zapatrzył się w dal. Cienka linia horyzontu, fioletowa i wyraźna jak napięta wstążka, kroiła świat na dwie niebieskie połowy. Blady błękit nieba i głęboki, czysty granat wody. Berg wciągnął do płuc pachnące wilgocią powietrze. Na wargach poczuł smak soli, powitalny pocałunek morza. Pełniło w ogrodzie jedynie funkcję fototapety, ale lubił o tym zapominać.

Usłyszał za plecami chrzęst piasku. Odwrócił się i zobaczył na wysokości oczu wielki, brązowy łeb Maksa. Koń potrząsnął grzywą.

– Nie lekceważ ostrzeżeń Felisa – powiedział niskim, nosowym głosem. – Tym razem kocur ma rację.

Lars rozłożył ręce.

– Wcale nie lekceważę. Wiem, kim jest Jaszczur.

Koń parsknął krótko.

– W porządku, ale czy wiesz, do czego jest zdolny?

Berg poczuł lepką falę zmęczenia. Jeśli szybko wróci do domu, załapie się jeszcze na dwie, trzy godziny snu. Ziewnął. Max przyglądał mu się z dezaprobatą.

– Spodziewam się. Chociaż nie mam zbyt wielkiej ochoty się przekonać.

Koń spuścił łeb i milczał przez chwilę.

– Robisz to dla tej dziewczyny? Miriam z Czajnika? – spytał.

Lars się zamyślił. Nie potrafił dać jednoznacznej odpowiedzi. Od czasu odejścia Avy nie przywiązał się do żadnej kobiety. Miewał wiele przelotnych znajomości i to mu wystarczało. A Miriam? Właściwie nie patrzył na nią w ten sposób. Ze wszystkimi swoimi dziwactwami wyniesionymi z sekty prawdopodobnie nie nadawała się nawet do łóżka. Była jak dziecko we mgle. Zagubiony kociak czy szczeniak. W jakiś sposób ją lubił. W jakiś sposób czuł się za nią odpowiedzialny. Ale porównywać to chuderlawe, wystraszone stworzenie z Avą? Nie ma szans, pomyślał z nagłą jasnością. Nigdy.

– Nie, Max – powiedział szczerze. – Chyba nie. Po prostu nie umiem inaczej. Nie mogę obojętnie patrzeć, jak pasterz zabija człowieka.

– Warto się w to wdawać, Berg? – spytał koń cicho.

Grabieżca wzruszył ramionami.

– Nie wiem. Ale zabrnąłem zbyt daleko. To wygląda trochę jak fatum. Rozumiesz, przeznaczenie.

Max zastrzygł uszami.

– I to mnie martwi – powiedział z powagą. – Uważaj na siebie.

Lars skinął głową.

– Będę się starał. Spadam do domu, Maksiu. Łeb mi pęka.

Koń odszedł stępa. Na wysokości najbliższego głazu odwrócił się.

– Nie zapomnij bezcennego posążka.

Lars się uśmiechnął.

– Jasne – powiedział.

Wygramolił się z koi. Dopiero teraz poczuł, że naprawdę jest zmęczony. Gwałtowna akcja ratunkowa i utrzymywanie synchronu kosztowały go dużo sił. Ziewnął i przeciągnął się. Z pewnością wróci do łóżka. Ściągnął z szyi woreczek z bronią i cisnął niedbale na blat. Posprząta potem. W azylu było chłodno, więc roztarł pokryte gęsią skórką ramiona. Wanna, zdecydował, a dopiero potem łóżko. Podszedł do sezamu, poczekał, aż czasza się uchyli.

– No, ciekawe – powiedział do siebie – jak też wygląda bezcenny posążek.

Wsunął rękę do środka i wymacał niewielki, twardy przedmiot. Z wnętrza sezamu wychynęła paskudna mordka gipsowego kotka. Berg obrócił figurkę w dłoni. Biały kotek o łzawym wejrzeniu siedział na wysepce gipsowej trawy w otoczeniu jaskrawo pomalowanych kwiatków.

Lars zamknął drzwi azylu, poszedł do kuchni i postawił pierwszy pryz Miriam na półeczce nad kuchnią. Obok zielonej filiżanki z obtłuczonym uszkiem, którą kiedyś, wiele lat temu, wydobył z sezamu w szkole Grabieżców.

Rozdział 6

Grabieżca pojawiający się u Anzelma był równie niecodziennym widokiem, co jaskółka w środku zimy. W wielkiej sali warsztatu rozmowy ucichły momentalnie. Wszyscy gapili się z rozwartymi ze zdumienia ustami na Larsa, który z obojętnym wyrazem twarzy przekraczał próg głównej kwatery Jego Wysokości Jaszczura.

Trzech ochroniarzy poderwało się od stołu, gotowych do ataku, i zamarło, bo Berg tylko uprzejmie skinął im głową.

Z wnętrza warsztatu natychmiast wychynął zaniepokojony Anzelm. Lars z miejsca zauważył, że nieco zbyt nerwowo wyciera o spodnie poplamioną olejem rękę.

– Pan Bergerson? – spytał. – Co za niespodzianka. W czym mogę pomóc? Szuka pan części? Czyżby, nie daj Boże, sprzęt się zepsuł?

– Nic z tych rzeczy – odpowiedział z uśmiechem, paskudnym i chłodnym niczym pierwszy przymrozek. – Przyszedłem zobaczyć się z Jaszczurem.

Ziemistą, płaską twarz mechanika wykrzywił grymas niedowierzania. Anzelm zamrugał.

– Z panem Jaszczurem? – powtórzył. – Ale w jakim celu?

Uśmiech Berga pogłębił się.

– Z pewnością nie po to, żeby rozmawiać o częściach do maszyn.

Anzelm przełknął ślinę.

– Panie Bergerson, nie wiem, czy pan Jaszczur znajdzie czas...

Lars pochylił się nieco. Oczy miał zimne jak morze w marcu.

– To go zapytaj, chłopie.

Anzelm cofnął się spłoszony.

– Nnnie mogę... Pan Jaszczur nie pozwala sobie przeszkadzać.

Berg wyprostował się, popatrzył na czających się za stolikiem ochroniarzy.

– To może on. – Wskazał palcem wysokiego kolesia z włosami przeplecionymi sznurkami szklanych paciorków.

Goryl warknął wściekle, odsłaniając zęby spiłowane niczym psie kły.

– Nie będzie byle gnida... – zaczął, ale Anzelm uciszył go ruchem ręki.

– Uter, idź powiedzieć panu Jaszczurowi, że pan Bergerson prosi o spotkanie.

Ochroniarz wzruszył ramionami, splunął na podłogę i mamrocząc coś o pieprzonych gnidach z pierdolonego „Babilonu", zniknął w głębi warsztatu.

Pozostali dwaj wciąż gapili się na Berga bykiem, ale usiedli z powrotem na swoich krzesłach.

– Gdzie mogę poczekać? – spytał Lars uprzejmie, choć w jego głosie nadal brzmiała twarda, rozkazująca nuta.

– Tutaj, proszę. – Anzelm znów nerwowo przełknął ślinę.

Berg usiadł na wskazanym krześle pod ścianą, odwróciwszy je lekko, żeby w razie czego mieć goryli Jaszczura na oku.

Anzelm stał przed Larsem z niepewną miną. Wyraźnie nie wiedział, co ze sobą zrobić.

– Czy przynieść coś do picia? – spytał wreszcie.

Berg potrząsnął głową.

– Nie, dziękuję. Nie przeszkadzaj sobie. Wracaj do roboty.

– Aaa, tak. Pan wybaczy, panie Bergerson. Mam ostatnio mnóstwo zamówień. – Mechanik zrobił nieokreślony ruch ręką, wyszczerzył zęby w sztucznym, nieszczerym uśmiechu i posłusznie wycofał się w głąb warsztatu.

Boi się, pomyślał Lars. I dobrze. Chociaż na razie nie ma czego.

Konflikt między pasterzami i Grabieżcami od dawna utrzymywał się na poziomie zimnej wojny. Jedni i drudzy mieli swoje rewiry i na ogół starali się nie wchodzić sobie w drogę. Oficjalnie nie było podziału na ulice, dzielnice i knajpy, które należały do jednej lub drugiej frakcji, ale pasterze nawet nie próbowali dostać się do „Babilonu”, a noga porządnego Grabieżcy nigdy nie postała u Anzelma.

Anzelm, dawny pozyskiwacz, który musiał zaprzestać abordaży po tym, jak stracił rękę, nadziawszy się na płonącą wesz, właściwie nie prowadził knajpy, tylko warsztat naprawiający sprzęt służący do skoków. Jednak z czasem w dwóch salach na zapleczu powstał ulubiony lokal pasterzy i główna baza jednego z najbardziej wpływowych, Jaszczura. Choć paskudna nora urządzona w tandetnym, pseudoorientalnym stylu, którą nazywał swoim biurem, mieściła się o przecznicę dalej, prawdziwa kwatera pasterza znajdowała się w tym samym budynku co warsztat Anzelma. Tu, w wielkiej, nigdy nieogrzewanej hali, nazywanej pogardliwie „Chłodnią", trzymał swoje mięso armatnie, zwerbowanych na Placu Noży lub gdzieś w zaułkach i kiepskich knajpach miasta biednych frajerów, którzy zgodzili się podpisać kontrakt lenny. Prawdziwi pozyskiwacze Jaszczura, rzecz jasna, nie sypiali w tej ponurej, zimnej jak kostnica zbiorowej sali, której mieszkańcy mieli wiele szczęścia, jeśli udało im się przeżyć dłużej niż miesiąc. A teraz któraś z pryczy należała chwilowo do Miriam.

Już niedługo, mała, pomyślał Berg. Cierpliwości.

W tej samej chwili w drzwiach prowadzących na zaplecze pojawił się ochroniarz Uter. Szklane paciorki w jego fryzurze lśniły jak krople rosy. Szedł w kierunku Berga z ponurą zaciekłością malującą się na twarzy.

– Pan Jaszczur czeka – warknął niechętnie.

Z pewnością oczekiwał innej reakcji szefa i nie potrafił ukryć rozczarowania, że zabroniono mu tknąć Grabieżcę palcem.

Berg zmrużył oczy i uśmiechnął się nieprzyjemnie. Wbrew rozsądkowi też odrobinę żałował, że nie będzie miał okazji pokazać ustrojonemu w koraliki gorylowi, czego nauczył się w szkole Arvaniego.

– Gustowna fryzura, Uter – powiedział, wstając. – A gdzie podziałeś suknię balową? Wkładasz ją wieczorami czy tylko na specjalne okazje?

Ochroniarz wydał tylko gardłowy, psi pomruk.

Posłuszne bydlę, pomyślał Berg. Dobrze wytresowany.

– Prowadź do Jaszczura. Nie będę tracił czasu – rzucił, zanim Uter zdążył powtórzyć, że pasterz czeka. Nie miał zamiaru ani na moment oddać przewagi.

Ochroniarz odwrócił się i bez słowa skierował w stronę drzwi na zaplecze. Berg poszedł za nim, wymijając otwarte na kształt wielkich muszli, wymontowane do naprawy koje.

Pomieszczenie, do którego wprowadził go Uter, było urządzone przypadkowo i raczej tandetnie. Stoły, kanapy i krzesła nie pasowały do siebie, za to pałały jaskrawymi, bezsensownie zestawionymi kolorami. Przeważał amarant, chabrowy błękit i fiolet. Rolę baru pełniła długa deska wsparta na drewnianych skrzynkach. Wszędzie wisiały barwne lampiony i poutykane w przypadkowych miejscach, pomalowane na srebrno lub złoto elementy wymontowane z zepsutych zestawów abordażowych. Całość przypominała dekoracje z kinderbalu, który ktoś postanowił wydać w piekle.

Na pierwszy rzut oka trudno było ocenić, ilu gości odwiedziło dziś Anzelma, bo ubrani w krzykliwe, obszerne szaty nikli w natłoku barw i kształtów. Jednak po chwili Lars rozpoznał z zadowoleniem kilku znanych w środowisku, wpływowych pasterzy.

Dobrze się składa, pomyślał.

Jaszczur siedział rozparty na wyjątkowo amarantowej sofie i wyglądał jak eksponat z gabinetu osobliwości. Na wąskiej, opalizującej dzięki łuskom twarzy wywołał powitalny uśmiech.

Żeby cię diabli, pieprzony gadzie, powiedział sobie Berg, odpowiadając szerokim uśmiechem.

– Witam, panie Końska Czaszka. – Jaszczur gestem zaprosił gościa, żeby usiadł. – Co cię sprowadza w skromne progi warsztatu Anzelma? Kłopoty ze sprzętem?

Lars usiadł na niebieskim krześle naprzeciw pasterza.

– Nie. Chciałem zobaczyć się z tobą.

Jaszczur uniósł z udanym zdumieniem rogowe grzebienie, które służyły mu za brwi.

– Czyżbyś szukał pracy? Cenię twoje doświadczenie, ale obawiam się, że nie potrzebuję nowych pozyskiwaczy.

Mięśnie szczęk Berga drgnęły, ale uśmiech nie zniknął mu z twarzy.

– Źle mnie zrozumiałeś. Grabieżcy nie pracują dla pasterzy. Rozumiesz, taka tradycja.

Żółte oczy Jaszczura zwęziły się paskudnie.

– W takim razie czego szukasz? Dobrej rady czy towarzystwa?

Lars potrząsnął głową.

– Mojego ucznia, Jaszczur.

Teraz pasterz naprawdę się zdziwił.

– Ucznia? – powtórzył zaskoczony.

Berg odrobinę podniósł głos. Wiedział, że pasterze przy sąsiednich stolikach pilnie nasłuchują, ale wolał mieć pewność, że rozmowa odbędzie się przy świadkach.

Dlatego zdecydował się odwiedzić Jaszczura u Anzelma, bo słusznie liczył, że honor nie pozwoli pasterzowi opuścić ulubionej sofy, żeby odbyć rozmowę na osobności z byle Grabieżcą.

– Niedawno, może z miesiąc temu, przyjąłem uczennicę – powiedział. – To zwykła praktyka po rozwiązaniu gildii. Ale ta suka mi uciekła. Chciałbym ją odzyskać.

Jaszczur rozłożył ręce.

– To zrozumiałe, ale co ja mam z tym wspólnego?

– Zwerbowałeś ją na Placu Noży. Zauważyłem ją w twoim orszaku, kiedy wychodziłem z „Veve".

Jaszczur nawet się nie skrzywił przy słowie „orszak". Był tak zadufany w sobie, że nie dosłyszał drwiny w głosie Grabieżcy.

Pochylił się nieco w kierunku Berga.

– Przykro mi, że poniosłeś stratę, Bergerson. Ale dziewczyna podpisała kontrakt. Pracuje dla mnie w zamian za opiekę i kwaterę.

Lars skinął głową.

– Zdaję sobie sprawę z kosztów, które poniosłeś. Przyszedłem ją wykupić. Nie mogę pozwolić, żeby ucieczka uszła dziwce bezkarnie. To kwestia honoru, rozumiesz. Uczeń nie może wystawić swego pana. Takie zasady, Jaszczur.

Satysfakcja, jaką odczuł pasterz, nadała jakiś ludzki rys jego gadziej, pozbawionej ekspresji twarzy.

Żryj przynętę, parszywy padalcu, pomyślał Berg z zadowoleniem. I udław się.

Jaszczur westchnął z udanym smutkiem.

– Tak mi przykro, Berg. Nie mogę ci pomóc. Dziewczyna podpisała kontrakt dobrowolnie. Skoro uciekła, widocznie nie chciała dla ciebie pracować. Wolność wyboru to jedno z podstawowych praw na tym smutnym, okrutnym świecie. Szanuję je całym sercem. Nie wykupisz ode mnie nikogo, Berg, bo ja nie handluję ludźmi. Ja daję pracę.

Jasne, powiedział w myślach Lars. Zżerasz ich, a skóry przerabiasz na chomąta, dobry wujciu.

Rozłożył ręce.

– Dam uczciwą cenę. Podwójną, jeśli będzie trzeba. Zależy mi. Nikt nie chce stracić twarzy, prawda?

Jaszczur pokręcił głową.

– Nie da rady, Berg. Dziewczyna pracuje dla mnie.

Lars wstał. Jaszczur zmierzył go zaniepokojonym spojrzeniem.

– Wykup kontraktu to znana, często stosowana wśród pasterzy praktyka, czy nie tak, panowie? – zwrócił się do zebranych w sali gości.

Zaszemrali. Kilku przytaknęło niechętnie.

– Zapłacę ci podwójnie – powiedział głośno. – To kwestia mojego honoru.

Jaszczur ze złością zacisnął szczęki.

– Nie, Bergerson. Nie zmienię zdania.

Lars wzruszył ramionami.

– No cóż – mruknął. – Próbowałem. Zawsze warto spróbować, prawda?

– Przykro mi – warknął pasterz. – Nie zgadzam się.

– Pomyśl o tym. Nie będę naciskał. Przyjdę za kilka dni.

– Stracisz czas, Grabieżco.

Berg westchnął.

– Trudno, skoro tak stawiasz sprawę. Będę musiał poszukać innego ucznia.

– Życzę więcej szczęścia – rzucił Jaszczur zimno.

– Kiedyś się musi udać. – Lars się uśmiechnął. – Żegnaj, pasterzu.

Jaszczur zaplótł palce.

– Uter, odprowadź pana Bergersona.

Berg machnął ręką.

– Nie trzeba. Trafię sam.

Odwrócił się do wyjścia. Za nim jak ponury, gniewny cień ruszył Uter.

Berg otworzył skrytkę. Sięgnął głęboko i namacał podłużny kształt owinięty starannie w szmatkę. Strzałka natychmiast zmroziła palce głębokim, przejmującym chłodem.

Wyjął zawiniątko i zamknął skrytkę. Kiedy odwijał materiał, ręce miał już zupełnie przemarznięte. Po latach strzałka wciąż zachowywała pełnię mocy. Prawdopodobnie rzeczywiście była niezniszczalna. Leżała na dłoni smukła, złota jak odłamany promień słońca. Ciążyła wyraźnie.

Larsa przeszedł nagły dreszcz. Strzałka drgnęła mu w ręce, momentalnie rozgrzała się tak, że prawie parzyła, jakby spijała część energii życiowej właściciela. Zdawało mu się, że zapłonęła nikłym blaskiem. Poczuł, jak pulsuje. Najpierw nieregularnie, słabo, potem coraz równiej, aż zestroiła się z rytmem jego serca. Wtedy powoli wygasła, osiągając zwykłą temperaturę metalowego przedmiotu.

– Obym nie musiał cię użyć – powiedział cicho.

Wsunął strzałkę do wewnętrznej kieszeni.

Zamknął mieszkanie na klucz i zszedł na podwórze. Czas wyciągnąć starego, poczciwego Achillesa, pomyślał. Szybka ewakuacja może się okazać niezbędna.

Z krzywej szopy przyklejonej do ściany domu wytoczył krztuszący się i prychający, ogromny jak smok motocykl. Sprawdził żarniki w sześcianach energetycznych. Świeciły słabo, ale wskazywały ponad połowę mocy. W sumie nieźle. Da radę dotrzeć na miejsce i bezpiecznie wrócić.

Wsiadł na motor.

– No cóż, Jaszczur – mruknął. – Myślę, że jednak zrobimy uczciwy interes.

Drzwi warsztatu Anzelma otworzyły się gwałtownie, wybite silnym kopniakiem. Ochroniarze Jaszczura poderwali się do akcji, ale na widok złotego grotu w uniesionej dłoni Berga zamarli w pół kroku.

Anzelm wychynął spomiędzy na wpół rozmontowanych maszyn i zatrzymał się natychmiast. Tuleja, którą trzymał w ręce, spadła z brzękiem na podłogę. Twarz mechanika pobladła, nabierając odcienia brudnego wapna. W oczach zapłonęło przerażenie. Otworzył usta, jakby chciał coś powiedzieć, ale nie śmiał.

– Nie ruszać się. Wy trzej – warknął Berg, wskazując ochroniarzy – do środka. Tylko powoli. Rzućcie broń.

Wszystko, noże, kastety, co tam macie. Wiem, jak jesteście uzbrojeni. No już. Ale spokojnie.

Uter, ustrojony w koraliki dryblas, spiął mięśnie, szykując się do skoku.

– Nie radzę. – Berg uśmiechnął się krzywo. – Chyba że potrafisz to odbić.

Uter opuścił ręce, z trudem rozprostował zaciśnięte pięści. Grymas wściekłości na jego twarzy powoli ustępował lękowi. Sięgnął do pasa i odpiął nóż. W jego ślady poszli dwaj pozostali. Po chwili na podłodze urósł niezły stosik broni.

– Nie użyję strzałki, jeśli nie będę musiał – powiedział Lars dobitnie. – Idziemy do Jaszczura. Anzelm, nie próbuj żadnych sztuczek, ostrzegam.

Anzelm nie miał zamiaru próbować. Dygotał ze strachu.

– Powiedz ludziom, żeby czekali w spokoju. Niech rzucą wszystko na ziemię i trzymają ręce daleko od ciała, jasne? – Berg starał się mieć na oku jednocześnie ochroniarzy pasterza i pracowników warsztatu. – Do was nic nie mam. Tylko się nie wtrącajcie, rozumiesz?

Mechanik z trudem przełknął ślinę. Spróbował się odezwać, ale udało mu się jedynie skinąć głową.

– Dobra, idziemy. Wy przodem. – Skierował strzałkę na trzech goryli Jaszczura.

Byli bladzi i spięci. Jeden pocił się obficie.

Też mi armia, pomyślał pogardliwie. Jeśli nie zrobią niczego głupiego ze strachu, nie mam się czego obawiać. Nie kiwną palcem w obronie swego pana.

– Jazda – powtórzył. – Mam do pogadania z Jaszczurem.

Ruszyli posłusznie.

Mechanicy Anzelma stali bez ruchu niczym posągi lub uczestnicy dziwnej gry, z rękami sztywno trzymanymi z dala od tułowia. Większość trzęsła się ze strachu. Po poszarzałych, wykrzywionych twarzach ciekły strużki potu.

Strzałka zawsze budziła podobnie zabobonny lęk. Ludzie wierzyli, że nad tą bronią ciąży klątwa, która porazi nie tylko zabitego przez nią nieszczęśnika, ale też wszystkich jego bliskich.

Jest w tym nieco prawdy, pomyślał Lars, stąpając za ochroniarzami. Dawno nie dotykał strzałki i nie pamiętał, jak mroczną moc w sobie kryje. Teraz znów się rozgrzała. Odczuwał wyraźnie szybkie pulsowanie emitowanej przez grot energii. Rytm własnego, bijącego serca.

W klubie na zapleczu nikt się nie zorientował, że w warsztacie zdarzyło się coś niezwykłego. Dlatego wejście Berga zrobiło piorunujące wrażenie. Rozmowy ucichły, rozległ się pojedynczy brzęk tłuczonego szkła, gdy komuś wypadł z ręki kieliszek.

Lars ruchem głowy kazał ochroniarzom wejść głębiej, a sam kopniakiem zatrzasnął drzwi.

– Spokojnie, panowie – powiedział. – Nie zrobię nikomu krzywdy. Przyszedłem po swoją własność.

Grot żarzył się leciutko w dłoni Grabieżcy. Pasterze i handlarze zgromadzeni w klubie gapili się na każdy ruch złocistej strzałki niczym kobry na flet zaklinacza.

– Nie może być prawdziwa – wychrypiał gruby, łysiejący pasterz w szafirowej szacie. – One już dawno nie istnieją.

– Chcesz się przekonać, Ruso? – Berg wyszczerzył zęby w brzydkim uśmiechu. – Wyślę ją do ciebie, a ty spróbuj odbić. Jeśli dasz radę.

Pasterz wydał wysoki, kobiecy pisk przerażenia. Wyłupiaste oczy niemal wylazły mu z orbit.

– Co ty, Berg – wykrztusił. – Ja nic do ciebie nie mam!

– Ani ja do was, panowie – powiedział Lars spokojnie. – Nie mam zamiaru rozpętać żadnej wojny. To kwestia honoru. Chcę odzyskać ucznia.

Jaszczur ze swojej sofy mierzył Grabieżcę wściekłym, nienawistnym spojrzeniem. Jednak bał się choćby drgnąć. Powinien wstać i podjąć walkę, ale wiedział, że przegra. Na oczach wszystkich pasterzy tracił twarz, a Bergowi nie o to chodziło. Nie chciał za bardzo upokorzyć Jaszczura, żeby nie sprowokować wojny między pasterzami i byłymi członkami gildii. Sprawa dotyczyła tylko ich dwóch. Nie mógł sobie pozwolić nawet na zabicie sukinsyna w uczciwym pojedynku, choć takie rozwiązanie wydawało się bardzo kuszące. Pasterze z pewnością pragnęliby się zemścić na wszystkich Grabieżcach.

– Nie chcę walczyć, Jaszczurze – powiedział głośno. – Nie podejmę pojedynku, jeśli nie będę musiał. Oddaj mi tylko ucznia, a odejdę w spokoju.

Na twarzy pasterza odmalował się cień ulgi.

– Brawo, Bergerson – warknął. – Odmówiłem sprzedaży pracownika, więc postanowiłeś zrabować go siłą.

Lars potrząsnął głową.

– Nie rozumiesz. Ja go uczciwie wykupuję. Obiecałem podwójną stawkę, oto ona.

Wolną ręką sięgnął do kieszeni i rzucił pieniądze na blat. Goście klubu wciągnęli gwałtownie powietrze. Jaszczur drgnął, niemile zaskoczony.

– To jak? – spytał Berg. – Zrobimy interes?

Pasterz poruszał szczęką, jakby żuł coś wyjątkowo twardego.

– Kto to ma być? – wykrztusił wściekle.

– Dziewczyna. Młoda, chuda, z postrzępionymi włosami. Nazywa się Miriam.

– Zof – warknął do najbliższego ochroniarza – idź po nią.

Goryl posłusznie wycofał się ku drzwiom.

Zapadła cisza. Złoty promień w dłoni Berga ciążył. Pulsował równo i intensywnie. Nienawistne, gadzie oczy Jaszczura przewiercały Grabieżcę. Czas się zatrzymał, sekundy miały teraz na imię wieczność. Wypełniały pomieszczenie klubu dusznym, nieznośnym czekaniem.

Berg miał nadzieję, że nikt nie zauważył kropli potu na jego skroniach. Sweter też nieprzyjemnie zwilgotniał na plecach. Ava zrobiła ten golf na drutach, pomyślał i to, nie wiedzieć czemu, podniosło go na duchu.

Wieczność trwała bez końca, konsekwentna w swoim niemijaniu, sekunda za sekundą.

Kiedy wreszcie Zof pojawił się w progu, wszyscy drgnęli nerwowo, jakby wyrwani z dręczącego snu, który może się zaraz przerodzić w pełną zagrożeń rzeczywistość. Ochroniarz ciągnął za sobą bladą, wystraszoną Miriam.

– Berg! – krzyknęła zdławionym głosem.

Na szczęście była zbyt przerażona, żeby usłyszał w nim radość.

– Milcz, dziwko! – wrzasnął natychmiast. – Policzę się z tobą w domu!

Zachłysnęła się oddechem.

– Chodź do mnie! – nakazał ostro.

Posłuchała. Zbliżyła się drobnymi krokami ze spuszczoną głową. Zauważył, że drży.

– Dziękuję, Jaszczurze. – Uśmiechnął się do pasterza. – Wierzyłem od początku, że się dogadamy.

Żółte ślepia pałały nienawiścią.

– Pożałujesz tego, panie Końska Czaszka – wycedził pasterz. – Nawet nie wiesz, jak bardzo.

– Ona pożałuje – wskazał ruchem głowy Miriam. – My jesteśmy kwita. To był uczciwy układ. Prawda, panowie?

Goście Anzelma niechętnie przytaknęli.

– Trzymaj się za mną – szepnął do dziewczyny. – Wychodzimy.

Przesunęła się za jego plecy.

– Żegnam, panowie. Przepraszam za zamieszanie. Zamknę za sobą drzwi, a wy zostaniecie w środku przez najbliższe pięć minut. Wszyscy. Ochroniarze Jaszczura też. Każde inne działanie uznam za wypowiedzenie transakcji i osobisty atak na mnie, więc będę zmuszony się bronić. Czy to jasne?

Skinęli głowami.

Przykleił się do ściany obok framugi. Dziewczyna przywarła plecami do muru po drugiej stronie.

– Otwórz drzwi, Miriam – polecił.

Wstrzymał oddech. Serce tłukło się jak oszalałe, grot w dłoni pulsował niczym żywe stworzenie, które pragnie wyrwać się na wolność.

Miał pełne prawo obawiać się, że za progiem czekają gotowe do ataku psy Jaszczura. Wiedział, że tam są. Czuł to całym swoim jestestwem. Ale rozległ się trzask zamka i nastała cisza. Warsztat Anzelma opustoszał.

Czają się pod ścianami, myślał gorączkowo. Rzucą się, jak wyjdziemy.

Wyskoczył za próg, dzierżąc grot w mokrej od potu dłoni. Nikogo nie było. Kazał dziewczynie trzymać się blisko i zatrzasnął drzwi klubu. Huk rozszedł się głuchym echem po sali.

Zrobili zasadzkę, zrozumiał. Siedzą ukryci między kojami. To najlepsze miejsce.

Sunął przez warsztat z uniesionym na wysokość barku grotem, gotów zaatakować, gdy tylko dostrzeże najmniejszy ruch. Oddychał szybko, spięty, przygotowany do błyskawicznego ataku. Każdy cień, każdy kształt mógł okazać się przyczajonym napastnikiem. Ale warsztat był pusty. Kilka mignięć, które dostrzegł kątem oka, okazało się jedynie złudzeniem.

Miriam trzymała się blisko. Słyszał jej przyspieszony z emocji oddech.

Dotarli do wyjścia. Ulica wydawała się oślepiająco jasna, jakby słońce wypaliło wszystkie barwy. Berg przypadł do ściany, przysunął się ostrożnie do drzwi. I usłyszał ich. Cichy szelest, jakby przypadkowe szurnięcie buta. Serce w nim zamarło, poczuł to niczym nagły kop w klatkę piersiową. Kurczowo zacisnął palce na strzałce. Z warsztatu prowadziło tylko jedno wyjście. Musi zaryzykować. Zaskoczy ich i sterroryzuje strzałką. Odpuszczą. Ma śmiertelnie niebezpieczną broń. Nawet jeśli dostanie nożem, zdąży wysłać grot swemu zabójcy.

Złoty promień zemsty, który dopadnie wroga jak karząca ręka anioła zagłady. Czystą esencję śmierci. Ochroniarze Jaszczura wiedzieli, jak działa, a Berg był pewien, że żaden nie zechce zginąć dla swego pracodawcy. Odpuszczą. Muszą.

Zwilżył językiem suche jak pustynny piasek wargi. Teraz, pomyślał i skoczył w oślepiającą jasność ulicy. Obrócił się błyskawicznie ze strzałką w uniesionej dłoni, czekając na cios. Napięte do granic możliwości mięśnie drżały. Zmrużone od blasku oczy omiotły ulicę gorączkowym spojrzeniem.

Pusto. Zupełnie pusto.

Pod powiekami Berga zawirowały szkarłatne plamy. Przesunął wolną dłonią po twarzy. Ręka trzęsła się trochę.

– Miriam, wyjdź – zawołał nieco zbyt ochryple.

Zza drzwi warsztatu wychynęła blada twarz dziewczyny.

– Chodź – syknął Berg. – Za mną.

Rozglądał się uważnie, a w dłoni wciąż ściskał złoty grot. Schowa broń dopiero, gdy dotrą do motoru. Miał dość rozumu, żeby nie parkować przed zakładem Anzelma, więc ukrył motocykl w pobliskim zaułku.

Mogą siedzieć na dachu, pomyślał, biegnąc. Nie siedzieli. Wokół panował całkowity bezruch. Nawet wiatr ucichł.

Wreszcie Berg skręcił w wąską uliczkę i z ulgą dostrzegł przysadzistą sylwetkę Achillesa. Okręcił strzałkę szmatką, schował za pazuchę i wskoczył na siodełko.

– Wsiadaj – nakazał Miriam.

Twarz dziewczyny wykrzywił lęk.

– Berg, to jest piekielna...

– To zwykła maszyna! – wrzasnął zirytowany. – Siadaj albo cię zostawię.

Posłuchała.

– Obejmij mnie i trzymaj mocno – nakazał.

Przycisnęła się do niego i wtedy poczuł, jak dygocze. Zapuścił motor, a ryk silnika odbił się echem w zaułku niczym wycie rozzłoszczonej bestii. Achilles z piskiem opon wyrwał się do przodu. Berg wykręcił w ulicę i dodał gazu. Nie miałby nic przeciwko temu, żeby ziemia się teraz rozstąpiła i pochłonęła pieprzony warsztat Anzelma razem z „Chłodnią" i wszystkimi pasterzami.

Siedział przy stole w kuchni, ponuro wpatrzony we własne dłonie. A Miriam gadała. Przedtem płakała, dziękowała mu, wyrzucała sobie niewdzięczność, kajała się, znowu płakała i znowu dziękowała. Musiał przyznać, że zwymiotowała dopiero, kiedy ściągnął ją z Achillesa. Trzęsła się nie tylko ze strachu, ale przede wszystkim z zimna, więc od razu kupił jej dwie ciepłe sukienki, grube pończochy i płaszcz. Za nic nie pozwoliła sprawić sobie spodni, bredząc coś o grzechu i Najwyższym, więc odpuścił. Prosto od krawcowej poszli do szewca i garderoba Miriam powiększyła się o dwie pary butów. Znoszone sandały, mimo protestów dziewczyny, bez litości wyrzucił do śmieci.

Gdy tylko dotarli do domu Berga, zaczęły się kłopoty. Dziewczyna niczego nie potrafiła. Wystraszyła się lamp Aladyna, więc musiał długo tłumaczyć, że to nie diabelska sztuczka, tylko technika Oświeconych. Przerażały ją proste sprzęty, czytniki, sześciany żarnikowe, drobne pryzy.

– Czemu nie bałaś się światła u Jaszczura? – spytał w końcu.

– Bo dla mnie był demonem – odpowiedziała z porażającą logiką. – Więc stosował diabelskie sztuczki. To jasne, prawda?

Lars przesunął dłonią po twarzy. To będzie trudne, pomyślał. Przynajmniej rozumiała działanie pieców i kuchni węglowej. Ale najgorsze problemy zaczęły się w łazience.

Po jakiejś godzinie zauważył, że od pewnego czasu dziewczyna kręci się nerwowo, próbuje wyjść z pokoju, gdy on wchodzi, unika go, chowa się w sąsiednich pomieszczeniach. Może potrzebuje spokoju, pomyślał. Chce się oswoić z nową sytuacją, uporządkować myśli. Pewnie też bym się tak czuł.

Postanowił dać jej trochę czasu, a sam zabrał się do parzenia herbaty. Zaniepokoił się dopiero, gdy usłyszał trzask zamykanych drzwi. Wybiegł na klatkę schodową akurat w chwili, gdy Miriam znalazła się na podeście schodów. Przechylił się przez poręcz.

– Hej, a ty dokąd? – zawołał zdziwiony.

Nie odpowiedziała, tylko oblała się szkarłatnym rumieńcem.

Co jest? – pomyślał. Ucieka?

Zszedł na półpiętro. Miriam stała spłoniona, miętosząc w palcach materiał sukienki. Wzrok wbijała w podłogę.

– Wychodzisz? – zapytał. – Postanowiłaś uciec? Przecież możesz odejść. Nie jesteś moim więźniem.

– Nie chcę odejść! – krzyknęła spłoszona. – Nie, nie! Ja tylko muszę na chwilę...

Urwała, a policzki i szyję zalała następna fala szkarłatu.

Wtedy Berg zrozumiał. Nie wierzę, powiedział sobie, osłupiały. Okropnie chciało mu się śmiać, ale wtedy jeszcze pogorszyłby i tak rozpaczliwą sytuację dziewczyny, więc starał się zachować kamienną twarz.

– Nie musisz wychodzić z domu, żeby skorzystać z toalety – powiedział łagodnie. – Chodź, zaprowadzę cię.

Purpurowa ze wstydu, z oczami szklącymi się od łez oglądała łazienkę.

– Popatrz – powiedział Berg, czując się jak skończony idiota i niańka jednocześnie. – Tu się siada, a potem tu naciska. To białe pudełko na dole powoduje, że wszystko natychmiast się rozkłada. Zamienia w wodę, rozumiesz. A woda spokojnie spływa rurami. Dlatego to może działać nawet w kamienicy. To urządzenie wymyślili ludzie jeszcze przed końcem świata, a teraz funkcjonuje dzięki sześcianom żarnikowym Oświeconych. Wszystko jasne?

Tłumiąc szloch, pokiwała głową.

Berg wyszedł, starannie zamknąwszy drzwi łazienki.

Rany boskie, pomyślał. Czego jeszcze mam ją uczyć? Strach sobie wyobrazić.

Skrzywił się z niesmakiem.

– Wolałbym przyzwyczajać kota do sikania w kuwecie – mruknął. – Nie będzie łatwo.

Kolejną batalię musiał stoczyć o wodę, kiedy Miriam postanowiła umyć się i wyprać brudną tunikę w studni na podwórzu.

– Tu jest bieżąca woda – tłumaczył stanowczo. – Ciepła i zimna. Ogrzewa się w termie pod sufitem. W piwnicy mam pompę, która ciągnie wodę. W tej kamienicy mieszkam tylko ja, więc może spokojnie funkcjonować, nikt jej nie ukradnie. Wszystko działa dzięki sześcianom energetycznym z wyższego wymiaru. Którego słowa nie rozumiesz?

Dziewczyna patrzyła nieufnie. Ugniatała w palcach brudną tunikę, niechętna i wystraszona. Berg poczuł, że ogarnia go fala rezygnacji. To beznadziejne, zrozumiał. I tak pójdzie prać pod pompę i biegać do wychodka na dole, kiedy tylko wyjdę z domu. Jest dzikuską. Dzika dziewczyna z Czajnika. To się nadaje na szlagier sezonu.

Wyszedł z łazienki, trzasnąwszy drzwiami.

Po upływie następnej godziny czuł się tak zmęczony, jakby przez cały dzień przerzucał hałdy węgla, a umyta i nakarmiona Miriam wyraźnie poweselała i nabrała wigoru.

Krążyła po mieszkaniu, wyrzucając z siebie nieustanne podziękowania, pytania i zachwyty, a Lars z każdą chwilą nabierał głębszej pewności, że nie zniesie obecności dziewczyny w domu. Co ja z nią zrobię? – zastanawiał się rozpaczliwie. Mógłby wyremontować sąsiednie mieszkanie albo lepiej lokal na wyższym piętrze, ale taka inwestycja pochłonęłaby mnóstwo pieniędzy i trwałaby miesiącami.

Westchnął głęboko. Sam się w to wkopałeś, obrońco niewinnych, pomyślał ze złością. A teraz masz ją na głowie. I co zrobisz?

Nie wiedział. W każdym razie nie mógł wyrzucić dziewczyny na ulicę. Może oddać ją gdzieś do terminu?

Do jakichś uczciwych, sympatycznych ludzi, żeby nauczyła się dobrego fachu. Rozwiązanie wydawało się nieco karkołomne, ale chyba najlepsze w tej sytuacji.

Przygnębienie, które go ogarnęło, powiększyło się znacznie, odkąd zrozumiał, dlaczego Jaszczur nie wysłał za nim swoich goryli. Uleganie chwilowym emocjom nie było w stylu pasterza. Wolał zemścić się na zimno, przyczaić jak wąż i uderzyć wtedy, gdy ofiara się nie spodziewa. Berg nie liczył na inną reakcję Jaszczura, lecz uświadomienie sobie, z kim zadarł, nie poprawiało nastroju. Nie żałował, że wyciągnął Miriam z „Chłodni". Nie miał innego wyjścia. Ale w ten sposób sprowadził sobie na łeb nienawiść pasterza i obowiązek opieki nad dziewczyną o obyczajach i mentalności uciążliwego zwierzątka domowego.

– Nie smuć się – mruknął gorzko. – Bądź jak słońce w południe.

Miriam wparowała do kuchni.

– Och, Berg! – zawołała. – To było wspaniałe! Uratowałeś mnie. Cały czas czekałam i modliłam się. Wiedziałam, że przyjdziesz. Zbawiłeś moją duszę, zabrałeś od tego okropnego diabła. Tak odważnie jak anioł, który wkracza do piekieł! Nie słuchałam cię, a przecież powinnam. Ojciec Jozjasz mówił: „Po uczynkach ich poznacie". A ja się dałam zmamić, ogarnęła mnie pycha. Myślałam, że wszystko potrafię osiągnąć sama. Ach, jaka ja byłam głupia!

I chyba ci jeszcze nie przeszło, pomyślał Berg ponuro. Nie odezwał się, ale zdaje się, że Miriam wcale tego nie oczekiwała.

– Kiedy stałeś tam z tym cudownym złotym grotem w dłoni, wyglądałeś jak wysłannik samego Najwyższego! Co to było? Miecz ognisty?

Lars ucisnął palcami kąciki oczu. Czuł się zmęczony i zniechęcony nieustannym trajkotem, ale na to pytanie mógł przynajmniej sensownie odpowiedzieć.

– To śmiertelna broń. Strzałka. Zrobił ją Arvani, założyciel gildii Grabieżców. Służy do obrony i pojedynków. Raz wypuszczona nie spocznie, aż odnajdzie i zabije wroga. Człowiek obdarzony odpowiednią mocą i umiejętnościami potrafi ją odbić, to znaczy odwrócić i skierować przeciw temu, kto ją wysłał. Teoretycznie pojedynek może trwać w nieskończoność, ale naprawdę wygląda to podobnie jak przy walce na noże. Kilka ciosów i ktoś ginie.

Miriam przyglądała się Bergowi okrągłymi oczami.

– I ty umiesz się nią posługiwać?

– Tak – powiedział i od razu przypomniał sobie niekończące się ćwiczenia w szkole gildii ze srebrną strzałką, słabszym odpowiednikiem złotej. Trafienie wywoływało potworne bóle i trwający kilka godzin paraliż.

– Mnie też nauczysz? – spytała.

– Nie, na litość boską! – Nie potrafił opanować irytacji. – Po co?

– Żebym została dobrą pozyskiwaczką.

Oczy Berga zwęziły się niebezpiecznie.

– Miriam – zaczął powoli. – Ja nigdy nie powiedziałem, że będę cię szkolił.

Przełknęła ślinę.

– Jak to nie? – wyjąkała. – Przecież mnie uratowałeś i obiecałeś, że się mną zajmiesz? Jak to nie?

– Obiecałem, że się zajmę i zrobię to najlepiej jak potrafię. Ale nie mam zamiaru cię uczyć.

– Dlaczego?! – krzyknęła. – Przecież tak nie można! Uratowałeś mnie, a teraz...

Berg nabrał głęboko powietrza. Starał się opanować wściekłość.

– Prymitywne, starożytne ludy – przerwał – uważały, że cała odpowiedzialność za uratowanego przechodzi na jego wybawcę. Dajesz mi nieźle zakosztować tego ciężaru, Miriam.

– Myślałam, że naprawdę chcesz mi pomóc – powiedziała z goryczą. – Mam talent, a ty żądasz, żebym go zmarnowała.

Powiadają, że kropla przepełnia czarę. Czasem wystarczy jedno słowo za dużo i lawiny nie można już powstrzymać. Berga naprawdę trafił szlag.

Wstał blady, ale bardzo spokojny. Drgnęły tylko mięśnie szczęk. Szare oczy stały się twarde, gniewne jak sztormowe morze. Głęboko na dnie tego lodowego oceanu kryło się coś jeszcze. Zimny, ostry cierń goryczy.

Ale Miriam nie potrafiła dostrzec nic prócz wściekłości. Cofnęła się odruchowo.

– Chcesz, żebym cię uczył, tak? – wycedził. – Świetnie. Nauczę cię czegoś. Zaczniemy od zaraz.

Jednym ruchem ściągnął sweter i cisnął na podłogę. Miriam z trudem przełknęła ślinę i zrobiła jeszcze jeden krok do tyłu.

– Dokąd? – warknął. – Już nie chcesz moich nauk?

Teraz przeraziła się nie na żarty.

– Ja... – szepnęła.

– Chodź do mnie! – głos Berga brzmiał jak trzask bicza.

Drgnęła nerwowo, ale nie śmiała zrobić kroku. Nogi miała dziwnie miękkie. Najwyższy, pomyślała ze strachem. Co on chce zrobić?

– Chodź tu! – Oczy Larsa wyglądały teraz jak ślepia wilka.

Bała się podejść, ale jeszcze większym lękiem napełniała ją odmowa spełnienia rozkazu. Stał przed nią blady z gniewu, wściekły i straszny. Widziała, jak pracuje klatka piersiowa, unoszona gwałtownym, przyspieszonym oddechem.

– Ruszaj się! – rozkazał zdławionym głosem.

Dygocząc, podeszła parę kroków.

– Bliżej! – warknął.

Przysunęła się jeszcze, spuściła głowę. Broda jej drżała od hamowanego płaczu.

– Popatrz na mnie, nie w podłogę – powiedział. – Widzisz te blizny?

Widziała. Cztery grube, białawe krechy, ciągnące się ukośnie od klatki piersiowej przez żebra aż na plecy.

– Dotknij ich.

Nie mogła. Z trudem łykała łzy. Berg patrzył, jak płyną po policzkach, łącząc się w mokre strumyczki.

– Dotknij mnie – warknął. – No, co jest? Boisz się? Nie gryzę.

Wyciągnęła dłoń. Poczuł na boku muśnięcie lodowatych palców. Chwycił cofającą się rękę i przycisnął do żeber.

– To bicz Livelego – powiedział. – Nazywa się tak od nazwiska pierwszego pozyskiwacza, którego poszatkował. Ja się wywinąłem. Dlatego tylko rozdarł mi skórę, rozszarpał mięśnie i pociął kości. Zgruchotał mostek, złamał kilka żeber. Miałem szczęście, bo nie sięgnął płuc. Wtedy gildia jeszcze istniała, więc dali radę mnie połatać. Leżałem dwa miesiące. Teraz też potrafi boleć. Jeśli się sforsuję, przeziębię albo na zmianę pogody. Czujesz te zgrubienia na kościach? To zrosty. Nie wyrywaj ręki, Miriam. Uczę cię, jak chciałaś.

Płakała i szamotała się w uścisku. Drobna, mokra z emocji dłoń szarpała się jak schwytane zwierzątko. Puścił ją wreszcie. Miriam stała, szlochając, ze spuszczoną głową.

– A może to? – Pochylił się, żeby zobaczyła sieć cienkich blizn pokrywających prawy bark, ramię i łopatkę, biegnących ku rozległej, półokrągłej szramie o poszarpanych krawędziach. – Sieć Stockla. Pamiętasz, pociąłem nią taurosa w Bibliotece. Zaciska się przy najmniejszym ruchu. Tylko mnie musnęła. Grabieżca nazwiskiem Stockl znalazł sposób pozwalający się uwolnić. Jeśli potrafisz pokonać ból i poświęcić kawał skóry, mięśni albo w ostateczności którąś część ciała. Na wzór wilka schwytanego we wnyki, który odgryza sobie łapę, żeby ujść z życiem. Mam też inne blizny. Cały pieprzony katalog. Pokazać ci? Nie? Ale to i tak nie koniec. Istnieją pułapki, na które jeszcze się nie nadziałem. Szara bomba powoduje nieodwracalne uszkodzenia w mózgu. Człowiek zamienia się w kretyna, czasem, jak nie ma szczęścia, w bezrozumnego stwora, który leży i sra pod siebie.

Czarna bomba działa właściwie podobnie, chociaż umysł pozostawia w spokoju. Za to wywołuje całkowity paraliż. Jest też płonąca wesz. Piękna rzecz. Nawiązuje do starej tradycji, kiedy karą dla złodzieja była utrata ręki. Wyciągasz łapę po łup i trzask, wesz wbija się do środka. Wędruje w górę, niszcząc tkanki. Gniją żywcem. Jeśli nie amputują ci ramienia odpowiednio wcześnie, nie masz szans przeżyć.

– Przestań – szepnęła.

Chwycił ją za ramię, mocno zacisnął palce.

– Dlaczego? – warknął. – Przecież cię uczę. Tak wygląda mój zawód. Trzeba się liczyć z kalectwem. Trzeba się liczyć z torturami i śmiercią, jeśli wpadniesz w łapy Oświeconych. Nie lubią nas. Dziwne, co? Święci mężowie, a potrafią okazać się bardzo wredni. Abordaż to nie wyprawa na piknik. Często trzeba walczyć o życie. Umiesz walczyć, Miriam?

Potrząsnął dziewczyną. Tuż przed sobą widziała jego ściągniętą, pobladłą twarz.

– Odpowiedz! Umiałabyś zabić? Zabić, żeby przeżyć?

Łkała rozpaczliwie.

– Miriam, słyszysz? Musisz mi odpowiedzieć. Umiesz zabić?

– Nieee... – wykrztusiła.

Wtedy ją puścił. Zachwiała się, jakby miała upaść, ale ustała na nogach. Drobnymi ramionami wstrząsały spazmy płaczu.

Berg odwrócił się, potarł palcami oczy. Boże, jaki jestem zmęczony, pomyślał. Nie czuł już gniewu, tylko dojmujące znużenie i smutek.

Szlag z tym wszystkim, powiedział do siebie. Zrobiło mu się żal dziewczyny, lecz wiedział, że postąpił właściwie. Inaczej nigdy by nie zrozumiała.

– Ubieraj się – rzucił. – Wychodzimy.

Schylił się po sweter i wciągnął na siebie. Czuł zmęczenie w kościach i przykry ucisk pod sercem. Golf z grubej wełny przez chwilę drażnił nagą skórę. Ale Berg lubił go nosić. Przypomniał sobie druty migające w dłoniach Avy. Starzeję się, pomyślał. Starzeję, sypię, kończę i tęsknię do żony. Wszystko to nie miało znaczenia. Wiedział, że Ava nie wróci. Nigdy.

– Ubierz się, Miriam – powtórzył, bo dziewczyna nawet nie drgnęła. – I spakuj rzeczy. Torby znajdziesz w przedpokoju, w szafie.

Tym razem zareagowała. Patrzył, jak układa w torbie sukienkę, buty i mokrą tunikę, a potem, cały czas płacząc, szamocze się z rękawami płaszcza. Postanowił zabrać ją do Dirka. Inny pomysł nie przychodził mu teraz do głowy. Żałował, że nie ma jak uprzedzić przyjaciela, ale liczył, że Dirk zrozumie. Zresztą Lottie szukała kogoś do pomocy w szyciu. Może za jednym zamachem Miriam znajdzie dom i pracę u dobrych ludzi.

– Umiesz szyć? – spytał.

– Co? – szepnęła oszołomiona. Oczy miała mokre od łez i zupełnie nieprzytomne.

– Pytałem, czy umiesz szyć – powtórzył zmęczonym głosem.

Skinęła głową.

– I tkać, i prząść – wymamrotała. – Całe życie to robiłam.

Poczuł się jak drań, dokładnie jak planowała. Zacisnął zęby. Jest skurwysynem, pozbawił ją marzeń. I dobrze. Tak trzeba.

– Chodź – powiedział.

Zamknął drzwi i sprowadził dziewczynę na podwórze. Stała zapłakana, jak wyrzut sumienia, czekając, aż przyprowadzi motor. Dirk mieszkał daleko, po drugiej stronie rzeki. Berg miał nadzieję, że Achillesowi starczy pary, żeby tam dotrzeć. Silnik zaryczał i Miriam z Czajnika, która marzyła, żeby zostać pozyskiwaczką, wyruszyła w podróż przez ciemne, nocne miasto, aby rozpocząć karierę pomocnicy szwaczki. Łzy żalu wciąż płynęły po bladych policzkach i nawet wiatr nie potrafił ich osuszyć.

Berg bez przeszkód przejechał most i znalazł się na krętej alei prowadzącej do dzielnicy, w której mieszkał Dirk. Pierwszego Tancerza zauważył zaraz za zakrętem. Stał pośrodku chodnika, ćmiąc peta. Drugi podpierał mur po przeciwległej stronie ulicy. Trzech kolejnych wychynęło z bramy, gdy przejeżdżał obok.

Coś jest nie tak, pomyślał z niepokojem. Tancerze zwykle trzymali się swoich rewirów i nigdy nie pojawiali się po tej stronie rzeki.

Za kolejnym zakrętem czekała tyraliera blokująca całą szerokość ulicy. Berg zwolnił, a tuż przed nieruchomymi postaciami zmuszony był zatrzymać motor. Tylko samobójca wjechałby z impetem w grupę Tancerzy.

Osadził w miejscu Achillesa i czekał. Mężczyźni o kolorowych włosach i twarzach pokrytych rytualnymi bliznami otoczyli motocykl. Ich oczy patrzyły na Grabieżcę obojętnie.

– Co się dzieje? – szepnęła Miriam wystraszonym głosem, chwilowo zapominając o urazie.

– Nie wiem – syknął Berg. – Nie rób żadnych gwałtownych ruchów. To Tancerze.

Prawdopodobnie nie miała pojęcia, co to znaczy, ale napięty ton Larsa sprawił, że zamilkła.

Berg puścił kierownicę, rozłożył ręce. Tancerze otaczali motor nieruchomym, niemym kręgiem. Wyglądali jak manekiny, ale Berg doskonale zdawał sobie sprawę z ich nadludzkiej szybkości.

Pięknie, pomyślał. Wkopaliśmy się na amen. Mam przed sobą bandę świrów, których w żadnym wypadku nie powinno tu być, dzikuskę z Czajnika na tylnym siedzeniu i stary, rozklekotany motocykl. Czego tak sterczą bez ruchu? Co to niby jest, noc żywych trupów?

Oparł się spokojnie o kierownicę. Na razie postanowił zaczekać na rozwój sytuacji. Tancerze uchodzą za szaleńców. Może się rozstąpią, jeśli ich niczym nie sprowokuje.

Na razie nic na to nie wskazywało. Z cienia wychynęło jeszcze kilku. Teraz wokół Achillesa zebrało się ze dwudziestu ludzi.

Niedobrze, pomyślał Berg. Mógłbym dać radę jednemu, góra dwóm, jeśli nie są zbyt dobrze wyszkoleni, ale tylu? Pozostawało czekać na reakcję napastników.

Stali, otaczając motor ścisłym kordonem, a czas ciekł nieprzerwanie niczym krew z głębokiej rany. Lars sta-

rał się oddychać spokojnie i nie zdradzać zdenerwowania. Nawet Miriam siedziała cicho, być może ze strachu.

– Co jest, panowie? – zapytał. – Czekamy na coś? Pierwsza gwiazdka już świeci.

Nie zareagowali. Stali wokoło niczym kamienne posągi.

Niech wam będzie, pomyślał. Postoimy sobie.

Jedno wiedział na pewno. Nie wolno okazać nawet cienia strachu. Zresztą teraz czuł głównie irytację. Uniósł wysoko głowę, spojrzał śmiało w nieruchome jak maski twarze napastników. Nie miał pojęcia, czego mogą chcieć. Tancerze nigdy nie czepiali się Grabieżców. Stanowili coś w rodzaju sekty wojowników. Podobno przechodzili skomplikowane inicjacje, a struktura ich ugrupowań była ściśle hierarchiczna. Wyznawali jakieś dziwaczne wierzenia objęte głęboką tajemnicą i nikt tak naprawdę nie wiedział, o co w tym wszystkim chodzi. Być może Tancerze postanowili na własną rękę zadbać o swoje zbawienie.

Berg przyglądał się wojownikom czekającym obojętnie przed dziobem Achillesa. Zwalisty mężczyzna w sile wieku, o czerwonych jak płomień włosach, miał wypalone na policzkach piętno w kształcie rumaka niosącego na grzbiecie słońce. Nosił się i trzymał jak przywódca. Zgromadzeni obok niego Tancerze mieli brzydkie, krwawe blizny na czołach i podbródkach. Rysunek linii przypominał schematycznie zaznaczone miecze lub niezbyt udolnie oddane ptaki, prawdopodobnie kruki.

Ile czasu mogą tak stać? – pomyślał Berg z niepokojem. Podświadomie czuł, że próba milczenia przerodziła się w coś w rodzaju pojedynku. Kto pierwszy się odezwie, okaże słabość.

Zacisnął zęby, pozwalając, żeby ogarnął go budzący się w sercu gniew. W porządku, powiedział sobie. Chcecie tak stać, aż się wypalą gwiazdy, proszę bardzo. Przekonacie się, ile są warte nerwy Grabieżcy.

Czekali. Niebo patrzyło na uwięziony motor granatowymi oczami nocy. Księżyc lśnił nad głowami, ogromny, pełen blasku jak szklana kula wróżki. Srebrzył jezdnię i chodniki, zmieniając ulicę w rzekę bladego światła zamkniętą kanionem kamienic. Ciemność spowijała pobliskie domy, tak że sprawiały wrażenie przypatrujących się jakiemuś niezwykłemu spektaklowi olbrzymów.

Bergowi zaczynało brakować cierpliwości. Szaleńcy o napiętnowanych twarzach i kolorowych włosach byli całkowicie odporni na upływ czasu. Podejrzewał, że naprawdę mogliby tak stać do końca wszechświata.

Zwarł mocno szczęki. Nie odezwę się, cholera, pomyślał. Nic poruszę. Najwyżej wszyscy zamienimy się w kupkę gołych kości. I fajnie. Nie mam nic do stracenia.

– Miejsce! – rozległ się nagle stanowczy głos, dochodzący z ciemności za plecami Tancerzy.

Rozstąpili się błyskawicznie, płynnie, jakby nie potrzebowali stąpać. Berg zachłysnął się wciągniętym gwałtownie powietrzem, bo stanął oto twarzą w twarz z legendą. W mieście krążyła nieskończona liczba opowieści o Angelosie, ale Lars nigdy nie brał na poważnie możliwości jego istnienia. Uważał je za przejaw miejskiego folkloru, niemające nic wspólnego z prawdą historyjki o mrocznym herosie. Aż do teraz.

Boże, pomyślał. Nocą pośrodku pustej ulicy spotkałem się z Batmanem. Albo kimś z jego rodziny.

Legendarny przywódca Tancerzy odznaczał się niesłychanie wysokim wzrostem. Berg był rosłym mężczyzną, ale Angelos przewyższał go prawie o głowę. Nawet w blasku księżyca jego skóra wydawała się nienaturalnie blada, niemal fosforyzująca białą poświatą. Wyglądał jak ogromny, antyczny posąg, który ożył i przed chwilą zszedł z postumentu. Twarz o uderzająco regularnych, idealnych rysach wydawała się wykuta w białym marmurze: nieruchoma i gładko wyszlifowana, była zupełnie pozbawiona wyrazu. Okalające ją, sięgające ramion loki miały intensywnie turkusowy kolor.

Zielone jak patyna, pomyślał Berg. Tylko że marmur się nie patynuje. Ludzka skóra i włosy też raczej nie.

Angelos stał nieruchomo z rękami założonymi na piersi. Ciężki, skórzany płaszcz, który nosił, połyskiwał oleistą czernią. Blask księżyca załamywał się na niezliczonych klamrach i sprzączkach.

Następny miłośnik sterczenia na zimnie, stwierdził Berg z irytacją. Nic dziwnego, że Tancerze są stuknięci, skoro mają ożywiony pomnik za szefa.

– Współczesność zniewala nas paradoksami, Bergerson – odezwał się zielonowłosy olbrzym głosem aksamitnym jak polana porośnięta mchem. – Dlatego dzieci słońca muszą pojawiać się nocą. Okruchy blasku trzeba zbierać starannie, czasem wyszukując pośród cienia. Ale jeśli będziemy cierpliwi i nie ustaniemy w pracy, jasność powróci.

Berg zdobył się na przelotny półuśmiech. Jasne, pomyślał, a elfy o różowych skrzydełkach będą przeskakiwać z kwiatka na kwiatek.

– Jestem pod wrażeniem – powiedział. – Czy mogę dalej nie ustawać w pracy? Trochę mi się spieszy.

Angelos pochylił się, żeby spojrzeć w twarz Grabieżcy. Jego oczy były równie turkusowe jak włosy. Świeciły fosforycznym blaskiem niczym ślepia kota.

Sukinsyn widzi w ciemności, pomyślał Berg. I co jeszcze? Fruwa na tej skórzanej pelerynce?

– W żadnym wypadku nie chciałbym, żebyś opacznie zrozumiał moje słowa. Nie przemawia przez nie brak zaufania – powiedział Angelos. – Ale nie wiem, czy możesz. To się niedługo okaże.

Uśmiechnął się szeroko, paskudnie, jak rekin na widok samotnego pływaka. Stracił sporo ze swojego posągowego majestatu, lecz to akurat wcale się Bergowi nie spodobało.

– Zaraz – wtrącił. – Nie bardzo rozumiem. Co się okaże?

– Twoja przydatność.

Świetnie, kurwa, pomyślał Lars. Przepadłem.

– Nie rozumiemy się – powiedział spokojnie. – Ja nie chcę zostać Tancerzem. Odwożę damę do przyjaciół. Jasne?

Angelos rozłożył ręce.

– Jesteś Grabieżcą, prawda? Wojownikiem. Codziennie przeciwstawiasz się ciemności, żeby przynieść ludziom odrobinę światła. Tyle, ile potrafisz zaczerpnąć dłonią. A drogą wojownika światłości jest nieustanne doskonalenie. Kates!

Młody, smukły Tancerz wysunął się z szeregu. Starał się nie okazywać emocji, ale wyraźnie rozpierała go duma, że został wybrany.

Bergowi daleko było do radości. Zrozumiał już, czego oczekuje Angelos.

Fatalnie, jęknął w myślach. Ten zielonowłosy świr chce, żebym walczył. Jezu, nie mogło trafić na kogoś innego?

– Proszę, przepuść nas, bracie – odezwała się cicho milcząca dotąd Miriam. – Nie zrobiliśmy nic złego tobie ani twoim przyjaciołom. Jeśli was uraziliśmy, przyjmijcie nasze przeprosiny.

Głos dziewczyny drżał, ale Berg i tak uważał, że zachowała się dzielnie.

– Nie martw się – szepnął. – Wszystko będzie dobrze.

Angelos lekko przekrzywił głowę.

– Nie bój się, mała siostro. Nic ci nie grozi. Jesteś fermentem, który wprawi w ruch dobre dzieło. Ufaj. Gotów? – zwrócił się do Berga.

– Nie – warknął Grabieżca.

Teraz nie było już po co udawać. Przywódca Tancerzy rozłożył ręce.

– Walka nie wybiera odpowiedniej chwili. Kates!

Młody Tancerz skoczył. Poruszał się nieprawdopodobnie szybko. Miriam krzyknęła ze strachu. Berg spróbował ześliznąć się z siodełka, gdy ręka Katesa zatrzymała się tuż przy jego szyi. Tancerz wyszczerzył w uśmiechu zęby, ale nawet nie drgnął. Lars odetchnął głęboko.

– Zsiądź – powiedział Angelos. – To pojedynek poświęcony światłości, a nie zwykła bijatyka. Zróbcie miejsce.

Tancerze rozstąpili się, pozostawiając wolny cały środek ulicy.

Jak w westernie, pomyślał Lars gorzko. Ciekawe, kto się okaże dobrym szeryfem?

Za chwilę nie miał już wątpliwości. Kates śmignął obok niczym wolny elektron, a Berg nawet nie zauważył ciosu, którym Tancerz posłał go na ziemię. Dojmujący ból w boku świadczył, że prawdopodobnie został także kopnięty. Pozbierał się z trudem na nogi. Przeciwnik czekał spokojnie, oddalony o jakieś dziesięć kroków. Na ustach miał lekki, niemal przyjacielski uśmieszek.

Niedobrze, pomyślał Berg. Zrobi ze mną, co zechce.

Walczył kilka razy z byłymi Tancerzami albo z przeciwnikami, którzy chcieli za takich uchodzić, ale nigdy nie spotkał się z podobnym kunsztem. Widocznie, stwierdził ze smutkiem, dopiero podwładni Angelosa byli prawdziwi.

Kates poczekał, aż stanie pewnie, i ruszył znowu. Berg spróbował uskoczyć, lecz równie dobrze mógłby starać się zejść z toru lotu pocisku. Trafiony przez Tancerza w bok głowy zwalił się ciężko na chodnik. Usłyszał tylko stłumiony okrzyk Miriam. Gramoląc się niemrawo z ziemi, zrozumiał, że przeciwnik się bawi. Gdyby chciał, mógłby pozbawić go przytomności, ale wtedy przedstawienie musiałoby się zakończyć. A nie o to przecież chodziło.

Potrząsnął głową. W uszach słyszał głuchy szum. W stłuczonym boku przy każdym ruchu odzywał się ból. Kates czekał, zadowolony i odprężony, jakby właśnie wygrał w ciuciubabkę.

Tym razem Berg spróbował zaatakować pierwszy. Ruszył i z niepokojem dostrzegł, jak w oczach przeciwnika zapala się prawdziwy zachwyt. Tym razem Tancerz dopuścił do zwarcia, ale chyba tylko po to, żeby przełamać monotonię pojedynku. Każdy cios Berga padał w próżnię, każda próba uchwycenia przeciwnika kończyła się schwytaniem powietrza. Tancerza po prostu nigdy nie było w miejscu, gdzie powinien, a nawet musiał być. Lars kręcił się w kółko, jakby ogarnięty szaleństwem toczył walkę z bezcielesnym widmem, któremu nie sposób sprzedać kopa, założyć dźwignię, uderzyć ani choćby dosięgnąć. Przy nieprawdopodobnej zręczności i gracji Katesa każdy ruch Berga wydawał się nieudolny. Młody człowiek o pociętej bliznami, nieruchomej twarzy naprawdę wyglądał, jakby tańczył. A jego niezwykły taniec dawał mu władzę nad czasem, przestrzenią i wymiarami, naginanymi swobodnie według woli.

Walka, a raczej groteskowe uganianie się Grabieżcy za cieniem, trwała. Larsowi powoli zaczynało brakować tchu, w mięśniach czuł zmęczenie. Nieubłagany, uśmiechnięty Kates krążył wokoło niczym kostucha ze średniowiecznych przedstawień tańca śmierci. Tylko że teraz zmienił nieco taktykę. Już nie poprzestawał na unikaniu ciosów Berga. Sam także atakował, posyłając krótkie, błyskawiczne uderzenia, które bez trudu dosięgały celu. Kiedy precyzyjnie trafił Larsa w łokieć, wywołując eksplozję wściekłego bólu i bezwład lewego ramienia, ten zrozumiał, że walka zbliża się do końca.

Zabije mnie, pomyślał. Jeśli natychmiast czegoś nie wymyślę, ten świr po prostu mnie wykończy. Nagle wszystko stało się nierealne niczym sen. Kates, Angelos, Miriam, pogrążona w mroku ulica – wszystko straciło znaczenie w obliczu prostej prawdy. Umrę, zrozumiał.

Zatłuczony przez chłopaka z rytualnymi bliznami na twarzy. To się nie może dziać naprawdę.

Działo się. Pięść Tancerza trzasnęła Grabieżcę w żebra, zanim zdążył opuścić ramię, którym próbował przedtem osłonić głowę. Ból eksplodował fontanną czerwonych iskier. Berg rozpaczliwie starał się odzyskać oddech, gdy mignęła mu chłodna, obojętna twarz Katesa o oczach drapieżnego ptaka. Zaatakował odruchowo. Nigdy nie zrobił czegoś podobnego po prawdziwej stronie. Tu panowały inne prawa. Nie spodziewał się żadnego efektu, ale umysł Katesa poddał się natychmiast, rozstępując niczym fale Morza Czerwonego. Berg przeleciał przez poczucie triumfu, radość z walki, pewność siebie i tę odrobinę zdumienia, którą Tancerz zdążył wykrzesać. Zawahał się na moment, gdy natknął się na ciemną, pełną lęków i mistycznych doznań zasłonę, ale ona też rozsunęła się w okamgnieniu.

Stali na rozległej, pustej równinie. Wiatr pędził po niebie strzępiaste chmury podobne do wielkich smoków i wielogłowych bestii.

Kates patrzył na Berga z lękiem. Grabieżca uśmiechnął się. Księżycowa łza upadła niepostrzeżenie u jego stóp. Zasyczała, padając na ziemię, i uniosła się w górę kłębami perłowego dymu. Berg cofnął się o krok, skrywając za jego zasłoną. Dla Tancerza nie wyglądał już tak samo. Przybrał postać ogromnego młodzieńca o twarzy świetlistej jak płomień. Na głowie, wciśnięta na złote niczym płynny miód loki, tkwiła zawadiacko przekrzywiona frygijska czapka. Granatowe, lśniące gwiazdami niebo łopotało mu u ramion jak płaszcz. W prawej dłoni dzierżył za róg odcięty byczy łeb. Krew zwierzęcia spływała na ziemię, ścieląc się pod nogi przerażonego Tancerza niczym czerwony dywan.

Złotowłosy młodzieniec wskazał Katesa palcem i z dezaprobatą pokręcił głową.

– Świeca musi przegrać z pochodnią, a pochodnia ze słońcem – powiedział głosem przypominającym zawodzenie wiatru. – Nie rozpoznałeś moich zamiarów, żołnierzu.

Tancerz padł na kolana. Jego twarz wykrzywiła rozpacz. Starał się coś wykrztusić, ale nie mógł wypowiedzieć ani słowa. Ukryty za iluzją Berg ze zdziwieniem spostrzegł, że po policzkach Katesa płyną łzy.

– Panie – wyszeptał w końcu. – Wielki. Wybawco. W tobie światło...

– Odnajdź je w duszy – odpowiedziała głowa byka.

Tancerz jęknął boleśnie i zakrywając twarz dłońmi, padł, szlochając, na ziemię.

Widmo młodzieńca w płaszczu z gwiazd rozwiało się bez śladu. Berg przyglądał się rozpaczającemu Tancerzowi z odrobiną litości. Skulony, płaczący Kates wyglądał, jakby postradał zmysły.

– Przykro mi, stary – mruknął Berg. – W księżycowej łzie zobaczyłeś własne lęki. To nie moja wina. Nie trzeba było próbować mnie zabić.

Kates nie odpowiedział. Zawodził jak skrzywdzony szczeniak. Nic nie wskazywało na to, że dostrzega obecność Grabieżcy. Albo w ogóle w jakikolwiek sposób postrzega cokolwiek poza własną rozpaczą.

Przynajmniej żyje, pomyślał Berg. Nawet jeśli zwariował.

Niewiele więcej miał do zrobienia. Z łatwością wycofał się z umysłu Tancerza. Znów znalazł się na ulicy. Miriam patrzyła na niego szeroko otwartymi oczami. Zebrani w krąg Tancerze stracili wyniosłą obojętność. Szemrali, wyraźnie zatrwożeni. Kates leżał nieprzytomny na jezdni u stóp Berga. Krwawił z nosa.

Lars odetchnął głęboko. Dokuczały mu wszystkie obrażenia, jakich doznał podczas walki, w głowie lekko szumiało, a pod sercem czaił się cień niepokoju. Pokonał Katesa i co? Angelos puści ich swoją drogą? Wyznaczy następnego przeciwnika? Każe zabić?

Podniósł wzrok i napotkał spojrzenie intensywnie turkusowych oczu przywódcy Tancerzy. Było w nich zrozumienie i coś w rodzaju satysfakcji, jakby Angelos właśnie wygrał zakład.

– No cóż – powiedział. – Pochodnia wygrała ze świecą, jak się zdaje. Może niezbyt uczciwie, ale skutecznie.

Berg poczuł lodowaty dreszcz wzdłuż kręgosłupa. Skąd wie, sukinsyn? Jest telepatą? Starał się jednak nie zdradzać niepokoju i zaskoczenia.

– I co teraz? Wypuścisz nas? – spytał.

Przywódca Tancerzy skinął głową.

– Oczywiście. Możesz jechać.

Berg, lekko utykając, podszedł do Achillesa, odprowadzany wrogimi spojrzeniami kolorowowłosych mężczyzn.

– Wsiadaj – powiedział do Miriam. – Zabieramy się stąd.

Dziewczyna przyskoczyła do niego.

– Nic ci nie jest? Najwyższy, tak się bałam! Myślałam, że cię zabije, a tu nagle padł na ziemię i przestał się ruszać. Na pewno nic ci nie jest? Zrobiłeś się taki blady.

Wgramolił się na siodełko. W boku bolało jak jasna cholera. Ostre kłucie odzywało się, gdy tylko głębiej zaczerpnął tchu. Mam nadzieję, że to nie pęknięte żebro, pomyślał.

– Wszystko w porządku. Wsiadaj, Miriam – szepnął. – Lepiej stąd szybko zniknąć.

Posłuchała. Objęła go w pasie tak mocno, aż się skrzywił.

Angelos podszedł z uśmiechem.

– Do zobaczenia, Grabieżco, wojowniku światła – powiedział.

– Jak Najwyższy pozwoli – mruknął Berg, pewien, że nie będzie dążył do kolejnego spotkania. – Nie chciałem zrobić krzywdy twojemu człowiekowi.

W turkusowych oczach zalśniła iskierka humoru.

– Nie przejmuj się. On chciał ją zrobić tobie.

Lars się uśmiechnął.

– Taki zawód.

– Żebyś wiedział.

– Nic mu nie będzie, jeśli tylko nie zechce popełnić samobójstwa.

Angelos znów przywołał na twarz nieprzeniknioną maskę.

– Zechce, Grabieżco. Ale dopiero jeśli ja rozkażę.

Berg zapuścił silnik.

– Żegnaj, Tancerzu – powiedział.

– Jeszcze się zobaczymy, panie Końska Czaszko! – rzucił Angelos.

Achilles zaryczał i ruszył z miejsca.

Niedoczekanie, panie Świrnięty Olbrzymie, mruknął do siebie Berg, gdy tylko Tancerz zniknął mu z oczu.

– Nalej mi jeszcze jedną lufę – powiedział.

Dirk sięgnął po flaszkę. Przez okna wlewała się do pokoju szarość świtu.

Berg siedział głęboko wciśnięty w jeden z ogromnych, wygodnych foteli przyjaciela. Lottie, żona Dirka, miła, łagodna dziewczyna o okrągłej twarzy i wesołych oczach, potraktowała Miriam bardzo serdecznie. Przyszła pomocnica krawcowej, napojona herbatą z malin i zalana potokiem przyjaznej paplaniny, z miejsca poczuła się doskonale. Teraz obie panie udały się do sąsiadującej z mieszkaniem Dirka pracowni, gdzie na Miriam czekał oddzielny pokój z własną łazienką i wnęką kuchenną, a Berg miał okazję opowiedzieć przyjacielowi, skąd wytrzasnął tę małą o włosach jak miotełka do kurzu i dlaczego wygląda, jakby kilka razy spadł ze schodów.

Dirk w zamyśleniu stukał paznokciem kciuka o zęby.

– Czego mogli chcieć od ciebie Tancerze? Nie rozumiem.

Berg wzruszył ramionami.

– Nigdy nie wtrącali się do spraw gildii.

Dirk pokręcił głową.

– I dalej się nie wtrącają. Angelosowi wyraźnie chodziło o ciebie.

Lars wychylił jednym haustem połowę zawartości szklaneczki.

– To świr. Widocznie coś mu nagle strzeliło do pały. – Uniósł w palcach naczynie i przyjrzał się przejrzystemu, lekko złotawemu trunkowi. – Doskonała.

Dirk uśmiechnął się.

– Rzetelna, porządnie wypędzona śliwowica. Tegoroczna. O Angelosie gadają różne rzeczy. Ja bym tak od razu nie zakładał, że to wariat.

– Do wczoraj byłbym skłonny się zakładać, że jest kolejną miejską legendą – mruknął Berg. – Dwumetrowy, zielonowłosy olbrzym otoczony bandą nawiedzonych wojowników. Kto by w niego uwierzył?

Dirk uśmiechnął się krzywo.

– A kto jeszcze sto lat temu uwierzyłby w gromadkę facetów przedostających się do wyższego wymiaru, w którym tkwi uwięziona ponad połowa ludzkości? Świat jest dokumentnie popieprzony, Berg. A ty się po prostu przyzwyczaiłeś do niektórych szaleństw, dlatego wydają ci się normalne.

Lars wzruszył ramionami.

– Filozof się znalazł.

Dirk wychylił swoją szklankę.

– Jasne, że filozof – burknął. – Jakbyś spędził tyle lat w szkole gildii i skończył jako mechanik naprawiający sprzęt, też byś sobie wyrobił filozoficzne podejście do życia.

Bergerson nic nie odpowiedział. Znał Dirka naprawdę długo i doskonale wiedział, że przyjaciel nie ma zwyczaju użalania się nad sobą. Ale stwierdzić, że zabrakło mu szczęścia, to powiedzieć „zefirek" o huraganie.

Dirk dysponował ogromnym talentem. Wspaniałym, naturalnym darem, którego mimo wielu lat żmudnych ćwiczeń w żadnym stopniu nie zdołał opanować. Jakby potęga, którą w sobie nosił, była za ogromna, aby poddać się kontroli umysłu. Dirk otrzymał w prezencie od losu zbyt dużo, czyli w konsekwencji nie dostał nic.

Zamyślony, bębnił palcami w oparcie fotela.

– Ten Tancerz ci nie odpuści, Lars – powiedział po chwili. – Powinieneś się dowiedzieć, czego chce.

– Jeśli naprawdę ma coś do mnie, sam przyjdzie. Ale moim zdaniem to świr. Wpadliśmy na siebie przez przypadek.

Dirk pokręcił głową.

– Nie wierzę w przypadki, jeśli chodzi o Angelosa. Czekał na ciebie.

Berg westchnął.

– Zobaczymy. Teraz ja poczekam na niego. I wiesz co? Nie będę się specjalnie przejmował.

Drzwi otworzyły się ze skrzypnięciem i w progu pokazała się Lottie.

– Zaprowadziłam Miriam do pokoju – powiedziała. – Chyba się jej spodobał. To urocza dziewczyna. Od razu się polubiłyśmy. Zna się trochę na szyciu. Dziękuję, że ją przyprowadziłeś, Lars. Właśnie kogoś takiego szukałam.

Berg uśmiechnął się.

– Wiedziałem, że u was będzie jej dobrze.

Lottie spojrzała na męża i zawahała się.

– Lars – spytała cicho – czy to prawda, że ma talent, a ty nie chcesz jej szkolić?

Berg jęknął w duchu.

– Tak – przyznał. – Wydaje się niezła, ale wychowała się w Osiedlu. Nic wie nic o świecie. Nie da sobie po prostu rady.

Zerknął na chmurną nagle twarz przyjaciela. Jasna cholera, pomyślał. Jeszcze Dirkowi przyjdzie do głowy uczyć ją na własną rękę. Co za szopa.

Lottie spojrzała na niego niepewnie.

– Miriam mówi – zaczęła – że rozumie. Pogodziła się z tym. Ale chce się dowiedzieć prawdy.

Berg pochylił się w fotelu. Nie miał pojęcia, o czym Lottie mówi. Miriam musiała jej naopowiadać jakichś bzdur.

– Jakiej prawdy? – spytał, nie kryjąc zdziwienia.

Lottie zrobiła nieokreślony ruch ręką.

– O wszystkim. O świecie, Mistrzach Blasku, gildii. Myślę, że ma do tego prawo, Lars.

Berg westchnął.

– Jasne, że ma prawo. Ale czy to odpowiednia chwila...

– Odpowiednia – przerwała stanowczo. – Dziewczynie należą się wyjaśnienia. Tyle możesz dla niej przecież zrobić, prawda?

W słowach Lottie pobrzmiewała lekka nuta wyrzutu. Berg przesunął dłonią po twarzy. Czy naprawdę zrobiłem za mało? – pomyślał gorzko. Za mało dla szalonej Miriam z Czajnika?

– Dobrze – powiedział jednak. – Przyprowadź ją. Strzelimy wykład o historii końca świata.

Miriam wsunęła się przez drzwi i zatrzymała w progu jakby onieśmielona.

– Siadaj – powiedział Dirk serdecznie. – Chcesz się czegoś napić?

Potrząsnęła głową.

– Może jeszcze herbatki z malin? – Lottie usadziła dziewczynę w fotelu. – Z mnóstwem pysznego miodu?

Miriam uśmiechnęła się blado.

– Nie, dziękuję – powiedziała cicho.

Wbiła wzrok w podłogę. Oczy miała podkrążone, zapuchnięte od płaczu. Berg poczuł, jak budzi się w nim irytacja. Co jest? – pomyślał. Męczennicę z siebie robi?

Podniósł w górę szklaneczkę i popatrzył przez szkło.

– Chciałaś się dowiedzieć prawdy – zaczął chłodno. – Dobrze. Opowiemy ci wszystko, co sami wiemy. Ale najpierw ty przedstawisz swoją wersję. Żebyśmy się dowiedzieli, jakiego gówna nakładli ci do głowy w sekcie.

Miriam drgnęła, a Dirk popatrzył na Berga z wyrzutem.

– Zaczekaj – mruknął. – Nie musisz, jeśli nie chcesz...

Dziewczyna podniosła głowę.

– Kiedy świat pogrążył się w wielkim grzechu – zaczęła recytować matowym, pozbawionym emocji głosem – Najwyższy w swej wielkiej sprawiedliwości postanowił ukarać ludzi. Zło panowało wszędzie, występek szerzył się jak kąkol na jałowym polu ludzkich dusz. Brat nie zabiegał o brata, syn nie słuchał ojca, matka uczyła swe córki próżności i nierządu. Nie było wzajemnej miłości, a bogaty krzywdził ubogich, silny gnębił słabych. Spadł więc na świat słuszny gniew Najwyższego. Uniósł się Najwyższy z tronu swego i z nienawiścią patrzył na grzeszników. I żadnej łaski w sercu swoim nie znalazł. Oto była przyczyna kary. Wychwalajmy sprawiedliwość Najwyższego.

Umilkła na chwilę, bo Berg prychnął pogardliwie. Twarz wykrzywił mu gorzki grymas, a oczy płonęły jak u wilka.

– To był piękny świat – powiedział cicho, stłumionym głosem. – Prawdziwy, ludzki. Nie, wcale nie doskonały. Pełen chorób, przemocy, nędzy i występku, nękany wojnami i nie zawsze sprawiedliwy. Ale również przepojony siłą, miłosierdziem, oddaniem, rozumem, napędzany niezwykłymi marzeniami i pragnieniem czynienia dobra. Różny, Miriam. Tak jak różni są ludzie. Stworzyliśmy tu cywilizację i wbrew wszystkiemu staraliśmy się, żeby wszędzie zapanowała sprawiedliwość, spokój i dobrobyt. Nie było genialnie. Cywilizacja to trudna rzecz, a wciąż mieliśmy wokół morze barbarzyńców. Ale robiliśmy, co w naszej mocy. Liczyliśmy się ze sobą. Człowiek z człowiekiem. I to właśnie stanowiło naszą wartość. Każdy się liczył. Każde życie. Nie wolno było zabić ani skrzywdzić człowieka w imię jakiejkolwiek wyższej czy niższej idei. To jednoznacznie stawało się zbrodnią. Cywilizacja oznaczała wartość i godność każdej jednostki. Ja nie pamiętam takiego świata, Miriam. Powtarzam to, co przekazał nam Jonas Arvani. Chociaż wierzę w każde jego słowo, zdaję sobie sprawę, że mógł się mylić, przesadzać lub mijać z prawdą. Ale jedno wiem na pewno. Gdyby Najwyższy powstał ze swego tronu i spojrzał na taki świat, o którym opowiadał Arvani, to, mimo jego niedoskonałości i grzechów, skinąłby głową z szacunkiem i zrozumieniem.

Miriam przełknęła ślinę. Chociaż jej oczy zaszkliły się od łez, głos brzmiał pewnie.

– I postanowił Wielki zniszczyć to gniazdo występku, siedlisko żmij w ludzkiej skórze. Skierował swą gniewną dłoń, palcem niczym gromem wskazał naczynie grzechu. A wzrok jego niósł pożogę. A głos jego zakrzyknął nad światem: „Biada!". I przeklął Najwyższy ów padół smętny, gniewnym kopniakiem wywrócił naczynie grzechu. Lecz sprawiedliwy był w swoim ogromie, w nienawiści swej powściągliwy dla tych nielicznych, którzy okazywali lęk i bezwzględne posłuszeństwo. Tedy powstało dwunastu Mędrców, dwunastu zbawców na ziemię zstąpiło. Oddzielili oni potępionych od posłusznych, zatwardziałych w swej bucie od kornych. I tychże, okrywszy płaszczem litości, przed zagładą ocalili. I unieśli w wysokie dziedziny, gdzie ład Najwyższego panuje, a bojaźń grzesznych jest wielka. Tam w lęku i pokorze cześć Mędrcom oddają, żyjąc pod ich światłymi rządami. A są owi zbawcy niczym słońca odbite od wielkiej jasności Najwyższego. Tożsami z jego myślą, jednacy z rozkazem. Oto była przyczyna ocalenia. Wychwalajmy sprawiedliwość Najwyższego.

Berg patrzył w podłogę z kamienną, nieruchomą twarzą. Usta Dirka wykrzywił smutny uśmiech.

– Nie bardzo wiemy, jak do tego doszło – powiedział w końcu. – Myślę, że Najwyższy nie miał z tym wiele wspólnego. Ludzie dowiadywali się coraz więcej o mechanizmach rządzących światem. O swoich umysłach, świadomości, umiejętnościach. I nie było w tym niczego niewłaściwego czy złego. Wiedza sama w sobie nikogo nie może skrzywdzić. Szaleństwo już tak. Zawsze w historii świata przewijali się nawiedzeni prorocy, wodzowie i filozofowie opanowani wizjami doskonałego społeczeństwa, absolutnego dobra, ponadczasowej sprawiedliwości. Te piękne idee, gdy tylko próbowano wprowadzić je w życie, wypaczały się straszliwie, bo doskonałość jest daleka ludzkiej naturze. Nikt z tych, którzy przetrwali, nie pamięta, kiedy i jak powstało tych dwanaście sekt, stowarzyszeń czy ruchów duchowych, diabli wiedzą jak je zwać. Niepostrzeżenie każde z nich rozrastało się, skupiało coraz więcej zwolenników, zyskiwało wpływy w różnych częściach świata. Do samego końca nikt nie podejrzewał, że dwunastu skrajnie odmiennych, na pozór zaciekle się zwalczających przywódców religijnych i duchowych połączyło siły i wspólnie zgromadziło tak olbrzymią wiedzę i siłę mentalną, że mogło zmienić cały świat.

– Zmienić? – warknął Berg. Głos miał głuchy, łamiący się od hamowanej z trudem nienawiści. – Raczej zniszczyć, Dirk. Rozpieprzyć na strzępy w imię jakiejś szalonej, chorej idei, za którą tak naprawdę kryje się tylko pycha i nieokiełznana żądza władzy. A zaczyna się tak niewinnie. Przychodzą i gadają. Nakłaniają do pozornie wartościowych rzeczy, wymachując postulatami i wycierając sobie gęby wielkimi słowami. Potem żądają, wymagają, zakazują, na każdym kroku mówiąc ci, co masz robić, bo oni właśnie pochylają się z troską nad tym czy tamtym. Tylko nie nad tobą. Regulują i rządzą, ponieważ uzurpują sobie prawo do absolutnej słuszności. Oni wiedzą, Dirk. Mają zawsze rację. Są mądrzejsi od ciebie. Światlejsi. Ożywieni misją naprawiania świata. Według własnych, pieprzonych reguł i pomysłów. Tych właściwych. Kierują się tylko twoim dobrem. I w imię tego wlezą ci na kark i zaczną rozkazywać. Urządzą po swojemu wspaniały, sprawiedliwy świat, żeby mieć gdzie odgrywać boga. Pieprzeni tyrani. Zaraza ludzkości. Nadęci pychą, oszalali z nadmiaru władzy i przekonania o własnej wartości hipokryci. Nasi nowi bogowie, Miriam.

Dziewczyna wpatrywała się w Berga pobladła i wystraszona.

– Naprawdę tak ich nienawidzisz? – spytała.

Oddychał ciężko, jak po długim biegu.

– Tak – powiedział chrapliwie, z trudem panując nad głosem. – Naprawdę.

Dirk westchnął.

– On ma w sumie rację, Miriam. Mistrzowie Blasku zrobili nam wszystkim straszną krzywdę. Najpierw zyskali wielkie wpływy i mnóstwo wyznawców. A potem, w noc przesilenia, niespodziewanie wywołali koniec świata.

– Każdemu według gustu – rzucił Berg z goryczą. – Byli cwani. Każdy głosił inną doktrynę, żeby dorwać naiwniaków o różnych poglądach. Byli wśród nich mistycy głoszący filozofie rodem z Dalekiego Wschodu. Przywódcy odwołujący się do czarnej magii i kultów Ciemności. Zwolennicy abstrakcyjnego Absolutu. Prorocy odwołujący się do chrześcijaństwa i innych wielkich monoteistycznych religii. Wyznawcy Wielkiego Inżyniera i Pierwszego Poruszyciela. Kapłani voodoo. Zwolennicy wiary w kosmitów i Wielką Macierz. Wyznawcy klęski ekologicznej i wojny atomowej. Pełna gama, skarbie. Każdy z dwunastki umówionego dnia zafundował swoim wyznawcom i biedakom, którzy akurat mieszkali w pobliżu, swój koniec świata. Dokładnie według przepowiedzianych przez siebie reguł.

Dirk przymknął oczy.

– Nad miastami zawisły kosmiczne statki obcych. Z nieba spadli aniołowie z ognistymi mieczami. Rozwarła się ziemia, a w otchłani płonął ogień. Rzeka umarłych wylała. Górny świat zawalił się na połacie deszczowych lasów, a demony i upiory zabijały bez opamiętania. Wody zamieniły się w krew. Tłukł deszcz płonących kamieni. Wybuchła bomba atomowa. Powstały katastrofalne powodzie i trzęsienia ziemi. Bogowie o wielu rękach i twarzach walczyli na niebie. Rozpętał się Ragnarok. Otwarło się piekło.

Lars wzruszył ramionami.

– Właściwie stało się wszystko, co tylko ludzie zdołali sobie wyobrazić. A podczas tego dramatycznego spektaklu Mistrzowie Blasku odsiewali ziarno od plew. Zabierali wybranych, żeby zbudować im nowe, miłe piekiełko w wyższym wymiarze. Gdzieś w takim przedsionku do zaświatów. Nie wiadomo, jak zdołali się tam dostać ani jakim sposobem potrafili wpływać na rzeczywistość. W każdym razie odpowiednią moc mogli uzyskać wyłącznie dzięki ścisłej współpracy. Dlatego połączyli siły. Teraz już nie rządzą wspólnie. Każdy dostał własny kawałek utopii, aby sobie bezkarnie hulać. Zbierają się razem tylko czasami, żeby przedyskutować ważne sprawy i podładować odpowiednimi rytuałami powstałą z połączenia sił mentalnych energię. W Wysokim Mieście, czymś w rodzaju miasteczka uniwersyteckiego, Doliny Krzemowej, gigantycznego laboratorium i okręgu kultowego, hodują zastępy swoich sług. Ni to kapłanów, ni to urzędników, którym przekazują część wiedzy, żeby łatwiej sprawować kontrolę nad zamkniętą w lukrowanych gettach ludzkością. Tacy z nich zbawcy.

– Potężni w jedności, wybrańcy Najwyższego – szepnęła Miriam. – Którym chwała na wieki. Szlachetni, jaśniejący blaskiem, Mędrcy i rządcy dusz wybawionych.

Dzięki nim wstaje dzień i noc zapada. W ich rękach i życie, i śmierć. Przemądrzy, przed którymi korzyć się trzeba, tarzać w pyle swe ciało niegodne, władcy i wybawcy, nadzieja świata. Królowie niebios, cesarze kosmosu. Chwała ich cudnym obliczom. Oni panami i dobroczyńcami. Wychwalajmy ich nieskończone przymioty. Oto jest przyczyna łaski. Wychwalajmy sprawiedliwość Najwyższego.

– Jasne – warknął Berg. – W pyle. Przed zbrodniarzami, którzy mają na sumieniu miliony.

Dirk potarł kąciki oczu.

– Kataklizm spustoszył najważniejsze ośrodki na całej planecie. Ogień z nieba zmienił miasta w wypalone połacie ruin. Powodzie, trzęsienia ziemi, wybuchy wulkanów i huragany załatwiły resztę.

– W morzach i oceanach prawie wszystko wyzdychało, kiedy trzecia część wody zamieniła się w krew albo wrzący olej – powiedział Berg. – Co z tego, że katastrofa trwała tylko trzy dni. Wystarczyło, żeby cywilizacja upadła.

– Nie wiadomo, ilu ludzi zabrali Mistrzowie Blasku. Pewnie z jedną czwartą, może jedną trzecią populacji – westchnął Dirk. – Ich potomkowie żyją teraz w idealnym świecie jako niewolnicy albo pozbawione własnej woli kukły. Wszystko dla ich szeroko pojętego dobra.

Lars uśmiechnął się krzywo.

– Nasi Mistrzowie wiedzieli, co robią. Z każdej rodziny, z każdej mocno związanej wspólnoty zabierali tylko jedną, góra dwie osoby. Potem, w nowym wspaniałym świecie, ich także rozdzielali. To, co ziemskie, nie miało już żadnej wartości. Szczególnie jeśli dotyczyło jakichś więzi uczuciowych. Stara dobra polityka separacji. Doskonale się sprawdza w wypadku niewolników.

Dirk pochylił się ku Miriam.

– Po odejściu Mistrzów Blasku było jeszcze gorzej. Kataklizmy ustały, ale ich skutki okazały się tragiczne. Zginęły miliony ludzi. Miliony zniknęły. Pozostali popadli w szaleństwo. Rozpętało się drugie piekło.

Zamilkł i spojrzał na Berga. Grabieżca przymknął oczy.

– Wszędzie leżały ciała – powiedział cicho. – Umarłych nie miał kto grzebać. Ranni dogorywali na ulicach, pod gruzami domów. Nikt nawet nie próbował im pomóc. Zresztą po co? Przecież nastąpił koniec świata. Wokół nie było już nic, tylko ruiny. Ludzkość przestała istnieć. Ci, którzy przeżyli, zrozumieli, że są potępieni. Nie pozostawiono im żadnej nadziei. Niektórzy zwariowali. Błąkali się wśród zgliszcz, wyjąc, tańcząc i bezczeszcząc trupy. Inni popełniali samobójstwa. Byli i tacy, którzy w odrętwieniu oczekiwali na śmierć. Pewną część ludzi ogarnął szał zniszczenia. Mordowali, gwałcili, torturowali przypadkowe ofiary przekonani, że są diabłami. Kto miał się tym przejmować? Świry w obliczu innych świrów? Niektórzy rabowali, co popadło. Potem zdychali z głodu na kupie kosztowności, czeków, pieniędzy. Przekonani o marności dóbr ziemskich w obliczu wyższych wartości duchowych. Tak miała wyglądać nowa sprawiedliwość w wykonaniu Mistrzów Blasku.

Miriam siedziała w fotelu, skulona i blada.

– I przeklętą stała się ziemia, gniazdo wszelkiej nieczystości – szepnęła. Po policzkach, niczym srebrne sznureczki, ciekły jej łzy. – A potępieni żyją na jej obrzydłym łonie gorzej niźli w piekle. Bo Najwyższy wzgardził ich podłościami, odwrócił się ze wstrętem od ich pełnych jadu serc. A oko Mędrców z nienawiścią patrzy na to plugastwo. Czyliż doczekamy dnia, gdy my, wierni słudzy, którzy pojęliśmy ogrom naszych win, napiętnowani jako pomiot potępieńczy, wybłagamy łaskę? Oto jest przyczyna cierpienia. Wychwalajmy sprawiedliwość Najwyższego.

– Szybko zabrakło wody – powiedział Berg bardzo cicho. – Nie było się gdzie schronić, co jeść. Nagle pojawiły się muchy. Te miały co żreć. W gorącym klimacie zaraza wybuchła już po kilku dniach. Ocaleni z chłodnej strefy mieli więcej szczęścia. Jesień przyszła wtedy naprawdę zimna. Ludzie rozproszyli się. Uciekali małymi grupami na północ, byle dalej od miast. Szukali schronienia w lasach, górach, miejscach odległych od byłej cywilizacji. Koczowali i polowali jak dzicy. Uczyli się zabijać zwierzęta i okrywać się ich skórami. Staliśmy się bandą dotkniętych traumatycznymi doświadczeniami jaskiniowców.

– Ale przeżyliśmy – odezwała się milcząca dotąd Lottie tak niespodziewanie, aż Berg, który zapomniał o jej obecności, drgnął z zaskoczenia. – Nie wszystkie krainy, nie wszystkie miasta uległy całkowitej zagładzie. Mieszkamy tutaj, bo tu prawie nie było zniszczeń. Znów potrafimy szyć, uprawiać pola i robić meble. Żyjemy, rodzimy dzieci. Nie tak łatwo nas pokonać, Miriam. Prawda?

Dirk z powagą skinął głową.

– Jasne. Nie daliśmy się.

Berg w zamyśleniu wyglądał przez okno.

– Wbrew pozorom bardzo wiele wiedzy przetrwało – powiedział. – Ocalało też sporo przedmiotów. Koniec świata panów mądrali nie był tak perfekcyjny, jak można by się spodziewać. Wkrótce okazało się, że niektórzy ludzie potrafią przenikać do rzeczywistości Mistrzów Blasku. Może moc, którą tchnęli w nasz świat, żeby go rozwalić, zostawiła jakiś trwały ślad? A może to po prostu nie jest takie trudne? W każdym razie pewien człowiek nazwiskiem Jonas Arvani odkrył u siebie niezwykłe zdolności, które postanowił wykorzystać. Niedługo potem przekonał się, że nie jest jedyny. I założył gildię.

– Dlaczego gildia przestała istnieć? – spytała Miriam.

Lars rozłożył ręce.

– Pozyskiwanie stało się wkrótce wielkim biznesem. Gildia miała twarde zasady. Nie każdy mógł im podołać. Zaczęły powstawać konkurencyjne ugrupowania, mniej sprawne i mniej uczciwe. Wielu zależało na upadku gildii. A najbardziej samym Mistrzom Blasku. Podobno oni zniszczyli dorobek życia Arvaniego. Ale dopiero po jego śmierci.

– Bali się go – powiedział Dirk z przekonaniem. – Grabieżcy, którzy go pamiętali, mówili, że był potężniejszy od każdego Mistrza. Jednak wszystkim naraz nie mógł stawić czoła. Dlatego zaczął tworzyć gildię.

– Znaliście go? – zapytała Miriam szeptem.

Berg potrząsnął głową.

– Nie zdążyliśmy. Kiedy przyjęli nas do szkoły, Arvani już nie żył.

– Zabili go?

– Nie. Chyba nie. Pewnego dnia nie powrócił z abordażu. W koi nie znaleziono jego martwego ciała. Czekali tydzień na włączonych maszynach, ale się nie pojawił. Uznali więc, że nie żyje.

– Podobno przeszedł – mruknął Dirk.

Miriam szeroko otworzyła oczy.

– Co to znaczy: przeszedł?

– Przeniósł się do prawdziwych zaświatów. Zyskał ogromną moc i stamtąd pomaga ludziom. Ale nie może wrócić, bo musiał pozbyć się materialnego ciała.

Berg nerwowo pocierał policzek. Lottie spojrzała na niego z niepokojem, lecz nie zdecydowała się odezwać.

– Naprawdę? – spytała Miriam ze zdumieniem. – Czy to możliwe? Były inne podobne przypadki?

– Tak, kilka – powiedział Berg z pozoru obojętnym głosem. Twarz miał jednak ściągniętą, między brwiami pojawiły się dwie pionowe zmarszczki.

Lottie klasnęła w dłonie.

– Mój Boże! Jak późno! Zrobiło się rano. Nad dachami widać słońce. Miriam, kładź się spać. To była ciężka noc. Lars, ty oczywiście zostajesz.

Usta Berga drgnęły w lekkim uśmiechu.

– Oczywiście – zgodził się.

Lottie wypchnęła Miriam za drzwi.

– Idź spać, skarbie. Jakbyś czegoś potrzebowała, zawołaj. Poczekaj chwilę, Lars. Pościelę ci tutaj.

Dirk westchnął.

– Chcesz jeszcze lufę, Berg?

– Jasne – mruknął Lars. – To była naprawdę ciężka noc.

Wyjrzał przez szybę. Samochód, wielki i kanciasty, nadal stał pośrodku ulicy, śmierdząc spalinami i rozgrzanym olejem niczym pogrążony we śnie smok. O burtę opierał się niebieskowłosy facet z twarzą poznaczoną bliznami. Ćmił małą fajeczkę i bezczelnie gapił się w okna Berga. Zauważył w szybie odbicie cofającego się Grabieżcy i pomachał ręką, prezentując w uśmiechu imponujący garnitur zębów.

Bergerson zaklął. Niebieskowłosy i drugi Tancerz, który wsiadł właśnie do wnętrza auta, sterczeli pod kamienicą ponad trzy godziny. I prawdopodobnie mogli tak znacznie dłużej.

Z pozoru nie przypominali posągowych wojowników, których Berg spotkał za rzeką. Zachowywali się znacznie swobodniej i nosili zwykłe ubrania, podobnie jak Grabieżcy. Jednak w ich ruchach, gestach i cierpliwym oczekiwaniu drapieżników kryła się ta sama niezwykła moc. Niewzruszony spokój Tancerzy. Lars bez trudu mógł sobie wyobrazić, jak godzinami wykonują skomplikowane ćwiczenia i odprawiają tajemne rytuały w piwnicach zwalonych domów. Być może obaj stali wtedy w kręgu otaczającym motor, ale nie był w stanie ich rozpoznać.

Niebieskowłosy i czerwonowłosy bez najmniejszych oznak zniecierpliwienia sterczeli na posterunku przed domem. Zdążył wrócić od Dirka, przespać się trochę, zjeść mocno spóźnione śniadanie, a potem stwierdzić, że ma towarzystwo. Nie wiedział dokładnie, kiedy pojawili się na dole ze swoją ogromną limuzyną i pokładami niewyczerpanej chyba cierpliwości. Spodziewał się, że w końcu spróbują wejść na górę, ale powoli doszedł do wniosku, że nie zdecydują się ruszyć, zanim słońce nie wystygnie.

Tancerze osiągnęli coś więcej niż nadludzką szybkość i perfekcję w walce, pomyślał, patrząc na zastygłe w oczekiwaniu sylwetki na dole. Oni władają czasem.

– Lubicie czekać, sukinsyny – syknął przez zaciśnięte zęby. – To pięknie. Ja jestem u siebie.

Jednak milcząca obecność Tancerzy nie pozwalała mu na niczym się skupić. Nie chciał wyruszać na abordaż, gdy w każdej chwili do mieszkania mogli się wedrzeć obcy. Leżąc w koi, byłby całkowicie bezbronny. Gdyby wyszedł z domu i poszedł na przykład do „Babilonu", zostawiłby sprzęt i mieszkanie bez opieki. Zresztą Tancerze mogliby ruszyć za nim i wlec się ulicami niczym puszka za kocim ogonem, a tego by nie zniósł.

Skończyło się na tym, że wkurzony krążył po pokojach i co chwila pojawiał się w oknie jak kukułka ze starego zegara. Tancerze za każdym razem pozdrawiali go serdecznie.

– Czatujecie jak sępy na padlinę – warknął. – Spokojnie, ja jeszcze nie zdycham.

Postanowił zrobić herbatę, ale kiedy oparzył się parą i stłukł kubek ze świeżym naparem, zrozumiał, że miarka się przebrała.

Ze złością walnął pięścią w stół.

– Pieprzę cię, Angelos! – wrzasnął wściekle. – Dobra, wygrałeś.

Kopniakiem zatrzasnął drzwi i zbiegł na ulicę. Zatrzymał się kilka kroków od auta z rękami wciśniętymi w kieszenie spodni, mierząc intruzów zwężonymi ze złości oczami.

– Panowie do mnie? – spytał.

Wysoki jak latarnia Tancerz o niebieskich włosach uśmiechnął się uprzejmie.

– W samej rzeczy. Tylko zapomnieliśmy numeru.

Berg skinął głową.

– Jasne. Więc jak? Pofatygujecie się na górę?

Uśmiech Tancerza pogłębił się.

– Nie ma takiej potrzeby. To pan Angelos zaprasza do siebie.

Lars cofnął się o krok. Odwzajemnił uśmiech, ale jego oczy pozostały wąskie i złe.

– Przekażcie łaskawie panu Angelosowi, żeby się ugryzł w dupę.

Twarz Tancerza nawet nie drgnęła.

– Pan Angelos ma wiele talentów – odpowiedział – ale tej sztuczki raczej nie spróbuje. Zapraszam do środka.

Wskazał ręką samochód.

Berg stanowczo potrząsnął głową.

– Nie zrozumieliśmy się chyba, Tancerzu. W uprzejmych słowach odmówiłem propozycji waszego przyjaciela. Czy mam powtórzyć?

Nieco niższy, młodszy Tancerz o czerwonych włosach rozłożył ręce.

– Przykro mi, ale nawet gdyby powtórzył pan swoją odmowę bardzo wiele razy, to nic nie zmieni. Pan Angelos chce coś panu pokazać. A my mamy pana przywieźć. Reszta naprawdę nas nie obchodzi.

Berg zacisnął szczęki.

– Czyli, jak rozumiem, dacie mi w łeb i wpakujecie siłą do samochodu, czy tak?

– Tylko jeśli będziemy zmuszeni, panie Bergerson – odezwał się niebieskowłosy.

Lars odruchowo przycisnął łokieć do obolałego boku. Doskonale pamiętał, jak pogrywał sobie z nim Kates, i wiedział, że Angelos też dobrze o tym pamięta. Dlatego przysłał dwóch Tancerzy. Gdyby spróbował zaatakować umysł jednego, drugi bez trudu powaliłby go na ziemię.

Spojrzał w spokojne, nieruchome oczy przybyszów. Nie miały żadnego wyrazu. Ulica odbijała się w nich jak w lustrze.

– Dobrze – powiedział. – Odwiedzę pana Angelosa.

Niebieskowłosy otworzył drzwiczki auta.

– Proszę wsiadać. Pan Angelos czeka.

Berg znalazł się w pachnącym skórą i metalem wnętrzu uśpionego smoka. Czerwonowłosy zwinnie wskoczył za kierownicę. Maszyna zakrztusiła się warkotem jak astmatyk haustem powietrza, drgnęła i zaskakująco płynnie ruszyła do przodu. Lars miał okazję podróżować samochodem tylko kilka razy w życiu. Siedząc na gładkiej, białej kanapie limuzyny zastanowił się po raz kolejny, kim właściwie jest olbrzym o turkusowych włosach, który tak bezceremonialnie wkroczył do jego świata.

Tancerze podróżowali w milczeniu. Berg wyglądał przez okno, starając się odgadnąć, dokąd jadą, ale wkrótce stracił orientację. Przejechali przez rzekę mostem, którego istnienia nawet nie podejrzewał. Minęli zupełnie opustoszałą dzielnicę willową. Między zapadliskami piwnic i resztkami murów, sterczącymi jak połamane zęby trolla, zaczął plenić się las. Pokręcone sosny o czerwonych, jakby odartych ze skóry pniach porastały dawne ulice. Biały brzeziniak czule obejmował krępą, na pół zapadłą bryłę niegdysiejszego kościoła. Niskie, jesienne słońce przeświecało przez jedyny ocalały witraż, tak że po złotych koronach brzóz spacerowała jaśniejąca Matka Boska spowita w płaszcz ze szklanego błękitu, niczym w widzeniu ubogiego pastuszka.

Bita, wyboista droga zwęziła się tak, że boki samochodu ocierały się o krzaki i niskie gałęzie.

– Pan Angelos urządza piknik? – spytał Berg z przekąsem.

– W pewnym sensie – odpowiedział Tancerz o niebieskich włosach.

– Szkoda, że nie wiedziałem wcześniej – mruknął Lars. – Zabrałbym szynkę i kilka jajek na twardo.

Tancerz potrząsnął głową.

– Nie ma takiej potrzeby. Pan Angelos zadbał o wszystko.

– O patefon też?

Niebieskowłosy zaśmiał się cicho, ale nic nie powiedział.

Wkrótce las zaczął się przerzedzać. Porosłe mchem i otoczone kordonem zielska szkielety dawnych domów sterczały gęściej, stłoczone bliżej siebie. Sosny ustąpiły miejsca gąszczom wybujałych, skłębionych jarzębin i olszyn. Pachniało pleśnią i wilgotną ziemią. Zarośla pleniące się pośród ruin sprawiały wrażenie niechlujnych i ponurych. Zieleń miała jakiś niezdrowy, blady odcień.

Parszywe miejsce, pomyślał Berg. Przypomina cmentarz, którego od lat nikt nie odwiedzał. Grobowiec miłej, podmiejskiej dzielnicy.

Droga skręciła gwałtownie niemal pod kątem dziewięćdziesięciu stopni i nagle oczom Larsa ukazała się rozległa, otoczona mroczną legendą kraina. Królestwo szarych, kanciastych brył, podobnych do gigantycznych kopców termitów. Dawne blokowisko komunalne, odrębny świat smutku, mroku i bólu, wyrzucony poza obręb miasta i świadomości większości mieszkańców. Mrowisko, dzielnica nędzy.

Zjechali wyboistą drogą między bloki. Berg, podobnie jak przeważająca część znanych mu ludzi, nigdy się tu nie zapuszczał. Grabieżcy nie mieli nic do roboty w państwie brudu, pustki i biedy, gdzie zwykła lampa żarnikowa stanowiła wartość przekraczającą wyobrażenie najbogatszego obywatela.

Mrowisko rządziło się własnymi prawami. Miało swoich królów i swoich wyrobników. Imperium śmieci i odpadków.

Z pozoru wszędzie panował bezruch. Stare kobiety okutane w szare od brudu łachmany, podobne do stert szmat rzuconych niedbale na ziemię, siedziały pod ścianami domów zupełnie nieruchomo. Miały puste twarze prastarych bogiń, o których wyznawcy zapomnieli przed wiekami. Niektóre miarowo poruszały szczękami, jakby mełły w ustach zapętlone niczym mantry przekleństwa.

Mężczyźni w workowatych, powypychanych na kolanach spodniach i podartych swetrach podpierali mury, śledząc życie ulicy obojętnym, lecz czujnym wzrokiem zdziczałych kundli, gotowych w każdej chwili wykorzystać nadarzającą się okazję. Trzymali się w kilkuosobowych grupach niczym drapieżniki na polowaniu. Wydawało się, że nie widzą przejeżdżającej limuzyny. Widocznie nie była ani celem, ani łupem, więc przesuwała się przed ich wzrokiem jak senne widziadło.

Gdzieniegdzie paliły się kopcące chmurami cuchnącego dymu ogniska, przy których skupiały się otulone derkami i kawałkami szmat postacie.

Kolejno z mrocznych bram i ciemności szarych termitier bloków zaczęły wyłaniać się dzieci. Tylko one zwracały uwagę na przejeżdżające auto. Puszczały się biegiem wzdłuż drogi, zaciekłe w milczącej pogoni za limuzyną.

Samochód sunął wolno środkiem głównej ulicy Mrowiska, otoczony, niczym asystą kompanii reprezentacyjnej, gromadą brudnych, obdartych dzieciaków. Berg widział ich blade, pozbawione uśmiechów twarze, niektóre przedwcześnie postarzałe, wykrzywione niczym pyszczki gnomów, inne naznaczone wyrazem chytrości i przebiegłości, dającej słabym jakąś szansę przetrwania w slumsach termitier.

Wszędzie było przeraźliwie brudno. W powietrzu unosiła się woń rozkładu i zastarzałej uryny.

– Piękne miejsce na wycieczkę – mruknął Berg. – Przyjeżdżacie tu wszyscy co sobota?

– Codziennie – powiedział młodszy Tancerz.

Berg przymknął oczy.

– Mogłem się tego spodziewać.

– Niedługo będziemy na miejscu – rzucił uprzejmie drugi.

Ulica kończyła się placem, będącym pewnie niegdyś parkiem, o czym przypominały uschnięte kikuty drzew. Pośrodku dawnego skweru stał schludny brezentowy namiot, szeroki i długi jak średniej wielkości stodoła. Był chyba jedyną czystą rzeczą w okolicy. Z wyprowadzonego na zewnątrz komina kuchni polowej sączył się dym. Wszędzie kręcili się Tancerze i mieszkańcy Mrowiska.

Czerwonowłosy zatrzymał samochód.

– Pan Angelos jest w środku – powiedział, wskazując namiot.

– Czeka z kiełbaskami i garnkiem gorącego gulaszu? – spytał Berg, wysiadając.

Tancerz się uśmiechnął.

– Uprzedzaliśmy, że o wszystko zadba.

Berg zatrzasnął drzwiczki i wszedł do namiotu. Zobaczył rzędy długich drewnianych stołów, a w rogu pękaty brzuch polowej kuchni. Angelos stał przy wejściu, ubrany w zwykłą kurtkę i drelichowe spodnie. Jego marmurowa, przeraźliwie regularna twarz i turkusowe włosy dziwnie kontrastowały ze strojem.

– Zdumiewające – powiedział na powitanie, jakby wracał do rozmowy, którą przerwali przed chwilą. – Wszystko, co masz przy sobie, Berg, tutaj stanowi prawdziwy majątek. Każdy przedmiot może zapewnić przetrwanie, pomóc znaleźć pracę, uratować życie. W porządnym ubraniu masz większą szansę nająć się do roboty u pobliskiego rolnika. Masz nóż, możesz strugać miski, łyżki, drobiazgi codziennego użytku. Naciąć łoziny i wyplatać kosze. A nawet zostać profesjonalnym zabójcą. W takich butach jak twoje zimą nie doznasz odmrożeń. W grubym, wełnianym swetrze łatwiej zachować ciepło. Tutaj wszystko nabiera innej wartości, Grabieżco.

– Przyznaję, pouczające – powiedział Berg. – Nie mogłeś podzielić się tymi spostrzeżeniami z kimś, kto mieszka bliżej?

– Chciałem, żebyś poznał niektóre aspekty mojej działalności. – Angelos wskazał ręką stoły. – Wolę serwować gotowe posiłki i pilnować, żeby każdy mógł zjeść swoją porcję w spokoju. Kiedyś, na początku, rozdawaliśmy zapasy. Mąkę, wędzone mięso, owoce. Nawet sobie nie wyobrażasz, ile tu jest przypadków szkorbutu. Ale ten system się nie sprawdzał. Silniejsi ograbiali słabszych, bandyci rekwirowali większość, momentalnie powstał czarny rynek. Niedostatek podstawowej choćby własności sprzyja patologiom. Niestety, okazało się, że łatwiej ich karmić dwa razy dziennie i pilnować przy tym porządku.

– I po to utrzymujesz prywatną armię, Angelos?

Skinął głową.

– Poniekąd po to. Przyjmijmy, że od zarania świata toczy się walka dobra ze złem. Człowiek nie jest jednak bezbronny. Może wybrać stronę, po której się opowiada, i aktywnie uczestniczyć w walce. Pomóc dobru zwyciężyć. Stać się wojownikiem jasnej strony. Tancerze w to wierzą. Są lojalni, prawi, uczciwi i odważni. Stają przeciwko złu z podniesionym czołem. Dla siebie nawzajem znaczą więcej niż bracia. Każdy bez wahania odda za drugiego życie. Czy wiesz, że potrafią walczyć i ginąć w obronie ciał poległych towarzyszy? Dlatego że ich zasada brzmi: „Jesteśmy jednością. Nikt nie zostanie porzucony". Niczyje zwłoki nie będą zbezczeszczone. Każdy otrzyma godny pochówek. Każdy zostanie pomszczony. Mają swoje stopnie wtajemniczenia, rytuały i próby. To rodzaj religii i światopoglądu. Warte uwagi, prawda?

– Z pewnością – powiedział Berg wolno. – Chyba już kiedyś o czymś podobnym słyszałem.

Na wargach zielonowłosego olbrzyma pojawił się uśmiech.

– Nic dziwnego. To bardzo stara religia. Doskonale się sprawdza wśród żołnierzy. Zwłaszcza w czasach kryzysu cywilizacyjnego.

Berg popatrzył w chłodne, turkusowe oczy rozmówcy i poczuł zimny dreszcz przebiegający wzdłuż kręgosłupa. W Angelosie było coś nieludzkiego, co przywodziło na myśl legendy o Atlantach i Fomorianach, a także mechanicznych istotach, które ponoć powoływali do życia mędrcy z dawnych wieków. Albo Mistrzowie Blasku, pomyślał i chłód w dole pleców przemienił się w prawdziwe zimno. Tatuaż na ramieniu nie wysyłał żadnych sygnałów, ale Lars nie miał pojęcia, czy po prawdziwej stronie jest w stanie zadziałać.

Na razie postanowił słuchać i obserwować. Ten ruch należał w całości do Angelosa. Na wnioski i reakcje czas przyjdzie później.

Sukinsyn sprawia wrażenie, jakby przeżył tysiące lat, pomyślał. Ma takie stare oczy. Rozsądek podpowiadał daleko posuniętą nieufność, ale instynkt Grabieżcy mówił, że Angelos nie może być tworem Mistrzów Blasku. Coś nie pasowało. Jakiś rys, coś nieuchwytnego, mistycznego niemal.

Coś ty za jeden? – spytał w myślach, ale nieruchome, posągowe oblicze olbrzyma nie zdradzało żadnej odpowiedzi.

Spojrzał prosto w turkusową nieskończoność oczu Angelosa. Przez ułamek sekundy poczuł przemożną chęć opuszczenia wzroku, ale ta potrzeba momentalnie znikła.

– Czego ode mnie oczekujesz, Tancerzu? – zapytał spokojnie.

Angelos rozłożył ręce.

– Chcę cię przekonać, że nie jestem jedynie kolejnym przywódcą podejrzanej sekty. Chodźmy obejrzeć szpital. Dopóki nie opuszczę namiotu i nie wydam rozkazu, ci nieszczęśnicy na zewnątrz nie otrzymają należnego im posiłku.

Berg nie odpowiedział. Wyszli na plac, gdzie koczował już spory tłum nędzarzy. Angelos skinął głową niemłodemu Tancerzowi z czubem pomarańczowych włosów zaczesanym nad czoło. Dwóch młodzieńców skoczyło natychmiast odsłaniać kotarę nad wejściem do namiotu.

Szpital mieścił się na parterze pobliskiego bloku. I tu między rzędami łóżek kręcili się Tancerze. Wszyscy mieli włosy splecione w krótki warkocz, a na policzkach tatuaże przedstawiające węża owiniętego wokół kielicha. Wnętrze, schludne i jasne, oświetlały lampy Aladyna. W kątach burczały miarowo wielkie sześciany energetyczne.

– Są wyszkoleni medycznie? – spytał Berg, wskazując ruchem głowy Tancerzy.

Angelos przytaknął.

– Odnajdują szczególne powołanie w opiece nad bliźnimi – powiedział.

– Więc nie są lekarzami?

– Oni nie – uśmiechnął się Angelos. – Ale na brak wykwalifikowanego personelu nie narzekamy. Wielu ludzi pracuje dla mnie, Bergerson.

Lars poczuł lekkie ukłucie niepokoju i, paradoksalnie, odrobinę ulgi. Czyżby o to ci chodziło? – pomyślał.

Chorzy pojękiwali, niektórzy wiercili się niespokojnie. Inni leżeli bez ruchu, patrząc w sufit szklanym wzrokiem. Byli wśród nich starcy o twarzach zmarszczonych i wysuszonych jak rzemienie. Były dzieci i niemowlęta, wyglądające na dużych łóżkach jak zapomniane w pośpiechu tobołki. Kobiety w widocznej ciąży i mężczyźni wychudzeni jak szczapy, którzy przypominali dziwaczne, pozbawione upierzenia ptaki.

– Nic nam tu nie grozi – odezwał się Angelos, źle interpretując milczenie Berga. – Oddział zakaźny jest na dole, chroniony śluzami. Na piętrze znajduje się sala operacyjna i oddział intensywnej terapii. Tu mamy tylko salę ogólną.

– Podziwiam twoje zbożne dzieło – powiedział Berg. – Ale nie potrafię ci pomóc. Nie jestem lekarzem i nie mam szczególnego powołania do opieki nad bliźnimi.

Angelos się uśmiechnął.

– On jest. – Wskazał na pochylonego nad jednym z łóżek w końcu sali wysokiego, kościstego rudzielca, który z pewnością nie był Tancerzem. – Chociaż za jego powołanie też nie ręczę. Sprowadzając cię tutaj, Bergerson, chciałem ci tylko uzmysłowić, jak wieloma dziedzinami się zajmuję. Przyjmuję tylko szczególnie uzdolnionych pracowników. Wybitnych, powiedziałbym. Kogoś twojej klasy, na przykład.

Lars potrząsnął głową. Nie do wiary, pomyślał.

– Chcesz mnie zatrudnić? – spytał.

– W innym wypadku nie śmiałbym się narzucać.

Berg zmrużył oczy.

– Sprawiasz wrażenie kogoś, kto nieźle orientuje się w wielu sprawach – powiedział spokojnie – a nie wiesz, że Grabieżcy nie pracują dla pasterzy?

– Nie jestem pasterzem.

– Tylko wojownikiem dobra? – rzucił Berg cierpko.

Angelos spojrzał z powagą w oczy Grabieżcy.

– Tak – potwierdził. – Chcę przywrócić dawny świat. Odrodzić cywilizację. Pokonać Mistrzów Blasku i znów połączyć bezprawnie rozdzielone wymiary. A w każdym razie z całych sił przyczynić się do tego.

– No i pięknie – mruknął Lars. – Przynajmniej wiemy, na czym stoimy. Jednak jesteś komiksowym herosem. Batmanem z Mrowiska.

– Ty zaś jesteś Grabieżcą – powiedział Angelos spokojnie. – Uczniem, a potem członkiem nieistniejącej gildii. Czy Arvani pragnął czegoś innego niż ja? Czy nie po to was szkolił?

Berg wzruszył ramionami.

– To nie to samo.

Tancerz uniósł zielone brwi.

– Doprawdy? Ja nie widzę różnicy. A dysponuję środkami, o jakich Arvani mógł tylko marzyć. Przekonaj się, Berg.

– Rozpytywałeś o mnie, prawda? To o tobie mówił Loki?

Angelos skinął głową.

– Wolałem cię trochę przygotować. Ale nie chciałeś słuchać.

– I dalej nie chcę – powiedział Berg wolno. – Ja nie jestem wojownikiem światłości, Tancerzu.

– Ale w każdej chwili możesz zostać.

Lars poczuł nagle ogromne znużenie. Cuchnący środkami dezynfekcyjnymi szpital przygnębiał, całe Mrowisko było jak wielki, niedający się usunąć wrzód. Siedlisko gangreny, która pożre resztki ocalałego świata. To symptom rychłej śmierci, nie odrodzenia. Mroczne piętno, widoczne wszędzie. W pustych oknach kamienic, na Placu Noży, w szalonej atmosferze „Babilonu". Można tylko żyć, starając się zachować twarz. A potem godnie umrzeć.

– Nie będę walczył u twojego boku, Tancerzu – powiedział. – Nie ma już gildii i nikt nie zawróci po moje martwe czy żywe ciało. Pracuję sam, na własny rachunek. Grabieżca nigdy nie przyjmie posady u pasterza. Nawet tak szalonego jak ty.

Biała twarz Angelosa pozostała nieruchoma.

– Wysłuchałeś mnie, a teraz ja wysłuchałem ciebie. Pamiętaj, że świat jest w ciągłym ruchu i zawsze coś może ulec zmianie. Twoje zdanie albo okoliczności. Anneus odwiezie cię do domu.

– Żegnaj, Tancerzu – powiedział Berg. – Powodzenia w wypełnianiu misji.

Angelos skrzyżował ręce na piersi i uśmiechnął się szeroko.

– Do zobaczenia, panie Końska Czaszka.

Rozdział 7

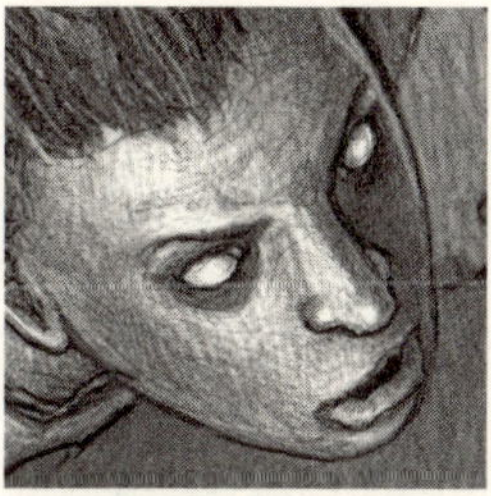

Już kiedy wchodził na schody, poczuł ukłucie niepokoju. Wbiegł na piętro, pokonując po dwa stopnie naraz. Wywalone drzwi kołysały się na jednym zawiasie. Wpadł do środka. Poprzewracane meble i sterty wyrzuconych z szafy ubrań zaściełały podłogę jak trupy zwierząt, które padły w katastrofie ekologicznej. Przebiegł po nich bez zastanowienia, kierując się prosto do azylu. Zamarł na progu, a walące gwałtownie serce zatrzymało się nagle i zamarzło, porażając głębokim, lodowym zimnem ciało i umysł. Chłód rozlewał się od klatki piersiowej w dół, w kierunku brzucha. Zmroził zaciśnięte na framudze drzwi ręce, przemienił nogi w ciężkie, nieruchome kolumny. Berg miał wrażenie, że za chwilę rozsypie się na drobne, lodowe odłamki. Wystarczył jeden rzut oka, żeby ocenić skalę zniszczeń.

Święty Boże, pomyślał. To koniec.

Nie wiedział, jak długo stał, patrząc na szczątki maszyn, bo czas w azylu również zamarzł. Potem odwrócił się, wyszedł z tej obcej, okrutnie zgwałconej przestrzeni, która jeszcze rano była jego domem, i ciężkim krokiem zaczął wspinać się po schodach.

Na strychu panował półmrok. W słupie mdłego światła padającego z zasnutego pajęczynami i brudem okna tańczyły drobiny kurzu. Berg jednak skierował się prosto w najgłębszą ciemność utworzonego przez załom muru kąta, gdzie stał czarny jak katafalk, zżarty przez korniki aptekarski regał. Sztywnymi, drewnianymi palcami wymacał trzecią od dołu szufladkę i jednym ruchem ją wyciągnął. Pieniądze uzyskane ze sprzedaży kart, kilka drobnych, cennych pryzów, zawinięta w szmatkę strzałka i zapas broni spokojnie drzemały w mrocznym, pachnącym kurzem wnętrzu. Ludzie Jaszczura nie zdołali znaleźć skrytki. Być może nie zadali sobie trudu poszukiwania. Wystarczył zdemolowany azyl.

Berg poczuł, jak wewnętrzny lód, który dotąd jakoś utrzymywał go w jednym kawałku, nagle zaczyna topnieć. Wypływał, zimny i gęsty, przez wielką dziurę w okolicy splotu słonecznego razem z ochotą i siłą do życia. W końcu pozostała tylko zmrożona bryła w żołądku, ciężka i obła jak połknięty kamień.

Wsunął szufladkę na miejsce i usiadł na podłodze, ścisnąwszy dłońmi skronie. Drobiny kurzu tańczyły w martwym powietrzu strychu, a chwile płynęły jedna za drugą na kształt kropel sączących się z dziurawej rynny.

Wreszcie, wiele pyłków kurzu później, Berg wstał sztywno i zszedł na dół. Zerknął na zwisające żałośnie drzwi i poczuł, jak bryła lodu w brzuchu obraca się, wywołując fale mdłości. Nie chciał wchodzić do mieszkania. Nie mógł. Jeszcze nie teraz.

Usiadł na schodach, popatrzył na własne opuszczone dłonie. Wydały mu się dziwnie obce i bezradne.

Pieniądze zostały, pomyślał apatycznie. Trzeba będzie sprowadzić Dirka, żeby sprawdził, co ocalało, i spróbował dokupić resztę.

Głos, który nagle zaczął wrzeszczeć mu w głowie, omal nie rozsadził czaszki. Jezus Maria, Dirk! Dirk i Lottie!

Rzucił się pędem na podwórze, dopadł Achillesa. Motor zakaszlał głucho, ale w końcu zapalił. Ulice i domy migały w szalonym tempie, koła Achillesa ledwo dotykały nawierzchni, silnik ryczał jak rozdrażnione zwierzę. Lars mknął przed siebie niczym uczestnik szaleńczego wyścigu, który próbuje wyprzedzić niewidzialnych przeciwników. Nieliczni przechodnie uciekali przed nim w popłochu i odprowadzali motor przestraszonymi spojrzeniami lub wiązankami przekleństw.

Parkując przed domem Dirka, o mało nie władował się w mur. Wbiegł na górę, przeskakując po kilka stopni.

– Dirk! – krzyknął ochryple, łomocząc pięściami w drzwi. – Lottie! Jesteście?!

W pustej przestrzeni klatki schodowej skrzypnięcie zawiasów zabrzmiało jak jęk. W szparze pojawiło się zdumione oko Dirka.

– Jasne, że jesteśmy – zaczął niepewnie, ale na widok ściągniętej, szarej jak płótno twarzy przyjaciela urwał.

Otworzył szerzej drzwi. W korytarzu Berg zobaczył przestraszoną Lottie, starającą się wyjrzeć zza pleców męża. Przesunął ręką po twarzy.

– Dobrze was widzieć – wymamrotał.

– Chryste Panie! – jęknęła Lottie. – Lars, co się stało?!

– Ludzie Jaszczura włamali się do mojego mieszkania i kompletnie zdemolowali azyl – powiedział Berg cicho. – Bałem się, że coś wam grozi z powodu Miriam.

Dirk potrząsnął głową.

– U nas wszystko w porządku. Chodź, usiądziesz, zastanowimy się, co robić. Spokojnie, stary. Jesteśmy z tobą.

– Nie możecie. Powinniście się ukryć. Ja zabieram Miriam.

Dirk położył ręce na ramionach przyjaciela.

– Berg, spokojnie. Nam nic nie grozi. Jaszczur to pasterz, nie morderca. Nikogo nie zabije. Bałby się. Nie ma tyle siły. Rozpieprzył ci mieszkanie, zniszczył sprzęt. Zemścił się. Myślę, że nic więcej nie zrobi. Wejdź. Pogadamy. Pojadę do ciebie i zobaczę, co się da uratować. Dobra?

Berg z trudem przełknął ślinę.

– Jasne. Może masz rację. Już mi lepiej.

Lottie przysunęła się bliżej, delikatnie ścisnęła jego dłoń.

– Tak mi przykro – szepnęła. – To okropne. Ale... nie zabieraj lepiej Miriam. Zadomowiła się tutaj. Może dalej z nami mieszkać. Tobie będzie bardzo trudno przyjąć ją teraz do domu.

Spojrzał w szczerą, zasmuconą twarz Lottie.

– Dzięki – powiedział – ale muszę ją zabrać. Nie mogę was narażać.

– Zastanów się jednak. – Cofnęła dłoń.

– Dziewczyna naprawdę powinna zostać – przytaknął Dirk. – Nie będziesz miał głowy, żeby się nią zajmować. Lars, teraz najważniejsze. Ograbili ci skrytkę?

Potrząsnął głową.

– Nie znaleźli. Forsa ocalała.

Dirk z ulgą wypuścił powietrze.

– Dzięki dobrym duchom chociaż za to. Skołujemy ci nowy sprzęt. No, wchodź. Dość tego sterczenia na korytarzu.

– Nie wygląda to dobrze – powiedział Dirk trzy godziny później, kiedy zakończył przegląd azylu.

Patrząc na chmurną, coraz smutniejszą twarz przyjaciela, Berg nie liczył na inną diagnozę.

– Faceci znali się na rzeczy – ciągnął. – Nic nie ocalało. Dosłownie nic. Musisz kupić cały sprzęt do najmniejszych drobiazgów włącznie. Kurwa mać, tego się nie spodziewałem. Myślałem, że przyłożyli parę razy na oślep.

– A ja tak – mruknął Lars.

Mechanik rozłożył ręce.

– Przynajmniej nie zniszczyli niczego więcej. Przewrócili tylko kilka mebli i narobili bałaganu. Zostawili wszystko. Lampy, sześciany, instalację w łazience...

Na ustach Berga pojawił się gorzki, krzywy uśmieszek.

– Cudownie – warknął. – Będę mógł się wykąpać. Co za ulga.

– Żebyś wiedział – burknął Dirk. – Ciesz się, że nie musisz kupować całego wyposażenia domu. Forsy i tak ledwie wystarczy na maszyny.

Lars spochmurniał jeszcze bardziej. Wciąż nie otrząsnął się z pierwszego szoku, miał ochotę po prostu wyjść z mieszkania i cisnąć wszystko w diabły. Meble, przedmioty, ubrania wydawały mu się obrzydliwe, jakby splugawione. Po co mieć dom, po co przywiązywać się do jakiegoś miejsca, jeśli w każdej chwili ktoś może rozpieprzyć to w kawałki. Patrząc na zrujnowany azyl, czuł się szczególnie upokorzony. I bezbronny. Nie był już Larsem Bergersonem, Grabieżcą zwanym Końską Czaszką, ale biednym dupkiem, któremu byle pasterz może przemeblować życie, a pewnie także i pysk, jeśli najdzie go kaprys.

Nie dorwie mnie tak łatwo, pomyślał z nagłą wściekłością. Nie poddam się. Nie tak łatwo, panie Gadzia Mordo, zastraszyć Grabieżcę.

– Dasz radę skołować sprzęt za te pieniądze?

Dirk podrapał się w brodę.

– Spróbuję. Coś znajdę, ale to potrwa. Berg, forsa to dopiero połowa problemu. Dzisiaj naprawdę trudno o porządne maszyny. Na rynku jest sam szajs. Zrobię, co w mojej mocy i podrasuję wszystko, ile się da, ale nie dostaniesz sprzętu o porównywalnej jakości, rozumiesz?

Lars przeczesał dłonią włosy.

– Jasne – mruknął. – Byle porządnie przetwarzał pryzy. Z resztą sobie poradzę.

Dirk klepnął przyjaciela w ramię.

– Nie przejmuj się. Nie pozwolę, żebyś dostał jakieś gówno. Znajdę coś przyzwoitego.

– Dzięki – powiedział Berg. – Ratujesz mi dupę.

Dirk się uśmiechnął.

– Nie pierwszy raz, przyjacielu. Naprawdę chcesz zabrać od nas tę małą? To nie jest konieczne. Jaszczurowi chodziło o ciebie. Miriam to dla niego żywy kawałek mięsa. Nawet jej nie rozpozna.

Lars potrząsnął głową.

– Ale może chcieć z powrotem to, co uważa za swoją własność. Nie wolno mi was narażać. I tak jesteście w to za głęboko wplątani.

Dirk westchnął.

– Dobra – powiedział. – Jutro ją przywiozę. Jak będziesz miał dość, zawsze możesz oddać dziewczynę z powrotem. Polubiły się z Lottie.

– Nic dziwnego. Twojej żony nie sposób nie lubić.

– No, wiem – uśmiechnął się Dirk. – Trzymaj się.

– Jasne – powiedział Berg.

Zamknął naprawione prowizorycznie drzwi i poczuł, jak bardzo jest zmęczony. Powlókł się do łazienki, gotów niemal odczuć coś na kształt wdzięczności dla Jaszczura, że jednak pozostawił w spokoju wannę.

Z czasem okazało się, że Dirk i Lottie mieli rację. Obecność Miriam ciążyła Bergowi jak kamień u szyi topielca. Nie potrafił się przyzwyczaić. Dziewczyna irytowała go na każdym kroku. Wściekał się na widok jej podpuchniętych od płaczu oczu. Denerwowało go, że próbuje schodzić mu z drogi.

Po co ja się w to wszystko wdałem? – myślał i coraz częściej nie znajdował odpowiedzi.

Wiedział, że Miriam wini się za jego zniszczony azyl, lecz nie chciał i nie umiał jej pocieszyć. W końcu tak wyglądała prawda. Gdyby go posłuchała, Berg nie musiałby wejść w drogę Jaszczurowi.

Gdyby go posłuchała, pomyślał ze złością, świat w ogóle byłby piękniejszy i lepszy.

Widział, że dziewczyna czuje się niepotrzebna i tęskni za Lottie, ale nie potrafił jej odesłać. Panna Parszywy Los była jego problemem. Nie mógł pozwolić, żeby fatum dotknęło jego przyjaciół.

Naprawdę ma chyba na imię Jonasz, stwierdził, patrząc ponuro na przemykającą pod ścianami Miriam.

Prawie nie rozmawiali. Nie było o czym. Każdy temat robił się prędzej czy później niewygodny. Milczenie też ciążyło. Lars łapał się na tym, że marzy, żeby Miriam po prostu nagle znikła. Rozwiała się w powietrzu jak duch. Nie miał pojęcia, co z nią zrobić. Wszystkie rozwiązania wydawały się złe.

Dziewczyna z czasem zamknęła się w sobie, zmizerniała, a Berg zaczął wyglądać jak upiór. Blady, wkurzony, ze złym, gniewnym ogniem w oczach. Całymi dniami przesiadywał z Dirkiem w azylu, a nocami włóczył się po pustych ulicach, szukając szczęścia. W „Babilonie" bywał rzadko. Irytowała go atmosfera knajpy, denerwowali kumple. Nie mógł się oprzeć wrażeniu, że wiedzą i komentują za jego plecami, a własna podejrzliwość też doprowadzała go do szału. Dużo pił, najczęściej samotnie. Prawie nie spał. Gniew płonął w nim wysokim, jasnym płomieniem niby świeżo nasączona pochodnia i wcale nie chciał się wypalić.

Prawdopodobnie nic nie uległoby zmianie, gdyby pewnego dnia nie wrócił do domu szczególnie wściekły. I nie zastał uchylonych drzwi. Weszli, pomyślał. Dorwali dziewczynę.

Wpadł do środka, zapalił światła i rozejrzał się przerażony. Wszystko znajdowało się na swoim miejscu. Nie zauważył żadnych śladów włamania.

– Miriam! – krzyknął zdławionym ze zdenerwowania głosem.

W mieszkaniu panowała cisza. Noc przechadzała się za oknami ubrana w atramentowy płaszcz ciemności.

– Miriam! – zawołał wciąż z niepokojem, ale ostrzejszym tonem. Nie odezwała się.

Głupia suka, znów zapomniała zamknąć drzwi, pomyślał ze złością. Chociaż tyle razy przypominałem.

Miał dość. Kopnął stojący na podłodze kosz z warzywami, a rzepy i kartofle rozsypały się po kątach.

– To nie jakiś pieprzony kurnik! – wrzasnął, ruszając w kierunku pokoju dziewczyny. – Ani chlew, w którym przyzwyczaiłaś się mieszkać. Nie obchodzi mnie, że w cholernym Czajniku niczego nie zamyka się na klucz! To jest miasto! Nie udawaj, że śpisz! Musimy poważnie pogadać.

Szarpnął za klamkę i zamarł w progu.

– Szlag! – syknął przez zęby. – No to pięknie.

Wygięte w łuk, sztywne jak decha ciało Miriam wisiało z metr nad posłaniem. Dziewczyna była blada i nieruchoma. Zaciśnięte powieki lekko drgały.

Berg wycofał się ostrożnie, starając się nie oddychać za głośno. Drzwi zostawił szeroko otwarte. W przedpokoju zaczął nerwowo pocierać skronie. Miriam spontanicznie przeszła. Co do tego nie miał wątpliwości. Na złapanie synchronu było znacznie za późno. Zresztą nie miał z nią żadnego kontaktu, a sprzęt jeszcze nie działał. Pozostawało tylko umiejętne wybudzenie.

Pobiegł do azylu. Ze skrytki pod nową, jeszcze niezamontowaną koją wyjął dwa flakoniki i sporą grudkę miękkiej, różowawej substancji. Z walącym jak perkusja sercem wrócił do pokoju Miriam. Szybkim spojrzeniem obrzucił łóżko. Wydawało mu się, że dziewczyna wisi o jakieś pół metra wyżej. Nie zostało zbyt wiele czasu. Położył różową grudkę na nocnej szafce u wezgłowia i oblał ją mętnym płynem z mniejszego flakonika. Natychmiast rozszedł się ciężki, piżmowy smród, a bryłka strzeliła zielonym płomieniem. Miriam zatrzepotała powiekami, a przez nieruchome, sztywne ciało przeszedł widoczny dreszcz.

– No dalej, walcz, dziewczyno – szepnął Berg. – Nic więcej nie mogę zrobić.

Nagle Miriam wydała stłumiony okrzyk. Targnęły nią gwałtowne konwulsje, obróciła się w powietrzu, młócąc rozpaczliwie rękami.

– Dobra! – zawołał Lars. – Mam cię!

I pobiegł do łazienki po zapomnianą w pośpiechu miednicę. Zanim zdążył wrócić, Miriam z głuchym jękiem opadła na łóżko. Oddychała ciężko przez otwarte usta, wywrócone białkami oczy poruszały się nerwowo. Berg wyszarpnął korek z pozostałej fiolki, przyskoczył do dziewczyny i podstawił jej parującą zawartość pod nos.

– Wciągaj głęboko – nakazał stanowczo. – O tak, bardzo dobrze.

Miriam zakrztusiła się, zakaszlała. Spojrzała przytomniej na Berga.

– Co...? – wyszeptała i wtedy wstrząsnęły nią torsje.

Zgięła się wpół i zwymiotowała do podstawionej usłużnie miski. Lars podtrzymywał dziewczynę łagodnie i głaskał po plecach.

– Przepraszam – wyszeptała wreszcie.

Popatrzył ze współczuciem na jej poszarzałą twarz i głębokie cienie pod oczami.

– Nie przejmuj się – powiedział uspokajająco. – To nic. Już dobrze. To moja wina. Mogłem przewidzieć coś podobnego.

Wielkie, sarnie oczy Miriam spoglądały ze strachem.

– Co się stało? – wyszeptała.

Westchnął.

– Przeszłaś nieświadomie – wyjaśnił. – We śnie. Znacznie za głęboko. Mogłaś się nie wybudzić. Wybacz, powinienem się domyślić, że do tego dojdzie. Zaprowadzę cię do łazienki, umyjesz się, a potem trochę zdrzemniesz, dobrze? Nie martw się, będę w pobliżu. A jutro zacznę cię szkolić. Musisz wiedzieć, jak kontrolować talent. Inaczej grozi ci niebezpieczeństwo. No jak? Dasz radę wstać? Złap mnie za rękę. Pomogę.

Spuściła nogi na podłogę, ale zachwiała się, jakby chwycił ją zawrót głowy. Podtrzymał wątłe, ptasie ramiona dziewczyny.

– Berg – szepnęła – dzięki.

Uśmiechnął się łagodnie.

– Już w porządku. Chcesz trochę posiedzieć?

Potrząsnęła lekko głową.

– To chodź. Ostrożnie. Oprzyj się na mnie.

Objęła go nagle ramionami i przytuliła się mocno.

– Ja... – zaczęła stłumionym głosem – nie chciałam... Przepraszam za azyl... Przepraszam za wszystko...

Przygarnął ją niezdarnie, pogłaskał po krótkich, wystrzępionych włosach, które na szczęście już zaczęły odrastać.

– Nie ma sprawy – szepnął. – To nie twoja wina.

Rozpłakała się, obejmując go kurczowo, a Berg ponad rozwichrzoną czupryną jej ciemnych włosów patrzył w głęboką, nieskończoną ciemność nocy za oknem. Ale postrzępione heksagramy chmur nie dawały odpowiedzi, jak to się stało, że jego własne życie wymykało się spod kontroli. Jakby przypadkowe zdarzenie uruchomiło mechanizm, który kieruje go ku czemuś, nad czym nie ma żadnej władzy. Ku losowi zapisanemu w zimnych oczach gwiazd albo w koronie odwiecznego drzewa.

Czy to się naprawdę dzieje? – pomyślał z niedowierzaniem.

Noc za oknem milczała.

– Nieźle – powiedział. – Ale jeszcze nie jesteś w stanie objąć wystarczającej ilości szczegółów. Przez to wyobrażona rzeczywistość staje się płaska i ogród nie funkcjonuje. Przejście nie może się otworzyć, rozumiesz?

Skinęła poważnie głową.

Musiał przyznać, że okazała się pojętniejsza, niż przypuszczał. Minęły ledwie cztery tygodnie, a już potrafiła wywołać obraz ogrodu, a nawet uzyskać czasami wrażenie głębi. Na razie wizerunek pozostawał nieruchomy niczym zamrożone odbicie w lustrze, ale i tak szło jej nieźle.

– Ogród to najbezpieczniejsze miejsce dla pozyskiwacza – ciągnął, pochylając się ku dziewczynie, żeby widzieć jej oczy. – Przestrzeń w umyśle, choć zarazem między wymiarami. Trudno mi to dobrze wytłumaczyć. Kiedy nauczysz się otwierać ogród, zrozumiesz sama. Najważniejsze, że musisz umieć tam wejść w każdej chwili. Bez zastanowienia, natychmiast. Uciekając przed niebezpieczeństwem, w momencie zagrożenia, kiedy czujesz się słaba lub zostaniesz ranna. W ogrodzie nic ci nie grozi, jeśli nie pozostajesz tam zbyt długo. Na razie musisz nauczyć się widzieć swój ogród tak realnie jak pokój, w którym mieszkasz. Musisz go lubić, stworzyć według własnych reguł, wyposażyć we wszystko, co kojarzy ci się z radością, spokojem i bezpieczeństwem. To twoje wymarzone miejsce, Miriam. Dom. Niemalże raj. Dopiero wtedy ogród naprawdę zadziała.

– Widzę to wszystko jak przez mgłę – poskarżyła się. – Staram się dostrzec, co jest za szafą, co w kącie za kuchnią, i wiedzieć, co znajdę w szufladzie biurka, tak jak każesz, ale wtedy obraz się rozmywa.

Podrapał się w policzek.

– Miriam, ogród powstaje spontanicznie. Nie możesz go wymyślić. Pozwól mu zaistnieć. Odpręż się, wyluzuj, myśl o czymś przyjemnym, wtedy pozwoli ci się odkrywać. Nie siłuj się z tym. Stracisz tylko czas. Dowiesz się, co stoi w kącie pokoju i leży w szufladach biurka, jeśli stworzysz szansę, żeby tam cokolwiek powstało, rozumiesz?

Nie rozumiała. Patrzyła zdziwionymi oczami. Berg westchnął.

– Dobra – mruknął. – Skup się na razie na samej wizji. Wywołaj klucz.

– Znowu! – jęknęła.

– A umiesz wejść bez klucza?

Potrząsnęła głową.

– To jazda.

Przymknęła powieki i wciągnęła głęboko powietrze.

– Widzisz go? – spytał.

Skinienie.

– Opisz.

– Jest duży, metalowy... – zaczęła monotonnie.

– Jasne – przerwał drwiąco. – I ma dziurkę na kółko. Wcale go nie widzisz. Jaki jest? Zimny? Ciężki? Poliż i sprawdź, jak smakuje. Opisz każdy detal, skazę, najmniejszy drobiazg, Miriam.

Zacisnęła mocno powieki.

– Jest naprawdę wielki. Podobny do kluczy, które matka Marta nosiła przy pasku. Ciąży mi w ręce. Jest zimny, trochę brudny. W niektórych miejscach lepi się jak od starego smaru czy czegoś takiego. Ma spłaszczoną dziurkę na kółko, ozdobioną jakimiś ornamentami, chyba liśćmi. Nie widzę dobrze, bo są pokryte takim nalotem, wiesz, ze starości...

– Śniedzią – podpowiedział.

Znów skinienie głowy.

– Ma ozdobne zgrubienia, jakby pierścienie, na trzonku. I pióro bardzo głęboko powycinane, kanciaste takie. Ktoś próbował pewnie przekręcić go na siłę, bo widać świeże zadraśnięcia na ząbkach.

Uśmiechnął się do siebie. Ty królewno, pomyślał. To ty się z nim siłujesz od czterech tygodni.

– Dobra, może być. Teraz drzwi – powiedział.

Zmarszczyła nos.

– Nie mogę! Rozmazują się. Oczy mnie bolą.

– Zasuwaj, mała – nakazał twardo. – Skup się, ale swobodnie, do cholery. Wywołaj drzwi.

– Są... ałaaa... strasznie drgają! Wszystko zaczyna skakać! Niedobrze mi. Zaraz zwymiotuję!

– Nie wychodź! Nawet nie próbuj! – krzyknął. – Skup się i uspokój je. Oddychaj głęboko.

Sapała z wysiłku przez nos, usta miała zaciśnięte, wykrzywione.

– No, już lepiej – mruknął. – Stoją, co?

– Aha – przytaknęła słabo.

– No to już, opisuj.

– Białe – stęknęła. – Prawie gładkie.

Uderzył złożoną dłonią w kolano.

– Miriam, co to, kurwa, znaczy „prawie gładkie"? Do kogo ja mówię od tygodni? Do kołka? Pracuj, do cholery, dziewczyno. Pokaż mi te drzwi. No już!

– Są z białego drewna, duże...

– Miriam – syknął przez zaciśnięte zęby. – Gdzie ty, skarbie, widziałaś białe drewno? Obejrzyj je. Ale dokładnie. Wyciągnij rękę i dotknij.

– Drewniane – jęknęła płaczliwie. – Pomalowane czymś na biało, jakby lakierem. Takim dziwnym, co głęboko wnika. Widać słoje. Dookoła płaska, drewniana rama, pokryta prostymi, lekko wklęśniętymi żłobieniami. Powierzchnia drzwi gładka, przecięta dwiema wąskimi, poziomymi poprzeczkami, które łączą się z ramą. Górna nie jest za dokładnie oheblowana. Czuję takie drobne zadziorki. Drzwi są umieszczone w prostej, drewnianej framudze, także białej. Raczej szerokiej. Zamknięte.

– A klamka?

– Podłużna, ze złotawego metalu, prosta, ale lekko wygięta na końcu.

– Może być – mruknął. – Otwórz drzwi.

Z wysiłku przygryzła wargę.

– Śmiało – ponaglił. – Szerzej, Miriam. Wąska szparka nie wystarczy. Musisz przez nie przejść. O, tak. Już lepiej. Co widzisz?

– Mój ogród – powiedziała. – Jest trochę ciemno, w niektórych miejscach słupy mgły czy czegoś w rodzaju dymu, ale widzę wyraźnie.

– W porządku. Teraz oglądaj przedmioty. Sama, beze mnie. Ale ostrożnie. Są jeszcze bardzo kruche. Nie napieraj, bo pękną i ogród się rozleci. Łagodnie. Obracaj je w myślach, wyobrażaj sobie, jak wyglądają ze wszystkich stron. Nie spodziewaj się jednak, że choćby drgną. Jeszcze nawet nie przestąpiłaś progu. Musisz mieć mnóstwo cierpliwości. No, ćwicz.

Patrząc na jej skupioną, poważną twarz i zaciśnięte mocno na kolanach dłonie, zastanowił się przelotnie, jak wyglądał wiele lat temu, kiedy Pax cierpliwie próbował nauczyć go tworzyć ogród. Co miał teraz wspólnego z tym chudym, kościstym nastolatkiem o wystającej grdyce i nieśmiałym sposobie bycia, który w głębi duszy nie wierzył, że kiedykolwiek zostanie prawdziwym Grabieżcą?

Przypominał sobie głęboką, przejmującą radość, jaka towarzyszyła pierwszemu udanemu przejściu. Wszystko było wtedy tak nieprawdopodobnie realne. Piasek pod stopami, trawa, zapach morza, chłód twardych, śliskich od wilgoci głazów. Potem, kiedy już nauczył się swobodnie wchodzić i wychodzić, pojawiły się zwierzęta. Najpierw Max, za nim Felis i szczur Euzebiusz. Pamiętał, jak siedział godzinami przyczajony, żeby je podpatrzyć.

Potem oswajał długo i cierpliwie, uczył się rozumieć ich słowa, stawiać właściwe pytania. Rany, jak to było dawno.

Zatęsknił nagle do ogrodu. Powinien odpocząć, przejść się po plaży, pogadać ze zwierzętami. Potrzebował cichego szumu fal, przesyconego solą powietrza w płucach i świętego spokoju surowych, skalnych ścian.

Ścisnął palcami kąciki oczu. Jestem zmęczony, pomyślał. Nie mam forsy, nie mam sprzętu. Z jednej strony chce mnie przydusić Jaszczur, z drugiej ten świr Angelos. A ja wbrew woli szkolę dziewczynę, którą bezskutecznie próbowałem wysłać w diabły. Fatum jakieś czy co?

– Berg? – spytała nagle Miriam.

Drgnął, wyrwany z zamyślenia.

– No?

– Uczysz mnie tworzyć ogród, żebym mogła uciec z każdego dziwnego snu, tak?

Skinął głową.

– Aha. Wtedy możesz wyjść znacznie bezpieczniej. Nie zawsze uda ci się obudzić. Ale jeśli odpowiednio starannie wybudujesz ogród i spędzisz w nim dużo czasu, wycofasz się bez trudu z niemal każdej niebezpiecznej sytuacji.

– A zwierzęta mocy? – spytała z nadzieją. – Powiesz mi, jak przywoływać zwierzęta?

Uśmiechnął się.

– Jasne. Ale dopiero kiedy dobrze opanujesz ogród. Zwierzęta są czymś w rodzaju tworów twojego umysłu i aspektów osobowości. Rozmawiając z nimi, rozmawiasz w pewnym sensie z samą sobą. Ale możesz się za to dużo nauczyć. Obejrzeć jakiś problem z różnych stron. Zastanowić, się czego naprawdę chcesz. Zresztą zwierzaki są fajne. To dobrzy kumple, zobaczysz.

Zmarszczyła nos.

– Tylko kiedy? – westchnęła.

Wzruszył ramionami.

– Jak sobie poradzisz z ogrodem.

Parsknęła.

– Czyli za milion lat.

– Jak sobie panienka życzy – mruknął.

Westchnęła znów i zamknęła oczy. Często nie przykładała się do pracy, lecz gdy już osiągnęła jakiś sukces, wkładała w ćwiczenia mnóstwo wysiłku, chyba nawet za dużo, jakby chciała wedrzeć się do ogrodu na siłę. A przecież nie o to chodziło. Jednak nie miał wątpliwości, że w końcu da sobie radę. Kiedy po raz pierwszy złapał synchron i zobaczył, co zbudowała, poczuł w gardle dziwny ucisk. Najpiękniejsze miejsce na świecie dla Miriam wyglądało jak jego mieszkanie. Biedna mała, pomyślał. Chyba nie miała zbyt udanego życia.

– Berg?

– Co znowu? – spytał trochę poirytowany, a trochę rozbawiony.

– Jeśli mogę we śnie przechodzić na drugą stronę, to po co są maszyny? Inni pozyskiwacze tego nie potrafią?

Uśmiechnął się.

– Jasne, że potrafią, mała. Nie jesteś wcale taka wyjątkowa, jak ci się zdaje. W przeciwieństwie do ciebie pozyskiwacze umieją kontrolować talent. Maszyny tylko trochę pomagają przy przejściu. Za to są absolutnie niezbędne, żeby przenieść i przetworzyć pryz. Mógłbym w każdej chwili wyjść na abordaż, ale bez kompletnego sprzętu nic nie przyniosę, rozumiesz?

Przytaknęła skinieniem.

– A... – zaczęła wolno, wiedząc, że wkracza na niebezpieczny teren – pas startowy?

Wycelował w nią palec.

– To miejsce poza ogrodem, z którego łatwiej ruszyć na abordaż. Rodzaj trampoliny. Ale w najśmielszych snach nie licz, że powiem ci, jak z niego korzystać.

– I każdy pozyskiwacz tworzy sobie własny? – spytała szybko.

Zmierzył ją drwiącym spojrzeniem.

– Zbiorczy się nie sprawdził – rzucił kwaśno. – Zdarzało się za dużo problemów z kontrolą lotów. Hej, co to ma być, królewno? Przesłuchanie? Ćwiczysz czy mam iść na piwo?

– Ćwiczę! – zawołała spłoszona i posłusznie zamknęła oczy.

Siedział przy kuchennym stole, bezwiednie bębniąc palcami w blat. Martwił się trochę. Sprzedał już ostatnie, zachowane na czarną godzinę pryzy, a Dirkowi jeszcze nie udało się skompletować wszystkich części. To, co stało w azylu, było albo mocno przechodzone, albo kiepskiej jakości. Wiedział, że przyjaciel podrasuje maszyny, ile się da, ale i tak daleko im będzie do dawnego sprzętu Berga.

Miriam krzątała się po kuchni. Wspólne ćwiczenia pomogły. Lars zaczął jako tako znosić obecność dziewczyny. Traktował ją trochę jak ucznia, a trochę jak nieznośną kuzynkę z prowincji. Niepokoił się tylko, że ledwo stał się nieco serdeczniejszy dla Miriam, panna Jonasz rozkwitła jak marcowy pierwiosnek i zadomowiła się bardziej, niżby tego pragnął.

Prała, rzecz jasna, w balii pod podwórzową pompą, sprzątała, biegała na bazar po świeże warzywa, mięso i chleb, targując się zaciekle z przekupkami, gotowała, rozpalała w piecach i wkrótce poczuła się tak swobodnie, że Berg nie był już do końca pewien, kto u kogo mieszka.

– Zjesz zupy? – zapytała, odwracając się od kuchni.

Ściskała w ręce wielką drewnianą łyżkę, a na gorących fajerkach spoczywał pękaty, parujący garnek.

– Nie wiem – rzucił zdawkowo. – Zostaw na ogniu, może potem sobie wezmę.

– Ugotowałam cebulową – powiedziała z nutką urazy w głosie. – Przecież lubisz. Jest taka obrzydliwa pogoda, bardzo zimno. Zupa przyjemnie rozgrzewa. Proszę.

I na stole przed Bergiem wylądowała parująca miska zupy. Odsunął ją stanowczo i przytrzymał odchodzącą dziewczynę za nadgarstek.

– Siadaj – powiedział. – Musimy porozmawiać.

Posłusznie przysiadła na krześle. Przegarnął dłonią włosy.

– Posłuchaj – zaczął. – Nie musisz mnie karmić. Nie jesteś moją kucharką ani gospodynią. Mieszkamy pod jednym dachem, bo tak jest dla ciebie bezpieczniej. I tyle. Zawsze radziłem sobie sam i niech tak pozostanie. Rozumiesz?

Wydęła lekko wargi.

– Ale ja lubię dbać o dom – zaprotestowała.

Berg przejechał dłonią po twarzy. Jezu Chryste, pomyślał. Tylko dlaczego o mój?

– W porządku – powiedział. – W takim razie zajmuj się swoim pokojem i swoimi rzeczami. Dobra? Kiedy się trochę odkuję, wyremontuję ci sąsiednie mieszkanie, o które będziesz mogła dbać, ile dusza zapragnie. Na razie nie mam na to forsy, więc muszę ustalić jakieś zasady. Jasne?

Spuściła głowę.

– Nie podoba ci się, jak sprzątam? – szepnęła. – Ja... bardzo się staram. Wszędzie jest porządnie i czysto. Kupiłam na targu piołun, żeby wyszorować podłogi. Zaraz go zaleję wrzątkiem. Wszystko, co kupuję, jest naprawdę świeże. Targuję się o cenę i...

– Rany boskie, nie o to chodzi! – jęknął. – Naprawdę nie rozumiesz? Ja nie potrzebuję niańki!

Ani kobiety takiej jak ty, pomyślał ponuro, ale nie chciał powiedzieć tego głośno. Żal mu było biednej, bezrozumnej Miriam z Czajnika, której nikt nie nauczył, po co ludzie wiążą się ze sobą i na jakich zasadach mieszkają pod wspólnym dachem.

– Umiem pracować w domu – wymamrotała. – Wszystko robię jak trzeba. A co, może twoja żona sprzątała lepiej?

Trzasnął pięścią w stół i gwałtownie odsunął krzesło. Wzmianka o Avie zabolała. Bardziej, niż Miriam mogła sobie wyobrazić.

– Ava była moją żoną! – krzyknął wściekle. – A nie jakąś pieprzoną sprzątaczką! W życiu nie miała w rękach szmaty i co z tego? Naprawdę jesteś taka durna czy tylko udajesz?!

Miriam trzęsła się broda. Szare, nagle zupełnie bezradne, nic nierozumiejące oczy wezbrały łzami smutnymi jak listopadowe niebo.

– Nikt mnie nie chce – wyszeptała. – Dlaczego? Własny mąż brzydził się mnie dotknąć. Kobiety szydziły. Przecież umiem pracować...

Opuścił ręce. Czuł niesmak podbarwiony odrobiną litości i przygnębienie, które miało swoje źródło gdzieś głęboko w zatrzaśniętej, zabitej deskami komorze serca.

– Miałaś męża? – spytał z niedowierzaniem.

– Co w tym dziwnego? – chlipnęła. – Zresztą i tak mnie nie chciał.

– Myślałem, że jesteś za młoda na małżeństwo – mruknął nieco zbity z tropu.

Potrząsnęła głową.

– Nie w Osiedlu. Wydali mnie za mąż, kiedy skończyłam siedemnaście lat. I tak bardzo późno. Za jednego chłopaka, który miał coś nie tak z głową, bo żaden normalny by mnie nie wziął. Izajasz był po prostu strasznie głupi. Nie żaden wariat, tylko zwykły dureń. W dodatku kulawy. Jak miał zaledwie kilka lat, spadł z wozu i bardzo się poturbował. Myśleli, że umrze. Szykowali się już do pogrzebu, bo wyglądało, że nie przetrzyma nocy, ale on nagle wyzdrowiał. Tylko wyrósł na okropnego głupka. Dlatego mnie za niego wydali.

Umilkła znacząco, więc Berg zrozumiał, że czeka na jego reakcję.

– Czemu? – spytał. – Nie mogłaś sobie znaleźć lepszego chłopaka?

Wzruszyła ramionami.

– Ja? Tym się zajmują kobiety, matki młodych. Kiedy się dogadają między sobą, pytają mężczyzn o zgodę. A wtedy oni akceptują wybór żon albo nie. Jeśli tak, zwracają się do starszyzny, a jak dobrze pójdzie, ojciec Jozjasz błogosławi i małżeństwo zostaje zawarte.

– I co? Twoja matka zgodziła się na takiego beznadziejnego kandydata?

Miriam pociągnęła nosem.

– Umarła, kiedy byłam bardzo mała. Ojciec myślał, że to przeze mnie. Wybrali mu szybko nową żonę, ale ona też po kilku latach zmarła. Wtedy już wszyscy uznali, że z mojego powodu. Bo jestem czarownicą.

– Czym?! – parsknął Berg.

– Czarownicą – powtórzyła uparcie. – Rozmawiam przez sen i chodzę w nocy przy księżycu. Czasem fruwam nad łóżkiem. Urodziłam się przeklęta, jednak wspólnota mnie nie wyrzuciła. Bali się mnie, drwili, nienawidzili, ale opiekowali się i dawali jeść. A mogli wygnać. W końcu sama uciekłam.

Berg głęboko nabrał powietrza.

– Miriam – powiedział poważnie. – Wiesz, że nie jesteś żadną czarownicą, prawda? Po prostu przechodziłaś. Tak się objawia talent pozyskiwacza.

Zacięła usta.

– Kobiety gadały, że potem, jak zacznę spać z mężczyzną, może przestanę być taka dziwna. Dlatego mnie wyswatały – szepnęła. – Bardzo się bałam tego ślubu. Ale Izajasz chyba jeszcze bardziej. Leżał obok w łóżku, sztywny i przerażony. Byłam taka zmęczona, że w końcu zasnęłam. Nie obudziłam się, kiedy zaczął wrzeszczeć. Ani wtedy, kiedy zleciały się kobiety, pół Osiedla, a nawet ojciec Jozjasz. Odmawiał modlitwy i próbował skłonić mnie, żebym opadła na łóżko, ale nic z tego nie wyszło. Fruwałam pod sufitem, sztywna jak szpadel. Zleciałam dopiero, jak Rachela chlusnęła na mnie wodą z wiadra.

– Durna baba – mruknął Berg. – Nie wolno wybudzać za gwałtownie. Mogłaś doznać trwałego szoku albo wpaść w śpiączkę i nigdy nie wrócić.

– Ale wróciłam. – Miriam spojrzała ponuro. – Kręciło mi się w głowie i rzygałam jak kot. Zabrudziłam szatę ojca Jozjasza, który chciał mnie namaścić świętą sadzą z ogniowego ołtarza. Nie miałam pojęcia, skąd się wzięli ci wszyscy ludzie.

– Nic dziwnego – powiedział Lars. – To się mogło znacznie gorzej skończyć.

– Gorzej? – rzuciła cierpko Miriam. – Zafundowali mi egzorcyzmy. Topili w korycie, żeby złe ze mnie uleciało. Okręcali mi głowę workami, przywiązywali do drzewa na rozstajach i zostawiali na noc, żeby diabeł mnie zabrał, jeśli zechce. Ale nawet on nie chciał. O mało się nie udusiłam. Może szkoda, że się tak nie stało. Kobiety regularnie goliły mi głowę, bo demony mieszkają we włosach. Musiałam pokutować, godzinami klęczeć i recytować święte teksty, poddawać się różnym wstrętnym rytuałom, wdychać dym ze świętego ogniska tak długo, aż prawie mdlałam, wykonywać najgorszą robotę, bo praca uszlachetnia. Ale demony mnie nie opuściły. Nadal podróżowałam we śnie i chodziłam przy księżycu. Ludzie pluli na mój widok, dzieci zaczynały płakać, wyrostki ciskały kamieniami, a własny mąż uciekał i krzyżował palce od uroku. Nigdy mnie nie dotknął, nawet przypadkiem.

Berg wzruszył ramionami.

– Raczej mała strata.

Miriam zmrużyła oczy.

– Pewnie wiesz lepiej. Od ciebie też żona uciekła.

Wstał, zasunął krzesło. Kostki zaciśniętych na oparciu palców zrobiły się zupełnie białe.

– Nigdy nie mów w ten sposób o Avie – powiedział cicho i bardzo spokojnie. – Nie masz o niczym pojęcia. Nie porzuciła mnie.

Miriam zagryzła wargi.

– Umarła? – spytała ostrożnie.

Pochylił się ku niej. Oczy miał bardzo odległe i chłodne.

– Nie wiem. Chyba nie. Przeszła i nie wróciła. Tak jak Arvani. Była... – urwał, bo głos mu się lekko załamał – bardzo utalentowana. Nieprawdopodobnie. Ryzykowała. Odwiedzała rejony, gdzie nikt nie ośmielił się dotąd zapuścić, jakby nie znała strachu. Przynosiła niezwykłe pryzy. Kiedy abordaż się udał, po prostu promieniała. Kochała tę robotę. Ale z czasem to przestało jej wystarczać. Chciała zajrzeć głębiej, dotrzeć jeszcze dalej, aż za dziedzinę Mistrzów Blasku. Spędzała coraz więcej czasu po drugiej stronie. W końcu zaczęła żyć od jednego skoku do drugiego. Tu, na ziemi, męczyła się i tęskniła. Naprawdę szczęśliwa była dopiero tam. Bardzo się oddaliła. Ode mnie, od wszystkich, od świata. Kiedyś po prostu nie wróciła. Ale nie porzuciła mnie, Miriam. Nigdy.

Dziewczyna siedziała ze spuszczoną głową.

– Myślałam... – zaczęła, ale nie pozwolił jej skończyć.

– Wychodzę – powiedział sucho. – Zamknij porządnie drzwi. Nie gaś wszystkich świateł. Nie lubię wracać do ciemnego domu.

– Berg, ja... – wymamrotała, ale był już na klatce schodowej.

Przewrócił się na wznak i podłożył ramię pod głowę.

– Chcesz iść do „Babilonu"? – spytał.

Miranda, siedząc na skraju łóżka, wciągała na kształtną nogę długą, wełnianą pończochę.

– Czemu nie – uśmiechnęła się. – Może być „Babilon". Jak idzie Dirkowi? Już ci uruchomił azyl?

Berg się skrzywił.

– Nie. Ciągle grzebie. To straszny szmelc, ale w końcu ruszy.

– Kiepska sprawa – mruknęła, mocując się z zapinką drugiej pończochy.

Patrzył na jej szczupłe plecy i kasztanowe włosy opadające na ramiona. Poruszyła ręką, więc mignął mu fragment tatuażu z przyczajonym lisem, głównym zwierzęciem mocy Mirandy. Była Grabieżcą, ale poznali się, kiedy już skończył szkołę. Przyjaźnili się od lat. Po zniknięciu Avy tylko spokojnej cierpliwości Mirandy zawdzięczał, że nie zwariował. Chodzili ze sobą do łóżka, kiedy oboje mieli na to ochotę, ale różnili się za bardzo, żeby ze sobą żyć. Zresztą nigdy taki pomysł nie zaświtał mu w głowie i gotów był przysiąc, że Mirandzie także nie.

Przeciągnęła się i sięgnęła po schludnie złożoną koszulkę.

– Wstawaj. – Szturchnęła go w nogę. – Zapomniałeś, że zaprosiłeś damę do knajpy?

Ziewnął.

– Mam czas. Dama jeszcze nie sprawdziła w grafiku, czy nie znajdzie lepszych zajęć.

– Bo grafik ma w głowie. I zawsze udziela kompetentnych odpowiedzi.

– W to nie wątpię – mruknął.

Miranda słynęła ze swojej pedanterii.

– Zimno tam jest? – spytała, wskazując ruchem podbródka okno.

– Jak cholera – stwierdził i trochę pożałował, że zaproponował „Babilon".

Z przyjemnością zostałby w łóżku, jednak Miranda bardzo niechętnie zmieniała zdanie, a już zgodziła się na wyprawę do knajpy. Wstał i zaczął szukać ubrania.

– Poskładałam – powiedziała z wyrzutem. – Leży na krześle. Sweter ma wystrzępione rękawy. A spodniom przydałoby się pranie.

Uśmiechnął się. Co za szczęście, że nie muszę tego słuchać na co dzień, pomyślał, ale przypomniał sobie Miriam i trochę spochmurniał. Najwyższy czas odesłać ją do Dirka. Niech zostanie szczęśliwą krawcową. Pod warunkiem, że Jaszczur zadowolił się zemstą, a cholera go wie. Szlag by trafił tego pieprzonego sukinsyna.

Wciągnął spodnie i sweter. Miranda popatrzyła na niego krytycznie.

– Cały dół nogawki oberwany, Berg – burknęła. – Jak ty wyglądasz? Nie masz jakiejś porządnej dziewczyny, żeby o ciebie zadbała?

Zamarł z butem w ręce. Nie wierzę, pomyślał. A ta skąd wie?

– Grabieżca dba sam o siebie, szanowna księżniczko. A interesują go tylko dziewczyny nieporządne. Jak ty, na przykład. Poza tym jest samotnym wilkiem. Drapieżcą, który poluje w pojedynkę. Tak twierdził Arvani. Nie nauczyli cię tego?

Wydęła wargi.

– Ciekawe. A wszyscy mówią, że wziąłeś kogoś. Podobno żeby go szkolić. Zachciało ci się zostać mistrzem, Berg? Przecież zawsze mówiłeś, że to nie dla ciebie.

Wzruszył ramionami.

– I co w tym dziwnego? Gildia nie istnieje, ktoś musi wynajdować i szkolić talenty. Powiedzmy, że spełniam obowiązek. Może być?

– Więc wziąłeś ucznia. – Spojrzała mu prosto w oczy. – Czy raczej uczennicę?

Roześmiał się.

– Jesteś zazdrosna?

Trzepnęła go trzymaną w ręce sukienką.

– A ty głupi? Ciekawa, jak każda kobieta.

Westchnął.

– Nie wziąłem uczennicy. Ani kochanki. Ani nawet sprzątaczki. Chodź, opowiem ci po drodze. To długa historia.

Uśmiechnęła się.

– Uwielbiam długie historie. Zwłaszcza na twój temat.

Położył jej ręce na ramionach i poważnie spojrzał w oczy.

– Mirando, tym razem trzymaj język za zębami. Proszę. To ważne.

– Rany, Berg – mruknęła z niedowierzaniem. – Ty się w coś wplątałeś, tak? No, powiedz!

Podrapał się w policzek.

– Może się zdarzyć, że tak – potwierdził ponuro.

– Święta Matko! – Przewróciła oczami. – Wiedziałam! Byłam pewna, że w końcu coś ci się przytrafi. Jak to wygląda? Kiepsko?

Wzruszył ramionami.

– Chyba nie. Może sprawiać takie wrażenie, ale nie.

Miał nadzieję, że Miranda da się zbyć lekkim tonem i uspokajającymi bajeczkami, ale już wiedział, że nic z tego. Niebieskie oczy wpatrywały się w jego twarz czujnie i z napięciem.

– Czyli kiepsko – powiedziała. – Siadaj. I opowiedz wszystko. Na ulicy można gadać o plotkach i dupach. Poważnymi sprawami lepiej zajmować się w domu. Te ściany nie mają uszu. Zapewniam. No już, Berg. Zaczynaj.

Opadł posłusznie na kanapę i zastanowił się, jak przedstawić problem tak, żeby Miranda nie dostała zawału.

Szklana kulka leżąca na blacie zadygotała lekko, ale nie potoczyła się. Olle siedział nieporuszony, spokojny, z dłońmi swobodnie spoczywającymi na stole, niczym pomnik szpetnego, lecz pełnego wewnętrznej siły katatonika, tymczasem Kira wbijała zaciśnięte palce w deski. Na gładkim, wysokim czole dziewczyny perlił się pot.

– Polegnie – powiedział Frank tonem znawcy. – Z Ollem nikt nie wygra.

– Dalej, Kira! – zawołała Miranda. – Walcz, dziewczyno! Kobiety górą!

– Aha, akurat – burknął Frank, kiedy kuleczka wpadła w wyraźne wibracje.

Kira zacisnęła szczęki. Powieki drgały jej z wysiłku.

– Już przesrała – zachichotała Roxy. – Przykro mi, kwiatuszku, ale postawiłam na Ollego. Dalej, stary, jesteś wielki!

Petro szturchnął Berga w żebra.

– Na kogo stawiałeś? – spytał konspiracyjnym szeptem.

Lars pochylił się do ucha kolegi.

– Na twoją mamusię.

Petro się zaśmiał.

– Skurwiel – powiedział serdecznie. – Olle wygra, nie?

– Już wygrał. – Berg wskazał kuleczkę ruchem głowy.

Podskakiwała na stole, poruszana niewidzialną siłą. Olle zacisnął nieznacznie szczęki. Usta Kiry wykrzywił bolesny grymas. Nagle krzyknęła głośno i poderwała ręce do twarzy.

Zgromadzeni wokół graczy Grabieżcy zaszemrali. Dało się rozróżnić kilka okrzyków radości i stłumionych przekleństw.

Szklana kulka na moment oderwała się od blatu, zawisła centymetr nad stołem. W ułamku sekundy spadła z cichym stuknięciem na deski i potoczyła się prosto w stronę Kiry. Zamarła tuż przed krawędzią stołu.

– Kurwa! – wrzasnęła dziewczyna, otwierając oczy. – Szlag, cholera! Niech cię diabli, Olle!

Trzasnęła pięścią w stół. Kuleczka nawet nie drgnęła.

– Ja też cię lubię – powiedział Olle, uśmiechając się szeroko.

Kira, wściekła jak furia, wstała od stolika, kopnęła krzesło i klnąc, opuściła towarzystwo.

– Biedulka – mruknął Frank współczująco. – Nie wiedziała, na co się porywa. To jakby próbowała kopnąć wieloryba.

– Juuuhaaa! – zawyła radośnie Roxy. – Dawać forsę! Kocham cię, Olle!

Zarzuciła ręce na ramiona zwycięzcy i pocałowała go prosto w usta.

– Lepiej byś piwo postawiła – burknął Olle, jednak wyraźnie ucieszony.

Roxy posłała mu całuska.

– Dla ciebie wszystko, słonko. Uratowałeś mi dupę. Postawiłam wszystko, co mi jeszcze zostało. No, płacić, skarby.

– Pieprzyć kobiecą solidarność – powiedziała ponuro Miranda, kładąc banknoty w wyciągniętą dłoń Roxy. – Następnym razem stawiam na Ollego.

– Miękkie serce, twarda dupa – zauważył filozoficznie Petro, poklepując ją pocieszająco po plecach.

Stolik stał na antresoli, wysoko pod sklepieniem „Babilonu". Roxy przechyliła się przez złożoną z płaskich, odrobinę nierównych bloków balustradę i zerkała w dół na mroczne niczym jaskinia wnętrze knajpy.

Siedzimy w ustach kamiennej gorgony, uświadomił sobie Lars. Na języku potwora. A tralki balustrady to jej zęby. Arvani musiał mieć nieźle nasrane w głowie, żeby wymyślić coś takiego.

– Patrzcie! – zawołała Roxy. – Tam jest Sven! Jak rany, dorwał jakichś pierwotniaków i wciska im opowieści abordażowe! No nie, bo skonam! Popatrzcie, jak gestykuluje. Co za dupek, nie mogę!

Wychyliła się niebezpiecznie i zamachała ręką.

– Hej, Sven! Lepiej opowiedz, jak ci się koja zatrzasnęła! To był dopiero numer! – wrzasnęła ile sił w płucach, ale jej głos znikł w gwarze.

Olle zatarł wielkie jak patelnie dłonie.

– Znów się udało. I dobrze. Hej, Berg! – zawołał, widząc, że Lars odwraca się, żeby odejść. – Dawno cię nie było. Zagrasz ze mną, co?

Bergerson pokazał w uśmiechu zęby.

– Z tobą? Człowieku, czy ty masz mnie za durnia?

Olle popatrzył błagalnie.

– Nie na forsę, Berg. Wiem, że jesteś spłukany. Tak dla sportu. Nudzę się. Tłukę tylko kasę, ale dawno nie grałem z kimś dobrym. Wywracałbym ich przy pierwszym ścięciu, gdyby nie chłopaki, co się pozakładali. Muszą mieć nieco emocji, nie? Z tobą to co innego.

Lars potrząsnął głową.

– Nie jestem w nastroju, Olle.

Zwalisty Grabieżca rozłożył ręce.

– Ej, Bergerson, nie pieprz. Jakie nastroje? Tu idzie o grę w kulki.

Frank gwizdnął przez zęby.

– Nieźle się zapowiada. Hej, wracajcie wszyscy! – krzyknął. – Końska Czaszka gra z Ollem!

– Fajnie! – pisnęła Roxy. – Ja stawiam na ładniejszego.

Puściła do Berga oczko.

– Chwila – mruknął Lars. – Powiedziałem, że nie gram. Pogłuchliście, do cholery?

– Grasz, grasz. – Frank klepnął go w plecy. – Siadaj, chłopie. Zrób coś dla dobra innych w ten ponury, deszczowy dzień.

Szklana kuleczka opalizowała w świetle lamp barwami tęczy. Kusiła. Właściwie, czemu nie? – pomyślał Berg. Co ja niby ryzykuję?

– Lars już powiedział, że nie chce – odezwała się nieco zbyt głośno Miranda. – Przestańcie mu wiercić dziurę w brzuchu.

Berg zauważył jej niechętną, kwaśną minę.

– To tylko gra. – Uśmiechnął się i uniósł porozumiewawczo brwi. – W kulki.

– No, nie wiem – mruknęła i to przeważyło.

Kiedy odsunął krzesło i usiadł za stołem, rozległy się gwizdnięcia i krótkie oklaski. Usłyszał, jak Miranda parska niczym rozzłoszczona kotka.

Na głowę mi wlezą, pomyślał lekko poirytowany.

Olle ścisnął kulkę w dłoniach, chuchnął na nią i położył pośrodku stołu.

– No to jedziemy – powiedział, uśmiechając się szeroko. – Gotów?

Berg wsparł ręce na blacie.

– Tak – potwierdził.

Wbił wzrok w kulkę i skupił się. W jednej chwili wszystko przestało istnieć. Antresola, Grabieżcy, których podekscytowane głosy dochodziły stłumione jak przez kłęby waty, cały „Babilon". Nawet Olle. Pozostała szklana, lśniąca tęczowo kulka na deskach stołu.

Wpatrywał się w nią tak długo, aż zaczęła rosnąć. Olbrzymiała, mleczniejąc niczym perła, aż wypełniła całą przeznaczoną na teraźniejszość przestrzeń w umyśle Berga. Wtedy stanął na niewielkiej polanie w lesie, okrągłej niby wyrysowane cyrklem kółko. Miękki, jasnozielony mech pod stopami uginał się przyjemnie. Pośrodku polany lśniło srebrzyście małe jeziorko o zdumiewająco regularnym kształcie. Przypominało porzucone lusterko. Nad gładką taflą unosiła się tęczowa kula blasku. Berg musiał zmrużyć oczy, oślepione intensywnym światłem. Skupił całą uwagę na emitującym mleczną poświatę wnętrzu sfery, starając się odnaleźć ukrytą w środku szklaną kuleczkę. I wtedy kątem oka zauważył ruch między drzewami. Coś dużego, złotawojasnego niczym promień słońca pojawiło się na skraju polany. Jednorożec – bardziej poczuł, niż zobaczył. Przez ułamek sekundy nabrał przemożnej chęci zerknięcia na zwierzę, ale natychmiast się opanował.

Olle, stary draniu, pomyślał. Za dużo grasz z dziewczynami.

Skupił wzrok na kuli światła, próbując znaleźć szklane, migające tęczowo jądro. Dostrzegł je, a wtedy powieki zapiekły paskudnie, jakby ktoś sypnął mu w oczy garść piasku. Łzy pociekły po policzkach, rozmazały obraz. Już nie widział kulki. Z całej siły starał się nie zamknąć palących jak po polaniu kwasem, na wpół oślepłych oczu.

Gdzieś z oddali słyszał okrzyki Grabieżców, ale nie zważał na to. Krzywiąc się z bólu, patrzył w zamazaną, opalizującą mgłę, aż znów dostrzegł tęczowe serce kuli. Drgało lekko, nerwowo jak spłoszony koliber. Berg zacisnął szczęki, cały czas myśląc, patrząc i wypełniając obrazem szklanej kropli każde miejsce w umyśle, i zaczął zbierać siły do ataku. Odepchnął bijące z kulki światło, pozwalając, by zawisła w niewielkiej szczelinie wolnego od mlecznej mgły powietrza, i otoczył ją falą potężnej, gorącej energii. Pchnął gwałtownie, wiedząc, że na ponowne uderzenie nie starczy mu już sił. Błękitny strumień mocy rąbnął kulkę w sam tęczowy środek i wyrzucił z impetem poza obręb świetlistego kokonu.

Usłyszał krótki, ochrypły okrzyk Ollego i wrzask gapiów. Znów siedział przy stoliku na antresoli, zlany potem, z trudem łapiąc oddech. Oczy bolały jak cholera, łzawiły obficie. Zamrugał kilka razy, ale i tak musiał osłonić się dłonią przed gorącym, żółtym światłem lamp. Olle dyszał ciężko jak po długim biegu.

– Cholera, świetny jesteś – wychrypiał. – Ale gra! Warto było, co?

– Jasne, warto – zgodził się Berg i mocno ścisnął wyciągniętą rękę przeciwnika.

Olle sięgnął po kulkę.

– Myślałem, że pęknie – sapnął z podziwem. – Tak to mogę pracować. Niezła walka, Berg. Wejdź w spółkę. Zrobilibyśmy sporą kasę.

– Jeszcze nie zwariowałem – uśmiechnął się Lars.

– Końska Czaszka wygrał! – wrzeszczała gdzieś w tle podekscytowana Roxy. – Mówiłam, żeby stawiać na ładniejszego!

– Ten numer z jednorożcem – Berg potrząsnął głową, wycierając łzy – zachowaj na podryw dla lasek.

Olle się rozpromienił.

– Zawsze warto spróbować, nie?

Miranda oparła się o stolik.

– Masz chustkę – fuknęła, wyciągając starannie złożony, czyściutki kawałek szmatki.

Berg spojrzał na nią obolałymi, wąskimi jak szparki oczami.

– Dzięki – mruknął. – Powycieram rękawem.

Wydęła usta.

– Twoja kasa. – Rzuciła zwitek na blat. – Postawiłam za ciebie.

– To kup sobie coś ładnego – rzucił rozzłoszczony.

Następna matka się znalazła, pomyślał.

Miranda już otworzyła usta, żeby się odciąć, ale nic nie zdążyła powiedzieć, bo zza jej pleców rozległ się drwiący, pełen tłumionej wściekłości głos.

– No, no, pan Końska Czaszka pogardził pieniędzmi. Nie wierzę. To jakaś sztuczka.

Na antresoli zrobiło się nagle nieprzyjemnie cicho.

– Cześć, Lenka – odezwał się niepewnie Petro, ale ładna, drobna, ciemnowłosa kobieta nie raczyła odpowiedzieć.

Stała w lekkim rozkroku, ubrana w piękną, drogą, skórzaną kurtę i sukienkę z prawdziwej bawełny, sprowadzanej za ciężkie pieniądze z dalekich krajów. Czarne, grube jak końska grzywa włosy podtrzymywała siateczka z elastycznych, lycrowych sznurków.

– Z tego, co wiem, to ty też nie gardzisz pieniędzmi, Lena – powiedział Berg spokojnie. – Wyszłaś za kupę kasy, nie?

– Ja jestem przynajmniej uczciwa, Bergerson – warknęła.

Berg odwrócił się do Ollego. Ostatnia rzecz, na którą miał ochotę, to kłótnia z Lenką. Szkoda zawracać sobie dupę, pomyślał, zdecydowawszy, że nie da się sprowokować. Lena była kiedyś niezłą pozyskiwaczką. Bardzo agresywną, zaciekłą aż do granic rozumu. Ryzykowała dla samej adrenaliny. Parę razy wyszła nieźle poharatana. I przestraszyła się. Rzuciła abordaże, wydała się bogato za mąż za jakiegoś wpływowego kupca, urodziła mu dzieci. Tyle że tęskniła. Ciągnęła do „Babilonu" niczym ćma do świecy. Zazdrosna, sfrustrowana, nieustannie wściekła. Właściwie nikt jej już nie lubił. Pojawiała się jak natrętny upiór, którego muszą zaakceptować wszyscy goście rezydencji. Snuła się po knajpie, wiecznie wkurzona Przegrana Dama, memento dla każdego Grabieżcy.

Kiedyś, kiedy jeszcze żył z Avą, mocno podkochiwała się w Bergu. Tolerował ją, ale nigdy nie dopuszczał blisko. Było mu jej nawet trochę żal. Jednak kiedy tuż po zniknięciu Avy ponowiła atak, bezczelnie i ostro pokazując, co naprawdę potrafi, posłał ją do diabła tak nieuprzejmie i stanowczo, że znienawidziła go całym sercem.

– Powtórzmy to za jakiś czas, Berg – powiedział Olle. – Należy mi się rewanż, nie? Chcę zobaczyć, jak to zrobiłeś.

– Jak zrobił? – zasyczała Lenka, zanim Lars zdążył się odezwać. – Wspaniale. Jak prawdziwy Grabieżca, który marnuje talent na durne zabawy. Dlaczego nie zbawiasz świata, Bergerson? Gdzie te niezwykłe pryzy, które uratują umierających, nakarmią biednych i pocieszą strapionych? Czemu po nie nie idziesz?

– Zostaw go, Lenka – zaczął Frank pojednawczo. – Czego się czepiasz? Chodź, pójdziemy na dół. Kupię ci dobrego drinka, pogadamy, chcesz?

– Nie! – warknęła. – Miałam nadzieję, że spotkam tu tego skurwiela. Jest, wiec chcę załatwić sprawę, z którą przyszłam.

– A jakie ty masz niby do niego sprawy? – wybuchnęła biała jak papier Miranda.

Berg poczuł, że coś w środku zaczyna mu pękać.

– Dość! Obydwie! – powiedział twardo. – Czego chcesz, Lena? Zabiłem ci kogoś czy poplamiłem tę gustowną kurteczkę, uchowaj Panie?

Na smagłych policzkach Lenki wykwitły szkarłatne plamy.

– Taki z ciebie wielki Grabieżca, co? Tyle gadasz o zasadach i uczciwości, a plugawisz honor całej gildii. Jesteś taki jak wszyscy. Co ja mówię, gorszy! Pieprzony pasterz!

Berg wstał. Twarz mu się ściągnęła, mięśnie szczęk drgały. Głos miał stłumiony, bardzo cichy.

– Powtórz łaskawie, co powiedziałaś. Bo chyba się przesłyszałem. Ale dobrze się przedtem zastanów.

– Powtórzę z przyjemnością! – wrzasnęła. – Pieprzony pasterz! Wielki pan Końska Czaszka wziął sobie z Placu Noży biedną, naiwną dziewczynę i udaje, że szkoli ją na Grabieżcę. Niezły ubaw, co? Mistrz się znalazł! Po prostu potrzebna mu baba do łóżka i ktoś, kto odwali najgorszą robotę. Bo Bergerson się kończy! To już ostatnie podrygi, panie sławny Grabieżco! Czujesz to i boisz się, prawda? Więc lepiej wykorzystać niewinną, głupiutką dziewczynę z talentem. Nie śmiesz zaprzeczyć, co? Nie śmiesz, bo wszyscy już wiedzą.

Zamachnęła się, żeby uderzyć go w twarz, ale schwycił ją za nadgarstek. Spojrzała w zimne jak granit, zmrużone oczy Berga i przeszedł ją dreszcz.

– Wszyscy wiedzą co innego, Lena – powiedział ochryple, niemal szeptem. – Że jesteś zgorzkniałą, pustą, nienawidząca swego życia kobietą, która młodość ma już za sobą, a po drodze zdążyła zmarnować wszystko, na czym jej zależało. Agresywną suką, która wini każdego, byle nie siebie. Ale własnymi rękami rozpieprzyłaś swój świat. Ze strachu i tylko dlatego. Nie ma cię, Lena. Została krzywa, paskudna skorupa. Wylinka po dawno zdechłym motylu. Po co tu przyłazisz? To nie twoje miejsce. Rozejrzyj się, popatrz na siebie. Nie pasujesz tutaj. Nie jesteś żadnym Grabieżcą. Raczej śmieciem, który przyniósł wiatr. Wracaj do domu, kupcowo. Do tłustego mężusia, podcierania pupek i wysmarkiwania nosków. Tam mieszkasz, mamciu. W „Babilonie" nie ma miejsca dla gospodyń domowych. Ani dla tchórzy, Lenka. Nie mam z tobą żadnych spraw i nigdy nie będę miał, więc i ty zostaw mnie w spokoju. A teraz zejdź mi z oczu! Natychmiast!

Puścił ręce Leny, a ona skuliła się nagle, zadrżała. Grymas rozpaczy wykrzywił jej twarz, aż zrobiła się brzydka niczym pyszczek małpki. Stała przez chwilę w bezruchu, jakby nie mogąc pojąć, co się stało, a potem obróciła się i uciekła.

Berg zaciskał dłonie na poręczy krzesła. Skóra na kostkach napięła się tak, jakby zaraz miała pęknąć.

Grabieżcy niepewnie patrzyli po sobie.

– Nie za ostro, Lars? – wymamrotał wreszcie Petro.

– Nie – powiedział Bergerson zdławionym, głuchym głosem i zszedł w gwarny półmrok „Babilonu", nie obejrzawszy się nawet na Mirandę.

W mieszkaniu mimo porządnie rozpalonych pieców było nieprzyjemnie chłodno. Rozebrał się i położył do łóżka, ale nie mógł zasnąć. Kiedy tylko przymykał powieki, w głowie, w tanecznym korowodzie, zaczynały wirować Lenka, Miriam i Miranda niczym czarownice na sabacie. Czasem pojawiał się nieludzki, łuskowaty pysk Jaszczura lub posągowe oblicze Angelosa. Incydent w „Babilonie" pozostawił gorzki, przykry osad. Co za suka z tej Leny, pomyślał ze smutkiem. Niczym nie zasłużył, żeby stać się obiektem tak zaciekłej nienawiści.

Leżał w łóżku skulony, zmarznięty, wstrząsany paskudnymi dreszczami. Przeziębiłem się, stwierdził.

Wyszedłszy z „Babilonu", krążył kilka godzin po ulicach, moknąc w strugach lodowatego deszczu, lecz nawet szaruga nie dała rady zmyć uczucia wściekłości i żalu. Nie miał zamiaru wracać do Mirandy. Do domu też nie było po co, bo tam panoszyła się Miriam. Chciał spędzić noc w którymś z licznych pustostanów, ale w końcu wygoniło go zimno. Cholera, pomyślał rozpaczliwie, przecież ja nie mam gdzie mieszkać. Nagle w jakimś głębokim, bolesnym przebłysku pojął, że to sięga znacznie dalej. Stracił nie tylko spokój i poczucie posiadania własnej, całkowicie mu podporządkowanej przestrzeni. Tracił powoli kontrolę nad wydarzeniami. Miał wrażenie, że na szyi zaciska mu się niewidzialna pętla, lekka i cienka jak jedwabna nić, lecz tak samo jak ona mocna. Zaczął podejrzewać, że wplątał się w jakąś mroczną, niezrozumiałą sieć zdarzeń, które doprowadzą go w miejsca, jakich prawdopodobnie nie chce odwiedzić. Nie był już samotnym Grabieżcą, panem własnej woli. Miriam, Jaszczur i Angelos pchali go ku przeznaczeniu, nieznanej ścieżce, którą musiał podążyć. Ścieżce ku Drzewu, cokolwiek to znaczy, pomyślał i zadrżał.

Kiedy przemarzł tak doszczętnie, że zaczął dzwonić zębami, wrócił do domu. Teraz przewracał się w łóżku, przysypiając tylko na krótkie chwile, gdy zapadał w dręczące, duszne koszmary.

Majacząca w mroku biała postać w drzwiach wydała mu się z początku widmem z pogranicza jawy, snu i gorączki. Zamrugał, ale nie znikła. Usiadł na łóżku.

– Miriam? – spytał niepewnie. – Coś się stało?

Dziewczyna milczała, miętosząc w palcach materiał koszuli. Twarz miała bladą jak upiór, skrzywioną w bolesnym grymasie, lecz pełną głębokiej determinacji. Przez moment wydawało mu się, że lunatykuje albo wpada w stan niekontrolowanego rozszczepienia świadomości, co mogło się przytrafić, gdy talent przekraczał umiejętności. Tylko nie to, jęknął w duchu, przerażony, czy zdoła jej pomóc.

– Miriam? – powtórzył z niepokojem. – Odezwij się!

Postąpiła dwa niepewne kroki, poruszyła ustami białymi jak wosk, ale nie usłyszał ani słowa. Podniosła wzrok i wtedy zobaczył jej oczy, rozszerzone, głębokie jak dno rozpaczy.

Reaguje, pomyślał z ulgą. Więc to nie rozszczep świadomości. Po prostu zwariowała.

– Co się dzieje? – spytał. – Dziewczyno, jest środek nocy!

Zadygotała. Szczupłe palce nerwowo szarpały materiał koszuli.

– Ja – wyszeptała łamiącym się głosem – dużo myślałam...

Świetnie, stwierdził. Tylko dlaczego, cholera, musisz mi to komunikować po nocy?

– Zrozumiałam – ciągnęła cicho, z rozpaczą. – Zrozumiałam wiele...

Berg siedział osłupiały wśród pościeli. Boże kochany, pomyślał. Wygląda jak święta, która się przygotowuje do męczeństwa. Miała jakąś wizję czy co? Pójdzie oświecać Tancerzy, czy może Jaszczura?

– Nie spełniałam należycie obowiązków – wymamrotała, a Lars zrozumiał nagle, o co chodzi.

Majaczy. Dostała ciężkiej grypy albo innej zarazy i wszystko to z gorączki. Niedobrze.

– Nie przejmuj się – powiedział spokojnie. – Idź do łóżka, połóż się. Ja zaraz przyjdę...

Chciał dokończyć, że przyniesie lekarstwa, ale urwał, bo Miriam zaczęła dygotać.

– Dobrze – wyjąkała. – Ja rozumiem. Wszystko rozumiem. Mieszkam z tobą jak kobieta. Gotuję, sprzątam, zajmuję się domem, ale nie spełniam wszystkich należnych obowiązków. Nie okazuję wdzięczności. Więc oczywiście rozumiem... Jak kobieta...

– Co?!

Spłoszyła się lekko.

– No... – wymamrotała. – Jestem gotowa...

– Na miłość boską! – krzyknął. – Dość tego wariactwa! Co ci do łba strzeliło, dziewczyno?!

Przełknęła z trudem ślinę.

– Matka Marta...

– W dupie mam matkę Martę! Wracaj natychmiast do łóżka. Przecież to się w głowie nie mieści! Nie życzę sobie twoich poświęceń, przemyśleń, wniosków i innych idiotyzmów! Męczennica się znalazła. Spać, ale już! A następnym razem pukaj, jeśli chcesz wejść. W dzień.

Zawahała się.

– Przecież tak trzeba... – powiedziała niepewnie.

– Co trzeba? – szepnął.

Nie pamiętał, kiedy czuł się tak fatalnie. Brudny, parszywy i plugawy. Rzygać mu się chciało na myśl o minionym dniu. Najpierw Lena, a teraz ta, pomyślał ponuro. Co jest, do cholery? Ścisnął dłońmi skronie.

– Miriam – powiedział cicho. – Za kogo ty mnie masz? Wiem, że się wychowałaś w tym pieprzonym Czajniku i niczego nie pojmujesz, ale nie możesz mnie tak traktować. Nie jak ostatnią szmatę, rozumiesz?

Nie rozumiała. Patrzyła wylęknionymi, sarnimi oczami, w których już zaczynały się szklić łzy.

Przygryzł wargę. Nic z tego. Nie ma pojęcia, o co chodzi. Wróci teraz do pokoju, przemyśli, a rano poczuje się skrzywdzona, oszukana i niepotrzebna. Musi wymyślić argument, który trafi do jej zwariowanej głowy. Jezu Chryste!

– Posłuchaj – powiedział poważnie. – Jestem twoim mistrzem. Tak nie można. To nie uchodzi. To bardzo niewłaściwe. Nie mieszkasz ze mną jak kobieta. Przyjąłem cię jako uczennicę. Nasze stosunki są jasno określone. Ja cię szkolę, ty przykładasz się ze wszystkich sił do nauki. Czy to jasne?

Skinęła głową. Na woskowobladych wargach pojawił się i zgasł cień uśmiechu.

– Tak. Teraz wiem, jakie są moje obowiązki. Teraz będę się zachowywać właściwie. Dziękuję, Berg... Mistrzu.

– Więc zostaw mnie i idź spać – powiedział zmęczonym głosem.

Miał już z całego serca dość tej farsy. Chciał wreszcie zostać sam.

Miriam zatrzymała się w progu.

– Dobranoc – powiedziała spokojnie.

Berg pochylił się do przodu, przesunął dłońmi po twarzy. Potem przejechał ręką po kołdrze. Poczuł się nagle cholernie samotny.

Ciężki, chmurny świt zaczął podnosić kurtynę nocy. Dniało.

Zmęczony, rozbity i przygnębiony Grabieżca siedział nieruchomo na łóżku. W zranionym niegdyś biczem Livelego boku odezwał się tępy, głuchy ból, zapowiedź gorączki. Lars przycisnął łokieć do żeber.

– Ale masz przesrane, mistrzu – szepnął z goryczą.

Rozdział 8

Powinno działać – powiedział Dirk. – Muszę jeszcze sprawdzić parę rzeczy. Nawet nie próbuj uruchamiać tego szajsu beze mnie. Chcę być przy twoim pierwszym abordażu i cały czas obserwować sprzęt na wypadek, gdyby się coś wywaliło. Wpadnę za kilka dni, jak trochę dojdziesz do siebie.

– Jasne – wychrypiał Lars przez obolałe, płonące jak węgle pod kuchnią gardło i zaniósł się kaszlem.

Dirk pokręcił głową.

– Jezu, chłopie. Napij się tego soku, co ci dała Lottie, i połóż się. Kiepsko wyglądasz.

– Nic mi nie jest – spróbował powiedzieć Berg, ale rozkaszlał się jeszcze bardziej.

Dirk spojrzał na niego podejrzliwie.

– Nawet nie wchodź do azylu, dobra? Tak naprawdę jeszcze nie skończyłem.

Bergerson skinął głową.

– Oczywiście – wyszeptał ochryple.

Zamknął za Dirkiem drzwi i ruszył w kierunku azylu.

Maszyny buczały równo, pięknie, jak pszczoły w roju. Koja zatrzasnęła się leciutko z cichym kliknięciem. Berga otoczyła znana, przyjazna ciemność. Odbił się i bez trudu znalazł na pasie startowym. Trzciny szumiały łagodnie, jakby na powitanie. Rzeka połyskiwała srebrem niczym brzuch ryby.

Wciągnął głęboko świeże, przesycone wilgocią powietrze i zaczął biec.

Wyskoczył bez problemów. Zapowiada się niezły abordaż, pomyślał, szybując wśród migoczących, rozmazanych konstelacji. Zawisł nad taflą mlecznego blasku. Zdążył zauważyć jasno oświetlone wnętrze laboratorium i nagle poczuł potężne szarpnięcie. Obraz zawirował, rozprysnął się w feerię barwnych odłamków, a ciało Berga przeszył ból. Zabrakło mu tchu, na klatkę piersiową zwalił się nieznośny ciężar, jakby przygniotła go ręka olbrzyma. W powietrzu zawirowały czerwone jak świeża krew plamy, które momentalnie zmieniły się w czerniejące skrzepy. Szamotał się w niewidzialnym uścisku, bezskutecznie próbując zaczerpnąć tchu. Wreszcie poczuł, jak krępująca go sieć pęka. Z charkotem wciągnął powietrze i runął w dół. Zacisnął powieki, w uszach słyszał wysoki, natrętny wizg.

Grzmotnął plecami o wyściółkę koi, a impet wcisnął mu oddech z powrotem do płuc. Zakrztusił się, zakaszlał paskudnie, aż zabolało w piersi. Pchnął pokrywę koi i wciąż zanosząc się kaszlem, wygramolił się na zewnątrz.

Coś ciepłego pociekło mu z nosa. Podniósł rękę do twarzy i rozmazał na palcach czerwień.

– Szlag! – syknął.

Przejście się nie dokonało.

Berg ściągnął przez głowę kolorową tunikę akolity, cisnął ją na podłogę, zasunął drzwi azylu i powlókł się do kuchni. Popatrzył na pękatą butlę malinowego soku, dowód troski Lottie, i uznał, że dosyć kuracji. Nie chciało mu się parzyć wrzątku, dolewać malin i mieszać z miodem. Prawdę mówiąc, nie chciało mu się nawet ruszyć ręką. Miał ciężką, rozpaloną głowę, a gardło bolało jak jasna cholera.

Nie wiedział, czy jest po prostu za słaby, żeby przeprowadzić abordaż, czy maszyny szwankują. Ze smutkiem musiał przyznać, że w tej chwili żadna z tych rzeczy nie jest w stanie go naprawdę obejść. Skulił się na łóżku i naciągnął na głowę kołdrę. Zasnął natychmiast.

Potrząsnął pudełkiem i jeszcze raz odkręcił wieczko, jakby to mogło coś zmienić. Oczywiście żaden cud się nie wydarzył. Zielone pigułki wyparowały. Zaledwie dwadzieścia kilka tabletek poniewierało się na dnie, a przecież był pewien, że w pudełku powinno się znajdować znacznie więcej.

Nawet nie pamiętam, kiedy je wyżarłem, stwierdził z niepokojem. Starał się odsunąć jak najdalej przykrą myśl, że to jeden z pierwszych objawów wypalenia, ale wracała uporczywie. Nie chciał skończyć jak Matias. Gapić się bezmyślnie w przestrzeń albo gadać z niewidzialnymi stworzeniami. Wzdrygnął się.

Tak czy inaczej, czeka go wizyta w kantorku Glizdy.

Szczurza mordka sprzedawcy wyciągnęła się w grymasie udawanego smutku.

– Przykro mi, nie mam zielonych.

– Jak to nie masz? – syknął Berg ze złością. – Nie przyszedłem tu słuchać twoich durnych dowcipów. Dawaj dwieście sztuk.

Glizda rozłożył ręce.

– Nie mam, panie Bergerson. Nic nie poradzę.

Lars wciągnął głęboko powietrze.

– Glizda, doigrasz się. Nie zapłacę ani grosza ekstra, dociera?

Handlarz uśmiechnął się krzywo.

– Choćby zapłacił pan potrójną cenę, panie Końska Czaszka, nie wynajdę panu lekarstwa z powietrza. Nie mam nawet pastylki.

– A ja ci coś nie wierzę – warknął Berg.

Glizda splótł palce. W kącikach wąskich oczu błysnął i zgasł blady ognik. Cień mściwej satysfakcji.

– Jeśli twoja wiara, Berg, potrafi stworzyć coś z niczego, to proszę, spróbuj. Ja się nie podejmuję sprzedać towaru, którego nie mam.

Lars zwilżył wargi. Niemożliwe, pomyślał. Gnida kłamie. Ale w piersi poczuł chłodne dotknięcie niepokoju.

Glizda gapił się na niego zimno, bezczelnie.

– Jakim cudem nie masz prochów, draniu? – Lars oparł dłonie na ladzie i pochylił się ku sprzedawcy. – Przecież to, kurwa, niemożliwe!

Na szczurzym pyszczku nie drgnął nawet mięsień.

– Dostawca nie przywiózł – zakomunikował spokojnie Glizda. – Twierdzi, że nie ma. Nic na to nie poradzę. Zostały mi tylko żółte. Może nie robią już zielonych, Berg?

Ręka Larsa wystrzeliła błyskawicznie, chwyciła handlarza za kołnierz kurty.

– Jest zapotrzebowanie, powinien być produkt. Co ty kombinujesz, Glizda?

Sprzedawca szarpnął się gniewnie.

– Nic – wycedził. – Po prostu towaru nie ma. Chcesz, możesz sprawdzić. No dalej, przeszukaj kantor.

Berg puścił go gwałtownie, aż handlarz zatoczył się na ścianę.

– Dzięki – warknął. – Nie tu, to gdzie indziej. Nie muszę u ciebie kupować, Glizda.

– Wobec tego powodzenia, panie Końska Czaszka – rzucił handlarz drwiąco.

Lars trzasnął ze złością drzwiami.

To nie wygląda dobrze, pomyślał ponuro. Odwiedził stragan Mamy Lou, warsztat Grubego Biko, sklepik Marshy i resztę mniej lub bardziej wypróbowanych miejsc. Wszędzie słyszał to samo. Nie ma zielonych, panie Bergerson.

Potarł w zamyśleniu brodę. Widocznie zemsta najlepiej smakowała na zimno. Zwłaszcza w wypadku gadów. Pozostawało tylko zwrócić się o pomoc do przyjaciela.

Miranda potrząsnęła głową.

– Tak mi przykro, Berg. Posłał mnie do diabła. Proponował żółte i nic ponadto.

Lars przygryzł wargę.

– Nie przejmuj się – powiedział. – Dzięki, że próbowałaś.

Miranda uniosła na niego wystraszone, smutne spojrzenie.

– Boże drogi, Berg. Co ty teraz zrobisz? To już czwarty kantor. Boję się, że nikt ci nie sprzeda leków.

Lars zmrużył oczy.

– Ja się nie boję, królewno. Ja wiem.

Żachnęła się.

– Lars, to nie pora na drwiny. Zastanówmy się, co robić.

Wzruszył ramionami.

– Nic. Jaszczur zablokował wszystkie dostępne kanały. Możesz iść do domu.

Zbladła, cofnęła się o krok.

– Chryste – warknęła. – Czy ty zawsze musisz być taki trudny? Próbuję ci pomóc. Martwię się o ciebie. A ty... Ty zachowujesz się jak cham!

– Przepraszam – mruknął. – Naprawdę nie powinnaś się tak przejmować. Mam w domu jeszcze spory zapas. Albo sytuacja przyschnie, albo zdążę sobie coś wynaleźć.

Spojrzała podejrzliwie.

– Od kiedy jesteś taki przezorny, co?

Uśmiechnął się nieznacznie.

– Od zawsze, skarbie.

Miranda westchnęła.

– Chciałabym wierzyć – mruknęła.

– Dziękuję – powiedział łagodnie. – Ale nie masz się o co martwić. Poradzę sobie.

Ścisnęła go mocno za rękę.

– Uważaj na siebie, Berg. Uważaj, dobrze?

Przywołał na usta uspokajający uśmiech i skinął głową.

– Jasne – przytaknął.

W zaułku śmierdziało. Wszędzie walały się odpadki. Blade, przegniłe liście kapusty, podobne do skrzydeł nietoperzy. Skorupki rozbitych jaj. Poczerniałe ze starości zwiędłe rzepy i marchwie, w stanie niemal całkowitego rozkładu. Zbielałe, ogryzione do cna kości, z których nawet zdziczałe psy nie miały już pożytku. Śmiecie.

Lars kopnął z rozmachem nadgniłe jabłko. Poleciało w stertę odpadków.

Sprawa wyglądała beznadziejnie. Odwiedził właśnie ostatnie miejsce, stragan Starego Arnolda. Musiał przejść pół miasta, żeby dowiedzieć się, że zielone akurat wyszły.

Popatrzył na pozornie obojętną, zbrązowiałą jak stara podeszwa twarz handlarza i w lekkim skrzywieniu ust dostrzegł to samo, co kryło się w kącikach oczu. Szyderstwo. Starcza, upstrzona plamami wątrobowymi ręka przesunęła w kierunku Berga zatłuszczone, tekturowe pudełko.

– Są żółte – powiedział Arnold uprzejmie. – Doskonałe. Z nowej dostawy. Może weźmiesz?

Berg zacisnął szczęki. Handlarz otwarcie drwił. Siedział w branży dostatecznie długo, żeby wiedzieć, że lek się nie kumuluje. Lars mógłby połknąć kilogram żółtych pastylek i nie odczułby działania.

Grabieżca zmierzył starca ciężkim, złowrogim spojrzeniem, ale Arnold nawet się nie speszył.

Chętnie nakładłbym ci po pysku i spuścił z mostu za te drwiny i bezczelną, pełną wyższości minę, pomyślał Berg. Ale cała sprawa w tym, że to po prostu nie ma sensu. A szkoda.

Popatrzył na pigułki. Leżały w pudełku, żółte niczym małe słońca. Przez chwilę nabrał pokusy, żeby złapać Arnolda za cienką, ptasią szyję i grzmocić jego łbem o tylną ścianę kramu tak długo, aż pokaże, gdzie trzyma zielone. Tyle że handlarz nigdzie ich nie trzymał. Tego Lars był całkowicie pewien.

Niewielu pozyskiwaczy potrzebowało najmocniejszej dawki. Nie było problemu, żeby umówić się z nimi na dostawę do domu lub konkretnej knajpy. Sprzedawca zgarniał wtedy należność za pośrednictwo, a kupujący znosił bez trudu tę chwilową niedogodność.

– Dzięki, ale te są żółte – wycedził Lars. – A ja potrzebuję zielonych. Zielonych, starcze. Chyba powinieneś wycofać się z interesu, skoro ogłuchłeś i oślepłeś za jednym zamachem.

Arnold roześmiał się zgrzytliwie.

– Humor cię nie opuszcza, panie Końska Czaszka. Mnie tam niespieszno odchodzić. Może i jestem stary, ale wcale się nie zdziwię, jak przetrzymam niejednego młodego. Pozyskiwanie to trudny zawód. Te niebezpieczeństwa, choroby... Paskudna rzecz.

Oczy Berga zwęziły się niebezpiecznie.

– Czasem może się tak zdarzyć, że i kramarzowi przytrafi się coś niemiłego.

Arnold przełknął ślinę. Wystająca grdyka wyraźnie przesunęła się w górę i w dół.

– Kramarz nie ma wiele do gadania, panie Bergerson. Oferuje tylko to, co przyniesie dostawca.

– I zrobi, co dostawca każe – mruknął Lars. – Więc co? Kiedy mam przyjść po zielone? A może dostarczysz mi je do domu?

Handlarz wbił wzrok we własne dłonie. Brązowe i sękate, wyglądały jak leżące na ladzie korzenie.

– Dostawca w najbliższym terminie nie przewiduje nowej partii zielonych – powiedział. – Zapotrzebowanie zmalało. Bardzo mi przykro, panie Bergerson. Proszę odwiedzić inny sklep. Może gdzieś będą mieli towar, na którym panu zależy.

Lars zabębnił palcami o ladę.

– No nic. W takim razie nie będę tracił czasu, Arnoldzie. Zapamiętam twoją uprzejmość i odwdzięczę się przy okazji.

Odwrócił się i odszedł, odprowadzany niechętnym wzrokiem sprzedawcy.

Trzymał się jakoś, ale perspektywy wyglądały fatalnie. Nie docenił wpływów Jaszczura. Teraz już był pewien, że nikt w całym mieście nie sprzeda mu lekarstw. Na produkcji trzymały łapę dwie współpracujące ze sobą organizacje. Widocznie pasterz miał wpływy w obydwu. Z pewnością był ważniejszy od jednego wypalającego się powoli Grabieżcy.

Berg westchnął ciężko. Zawroty głowy i charakterystyczne łamanie w kościach, które czuł od kilku dni, nie były z pewnością objawami ustępującej grypy. Potrzebował lekarstw. Inaczej wpadnie w fazę niekontrolowanych przejść, które skończą się cholerną tragedią.

Teoretycznie mógłby próbować odkupić leki od innego Grabieżcy, który prawdopodobnie używa zielonych, ale z żadnym nie był specjalnie blisko. Kwestia dawek należała do szczególnie drażliwych i delikatnych, a Berg doskonale wiedział, że podobna prośba zostałaby potraktowana jako szczególna impertynencja. I tak sporo go kosztowało wyjawienie swojej trudnej sytuacji Mirandzie. W końcu nic nie uzyskał. Przekonał się tylko, że żaden z jego bliskich przyjaciół nie kupi leku.

Dostał mnie, pomyślał o Jaszczurze. Czuł się zaszczuty i przybity. Wysokie, ponure mury, sterczące po obu stronach uliczki niczym ściany wąwozu, przytłaczały. Bergowi zrobiło się duszno. Przyspieszył kroku, chcąc jak najszybciej wyjść ze zgniłego powietrza zaułka.

Chłopak, który pociągnął go za rękaw, musiał chyba wyśliznąć się bezpośrednio spod tynku. Miał na sobie obszerny, sztywny od brudu płaszcz.

– Hej, człowieku – zaczął. – Widzę, że coś cię gryzie. Mam ekstra grzybki. Dobre na smutki.

Berg wyszarpnął rękaw z chudych palców.

– Spieprzaj – warknął. – Ale już!

Chłopak rozłożył ręce.

– Nie wiesz, co tracisz, facet! To doskonały towar. Będziesz miał po nim taki ekstra odjazd, że zapomnisz o całym świecie!

Lars wyminął wyrostka bez słowa. Ekstra odjazd, chłopie, pomyślał, sam będę miał, bez twojej pomocy.

Starał się odczekać jak najdłużej, niemal do pierwszych objawów ataku. Jeśli weźmie lekarstwo w odpowiednim momencie, nawet niewielka dawka zadziała. Musi tylko dobrze wyczuć moment.

Ręce mu drżały, kiedy odkręcał wieczko. Wewnątrz leżały blade, drobne pigułki, zielonkawe jak liście lawendy. Wyłuskał jedną na dłoń i szybko połknął. Gorycz, którą poczuł na języku, była bardzo intensywna, podbarwiona ostrym, syntetycznym posmakiem. Nie wystarczy, cholerstwo, pomyślał, a potem rzeczywistość eksplodowała.

Przedmioty w pokoju zatańczyły w szalonym wirze. W czaszce Larsa otworzyła się szeroka wyrwa, przez którą lał się do środka deszcz lodowych, ostrych igieł. Grabieżca skrzywił się z bólu, objął ramionami głowę. Zimno uderzyło w lewe ramię, tatuaż rozgorzał nićmi palącego chłodu. Bergiem wstrząsnęły dreszcze. Oblał się gęstym jak smoła potem. W powietrzu rozpryskiwały się białe i srebrzyste bryzgi. Wyglądały jak świetliste, szklane płatki jabłoni. One też kręciły się wściekle, jakby schwytane przez niewidzialne tornado. Spróbował zamknąć oczy, ale wtedy upiorna karuzela stawała się nie do zniesienia.

Opadł na podłogę, nie mogąc utrzymać się na nogach, a nierealna wichura nadal szalała po pokoju. Wyciszyła się z wolna, migając srebrem rozbłysków i bombardując umysł Grabieżcy ostatnimi, pojedynczymi soplami bólu.

Wczołgał się z trudem na łóżko. Dygotał wstrząsany dreszczami, przyciskając ręce do brzucha, w którym przelewała się zimna, ciężka rtęć. Zakaszlał i to wywołało gwałtowną falę podchodzących do gardła mdłości. Nie zwymiotował jednak. Poczuł tylko metaliczny posmak w ustach. Zawroty głowy ustały, ale ból usadowił się na dłużej za okiem i w okolicy lewej skroni.

Berg oblizał suche, nieprzyjemnie gorzkie wargi. Dawno nie przeżył tak przykrego ataku, ale udało się. Środek zadziałał. Czuł się fatalnie, lecz charakterystyczne symptomy zbliżającego się niekontrolowanego przejścia ustąpiły.

Co za różnica, pomyślał. Zdechnę, jak tylko skończy się to zielone świństwo. A nowego nikt mi nie sprzeda.

Blade, mgliste widmo Matiasa uśmiechnęło się, pokazując ostre jak sztylety kły. Berg był zbyt zmęczony, by starać się je odpędzić.

– Będę cały czas w azylu – zapewnił Dirk, zaglądając przez szparę miedzy burtami a pokrywą koi.

– Dzięki – powiedział Lars i zatrzasnął wieko.

Urządzenie zaśpiewało niskim, głuchym pomrukiem.

Cudowne uczucie, pomyślał i z miękkiej ciemności koi wybił się na pas startowy.

Miriam stała w korytarzu, tuląc się do ściany azylu. Z emocji zaschło jej w ustach, więc nerwowo oblizywała i zagryzała wargi.

O Najwyższy, zaraz wystartuje, myślała gorączkowo. Proszę, dodaj mi sił!

Przycisnęła obie ręce do walącego niczym młot kowalski serca. Z trudem łapała oddech. Strach paraliżował jej ruchy, nogi miała miękkie jak z gumy.

Przez szczelinę w niedomkniętych drzwiach słyszała szmer rozmowy, głosy Larsa i Dirka.

Teraz, nakazała sobie. Zanim nie zatrzaśnie koi, bo wtedy będzie za późno.

Ale nie potrafiła się zdobyć na opuszczenie posterunku przy ścianie. Wtedy przypomniała sobie słowa. Te straszne zdania, które usłyszała od Berga przy śniadaniu. Wyrok.

„Miriam, myślę, że Jaszczur nie będzie się na tobie mścił. Poczekam jeszcze z tydzień, dwa i odeślę cię do Dirka. No, nie rób takiej miny. Przecież lubisz Lottie. Weź się w garść, dziewczyno. Wiedziałaś, że nie mogę cię tu trzymać w nieskończoność. Zrozum, muszę ci zapewnić jakąś przyszłość, zajęcie, utrzymanie. Lottie ci pomoże, wszystkiego cię nauczy. Chryste, nie płacz! Uczyłem cię po to, żeby twój własny talent nie wyrządził ci krzywdy. I tyle. Nie myślałaś chyba, że zrobię z ciebie pozyskiwaczkę?”

Myślała. Wierzyła głęboko, ćwicząc godzinami, budując ogród i ożywiając znajdujące się w nim przedmioty. Modliła się do Najwyższego, wrzucała święte zioła do paleniska pod kuchnią i paliła ukradkiem kupione na targu świeczki, opatrzywszy je błagalnymi formułami ojca Jozjasza.

Teraz nadchodził czas, żeby zrobiła coś sama.

Pobiegła do swojego pokoju, rzuciła się na łóżko. Zebrała wszystkie siły i zaczęła przywoływać przed oczami postać Berga. W ten sam sposób, w jaki uczył ją wywoływać obraz klucza do ogrodu. Twarz Grabieżcy falowała, rozpływała się, sypała iskry jak migotliwe konfetti, ale Miriam nie miała zamiaru rezygnować. Wołała go, wzywała z całej siły, zaklinała błagalnymi słowami i klęła najgorszymi wyrazami, jakie znała, przepełniona ostateczną determinacją. Przecież kiedyś już się udało. Usłyszał wezwanie i przybył na ratunek, gdy utknęła w krze w chramie Mistrza Blasku.

– Berg! – krzyczała bezgłośnie. – Ty draniu! Zabierz mnie ze sobą!

Przejście otworzyło się nagle, czarne jak studnia, bezdenne. Miriam runęła w dół, między gwiazdy.

Najwyższy, udało się, zdążyła pomyśleć z triumfem.

Berg wystartował bez trudu. Przejście otworzyło się precyzyjnie, płynnie, jakby uderzył w taflę spokojnej, głębokiej wody. Przez chwilę nurkował łagodnie wśród obracających się srebrzystych wstęg gwiazdozbiorów, gdy nagle poczuł potężne uderzenie obcej energii. Krzyknął ochryple, bo nieznana siła oplotła go szczelnym kokonem i przydusiła nieznośnym ciężarem.

Nie zdążył nawet zrozumieć, co się stało. Spadł jak kamień na rosnącą w zawrotnym tempie połać perłowej mgły, bez żadnej możliwości kontroli przejścia. Białe iskry eksplodowały mu przed oczami jak pękające fajerwerki.

Twarda, kamienna posadzka trzasnęła go w twarz. Pozbierał się niemrawo, obolały i oszołomiony. Usiadł na podłodze. Wokół panował głęboki półmrok. Ciągnęło chłodem i wilgocią.

Przesunął palcami po mokrych, zimnych jak nagrobek płytach posadzki. Kamień był szorstki, pokryty skomplikowanym wzorem.

Gdzie ja jestem? – pomyślał Berg.

Dźwignął się z wysiłkiem na nogi. Tatuaż na ramieniu pulsował nieprzyjemnym zimnem. Lars rozejrzał się, wytężając wzrok, żeby przeniknąć ciemność. Stał w ogromnej, pustej sali, której niknące w mroku sklepienie podpierały gigantyczne kolumny. Wilgoć osadzała się na rzeźbionych trzonach, więc grube sploty ornamentów wydawały się oślizłe jak cielska węży.

Podszedł ostrożnie do najbliższej kolumny, wyciągnął rękę. Końska czaszka na ramieniu odezwała się uderzeniem zimna. Kamień wydawał się lodowaty. Ciecz spływająca po zdobieniach splamiła palce Berga rudawym nalotem. Pachniała gorzko. Podniósł głowę, starając się przeniknąć wzrokiem plątaninę rzeźbionych pnączy. I wtedy zobaczył twarze. Wykrzywione w grymasie strachu i bólu, omotane lianami ornamentów. Z szeroko otwartych, ślepych oczu płynęły rdzawe łzy.

Cofnął się odruchowo, wytarł dłonie w skraj tuniki. Wiedział już, gdzie jest. W miejscu bez powrotu. W krainie żalu i łez. W podziemiach Domu Wieczności.

Zacisnął zęby. Gorzej po prostu nie można było trafić. Dostał się do twierdzy Mistrzów Blasku, otoczonego mroczną sławą gmachu, gdzie szkolono przyszłych Oświeconych.

A w piwnicach więziono i torturowano schwytanych pozyskiwaczy, pomyślał. Przebiegł go dreszcz. Dom Wieczności był opatrzony licznymi zabezpieczeniami. W środku aż pulsowało od mocy. Nie każdy potrafił się tu dostać, a prawie nikomu nie udało się stąd wyjść. Jedynym pryzem, na jaki może liczyć, będzie wyniesienie cało głowy. I to przy prawdziwym łucie szczęścia.

– Jasna cholera – szepnął, unosząc wzrok ku czarnemu, majaczącemu wysoko w górze sklepieniu. – Witamy w piekle.

Nie było na co czekać. Powinien jak najszybciej się wynosić. A przynajmniej spróbować.

Przymknął oczy i postarał się wywołać pod powiekami obraz ogrodu. W głębokiej czerni długo nie pojawiał się żaden wizerunek. Wreszcie zamajaczył słaby, blady punkcik. Berg skoncentrował na nim wszystkie siły.

– No dalej – wyszeptał. – Otwórz się.

Zamglone światełko zadrgało, powiększyło się nieznacznie. Daleko, ledwie widoczne, odwrócone niczym w soczewce, ukazały się surowe skalne ściany i ciemna kreska szczeliny między nimi. Wejście do ogrodu.

Lars zacisnął z wysiłku szczęki.

– Dalej! – syknął.

I wtedy zalało go oślepiające światło. Fala blasku przetoczyła się przez umysł Berga, ale za nią nie było już skał i jaskini. W poznaczonej srebrnymi bryzgami ciemności, która zapadła po przejściu błyskawicy, otworzyła się otchłań. Bezdenny wir pulsujący czerwonawą poświatą, potężny niczym tornado. Lars poczuł, że spada, i pojął, że będzie tak spadał przez wieczność. Jeśli się nie ocknie i natychmiast nie otworzy oczu.

Szarpnął się w górę. Poczuł gwałtowny opór i ucisk w głowie. Czerwień wokół zawrzała, ściany leja zakotłowały się, wybrzuszyły i zaczęły pękać. Ucisk przemienił się w nieznośny ból. Napór mocy przekraczał wytrzymałość.

Berg zrozumiał, że za chwilę straci przytomność.

– Chcę otworzyć oczy! – krzyknął. – Chcę wyjść!

Kolejna błyskawica pękła białym, oślepiającym blaskiem. Lars poczuł potężne uderzenie, a potem znalazł się na kamiennej posadzce Domu Wieczności. Podniósł się z trudem, mrugając oczami, przed którymi wciąż wirowały strzępy blasku.

– I to by było tyle – mruknął. – Przynajmniej wiem, że w ten sposób nie wyjdę.

Żeby wrócić do ogrodu, powinien opuścić gmach. Dopiero na zewnątrz zabezpieczenia osłabną.

Uśmiechnął się gorzko. Łatwiej było wpaść na ten genialny pomysł, niż go zrealizować.

Wspaniale, pomyślał. Sam się władowałem w pułapkę. Tylko jak do tego doszło?

Wciąż nie rozumiał, dlaczego dobrze zapowiadający się abordaż zaowocował katastrofą.

Rozejrzał się bezradnie. Sękate, płaczące kolumny nikły w ciemności sklepienia. Wyglądały jak pnie prastarych drzew w dżungli. Sala była ogromna. Wydawała się zupełnie pusta, ale nie mógł mieć pewności, czy coś nie kryje się w mroku pod ścianami.

Słyszał kiedyś o podobnym miejscu.

– To pewnie sala miraży – szepnął.

Ponoć w niej Oświeceni wyzwalali się całkowicie z okowów świadomości i dostępowali ostatecznej iluminacji.

Grunt to dobrze trafić, przebiegło mu przez głowę. Mam nadzieję, że nikt nie doświadcza tu teraz olśnienia.

Zanim nie usłyszał kroków, nie zdawał sobie sprawy, jak absolutna cisza panowała w przestrzeni między kolumnami. Drgnął zaskoczony.

Niedobrze, pomyślał.

Doskonale wiedział, że jeśli na spacer po podziemiach wybrał się wysoko wyszkolony Oświecony, natychmiast wyczuje obecność pozyskiwacza. Mimo to postanowił się ukryć. Istniała nikła szansa, że to adept lub nawet akolita. Albo wybraniec, który właśnie zamierza dostąpić ostatecznej wizji, stwierdził z ponurą satysfakcją.

Nie miał pojęcia, jak to jest zostać częścią cudzego oświecenia, ale miał szansę niedługo się przekonać. Przylgnął do wilgotnej, zimnej jak sopel kolumny. Starał się nie oddychać, choć i tak miał wrażenie, że w całej sali słychać prędkie uderzenia jego tętna.

Kroki się zbliżały. Sprawiały wrażenie ostrożnych, jakby niepewnych. W ciemności zamajaczyła biało ubrana sylwetka. Berg zamarł w bezruchu. Postać poruszała się powoli. Była drobna, ciemnowłosa i z każdą chwilą bardziej znajoma.

– Miriam! – syknął z wściekłością i niedowierzaniem.

Obróciła ku niemu bladą, wystraszoną twarz. Teraz już wiedział, że z pewnością nie była mirażem.

– Co tu robisz, idiotko? – spytał gniewnie, chociaż zdążył się domyślić, z jakiego powodu przejście okazało się tak fatalne w skutkach.

– Chciałam iść z tobą – wyszeptała. – Bo powiedziałeś, że mnie odeślesz...

– No to super – warknął. – Teraz oboje dostaniemy się w łapy Oświeconych. Przez twoją krańcową głupotę, królewno. Tym razem wpakowałaś nas tak, że prawdopodobnie nie uda mi się uratować twojego cennego tyłka. Wiesz, gdzie jesteśmy? To podziemia Domu Wieczności!

Nie słuchała.

– Berg – szepnęła blada jak ściana. – Tam coś się rusza.

Odwrócił się i spojrzał w półmrok, który wskazywała palcem.

Stworzenie poruszało się bezszelestnie. Ono też nie wyglądało jak miraż. Biegło w stronę Miriam i Larsa na sześciu długich, zakończonych zakrzywionymi pazurami łapach. Wydawało się nieco podobne do niepsa. Muszą należeć do pokrewnych gatunków, pomyślał Berg odruchowo, chociaż roztrząsanie pochodzenia stwora było w tej sytuacji zupełnie absurdalne.

Smukłe, groteskowo wychudzone ciało zwierza miało barwę popiołu. Wydawało się półprzejrzyste, jakby ulepione z mgły. Na długiej szyi kołysała się płaska, wydłużona głowa o niesłychanie długiej szczęce i obrzydliwie ludzkich zębach. Potwór zatrzymał się w odległości kilku kroków od Larsa. Pachniał intensywnie. Suchymi liśćmi i dymem z ogniska.

Wlepił w Berga wąskie żółtawe oczy o jasnych, błękitnych tęczówkach. W maleńkich jak szpilki źrenicach mieszkała odwieczna mądrość.

Lars się wzdrygnął, a potwór zaczął chichotać. Śmiał się słodko i okrutnie, głosem rozkosznych, lecz do szpiku kości złych dzieci. Dźwięk odbijał się od ścian sali i powracał zwielokrotnionym echem.

Miriam pisnęła cicho. Berg poczuł na przedramieniu uścisk jej lodowatych, mokrych palców. Nie mógł oderwać oczu od pyska stwora, wyszczerzonego w szerokim uśmiechu. On ma usta, pomyślał wstrząśnięty. Ludzkie usta, tylko bardzo szerokie. Targnęła nim fala nagłego obrzydzenia, tak potężna, że poczuł podchodzące do gardła mdłości.

– Ja jestem duszą – powiedział nagle potwór, wyraźnie i dźwięcznie. – A dusza jest wewnątrz mnie. Przypatrz mi się, wędrowcze. Odszedłem bardzo daleko, lecz wciąż jestem wewnątrz. To nauka. Ty zbierzesz jej owoce.

Zaśmiał się znów dziko, radośnie. Blade, odwieczne oczy patrzyły na Larsa obojętnie.

– Idź – nakazał stanowczo – tam, gdzie źródło bije. Będziesz potrzebny jednemu z nas. Temu, który nadal krzyczy. Pamiętaj, ja jestem duszą. Nie wierz w rozwiązania błahe i proste. Wewnątrz, wędrowcze. Czy nosiciel wody sam zostaje wodą? Czy obrońca serca staje się jego częścią? A teraz odejdź.

Wykonał nagły wyskok na wszystkich sześciu łapach, tak gwałtowny, aż oboje się wzdrygnęli. Zanosząc się wesołym, okrutnym chichotem, dał susa na pobliską kolumnę i wspiął się błyskawicznie po pnączach ornamentu.

– Co to było? – jęknęła Miriam.

– Nie wiem – szepnął Lars.

– Przecież mówiło do ciebie!

– Na miłość boską, co z tego? – warknął.

Spotkanie z potworem wstrząsnęło nim bardziej, niż powinno. Drżącymi rękami przegarnął włosy. Nie chodziło o to, co stwór powiedział lub zrobił. Lars nie mógł się pozbyć upiornego wrażenia, że wiedział. Znał każdą sekundę z przeszłości i przyszłości Berga, jakby poruszał się poza czasem. Jak demon czy bóg.

– Chodźmy – powiedział. – Nie możemy tu cały czas stać.

– Tam jest ich więcej – szepnęła Miriam drewnianym głosem.

Berg spojrzał na jej pobladłą, nienaturalnie nieruchomą twarz i nabrał poważnych podejrzeń, że dziewczyna za moment wpadnie w panikę.

Zerknął w głąb sali. Miała rację. Bezszelestne, smukłe cienie śmigały między kolumnami. Niektóre przebiegały, nie zwracając na intruzów uwagi, inne uśmiechały się uprzejmie, zatrzymywały i kiwały głowami. Jeden, który przemknął szczególnie blisko, niósł w pysku broczące krwią ludzkie ramię. Przystanął i skłonił się grzecznie.

Miriam wydała kolejny zduszony pisk. Berg chwycił ją za ramiona i energicznie popchnął.

– Nie patrz na nie – powiedział. – Chodź. Musimy iść.

Ruszyła posłusznie. Lars starał się trzymać blisko ściany, bezskutecznie rozglądając się za jakimkolwiek wyjściem. Uszli pewnie z tysiąc kroków, zanim je zobaczył. Prowadziło przez otwarte do krzyku usta wyrzeźbionej w ścianie kobiecej twarzy. Wyglądały nieprzyjemnie znajomo. Długi, kręty korytarz pełen rozgałęzień i odnóg, który otwierał się za nimi, też przykro kojarzył się z podziemiami „Babilonu".

Czyżby to była prawda? – pomyślał Lars. Czy naprawdę piwnice głównej siedziby gildii mogły sięgać do Domu Wieczności?

– Berg, gdzie my idziemy? – spytała płaczliwie Miriam.

– Nie mam pojęcia – odpowiedział zgodnie z prawdą.

Przywykł już do uporczywego zimna w ramieniu. Oczywiście, wszędzie tu było bardzo niebezpiecznie. Jednak tatuaż zakłuł nagle tak, że aż syknął z bólu.

– Co się stało? – szepnęła Miriam.

Oczy miała wielkie i spłoszone.

Uciszył ją gestem ręki.

Boczna odnoga korytarza kończyła się niewielkim pomieszczeniem. To stamtąd płynęła złowroga energia. Berg przylgnął plecami do ściany i ostrożnie wyjrzał zza węgła. Z posadzki wyrastał ogromny kwiat lotosu o ciemnych, połyskliwych jak antracyt płatkach.

Lars odetchnął z ulgą.

– Nie bój się – powiedział do Miriam. – Przejdź spokojnie obok i nie patrz w tamtą stronę. To tylko kwiat zła.

– Co to jest?

Wzruszył ramionami.

– Nie wiem. Słyszałem, że mają coś takiego. Nie sądzę, żeby okazał się bardzo groźny, jeśli nie będziemy go zaczepiać.

Zdążył zrobić dwa kroki, gdy kłucie w ramieniu zamieniło się w palący ból.

– Lars... – powiedziała Miriam niepewnie.

– Uciekaj! – krzyknął.

Światło wokół dziwnie pociemniało. Nie osłabło, tylko zaczęło robić się czarne. Powietrze zgęstniało, jakby wpadli nagle w melasę. Niosło ciężki, dławiący zapach, korzenny i słodki, a przecież mdląco trupi. Berg otworzył usta, ale nie był w stanie wydobyć głosu. Ruchy biegnącej przed nim Miriam stały się powolne, niezgrabne. Sam też z trudem przestawiał nogi. Niesłychanie powoli, z wysiłkiem, obrócił głowę i z przerażeniem stwierdził, że znajdują się znacznie bliżej czarnego kwiatu, jakby uciekali do tyłu. Nad koroną ostrych, trójkątnych płatków unosiły się cienie. Szare jak dym, widmowe postaci, wirujące majestatycznie w powietrzu. Z szerokich karków wyrastały ludzkie i zwierzęce głowy, ramiona kończyły się kilkoma parami bardzo giętkich i długich rąk.

Nie było na co czekać.

Walcząc z lepkim, stawiającym wyraźny opór powietrzem, wsunął rękę do kieszeni i namacał grudkę smolnej łzy. Nie była pewnie najlepszą bronią w tej sytuacji, nie wiedział nawet, czy zadziała, ale musiał zaryzykować. Wyszarpnął dłoń z kieszeni i upuścił łzę na posadzkę. Upadała zdumiewająco wolno, lecz gdy wreszcie sięgnęła kamiennej płyty, zmieniła się w złoty zygzak, który śmignął w stronę antracytowego kwiatu. Berg poczuł wstrząs towarzyszący lekkiemu zachwianiu mocy i zrozumiał, że na więcej nie może liczyć. Lepkie, zgęstniałe powietrze rozrzedziło się odrobinę. Chwycił Miriam za nadgarstek.

– Biegiem! – wychrypiał.

Ruszyli. Bergowi zdawało się, że wyrywa nogi z niewidzialnego bagna. Ale tym razem z każdym krokiem opór słabł. Wyrwaliśmy się, pomyślał z triumfem. Na wszelki wypadek nie puszczał jednak ręki dziewczyny i nie zwalniał biegu. Pędzili przez kręte, nisko sklepione korytarze.

– Mam dość! – wydyszała w końcu Miriam. – Zatrzymajmy się!

Usłuchał. Czarny lotos został daleko za nimi, nie czuł najmniejszego śladu duszącego zapachu.

Zdyszani, bez tchu, padli na płyty posadzki.

– Nie jest bardzo groźny, co? – wydyszała Miriam.

– Ja nas w to wpakowałem? – stęknął, przyciskając dłonie do boku.

– Czekaj, tam coś świeci – powiedziała. – Widzisz?

– Aha – potwierdził, bardziej zaniepokojony tym, co czuje.

Wszędzie – w podłodze, w ścianach, w powietrzu – płynęła moc. Odbierał każdą komórką ciała jej potężne, powolne tętno. Wibrowało jak niska, głęboka pieśń bez słów.

– Co to może być? – spytała Miriam z niepokojem.

Ukląknął, położył dłonie na płytach posadzki. Czuł, jak wibrują rzeźbione w gwiazdy i oploty kamienie.

– Studnia Mocy – szepnął.

Nie wierzył w jej istnienie. Nikt z Grabieżców nie dawał wiary tej legendzie. Nawet Arvani wypowiadał się na jej temat ostrożnie.

Oblizał suche nagle wargi. Podniósł na Miriam zdumione oczy.

– Co to znowu za cholerstwo? – jęknęła przestraszona.

– Graal – powiedział cicho. – Święty Graal pozyskiwaczy, dziewczyno.

– Święte co?

Potrząsnął głową, próbując zebrać myśli.

– Nie teraz. Muszę się zastanowić.

Nie dała za wygraną.

– Berg, czy to jest niebezpieczne? Może nas skrzywdzić?

Westchnął.

– Nie wiem. Sama studnia prawdopodobnie nie. To źródło niezwykłej potęgi. Czysta moc i wiedza. Kto wypije chociaż łyk, momentalnie stanie się równy Mistrzom Blasku. Rzecz w tym, że ona nie istnieje. To legenda, mit.

Nagle przypomniał sobie kartę wyniesioną z Biblioteki.

– Boże – szepnął. – Od tego musiało się zacząć! Znaleźli drogę do studni i posiedli władzę nad światem. Potem obudowali ją twierdzą. To ma trochę sensu. Czyli jesteśmy w samym środku Domu Wieczności. Niedobrze.

Miriam przewróciła oczami.

– O czym ty mówisz?

– O Mistrzach Blasku – rzucił, zirytowany jej głupotą. – Stąd się bierze ich siła, rozumiesz?

Spojrzała na niego z niechęcią.

– Berg, ciągle opowiadasz o tej studni. Skąd wiesz, że to naprawdę ona? Tam po prostu coś świeci. Może to zwykła lampa, ognisko albo nawet okno.

– Czuję ją, Miriam – powiedział. – Przemawia do mnie. Jeśli ty niczego nie odczuwasz, to masz ewidentny dowód, że nigdy nie zostaniesz pozyskiwaczką.

Obrażona, wydęła usta.

Berg wstał z westchnieniem. Zew studni był niezwykle silny. Pragnął podejść bliżej i chociaż raz zerknąć na źródło. Spojrzeć, jak strzela w górę słup nadprzyrodzonego światła. Wiedza. Potęga. Marzenie.

To tęsknota, pomyślał. Ten dziwny żal, który przepełnia mnie coraz silniej z każdym oddechem.

Wiedział, że powinni zawrócić. Studnia musiała być szczególnie chroniona. Mimo szalonej, przemożnej pokusy zaczerpnięcia mocy zdawał sobie sprawę, że nie uda mu się nawet podejść do źródła.

– Chodź – powiedział, a ta część duszy, która tęskniła, błagała, drżała i pragnęła, zabolała tak bardzo, że prawie nie był w stanie tego znieść. – Tu jest niebezpiecznie. Przy studni na pewno kręcą się strażnicy.

Miriam zagryzła wargę.

– Nie wierzę ci – rzuciła ostro.

– Oczywiście, że jej pilnują – zirytował się. – Myślisz, że tak sobie stoi i każdy może golnąć kubeczek?

Zadarła brodę.

– Myślę, że wcale jej nie ma.

W szarych oczach zobaczył głęboką urazę.

– Miriam – warknął. – Ja rozumiem, że można być ograniczonym, ale chyba nie do takiego stopnia.

Zacięła usta.

– Wymyśliłeś tę całą studnię, bo boisz się tam iść. A to może być wyjście.

Rozłożył ręce.

– Mam dość tych wariactw. Gdybym się bał, powiedziałbym prawdę.

– Chcę się przekonać, czy rzeczywiście brakuje mi talentu! Chcę ją zobaczyć! – krzyknęła.

Ja też, pomyślał Berg. Pragnął spojrzeć na studnię bardziej, niż uratować życie.

– Dobrze – powiedział ze złością. – Pokażę ci.

Ruszyli w głąb korytarza. Z każdym krokiem tatuaż Berga wysyłał silniejszy sygnał ostrzegawczy. Potęga bijąca ze studni dosłownie zapierała dech w piersi.

Ruchem ręki nakazał Miriam się zatrzymać tuż przed wejściem do komnaty, z której płynął biały blask. Z góry, znad framugi, spoglądały na nich zimne, szydercze oczy wykutej w ścianie kamiennej twarzy.

Miriam straciła sporo pewności siebie. Była blada i wyraźnie zdenerwowana.

– Nie przekraczaj progu – szepnął. – Wolno ci tylko zerknąć.

Skinęła głową. Ale to on zdecydował się zajrzeć pierwszy.

Nie była duża. Całkowicie pozbawiona ozdób, wzniesiona ze zwykłych, szarych kamieni, dość niska. Ponad cembrowiną stał słup zimnego, błękitnawego jak płynny lód światła. Przenikał przez strop i unosił się w górę, nieskończony, niepokonany. Jak boskie tchnienie. Od uderzenia mocy Bergowi zakręciło się w głowie. Zobaczył wirujące wokół światła postaci, przezroczyste niczym duchy, chociaż wiedział, że w pomieszczeniu nikogo nie ma.

Czuł się pusty i wiedział, że jeśli tylko uczyni drobny gest, studnia wypełni go i pochłonie na zawsze. Przeleje przez niego wiedzę, o której nie mogą śnić bogowie. Napełni umysł obrazami, przepali, pogrąży w nicości i wskrzesi. Stworzy na nowo jako promieniującego mocą nadczłowieka, istotę mądrości i chwały.

Musi się napić tej mocy. Błagała o to każda tkanka, każdy nerw. Stał się jedną, żywą potrzebą. Marzeniem o zanurzeniu się w studni.

Pragnął tego. Pożądał całą duszą. Chciał stopić się ze snopem światła, usłyszeć, otworzyć się na wszystkie tajemnice kosmosu, o których szeptała studnia.

– *I stracić coś bardzo ważnego, koleś* – odezwał się znajomy, drwiący głos w głowie. – *Samego siebie.*

Zacisnął palce na framudze. Nabrał głęboko powietrza. Cały dygotał. Nogi miał miękkie jak z waty. Po karku i skroniach spływały strumyczki potu, łaskocząc skórę.

Jezu, pomyślał. Jeszcze chwila i polazłbym tam jak dureń.

Snop strzelającego w sufit światła zasyczał złowrogo. Zdawał się przepalać na wylot wszystkie sfery niebieskie, przenikać wszystkie istniejące i urojone światy. Jak wbita w materię wszechświata włócznia. Jak broń, a nie źródło uzdrowienia. Studnia przyzywała śpiewnym, wabiącym głosem, a jednocześnie budziła przerażenie. Już nie był pewien, czy w lodowatym, niebieskawym blasku mieszka mądrość i dobro.

Nigdy nie ośmieliłbym się napić, pomyślał. Ta moc nie została stworzona dla ludzi.

Światło ściekało po ścianach pomieszczenia, płynne niczym woda. Żłobiło w kamieniu głębokie nisze, wypłukiwało sople i stalaktyty. Zupełnie jak rysunek na karcie, przypomniał sobie. W uszach słyszał wysoki, wibrujący dźwięk. Pieśń studni.

Moc. Źródło. Życie. Śmierć i nieśmiertelność.

Wzywała. To już nie było słodkie, kuszące zaproszenie, tylko rozkaz.

Oszołomiony, zapatrzony, w pierwszej chwili nie pojął, co się stało.

– Miriam! Stój! – zawołał rozpaczliwie, ale było już za późno.

Dziewczyna szła ku studni z wyciągniętymi ramionami, jakby podążała na spotkanie z dawno utraconą matką.

Wybuch zabrzmiał głucho, niezbyt głośno, jak wystrzał z papierowej torebki. Miriam zatrzymała się zdziwiona, nie mogąc zrozumieć, dlaczego otacza ją tuman szarego jak popiół kurzu. Machnęła ręką, starając się rozproszyć opar, i zakaszlała. Nagle drobiny zalśniły w powietrzu i znikły.

– Nie! – krzyknął Berg i rzucił się ku niej, nie zważając na smagnięcie zimna w ramieniu.

Ale człowiek nie jest w stanie wpływać na bieg czasu, nawet jeśli decydujący okazuje się drobny ułamek sekundy. Ten maleńki punkcik na osi wieczności, który definitywnie przekroczył granicę teraźniejszości i należy już do przerażającej, spowitej mrokiem krainy przeszłości.

Cokolwiek Berg teraz by zrobił, nie miało właściwie znaczenia. Upływu czasu nie potrafił zawrócić. Szara bomba wybuchła.

Na widok ściągniętej, zbielałej jak wapno twarzy Berga zdziwienie w oczach Miriam przerodziło się w przestrach.

Chwycił ją za ramiona.

– Dziewczyno, co ty zrobiłaś? – wyszeptał.

– Chciałam... – zaczęła, lecz urwała, bo w źrenicach Grabieżcy dostrzegła, że wszystko, czego kiedykolwiek mogła chcieć, przepadło.

– Szara bomba – wargi Larsa poruszyły się niemal bezgłośnie. – Jezu Chryste, szara bomba. Dlaczego mnie nie posłuchałaś?

Zadrżała.

– Nie wiem – szepnęła bezradnie.

Stał kilka kroków od mitycznego źródła chwały i potęgi, zaciskając dłonie na wątłych ramionach Miriam. I chociaż ratunek zdawał się być na wyciagnięcie ręki, zamknięty w lśniącym słupie bieli, Berg słyszał tylko szyderczy, złowrogi śmiech Mistrzów Blasku.

Tatuaż palił nieprzytomnym bólem, aż musiał z całej siły zaciskać zęby.

Nie dojdę, pomyślał. Nawet gdybym zdecydował się poświęcić życie, nie dojdę.

Cembrowinę studni otaczały, okrąg za okręgiem, zasieki pułapek. Widział je i czuł wyraźnie. Ukryte w podłodze ciemne, matowe nitki sieci Stockla. Cienkie jak przypadkowe zadrapanie smużki biczów Livelego. Drobne niczym okruszki ziarenka czarnych bomb. I różowawe, maleńkie serca diabła.

Zamknął oczy. To koniec, pomyślał. Niewidzialny stryczek wreszcie się zacisnął. Zabiłem tę małą. Boże, czy tak właśnie musiało się stać?

Płomień szalejący w ramieniu zmusił go wreszcie do rozwarcia powiek. Na ścianach i sklepieniu sali rodziły się pokraczne, ogromne cienie. Formowały się z mroku, powoli, lecz nieubłaganie. Zapadały i przeobrażały, przybierając formy dziwacznych krabów czy modliszek.

Strażnicy przybyli, zrozumiał, patrząc, jak jedyne drzwi zakleja gęsty, czarny opar. Nie było dokąd uciekać. Miriam drżała w jego ramionach. Słup błękitnego światła szumiał niskimi, gniewnymi tonami.

Może to i lepiej, pomyślał. Dostaną nas i wszystko się skończy.

Cienie gęstniały. Dostrzegł, jak powoli odrywają się od ścian, i zrozumiał, że nie chce poddać się bez walki.

Zacisnął mocno szczęki. Pieprzone dranie nie dorwą tak łatwo Miriam. Nie zasługuje na taki los.

Nie miał pojęcia, co zrobić. Wsunął do kieszeni dłoń w poszukiwaniu jakiejkolwiek broni. Namacał obły kształt księżycowej łzy. Obracał ją w palcach, jakby ta chłodna, gładka kuleczka mogła przynieść wybawienie. Wydawała się jedynym łącznikiem z prawdziwą stroną, jedynym przyjaznym przedmiotem we wrogim świecie Domu Wieczności. Niczym ostatni paciorek z nieistniejącego różańca Grabieżców. Właściwie dlaczego nie, pomyślał. Nadzieja dla głupców, kropla iluzji.

Płynnym, celnym ruchem rzucił opalizującą kulkę do studni. Śmignęła między okami strzelającej w powietrze sieci Stockla, minęła przemykający bicz Livelego, przeniknęła przez grafitowy dym czarnej bomby i płomienie diablego serca. I uderzyła w słup lodowego błękitu.

Cienie zawyły, skłębiły się jak chmury przed burzą. Potężny strumień blasku uderzył w strop i zeszklił kamienie sklepienia. Niewidzialne postacie zaniosły się straszliwym krzykiem. Posadzka zadrżała, po ścianach spłynęły rdzawe strugi krwi.

Berg poczuł gwałtowne szarpnięcie i ból w mostku i żebrach, jakby ktoś chciał wydrzeć stamtąd serce. Pociemniało mu w oczach, padł na kolana.

Błękitne światło przelewało się przez cembrowinę, wrzało. Moc studni spotęgowała wielokrotnie działanie księżycowej łzy. Nawet mury i posadzki pulsowały lękami, majaczeniami i mirażami Domu Wieczności. Wszystkie blokady osłabły, na chwilę zapanował czas księżyca, czas nocy i snów.

Lars w życiu nie spodziewał się takiego efektu. Mała kulka pełna iluzji zatrzęsła posadami twierdzy Mistrzów Blasku. Ale Grabieżca dobrze wiedział, że żadna sprzyjająca okoliczność nie trwa długo. Przewlekłe bywają tylko choroby i problemy.

Błękitny słup światła ryczał gniewnie, szalał jak gejzer, który dopiero co wyrwał się z podziemnej pułapki. Jak wulkan mocy.

Zalewał wszystko dookoła potężnymi falami jasności. Wydawało się, że cały budynek runie za moment, powalony wściekłością bijącej ze studni energii.

Berg spróbował wstać, ale zawirowanie mocy rzuciło go z powrotem na posadzkę. Oślepiony błękitnobiałą łuną namacał i uchwycił rękę dziewczyny. Wydawała się zimna i bezwładna jak rękawiczka napełniona piaskiem.

Mimo osłabienia i zawrotów głowy spróbował wywołać przed oczami obraz ogrodu. Jaskinia i skały co chwila zamazywały się, pękały na nieregularne, ostre kawałki. Jednak Lars pełzł ku nim niezmordowanie, wlokąc za sobą Miriam, aż znikły rzeźbione w gwiazdy i oploty płyty posadzki, zatopione w srebrnych iskrach wyładowań towarzyszących przejściu.

Wtedy zemdlał.

Ocknął się na piasku przed wejściem do groty. Potwornie bolała go głowa. Z trudem uniósł się na łokciach i stwierdził, że leży otoczony przez stojące kręgiem zwierzęta. Przyszedł nawet długowłosy, czarny koziołek, który nigdy nie podchodził blisko. Wszystkie milczały, spuściwszy głowy.

– Przykro mi – odezwał się w końcu Felis.

Odwrócił się i odszedł w stronę morza. Za nim w milczeniu ruszył koziołek. Pani Luiza rozpostarła skrzydła i wzbiła się w górę. Po chwili wyglądała jak ciemny punkt na niebie.

– Przykro mi – szepnął Euzebiusz. – Tak mi przykro, naprawdę.

Poruszył wąsatym noskiem i umknął pod kamień.

Został tylko Max. Stał nad Bergiem jak pomnik konia, który żegna umierającego pana.

– Ty też zdezerterujesz, Max? – spytał cicho Lars.

Koń wstrząsnął grzywą.

– Przykro mi – powiedział. – Nie potrafię pomóc.

Berg patrzył przez chwilę, jak wędruje po plaży.

A więc został sam. I sam musi wyjaśnić Miriam, że dla niej przyszłość przestała istnieć.

Dźwignął się z trudem na nogi. Czaszkę miał wypełnioną tłuczonym szkłem, które przesypywało się przy najmniejszym ruchu.

Dziewczyna leżała obok na piasku. Dotknął delikatnie jej dłoni. Skrzywiła się i zamrugała.

– Gdzie jesteśmy? – spytała. – Uciekliśmy?

– Tak – powiedział przez ściśnięte gardło.

Usiadła.

– O Najwyższy, tak się bałam. Przepraszam, Berg. Zrobiłam coś bardzo głupiego. Ale to ostatni raz, przysięgam.

– Wiem – szepnął.

Spojrzała na niego zaniepokojona.

– Coś się stało?

Odwrócił wzrok.

– Miriam – powiedział cicho. – Wpadłaś na szarą bombę, pamiętasz?

– Tak. – Wzruszyła ramionami. – Ale przecież uciekliśmy. I nic mi nie jest.

Splótł palce i zaczął je wyłamywać.

– Mistrzowie Blasku i Oświeceni są hipokrytami, Miriam. Nienawidzą nas, ale zasłaniają się humanistycznymi wartościami i oszukańczym szacunkiem dla życia. Zastawiają pułapki, ale nie zabijają pozyskiwaczy. Eliminują ich z gry. Okaleczają, żeby nigdy więcej nie mogli dokonywać abordaży. Schwytanym wydzierają talent, co kończy się utratą rozumu. Bomby... działają podobnie. Czarna powoduje szybko postępujący paraliż. A szara... szara paraliżuje umysł.

– O czym ty mówisz? – wyszeptała Miriam. – Co to ma znaczyć?

Z trudem przełknął ślinę.

– To będzie regres, jak cofnięcie w czasie. Twoje zdolności umysłowe będą stopniowo słabły. Szybko. Bardzo szybko. Cofniesz się do poziomu małej dziewczynki, jakbyś znów miała pięć, może sześć lat. Ja... Boże, nie wiem co powiedzieć... czuję się winny... i tak cholernie mi przykro...

Nie mógł na nią spojrzeć. Wpatrywał się w piasek między czubkami butów.

Miriam zerwała się na nogi. Dyszała ciężko. Jej twarz wykrzywił strach.

– Co ty opowiadasz?! Przestań mnie straszyć! Nie wierzę! Przecież obiecałam, że więcej nie będę... Berg, natychmiast przestań! To wstrętne żarty.

Ukrył twarz w dłoniach.

– Miriam – powiedział z bólem – ja nie byłbym w stanie w ten sposób żartować.

Rozejrzała się bezradnie, jakby szukała pomocy.

– Przecież muszą być jakieś leki! Jakaś odtrutka!

Potrząsnął głową.

– Zmiany są nieodwracalne. Lekarstwa mogą tylko opóźniać proces.

– Nie – wyszeptała, cofając się. – Najwyższy, nie!

Wyciągnął do niej rękę.

– Miriam... – zaczął.

– Zostaw mnie! – krzyknęła. – Zostaw, słyszysz?!

Odwróciła się i zaczęła biec plażą w stronę morza. Nie próbował jej gonić. Bezwiednie kopnął kamyk. Potem schylił się i podniósł inny, na wpół zagrzebany w piasku. Był śliczny, fioletowy, nakrapiany drobnymi białymi plamkami jak płatkami śniegu. Berg przez chwilę ważył go w dłoni, a potem cisnął daleko.

Chętnie zostałby trochę w ogrodzie. Posiedział na brzegu, patrząc, jak łaszą się do nóg przybiegające tłumnie fale. Zbierałby muszle i czarne, wygłaskane szerokimi dłońmi morza kawałki drewna. Spałby pod drzewem i może spróbował oswoić koziołka.

Ale nie z Miriam. Nieszczęsną, szaloną Miriam, którą przecież w jakiś sposób zabił, krążącą w pobliżu niczym żałobnica po samej sobie. Nie potrafiłby znieść jej w umyśle ani chwili dłużej.

Czas wracać, pomyślał. Do domu w samym środku piekła.

– Co tak długo? – spytał Dirk z wyrzutem. – Zaczynałem się martwić. Wszystkie maszyny chodzą jak trzeba. Nie udało ci się zgarnąć pryzu? Sezam się nie włączył.

Berg popchnął pokrywę koi.

– Jezu, Berg! Co się stało?! – stęknął mechanik na widok twarzy przyjaciela.

Lars przegarnął włosy.

– Miriam złapała ze mną synchron – powiedział zmęczonym, pustym głosem. – Dlatego wyrzuciło nas do Domu Wieczności. Uciekliśmy, ale Miriam nadziała się na szarą bombę.

– Boże – szepnął Dirk. – To straszne... ja... biedna dziewczyna.

Bergerson przygryzł wargę.

– Aha – mruknął.

– Cały czas siedziałem w azylu! – jęknął Dirk. – Jezu, gdybym się domyślił, gdybym miał chociaż cień podejrzeń, mógłbym... mógłbym ją wybudzić. Tylko skąd miałem wiedzieć?! Myślałem, że poszła na bazar!

– Teraz pójdzie do ochronki dla dzieci – szepnął Berg z goryczą. – Dlaczego nie zostawiłem jej w spokoju? Po co się wtrącałem? Żeby ją zabić?

– To nie twoja wina – wymamrotał Dirk. – Nie wolno ci tak myśleć.

– Jasne – żachnął się Berg. – Pewnie pana burmistrza.

Dirk nerwowo pocierał brodę.

– Trzeba zobaczyć, czy przeszła. I jak się czuje. Może potrzebować pomocy.

– Masz rację – szepnął Lars, uciskając palcami skronie. – Trzeba zobaczyć.

Miriam leżała na łóżku, wpatrując się w sufit szeroko rozwartymi oczami. Spróbowała coś powiedzieć, kiedy stanęli w progu, ale tylko bezgłośnie poruszyła ustami.

– Nie mogę – powiedział Berg stłumionym, głuchym głosem. – Jezu, po prostu nie mogę.

Minął Dirka, sięgnął po wiszącą w przedpokoju kurtkę i wyszedł, trzasnąwszy drzwiami.

Rozdział 9

Procesja ciągnęła całą szerokością ulicy. Berg usunął się niechętnie pod ścianę najbliższego domu, żeby przeczekać, aż arturianie przejdą. Od czasu wypadku Miriam często włóczył się bez celu po mieście. Ale długie wędrówki nie przynosiły ulgi. Żal, który w sobie nosił, nie chciał nawet przygasnąć.

Pochód przybliżał się. Idący na czele kapłan trzymał w wyciągniętych dłoniach wystrugany z drewna, pomalowany na złoto kielich. Na długich, srebrzystych włosach nosił wyciętą z blachy koronę. Czerwoną, sięgającą za kolana tunikę, którą miał na sobie, zdobiły metalowe naszywki w kształcie gwiazd i półksiężyców. Przy każdym ruchu wydawały cichy brzęk.

Wyznawcy, spowici w bure habity, z naszytym na piersi emblematem przedstawiającym kielich spoczywający na grzbiecie ryby, mruczeli monotonną, ponurą pieśń. Kilku uderzało w kołatki lub potrząsało ceramicznymi dzwonkami.

Starzec w czerwieni wykrzykiwał niezmordowanie ochrypłym z wysiłku głosem:

– Ocknijcie się, bracia! Z morza, z głębiny przybywa zagłada! Lecz ten, co ujrzy święte Naczynie Krwi, odnajdzie łaskę. Król Morza, Pan Ryb zachował je dla was! Na Wyspie Jabłek spoczywa święte Naczynie Krwi. Tam władcy o długich włosach uzdrawiają błogosławionymi dłońmi i wieszczą przyszłość. I widzą zagładę, która pochłonie wszystko! Lecz ci, którym pozwolą pić z Naczynia, radować się będą w sercach swoich! Ocknijcie się, bracia! Przyłączcie się do uczty Króla Ryb!

Berg skrzywił się z niesmakiem. Starowina mógłby się przynajmniej nauczyć, jak to naprawdę szło, pomyślał.

Procesja wlokła się niemiłosiernie. Kapłan widocznie stracił dech, bo przestał krzyczeć, a do akcji włączyły się bębny i piszczałki. Hałas przyprawiał o ból głowy.

– Cholera – syknął Lars. – Chyba chcą, żeby ich usłyszeli na Wyspie Jabłek.

Wreszcie kiedy ostatnie bure habity przemaszerowały obok, mógł przejść na drugą stronę ulicy. Jednak zatrzymał się na skraju zapadniętego chodnika i zaklął.

Na końcu pochodu wolniutko sunęła znajoma limuzyna. Tancerz z czerwonym czubem nad czołem zatrzymał auto naprzeciw Berga. Drzwiczki otworzyły się ze skrzypnięciem.

– Wiedza o historii i kulturze naszego kontynentu jest zatrważająco niska – powiedział Angelos.

Berg wbił ręce w kieszenie.

– Co za przykrość – mruknął.

Angelos poklepał zachęcająco siedzenie obok siebie.

– Podwieźć cię? – spytał.

– Nie.

Tancerz potrząsnął grzywą turkusowych włosów.

– Moja propozycja jest wciąż aktualna.

Berg wzruszył ramionami.

– Moja odpowiedź też.

Angelos zmrużył oczy.

– Zadziwia mnie twój upór. Zniszczyli ci sprzęt. Ja oddam do twojej dyspozycji nowy, o klasę lepszy. Jaszczur zablokował ci dostęp do leków. Ja zapewniam moim pracownikom wszelkie niezbędne środki za darmo, w ramach kontraktu. Przewiduję nawet urlopy, bo zmęczony pracownik to pracownik mniej wydajny.

Usta Larsa rozciągnął nieładny, krzywy uśmieszek.

– Idź rozdawać swoją darmową zupę w Mrowisku, Tancerzu. Chyba zapomniałeś, że rozmawiasz z Grabieżcą.

Angelos westchnął. Po raz pierwszy po jego kamiennej, nieruchomej twarzy przemknął cień irytacji.

– Mylisz się, Bergerson. Nie zapomniałem. Prowadzę wiele misji i wiele projektów, których istnienia nigdy byś nie podejrzewał. Ale i mnie zdarza się borykać z problemami. Nie uwierzysz, czego najbardziej mi brakuje. Nie pieniędzy, wpływów, czy nawet możliwości. Ludzi, Grabieżco. Nie pozwolę, żeby marnował się talent. Prawdziwy talent, panie Końska Czaszka. To w dzisiejszych czasach niedopuszczalne zaniedbanie. Powtórzę raz jeszcze. Pracuj dla mnie.

Lars podszedł do samochodu, oparł rękę o dach i pochylił się nisko.

– Nie pracuję dla nikogo, Tancerzu. Wiem, jak to się kończy.

Szczęki Angelosa drgnęły.

– A wiesz, jak się skończy, jeśli nie będziesz? – spytał.

Berg cofnął się o kilka kroków.

– Miłej podróży – warknął.

Tancerz zatrzasnął drzwiczki i limuzyna ruszyła z rykiem silnika.

Patrzył na spoczywającą w zagłębieniu dłoni zieloną pigułkę. Zdecydowanym ruchem wrzucił ją z powrotem do pudełka i zakręcił wieczko.

Potrzebował pryzów. Cennych pryzów, które mógłby z zyskiem spieniężyć. Ostatnie wyprawy nie przyniosły nic ciekawego. Ledwo starczyło na jedzenie i podstawowe lekarstwa dla Miriam. Stan dziewczyny pogarszał się dość powoli, lecz wyraźnie. Zapominała trudniejsze słowa, miała kłopoty z formułowaniem dłuższych zdań. Bez powodu wpadała w euforię albo dąsała się i płakała. Walczyła, ale widział, jak gaśnie, jakby stopniowo zapadała się w coraz gęstszą mgłę.

Niedługo zagubi się zupełnie, pomyślał.

Nie umiał jej pomóc i to bolało najbardziej.

Zresztą z nim też było kiepsko. Objawy zapowiadające niekontrolowane przejście właściwie nie ustępowały. Cały czas czuł charakterystyczne łamanie w kościach, męczyły go częste zawroty głowy. Widywał, gdzieś na granicy wzroku, przemykające cienie i nieistniejące kształty. Czasami perspektywa ulegała niezwykłemu zakrzywieniu, przedmioty wydawały się większe lub bardziej oddalone niż w rzeczywistości.

Siedział na krześle w kuchni i gapił się smętnie w podłogę. Łapał się na tym, że coraz częściej popada w takie bezmyślne transy. Zwykle umykało w ten sposób kilka minut, rzadziej godzina lub dwie.

Rozmasował zesztywniały kark. Czas do roboty, pomyślał. Może tym razem się poszczęści.

Wiedział, że nic z tego, ledwo otworzyło się przejście. Śmignął błyskawicznie przez ciemność i spadł, zanim się zorientował, gdzie go wyrzuciło.

Leżał na trawie, a nad nim wisiał ogromny, szeroko uśmiechnięty łeb gipsowego lwa. Z jaskraworóżowej paszczy wystawał ozór podobny do plastra szynki. Na pysku drapieżnika malował się wyraz krańcowego zidiocenia. Gipsowa grzywa mieniła się płomienistymi barwami. Między obłymi jak serdelki łapami zwierza, w objęciu monstrualnych niczym u dinozaura pazurów, spoczywało zezowate jagnię, przypominające pudla. Oba stwory wyglądały, jakby wyrwały się z obrazu nawiedzonego prymitywisty.

– I po pryzach – szepnął Berg, siadając.

Wstał, otrzepał tunikę. Wiedział już, gdzie trafił. Nie spodziewał się specjalnych niebezpieczeństw, ale wolał nie rzucać się w oczy.

Przebrnął przez trawnik i dostał się na żwirową alejkę okalającą skwer. Miał szczęście, że prawie zupełnie pusty. Daleko w końcu ścieżki siedział na ławce jakiś nieruchomy, zastygły w jednej pozie staruszek. Obok stał wózek wypełniony śmieciami. Kartonami czy kawałkami dykty. Staruszek spał, a może po prostu oszczędzał siły. Widocznie przypadała pora obiadu albo modłów, albo innego cholerstwa. I całe szczęście. Akolita, pojawiający się znikąd w strugach iskier, w parku pełnym dzieci, mamuś i opiekunek wywołałby niezdrową sensację.

Rozejrzał się uważnie. Drzewa na skwerze były rachityczne. Z wielkimi, bladymi liśćmi i pokręconymi konarami wyglądały niezdrowo. Łuszczące się płaty kory sprawiały wrażenie, jakby ktoś je obgryzł. Sterczący pośrodku trawnika postument z lwem i jagnięciem ozdabiał wymalowany krwistymi literami napis: „Szczęśliwość i praca dobrem się odpłaca".

Berg skrzywił się z niesmakiem.

– Co za syf – mruknął, kręcąc głową.

I wtedy poczuł leciutkie muśnięcie chłodu w ramieniu. Wraz z nim pojawiło się nieprzyjemne wrażenie, że jest obserwowany. Udając, że poprawia z tyłu nogawkę spodni, odwrócił się i spojrzał za siebie.

Na ławeczce parkowej siedziała przycupnięta staruszka. Wlepiała w Berga niespokojne, sowie oczy. W okropnej, różowej sukience, spod której wystawały sterczące, gruzłowate kolana i cienkie patyki nóg, wyglądała jak chora papuga. Nerwowo podrygujące stopy tkwiły w różowych, sfatygowanych pantoflach.

Jezu Chryste, pomyślał Lars.

Staruszka przywodziła na myśl przedwcześnie postarzałe dziecko albo wiekową lalkę, którą strach się już bawić. Gapiła się na Larsa uporczywie, z lękiem. Dopiero po chwili spostrzegł, że na podołku kobiety spoczywa kłębek tak samo różowej jak sukienka włóczki, a w starczych, sękatych palcach tkwi bezkształtny kłąb nici i drutów.

Odetchnął z ulgą.

– Pracuj spokojnie, matko – rzucił chłodno.

Druty zaczęły bezradnie dźgać kłębowisko włóczki.

Lars odszedł niespiesznie, zostawiając nieszczęsną starą papugę, która kiwała się monotonnie nad robotą.

Więc tego się obawiała, pomyślał ze smutkiem. Że przyszedłem skontrolować postępy w produkcji tego żałosnego różowego gówna. Bała się, bo jest zbyt niedołężna i ślepa, żeby dziergać. Witajcie w raju pod wezwaniem gipsowego lwa.

Zatrzymał się na skraju skweru. Wioska sprawiała przygnębiające wrażenie. Nie było ulic, tylko żwirowe lub bite dróżki. Niskie, identyczne domki stały w równych rzędach wzdłuż głównej, wysypanej piaskiem alei. Wszystkie były pomalowane na przemian na błękitno i różowo. Dachy pokrywała połyskująca srebrzyście blacha. Każdy budynek miał od frontu dwa okna i białe drzwi pośrodku. Mimo że pozornie zadbane, domy były porządnie nadszarpnięte upływem czasu. Kolory wyblakły od słońca, podmurówki nosiły wyraźne ślady zawilgocenia, gdzieniegdzie odpadał płatami tynk. Niektóre dachy pozapadały się lekko, niektóre ściany wykrzywiły.

Jedyny solidny, duży budynek stał na końcu ulicy. Lśnił czystą, pałającą w słońcu bielą. Ośmiokątny, nakryty kopułą wyglądał jak cukiernica. Tylko że rzadko zdobi się serwisy wielkimi czerwonymi napisami. Zwłaszcza jeśli głoszą: „Chwała Dwunastu Wielkim. A Naszemu Ojcu, Zbawcy i Dobroczyńcy chwała po tysiąckroć”.

Chram Mistrzów Blasku, rozpoznał natychmiast Lars. Wsadził ręce w kieszenie i splunął pod nogi.

Czas się zmywać, pomyślał. Kolejny abordaż psu na dupę.

Wtedy drzwi chramu się rozwarły. W równych rzędach, jakby zjeżdżały z taśmy, wyszły ze świątyni dzieci. W całkowitej ciszy, trzymając się za ręce, maszerowały przed siebie. Żadne nie ośmieliło się odwrócić głowy. Na czele i po bokach, jak psy pilnujące stada, sunęły opiekunki. Za dziećmi z chramu wychodzili dorośli, także milczący, bez śladu uśmiechu. Wszyscy byli identycznie ubrani. Kobiety w proste, błękitne lub różowe, szerokie, sięgające kolan sukienki. Mężczyźni w białe, lniane koszule i bure spodnie. Nawet fryzury wyglądały tak samo. Kobiety nosiły włosy prościutkie, schludnie obcięte na wysokości szczęki. Męskie głowy były po prostu krótko wygolone.

Wyglądali, jakby wypadli spod jednej sztancy.

Na widok trzech kolejnych postaci Berg nieco się zaniepokoił. Rozpoznał bowiem żółte tuniki adeptów i tęczową akolity. Wychodzili z chramu swobodnym krokiem, bez sztywności i podszytej lękiem powagi wiernych. Rozmawiali głośno. Jeden z adeptów zatrzymał się na stopniach świątyni i przeciągnął.

Tutaj pełnili rolę kapłanów, urzędników, sędziów i policjantów. Ostatecznej instancji, bogów.

Lars nie miał najmniejszego zamiaru nadziać się na któregoś i narazić na kłopotliwe pytania. W ogóle zbyt duży tłum na ulicy był mu nie na rękę. Modły mogłyby jeszcze potrwać, pomyślał kwaśno, wycofując się w głąb skweru.

Musiał poszukać ustronnego miejsca, żeby przedostać się do ogrodu, ale w wiosce wybranych to nie było takie proste. Tutaj próba odseparowania się choć na moment od ogółu z miejsca budziła podejrzenia. Na szczęście miał na sobie przebranie akolity, które zapewniało swobodę działania.

Wolnym krokiem przemierzył skwer. Minął wielki głaz, który krwistymi literami obwieszczał, że: „Ojcu i Zbawcy, Słońcu Świata, wdzięczność i miłość na wieki", i znalazł się w pustej alejce. Daleko u jej wylotu pojawił się mężczyzna pchający taczkę, ale Lars nie miał zamiaru się tym przejmować. Najwyżej zobaczy cud wniebowzięcia akolity.

Wyobraził sobie jaskinię wśród skał i zaczął biec.

Westchnął ciężko i podparł pięścią brodę.

– Niedobrze – powiedział półgłosem.

Nic nie szło tak, jak powinno. Po nieudanym abordażu do wioski wybranych kolejne też okazały się klęską. Ze dwa razy przyniósł kiepskie, tanie pryzy godne pierwotniaków. Starczyły zaledwie na trochę warzyw i kawałek mięsa. O lekach dla Miriam nie było co marzyć. Zresztą dziewczyna źle reagowała na kurację. Ostatnio jej stan gwałtownie się pogorszył. Zapadała w niebyt w zastraszającym tempie. Nie wiedział nawet, czy go poznaje. Bawiła się drobnymi przedmiotami, guzikami, patyczkami, szczapkami na podpałkę. Po tym, jak podpaliła obrus w kuchni, zaczął chować zapałki.

Mieszkanie pod jednym dachem z Miriam wpędzało go w nieustanne przygnębienie. Sam też czuł się coraz gorzej. Przez jakiś czas dzielił pastylki na pół, ale przestał, kiedy w łazience otwarł się przed nim rozległy, porosły czerwoną trawą step ze sterczącymi gdzieniegdzie stożkowatymi konstrukcjami przypominającymi kopce termitów, a w rogach sypialni wyrosły grube jak męskie ramię liany, po których śmigały maleńkie wielorękie małpki, błękitne jak niebo w sierpniu.

Potrzebował pieniędzy. Potrzebował leków. Potrzebował jakiejkolwiek nadziei.

Potarł palcami zmęczone oczy.

– *Myśl realnie, Berg* – odezwał się znajomy, nieprzyjemny głos w głowie. – *To koniec. Ta droga prowadzi na dno. Już po tobie, Grabieżco. Czas się z tym pogodzić. Cudu nie będzie.*

Zacisnął dłonie w pięści. Może i nie będzie, pomyślał. Ale nie miał zamiaru się poddać. Nie pozyskał żadnych porządnych pryzów, trudno. Zły okres trzeba przeczekać. Przetrwać do chwili, kiedy los się odwróci. Jeszcze nie czas na klęskę. Wciąż zostało coś, co mógł sprzedać.

Stanął cicho w progu pokoju. Miriam siedziała na podłodze plecami do drzwi, nuciła coś i mówiła do siebie. Widocznie usłyszała, że wszedł, bo odwróciła się. W dłoni ściskała kłębek kolorowych gałganków.

– Popatrz – powiedziała. Na jej pustej zwykle twarzy malowało się ożywienie. – To Mizia, widzisz? Bawi się ze mną.

Berg poczuł ucisk w gardle.

W chudych dłoniach dziewczyny podrygiwała szmaciana kukiełka. Dwie wymalowane sadzą kropki i wygięta kreska, które miały być oczami i ustami lalki, dla Berga przybrały rysy złowrogiego, okrutnego demona. W pokoju rozlegał się jego szyderczy chichot.

– Przywitaj się z Mizią – nakazała Miriam, wyciągając ku Larsowi rękę dzierżącą zabawkę.

– Witaj, Miziu – powiedział ochryple i zrozumiał, że pułapka właśnie się zamknęła.

Kiedyś, sam nie wiedząc w jakim momencie, wpuścił do domu diabła. A teraz nieproszony gość otworzył przed nim drzwi do otchłani.

Kantorek Glizdy jak zwykle zawalony był śmieciami. Głowa właściciela ledwie wystawała spod sterty piętrzących się na ladzie gratów.

– A, pan Końska Czaszka – zawołał na widok Larsa. – Co za niespodzianka. Niestety, muszę cię rozczarować, Berg. Zielonych wciąż nie ma. Za każdym razem upominam się u dostawcy, ale nic nie dostaję. Prawdziwy pech, co?

Lars wsadził ręce do kieszeni.

– Nie przyszedłem po leki – powiedział chłodno.

– Nie? – Brwi Glizdy uniosły się w zdumieniu. Przypominały dwie gąsienice próbujące wykonać mostek. – Chcesz wybrać coś z towaru? Jakąś konkretną rzecz czy po prostu ładny drobiazg? A może prezent?

– Chyba że dla śmiertelnego wroga – warknął Lars. – Przyszedłem w sprawie kolekcji pana Woo.

Czekał na jeden szyderczy uśmiech, na wyraz triumfu pojawiający się na twarzy handlarza, ale Glizda tylko przymrużył oczy.

– Chcesz sprzedać tatuaż, Berg? – spytał wolno. – Więc aż tak cię przydusiło?

Usta Larsa wykrzywił brzydki, drapieżny grymas.

– Znudził mi się, Glizda – powiedział.

– Taa – mruknął handlarz. – Po tylu latach nic dziwnego.

– Umówisz mnie?

Glizda uśmiechnął się krzywo.

– Z pewnością. Przecież zgarnę działkę.

– Kiedy mam się dowiedzieć?

Handlarz postukał palcem w ladę.

– Przyjdź pojutrze. Podam ci miejsce i czas. Pan Woo z pewnością się ucieszy. Przywiązuje wielką wagę do tej kolekcji.

– Nie wątpię – mruknął Berg. – Nie zbiera też przypadkiem odciętych palców albo naszyjników z uszu?

Glizda zaśmiał się i wzruszył ramionami.

– Kto go tam wie – powiedział.

Lars bez pożegnania sięgnął do klamki.

– Hej, Berg – zawołał za nim handlarz. – Rozumiesz oczywiście, że cena będzie niższa niż proponowana pierwotnie?

– Oczywiście – powtórzył Lars i wyszedł.

Płaski, podłużny magazyn wyglądał jak klocek porzucony przypadkiem przez dziecko olbrzyma. Intensywnie szafirowy, kanciasty kawałek układanki nie z tego świata. Wyraźnie odcinał się na tle szarych, w większości opustoszałych domów i wysokich, ponurych murów, które ograniczały ulice do wąskiego kanionu jezdni. Na frontowej ścianie jaskrawożółte litery obwiedzione czerwonym obrysem oznajmiały: „Woo i synowie", jakby chodziło o jakąś trupę cyrkową. Brakowało tylko ryczących słoni i lwów przeskakujących płonące obręcze.

Lars zatrzymał się pośrodku ulicy.

Co jest? – pomyślał. Ma tego tyle, że musi trzymać w specjalnym magazynie?

Wyobraził sobie sterty zasuszonych płatów skóry, pudła pełne zabalsamowanych palców i słoje marynowanych oczu starannie umieszczone na półkach, obdarzone podpisem i numerem katalogowym. Obraz był tak absurdalny, że zachciało mu się śmiać.

– Przykro mi, Max – szepnął – ale sprzedam twój łeb prawdziwemu koneserowi makabry.

Podmuch wiatru wyrwał się nagle spomiędzy domów i uderzył Berga w plecy. Niósł w sobie zapowiedź zbliżającej się zimy. Grabieżca zadrżał.

Jeszcze mogę zawrócić, pomyślał. Odejść i...

– *Nie przeżywać tego upokorzenia* – szepnął stary, złowrogi przyjaciel. – *A potem spokojnie wyciągnąć kopyta i zostawić Miriam bez środków do życia.*

– Zamknij się – syknął Berg.

Czasem był niemal pewien, że niewidzialny towarzysz nie jest żadnym wewnętrznym głosem, podszeptem intuicji, tylko symptomem nasilającego się szaleństwa. Jedną z wielu nierzeczywistych istot, które wkrótce zaczną do niego przemawiać.

Szafirowy klocek sterczał pośród na wpół zrujnowanych kamienic jak fałszywa obietnica lepszej przyszłości. Zapowiedź nowego, kolorowego świata rodem z naiwnych, dziecięcych tęsknot, gdzie wszyscy żyją szczęśliwie.

Larsowi wydał się nagle złowrogi niczym kostnica.

Grabieżca roztarł zmarznięte ręce. Stał na chłodzie, drżąc w podmuchach wiatru, patrzył na pierwsze maleńkie drobiny śniegu, białe płatki mroźnych kwiatów zimy i próbował wzbudzić w sobie wściekłość. Złą, pełną drwiny nonszalancję, pogardę wobec tej upiornej, dziwacznej kolekcji szaleńca, wobec świata, okoliczności i własnego upadku. Godność przegranego, pokonanego wojownika. Ale czuł tylko głęboką, ciężką do zniesienia bezradność. Świadomość końca.

Pożałował, że się nie napił, że nie zabrał ze sobą flaszki śliwowicy albo chociaż taniej podróby whisky, na którą było go jeszcze stać. A tak przyjaciel strapionych nie mógł go teraz pocieszyć. I pomóc wejść do tej idiotycznej, niebieskiej rzeźni.

Wsadził ręce w kieszenie. Nic nie uda się uzyskać, niczego wygrać. Jeśli ucieknie, ocali kawał skóry z ramienia z kolorowym obrazkiem wykłutym tuszem, ale nie przetrwa. A przecież o to chodzi. Żeby przeczekać. Żeby się nie poddać.

Zacisnął zęby.

Dalej, Grabieżco. Pokaż, na co cię stać. Zasil kolekcję sadystycznego wariata kolejnym trofeum. Tak żebyś nie musiał się wstydzić, kiedy wspomnienie powróci w ciężkim, niespokojnym śnie wiele nocy później.

Prostokąt jedynych drzwi świecił krwistą czerwienią. Wyglądał jak drobne skaleczenie na boku szafirowego, kanciastego wieloryba. Berg pociągnął za uchwyt zastępujący klamkę i wszedł do środka. Spodziewał się wielkiej, zastawionej pakami hali, a znalazł się w wąskim korytarzu między pomalowanymi na biało, schludnymi ścianami. Na końcu znajdowały się kolejne drzwi, obite blachą. Otworzyły się cicho i w progu stanął mały, łysy człowieczek ubrany w seledynowy kitel.

Jezu, pomyślał Berg, wygląda jak rasowy naukowiec. Brakuje tylko okularów.

Człowieczek uśmiechnął się szeroko.

– A – zapiszczał cienkim głosem – pan Bergerson, jak sądzę?

Niestety, nie doktor Livingstone, stwierdził Lars z goryczą. A szkoda.

Skinął głową.

– Tak, to ja – potwierdził.

– Proszę za mną, wszystko już przygotowane – powiedział seledynowy kitel, jakby chodziło o wizytę u dentysty.

Berg poczuł nieprzyjemne mrowienie w opuszkach palców. Dłonie miał lekko wilgotne. Wolałby, żeby wszystko odbyło się szybko, bez zbędnych ceregieli.

Człowiek w kitlu otworzył metalowe drzwi, a Larsowi nie pozostało nic innego, jak przekroczyć próg. Znalazł się w jasno oświetlonej, obszernej sali i zatrzymał się, zdziwiony. W życiu nie widział tylu urządzeń. Większości nie był nawet w stanie rozpoznać. Wszystkie zdawały się plonem abordaży. Przysadziste sensory, pionowe i poziome cylindry przerzutni, przejrzyste sześciany energetyczne, piramidy i wielościenne bryły z matowego kamienia, tuleje, bańki i kopuły tworzyły składowisko cudacznych pryzów. Niektóre maszyny pracowały, emitując mdłe, blade światło albo wydając niskie, wibrujące dźwięki, inne wydawały się całkiem martwe. Spora część sprawiała wrażenie zupełnego złomu.

Kto pozyskał coś takiego? – pomyślał Berg z lekkim niepokojem. I w jaki sposób?

Trudno mu było przyznać, że nie wie. W końcu należał do najlepszych Grabieżców w mieście. Pracował w branży od lat i znał niemal wszystkich pozyskiwaczy. Ale żaden z nich nie potrafił znosić takich pryzów.

Niepokój zmienił się w niepewność i osiadł nieprzyjemnym ciężarem gdzieś w okolicy żołądka. Lars przełknął ślinę.

– Proszę iść śmiało – zachęcił uprzejmie mały człowieczek. – Tędy.

Berg posłusznie wykonał polecenie. Nie miał zamiaru o nic pytać, żeby nie obnażać swojej niewiedzy, a przewodnik widać nie uważał za słuszne składać wyjaśnień.

Ominął gigantycznych rozmiarów balon z ciemnego szkła, w którym wrzała i przelewała się jakaś ciecz, choć urządzenie nie było podłączone do żadnego sześcianu energetycznego, i za cienkim przepierzeniem zobaczył drugą, znacznie mniejszą salkę, urządzoną jak laboratorium.

Pośrodku pomieszczenia stał metalowy fotel, nieprzyjemnie kojarzący się z dawno zapomnianym krzesłem elektrycznym. Przy długim stole kręciło się trzech niskich, łysiejących mężczyzn w zielonych kitlach.

Lars nie mógł oprzeć się wrażeniu, że są bliźniaczymi braćmi jego przewodnika.

Co jest? – pomyślał. Wyjmują ich z pudełka?

Zaniepokojenie przeradzało się powoli w strach. Niemiły ucisk w żołądku wzmógł się. Trzej mężczyźni nie zwracali na Berga najmniejszej uwagi. Odzywali się wyłącznie do siebie, a treść ich rozmowy wydawała się pochodzić z jakiejś ponurej makabreski.

– Inkubator przetrwalny gotów?

– Pracuje. Nie wykazuje anomalii po naprawie. Nie powinien sprawiać kłopotów.

– Nawet nie może. Kuweta z pożywką przygotowana?

– Tak, oczywiście.

– Musi spełniać wszystkie parametry, a przede wszystkim być świeża.

– Ależ jest. Bez obaw.

– Bez obaw? Ostatnim razem pożywka okazała się zainfekowana i skóra obumarła. Musi żyć przez długie lata, inaczej rysunek straci swoje właściwości. Ile razy mam powtarzać?

– Z pewnością wystarczająco wiele. Jest czysta i gotowa na przyjęcie skóry.

– Mam nadzieję. Inaczej pan Woo byłby niepocieszony. Nagrzewarka włączona?

– Od dawna. Osiągnęła poziom minimalny.

– Wyregulujcie temperaturę. Nie możemy dopuścić do wystąpienia procesów gnilnych.

Jezu, pomyślał Berg. Co ja tu robię?

Wszystko przypominało koszmarny sen o domu wariatów, gdzie prowadzą eksperymenty na ludziach.

– Proszę się rozebrać – powiedział uprzejmy człowieczek. – A potem usiąść na fotelu.

Jasne. A gdzież by indziej?

Berg zaczął ściągać ubranie. Bardzo nie chciał, żeby seledynowy kitel zauważył, że drżą mu dłonie. Dopiero teraz zdał sobie sprawę, że założył golf. Niezbyt rozsądnie, bo później może mieć kłopoty z wciągnięciem go na siebie.

– Chciałbym dostać zapłatę z góry – powiedział, starając się, żeby głos brzmiał chłodno. – Tak na wszelki wypadek.

Łysy doktorek uśmiechnął się szeroko.

– Ach, oczywiście. Byłbym zapomniał. Proszę.

Wcisnął w rękę Larsa zwitek banknotów. Cienki. Cieńszy, niż się spodziewał. Grabieżca obrócił go w palcach. Pięknie. Przecież nie będę się teraz awanturował.

Wsadził pieniądze do kieszeni spodni. Trzydzieści srebrników za zdradę starego, nieżywego od wielu lat konia. Może to i nie tak mało.

Seledynowy położył rzeczy Larsa na niskim stoliczku i zapraszającym gestem wskazał krzesło. Stało złowrogie jak przedmiot z sali tortur. Nogi miało przymocowane do podłogi solidnymi śrubami.

– *Niedobrze* – powiedział głos w głowie Berga i umilkł taktownie. Bergerson usiadł na fotelu. Wydawało mu się, że objął go zimny, nienawistny uścisk, jakby padł w ramiona śmiertelnego wroga. Doktorek majstrował coś z tyłu oparcia.

– Proszę położyć dłonie na podpórkach – powiedział.

Niepokój zacisnął zimną pięść w okolicy żołądka Grabieżcy.

– Po co? – spytał Lars nieufnie.

– Założę opaski na pańskie nadgarstki i przedramiona, żeby unieruchomić ręce.

– No nie! – warknął Berg. – To jakieś pieprzone żarty!

Seledynowy kitel rozłożył ręce.

– Ależ skąd, zwykła procedura. Czeka pana skomplikowany zabieg. Jeśli pan drgnie lub poruszy się zbyt gwałtownie, tatuaż może ulec uszkodzeniu, a wówczas straci właściwości. Gdyby taki wypadek nastąpił z pańskiej winy, pan Woo zażądałby zwrotu pieniędzy.

Oczy Grabieżcy zwęziły się niebezpiecznie.

– Zaraz – powiedział wolno. – Tu nadal coś nie gra. W takim razie wystarczy unieruchomić jedną rękę, prawda?

Doktorek skrzywił się boleśnie.

– Panie Bergerson, to przecież transakcja handlowa. Nikt nie zamierza zrobić panu krzywdy. Ale ludzie różnie reagują. Mógłby pan na przykład uderzyć któregoś z techników, starać się go odepchnąć czy przerwać operację. Takie przypadki się zdarzały.

– Bez obaw – warknął Berg. – Ze mną się nie przydarzą.

Zielony kitel spojrzał na jego zaciekłą, ściągniętą twarz i westchnął.

– Jak pan sobie życzy. Unieruchomię tylko lewą rękę. Proszę spojrzeć. Tu są klamry. W każdej chwili może się pan uwolnić. Zadowolony?

– Powiedzmy – mruknął Lars, ale pozwolił też zaciągnąć szeroki pas przebiegający przez pierś, umocowany z tyłu do oparcia fotela.

Doktorek uniósł ostrzegawczo palec.

– Proszę pamiętać o przyrzeczeniu i naprawdę się nie ruszać. Przeniesienie żyjącego tatuażu z ciała ludzkiego na specjalne podłoże tak, żeby nie stracił mocy ostrzegania przed niebezpieczeństwami, to bardzo skomplikowany proceder.

Wtedy Lars zrozumiał i gdyby nie czuł się jak zwierzę rzeźne, wybuchnąłby śmiechem.

– No nie! – parsknął. – Ten stary dureń Woo używa tatuaży Grabieżców jako cholernych alarmów? Obwiesza sobie dom kawałkami ludzkiej skóry, żeby nikt go nie okradł? Jak to, do diabła, działa? Podłączone do sześcianów energetycznych?

Zielony kitel stracił rezon.

– Doprawdy nie wiem, co pan Woo robi ze swoją kolekcją – powiedział sztywno. – To ani moja, ani pańska sprawa. Możemy zaczynać.

– W imię boże – powiedział Berg, uśmiechając się krzywo.

Doktorek skinął głową nierozmownym bliźniakom. Lars musiał jednak przyznać, że się boi. W uszach słyszał szum, tętno waliło wściekle, dłonie zrobiły się mokre od potu. Zacisnął palce na oparciach fotela.

Trzej kolesie podeszli, niosąc w dłoniach metalowe, lśniące, paskudnie wyglądające narzędzia. Jeden przyłożył do ramienia Larsa małą, srebrzystą tuleję i nacisnął tłok. Berg przymrużył oczy w oczekiwaniu na uderzenie bólu, ale poczuł tylko przenikliwe ciepło. Po ręce rozlało się dziwne odrętwienie. Drugi technik miał w dłoni tylko cienki, grafitowy patyczek przypominający rysik. Kiedy jego ostrze dotknęło skóry, Lars drgnął. Właściwie wciąż nie czuł bólu, tylko obrzydliwe uczucie pękania i rozstępowania się tkanek. Widział, jak wokół końskiej czaszki powstaje czerwony, wyrysowany cieniutką linią prostokąt.

– Przyżegaj! – syknął doktorek z rysikiem i ten od tulei przyskoczył natychmiast z czymś w rodzaju lutownicy w dłoniach.

Super, pomyślał Lars, zaciskając zęby, ale krwawa linia na skórze tylko lekko zapiekła.

Właściwie nie jest tak źle, powiedział sobie, kiedy oba seledynowe kitle się odsunęły. Spodziewał się czegoś znacznie gorszego. Ze zdziwieniem stwierdził, że łaskoczą go spływające po karku strużki potu. Oddychał szybko, trochę za płytko. Serce wciąż waliło jak młot w kuźni, a zaciśnięte kurczowo palce wbijały się w oparcia fotela.

– Przygotuj nagrzewnicę i kuwetę z pożywką – powiedział jeden z techników do tego, który krzątał się cały czas przy stole. – Pełna gotowość. Zaczynamy.

Tym razem zbliżyli się, niosąc giętką, metalową płytę zaopatrzoną w coś w rodzaju suwadła. W odrętwiałym ramieniu odezwało się znajome, ostrzegawcze smagnięcie zimna. Końska czaszka przesyłała rozpaczliwy, pożegnalny sygnał. Berg nabrał nagle przemożnej ochoty, żeby odpiąć klamry, strzelić jednego doktorka w pysk, drugiemu sprzedać kopa w jaja i uciec. Tak po prostu, zgodnie z nakazem zdrowego instynktu. Ale tkwił na fotelu, wbijając palce w zimny metal podpórek. Bo teraz, kiedy sprzedał ostatni symbol łączący go z gildią, pozostała już tylko jedna rzecz, dzięki której mógł nazywać się Grabieżcą. Duma.

A tej nie chciał stracić za żadną cenę.

Łysi technicy ostrożnie przyłożyli płytę do ramienia Berga. Przylgnęła natychmiast i pokryła skórę lepkim, parzącym nalotem. Grabieżca wciągnął ze świstem powietrze i targnął głową, bo w połyskliwym srebrze mieszkał ból. Zapłonął w całym rysunku czaszki, przypominając o każdej, najmniejszej nawet linii, jakby w szyderczym pożegnaniu. A tatuaż odpowiedział gwałtownym, ostrzegawczym sygnałem. Płomień i zimno spotkały się i rozpoczęły walkę. Ale jej wynik był z góry przesądzony.

– Mamy krwawienie! Przyżegaj natychmiast! – zawołał któryś zielony kitel, ale Lars go nie słyszał.

Zaciskał palce, jakby chciał zmiażdżyć metal, jakby skóra na pobielałych kostkach miała za chwilę pęknąć. Do gardła podeszła fala mdłości. Zwarł szczęki tak mocno, że o mało nie połamał zębów. Ręka rwała, ale to nie ból był nie do zniesienia.

– No dalej! – krzyczał bezgłośnie. Dalej, pękaj wreszcie!

Bo czuł, jak kawałek po kawałku skóra odrywa się od mięśni. Jak piekielna, srebrzysta tafla zagarnia ją w siebie, wsysa i pochłania.

Z obrzydzenia zrobiło mu się słabo.

Boże, zrzygam się, pomyślał z rozpaczą. Kurwa, niech to się skończy!

Chyba rzeczywiście krwawił, bo coś ciepłego płynęło po ręce i kapało na podłogę. Może tylko pot. Technicy rzucali uwagi, ale nie potrafił ich zrozumieć. Czas przestał istnieć. Przemienił się w jezioro czerwieni i srebra.

A potem, wiele, wiele wieczności później, łysi ludkowie w seledynowych kitlach nieśli w drżących z emocji dłoniach blady, wiotki strzęp jak cenny skarb.

Berg zamknął powieki i starał się uspokoić oddech. Przełknął kilka razy ślinę, czekając, aż ustąpią mdłości. Drewnianymi, opornymi jak kołki palcami rozpiął wreszcie klamry. Chciał wstać, ale zabrakło mu siły. Nogi zrobiły się dziwnie miękkie, zgięły się niespodziewanie w kolanach i gdyby nie usiadł w porę, ukląkłby na betonowej podłodze niczym nagle nawrócony grzesznik w obliczu cudu.

Nabrał głęboko powietrza i odwrócił głowę, żeby zerknąć na ranę. Równy, czerwony prostokąt krwawił niezbyt obficie, ale równomiernie. Berg znów przełknął ślinę. W ustach czuł metaliczny posmak. Pewnie przygryzłem wargę, pomyślał.

Trzej technicy nie zwracali na niego najmniejszej uwagi. Tłoczyli się przy stole laboratoryjnym, wyraźnie podekscytowani. Czwarty, rozmowny, gdzieś znikł.

Berg oblizał usta. Dobrze, że wziąłem forsę z góry, przebiegło mu przez myśl.

Spróbował wstać i tym razem nogi utrzymały ciężar ciała. Ramię bolało, ale nie ustąpiło jeszcze głębokie odrętwienie mięśni, więc ból odzywał się gdzieś daleko, ćmiąco.

Muszę czymś to opatrzyć, pomyślał. Przynajmniej żeby zatamować krwawienie. Na stoliku z narzędziami znalazł kłąb gazy i trochę bandaża. Przycisnął tampon do rany, pomagając sobie zębami, zawiązał opatrunek.

Doktorkowie chyba nie pamiętali, że w ogóle istnieje. Obrzucił stół krótkim spojrzeniem i doszedł do wniosku, że właściwie nie chce wiedzieć, co robią. Klnąc, wciągnął golf. Nie pomylił się. To nie było przyjemne. Nałożył płaszcz, sprawdził dla pewności, czy zwitek banknotów tkwi bezpiecznie w kieszeni, i wyszedł.

W dużej sali magazynu dziwaczne pryzy tonęły w ciemności, pełgały tylko blade światła emitowane przez niektóre czynne urządzenia. Widocznie ktoś zgasił światło. Berg znalazł drogę do drzwi, tylko dwa czy trzy razy wpadając na zaczajone w mroku kanciaste części maszyn.

Na dworze zapadł już wieczorny zmrok.

Zatrzasnął drzwi wyglądające jak krwawy prostokąt, starając się nie myśleć o jednym z ostatnich prawdziwych tatuaży gildii, który teraz będzie służył jako alarm antywłamaniowy w domu nawiedzonego szaleńca.

Zrobiło się przeraźliwie zimno. Berg dygotał w podmuchach wiatru. W powietrzu wirowały pierwsze płatki śniegu. Zima przyszła już chyba na dobre. Miasto wydawało się puste i ciche jak cmentarz. Ulice pokrywał delikatny nalot bieli. Śnieg gęstniał, białe płatki sypały się z nieba niczym konfetti sypane przez Boga.

Szedł przed siebie, byle dalej od magazynu pana Woo. Czuł w ustach gorycz i niesmak, jakby zmuszono go do zjedzenia czegoś wyjątkowo wstrętnego.

Niesprawną, obcą niczym kłoda rękę przyciskał kurczowo do boku. Palce prawej wpijał w materiał płaszcza, starając się docisnąć prowizoryczny opatrunek. Ale ciepłe sznureczki krwi spływały po skórze, barwiły dłoń jasną, wesołą czerwienią. Krople toczyły się po palcach jak koraliki, padały na ziemię niczym szkarłatne paciorki z pękniętego naszyjnika. Odznaczały się ostro na tle bieli śniegu jak wyszyty ozdobny ścieg.

Zrudziały rękaw płaszcza zesztywniał od krzepnącej na chłodzie krwi. Odrętwienie powoli mijało. W ramieniu krzyczał ból. Cała ręka płonęła, jakby trzymał ją w ognisku.

Pięknie, pomyślał. Tak wygląda droga na dno. Puste, ciemne, zaśnieżone ulice. Ależ to kurewstwo rwie.

Zacisnął zęby. Stało się. I trudno. Szlag z tatuażem, szlag ze wszystkim. Nie jest już Grabieżcą. Właśnie został śmieciem. Czymś mniej istotnym niż płat własnej, okrwawionej skóry. Nawet nie rzeczą, bo rzeczy potrafią mieć wysoką wartość. Co z tego? Przetrzyma. Przetrzyma wszystko.

Ale przed oczami wciąż miał blady prostokąt pokryty barwnym tuszem, z pietyzmem przenoszony do kuwety z pożywką.

Uśmiechnął się z goryczą. Żegnaj, Końska Czaszko. Oby pan Woo cię polubił.

Wlókł się przez zaśnieżone miasto, a za nim wilczym krokiem podążało zmęczenie. Jakby w miejsce każdej utraconej kropli krwi w żyły wlewał się zimny, płynny ołów.

W końcu osłabł tak, że musiał oprzeć się o ścianę i odpocząć.

Zrozumiał, że jeśli chce przetrwać, potrzebuje spokojnego, ciepłego miejsca, gdzie będzie mógł zatamować krwawienie i położyć się na trochę.

Nie chciał wracać do domu. Nie do Miriam, która spojrzy wielkimi, wystraszonymi oczami i zada tysiące dziecinnych pytań. Wytłumaczenie dziewczynie, czemu krwawi, byłoby ponad siły. Tak samo jak wyjaśnienie tego samego Mirandzie. „Babilon" odpadał bez dyskusji. Wolałby zdechnąć, niż pokazać się w tym stanie w knajpie. Do Dirka i Lottie było daleko. Poza tym nie chciał, żeby wiedzieli. Nie chciał, żeby wiedział ktokolwiek. Tak naprawdę nie miał ochoty nikogo widzieć.

Spojrzał na lepkie, umazane krwią palce.

– Masz przesrane, Grabieżco – szepnął. – Chyba już ci to mówiłem.

Oblizał spierzchnięte wargi. Obrócił głowę i przycisnął skroń do mokrych, zimnych cegieł. W powietrzu wirowały śniegowe gwiazdki. Wyglądały jak maleńkie, bezcielesne elfy. Uśmiechnął się do nich. Przypominały papierowe laleczki tańczące na żyłkach, a może kłębuszki białego puchu? Śmieszne pajęczyny z nitek i drobnych przedmiotów wieszane w oknach, kiedy spadł pierwszy śnieg. Żeby uczcić i przebłagać zimę. Żeby odrodzić się wiosną.

I wtedy przypomniał sobie Alois.

To ona bała się mrozu i ciemności. Dziergała te dziwne pająjczki i zawieszała wszędzie w domu. A na ścianach malowała dżungle, sawanny i zwierzęta. Te absurdalne uśmiechnięte tygrysy i różowe żyrafy.

Kochała upał, malowała ciało w lamparcie cętki i była jedną z lepszych dziwek w dzielnicy. Kiedyś przyjaźnili się trochę. Kiedyś może nawet potrafiliby znieść się nawzajem. Ale nigdy nie spróbowali.

Na murze, o który się oparł, zakwitła ruda plama krwi. Czerwone krople padały teraz znacznie rzadziej, lecz i tak znaczyły śnieg jak płatki opadłej pelargonii.

Przymknął oczy. Wciąż dygotał, choć już właściwie nie czuł zimna. Ogarniała go lepka, ciążąca senność.

Może i do dziwki? – pomyślał nagle. Dlaczego nie? Mają przecież w sobie coś z pielęgniarek, nianiek, a w każdym razie istot pełniących funkcje społeczne. Nie wstyd przyjść do dziwki z obitą mordą albo rozharataną ręką. W ogóle przecież nie wstyd...

Potrząsnął głową, żeby trochę otrzeźwieć. Wśród śnieżynek tańczyły, nie wiedzieć czemu, czarne i złote iskry.

Pójdę do Alois, postanowił.

Oderwał się od muru i chwiejnym krokiem ruszył w ciemność.

Mieszkała w dużym, starym budynku, który musiał kiedyś być szkołą lub urzędem. Na szczęście zastał ją w domu.

Drzwi uchyliły się ze skrzypnięciem.

– Berg? – spytała ze zdumieniem Alois.

Wbił palce w futrynę, rozmazując na pół skrzepłą krew. Spróbował się uśmiechnąć.

– Hej, kotku – wyszeptał ochryple. – Co u ciebie?

– Rany boskie! – jęknęła. – Co ci się stało?

Złapała go energicznie wpół i wciągnęła do mieszkania. Nogi się pod nim ugięły, więc oparł się o stolik w rogu. Ze ściany fioletowe antylopy gapiły się na niego z jawną dezaprobatą.

– Jesteś ranny? – Alois położyła mu ręce na ramionach. – Berg, słuchaj mnie, proszę. Tylko nie mdlej!

– Ja – wymamrotał – chwilę posiedzę w cieple. Nie będę robił kłopotu.

Migdałowe jak u gazeli oczy dziewczyny rozszerzyły się z lęku.

– Spokojnie, skarbie, spokojnie. Zaraz ci pomogę. Oprzyj się o mnie, pójdziemy do pokoju. Możesz iść?

– Jasne. – Chcąc zrobić uspokajający ruch ręką, puścił stolik i stracił równowagę.

Runąłby na kolana, gdyby nie podtrzymało go silne ramię Alois.

– Berg, kochanie, tylko kawałeczek. Chodź – powiedziała miękko i sprawnie powlokła go w stronę łóżka.

Usiadł ciężko. Dziewczyna przyklękła obok.

– Dobra. Powiedz, gdzie oberwałeś?

Pokręcił głową.

– To tylko ramię – szepnął. – Nic mi nie jest. Chciałem się trochę ogrzać.

– Możesz zdjąć płaszcz? Pomogę ci.

– Pewnie – przytaknął i zaczął się niemrawo szamotać z połami.

– Ostrożnie, powolutku – mruknęła dziewczyna, sprawnie ściągając zakrwawiony rękaw.

Drgnął z bólu, ale nawet nie jęknął.

Alois wciągnęła ze świstem powietrze.

– O Boże – powiedziała cicho. – To nie wygląda dobrze. Poczekaj, rozetnę sweter.

Cała lewa połowa golfu była lepka od krzepnącej krwi. Na piersi, boku i plecach ciemniały wilgotne plamy.

Pobiegła w głąb mieszkania, stukając wysokimi obcasami. Berg zmrużył oczy. Czuł się słaby i senny.

Straciłem sporo krwi, pomyślał. To dlatego.

Odemknął powieki, żeby zobaczyć pochyloną nad nim smukłą postać dziewczyny.

– Ślicznie wyglądasz – szepnął.

– To nie będzie miłe – powiedziała. – Przepraszam.

Czuł, jak rozcina rękaw, starając się odciągnąć materiał jak najdalej do skóry. Tylko raz chłodny metal nożyczek musnął ranę. Berg zadygotał.

– Tak mi przykro – jęknęła. – Jeszcze tylko chwileczka.

Rozcięty sweter zsunął się z ramienia razem z prowizorycznym opatrunkiem.

– O cholera! – syknęła Alois.

Lars przygryzł wargę.

– Już nie będę panem Końska Czaszka – powiedział cicho.

Dziewczyna nerwowo przełknęła ślinę.

– Berg, kochanie, to rozległa, poważna rana. Wytrzymaj trochę, ja wiem, co zrobić. Na szczęście mam coś, co ci pomoże.

Spróbował się uśmiechnąć, żeby jej śliczna, zatroskana twarz w kształcie serca chociaż trochę się rozpogodziła.

– Nie martw się – szepnął. – On tam ciągle jest. Na tym polega sztuczka. To coś więcej niż zwykły rysunek na skórze. Nie będzie go widać, ale zostanie. Wciąż będzie mnie ostrzegał. Może trochę mocniej niż do tej pory.

Nie słuchała. Pobiegła do łazienki. Wróciła z dwoma białymi pakiecikami w smukłych palcach. Jeden od razu rozerwała zębami. Ostrożnie wyciągnęła ze środka gęstą, połyskującą srebrzyście siateczkę.

– Posłuchaj, to zatrzyma krwawienie i nie dopuści do zakażenia. Daj rękę. I trzymaj się, kotku.

Przyłożyła siateczkę do rany. Berg poczuł w pierwszej chwili tylko chłód. Lecz momentalnie srebrne niteczki napięły się i wniknęły głębiej. Zabolało. Syknął przez zęby. Alois ścisnęła go lekko za rękę.

– Kochanie, to ci pomoże. Zaraz będzie lepiej.

Potrząsnął głową.

– Alois, nie powinnaś...

– Jasne, że powinnam – przerwała. – Mam kilka w zapasie. Nigdy nie wiadomo, co strzeli do łba klientowi. Boże, przecież powinnam zmyć tę krew. Poczekaj, przyniosę czystą wodę.

Zerwała się z łóżka i znów gdzieś pobiegła. Patrzył na jej idealną sylwetkę, smagłą skórę pomalowaną w lamparcie cętki i burzę brązowych, lśniących włosów. W króciutkiej, płowej sukience wyglądała, jakby wyszła wprost z tropikalnego lasu. Dżungli pełnej błękitnych tygrysów i kolorowych papug.

Wróciła z miseczką i szmatką.

– Wiesz, skąd się wzięła ta końska czaszka? – spytał, kiedy ostrożnie zmywała plamy brudnej czerwieni. – W szkole gildii nauka kończyła się czymś w rodzaju inicjacji. Pierwszym abordażem, takim jakby wewnętrznym, w głąb umysłu. Każdy uczeń, który przeszedł ten dziwny egzamin, spotykał w trakcie odjazdu swojego ducha opiekuńczego. Zwierzę totemiczne. Ja zobaczyłem

Maksa. Starego konia, którego miał kiedyś mój ojciec. Ale Max dawno już nie żyje. Dlatego czaszka, a nie po prostu koński łeb. Rozumiesz?

Nie słuchała, zajęta miseczką i szmatką.

Miała rację. Naprawdę czuł się lepiej. Ręka nie bolała już tak upiornie, ustąpiła ciężka, nieprzyjemnie bliska omdlenia senność.

Alois rozerwała drugi pakiecik.

– To jest talizman regenerujący skórę. Odtworzy tkanki i pomoże się goić ranie.

Chwycił ją za rękę.

– Nie – powiedział stanowczo. – To bardzo drogi pryz. Nie mogę go przyjąć.

Wzruszyła ramionami.

– Dlatego rozerwałam paczkę. Teraz i tak by się zmarnował. A ja mam drugi, przysięgam. To takie zabezpieczenie, rodzaj przesądu. Na wypadek gdyby, no wiesz... któryś klient zrobił mi krzywdę.

– Jezu, dziewczyno... – zaczął, ale uciszyła go gestem.

– Mówiłam, to tylko przesąd. Moi klienci są sprawdzeni. Daj rękę. To nie powinno boleć.

Posłusznie podsunął ramię. Rzeczywiście, nie bolało. Przylgnęło natychmiast do rany, przynosząc kojące odrętwienie.

– Uff – stęknęła Alois. – Ale mnie wystraszyłeś. Teraz założę bandaż i gotowe. Sprawdziłam się jako pierwsza pomoc?

– Jasne – uśmiechnął się. – Dziękuję, kotku. Nie wiem, co bym bez ciebie zrobił.

– Wykrwawiłbyś się – mruknęła. – Berg, ja muszę zaraz wyjść. Mam zajętą noc. A ty połóż się i prześpij.

Potrząsnął głową.

– Nie. Zaraz sobie pójdę. Dzięki za wszystko.

– Nie ma mowy – fuknęła. – Nie wypuszczę cię na ulicę. Masz. Połknij to. No już. To pastylki przeciwbólowe i nasenne. Czasem podrzucam je jakiemuś facetowi, jak się upije i dostanie małpiego rozumu. Będziesz słodko spał do rana.

– Poczekaj – zaprotestował. – Nic mi nie będzie. Pójdę po prostu do domu.

Westchnęła.

– Berg, proszę. Zostań. Chcesz, żebym całą noc umierała z niepokoju? Jak mam się skupić na pracy, jeśli bez przerwy będę się martwić, czy nie leżysz w jakiejś zaspie? Łykaj pigułki. Chcę mieć pewność, że nigdzie nie poleziesz.

Przypomniał sobie zimne, zaśnieżone ulice i poczuł, że naprawdę potrzebuje odpocząć. Był zmęczony i obolały. Dlaczego nie miałby przenocować u Alois? Przecież to było dla niej całkiem naturalne.

– Dawaj te pigułki – skapitulował.

Uśmiechnęła się zadowolona.

– Proszę. Wiedziałam, że niegłupi z ciebie facet. Skarbie, ja muszę biec. Poradzisz sobie?

Skinął głową.

– To pa! Całuski.

Pomachała mu od drzwi i zniknęła.

Lars umył się starannie w łazience, wsunął do rozległego jak wyspa łóżka Alois i zasnął natychmiast, ukołysany szumem malowanej sawanny.

Stał na pustkowiu. Sucha, spękana ziemia miała barwę cegły. Pod stopami Berga leżał zbielały od słońca i starości koński szkielet. Czaszka szczerzyła zęby w upiornej parodii uśmiechu. Miał wrażenie, że chce mu coś powiedzieć. Szeptała, lecz tak cichym głosem, że nic nie mógł zrozumieć. Przyklęknął więc, ale szept wciąż był cichszy niż tchnienie. Wiedziony nagłym impulsem wyciągnął rękę i dotknął gładkiej powierzchni kości, jakby dzięki temu mógł odczytać wiadomość czaszki. Wtedy z martwego oczodołu wysunął się błyskawicznie mały, złocistoczerwony wąż i zaczął wspinać po przedramieniu Grabieżcy. Berg zerwał się, próbując strząsnąć gada, ale ten owinął się dookoła ramienia i ukąsił. Ból eksplodował tysiącem krwawych iskier. Lars krzyknął, chciał zedrzeć i odrzucić węża, lecz ten zmienił się w płonącą obręcz zaciśniętą wokół ramienia. Pomarańczowe języki ognia przepalały skórę, wgryzały się głęboko w ciało. Krzyczał i klął, starając się zdusić płomienie dłonią, szarpał ramię paznokciami, próbując bezskutecznie rozerwać obręcz, ale wgryzała się tylko głębiej. Wreszcie płomienie przygasły, czerwień i złoto przemieniły się w grubą, krwawą bransoletę. Berg oddychał ciężko, ze świstem, przez zaciśnięte z bólu zęby. Ścisnął palcami ranę, jakby chciał wtłoczyć ból z powrotem do środka.

Wtedy usłyszał suchy, cichy szelest. Spojrzał pod nogi. Rozrzucone kości końskiego szkieletu sunęły ku sobie, żeby znów się połączyć. Kręgi schodziły się z chrobotem, żebra sterczały jak szable, stawy zaskakiwały z chrzęstem. Na koniec z szyją połączyła się czaszka. A potem szkielet zaczął obrastać tkankami. Pojawiły się maleńkie zawiązki organów wewnętrznych, śliskie wstęgi jelit, pulsujące, drobne niczym koralik serce. Szybko przykryły je płaty mięśni i tłuszczu. Po chwili martwy koń pokrył się skórą. W oczodołach zalśniły ciemne, wilgotne oczy, spomiędzy zębów wysunął się język. Szyja porosła grzywą, pojawił się czarny wiecheć ogona. Zwierzę uniosło łeb, poruszyło nerwowo nogami. Chrapy rozdymały się szeroko, jakby w zdziwieniu. Nagle martwy przed chwilą koń zerwał się na nogi. Zarżał dziko, potoczył wokół szalonym wzrokiem. W głębokiej ciemności oka błysnął półksiężyc białka.

– Max – szepnął Berg, ale koń nie zareagował.

Podrzucił łeb, zarżał ponownie i popędził w step.

To się nie dzieje naprawdę, pomyślał Lars. To sen.

Wtedy niebo pociemniało. Zerwał się wiatr, który porwał w powietrze tumany pyłu. Berg osłonił twarz ramieniem. Pod powiekami zapiekły drobiny piasku, w kącikach oczu momentalnie zebrały się łzy. Zamrugał, a kiedy odzyskał ostrość widzenia, Ava już była.

Ogromna, przejrzysta jak zjawa, przesłaniała pół nieboskłonu. Rude włosy falowały wokół głowy niczym chmury. Olbrzymie, zielone oczy wyglądały jak bliźniacze księżyce. Smukłe, strzeliste nogi Avy opierały się o horyzont. Miała na sobie krótką, postrzępioną suknię, czerwoną jak łuna.

– Lars – powiedziała głosem wichury – nadszedł twój czas. Musisz iść.

– Dokąd? – wyszeptał bezradnie.

Widok dawno utraconej żony, ukochanej, a teraz tak straszliwie odległej, wstrząsnął nim do głębi. Wsparta o linię widnokręgu, nieludzka jak antyczna bogini, była Avą, a jednocześnie wcale jej nie przypominała. Nie tak chciał o niej śnić. Patrzył na bladą, widmową twarz, w zielone księżyce oczu i nie mógł znieść bólu. Odwrócił wzrok.

– Lars! – zawołał wiatr. – Słuchaj! To ważne. Znajdź Zakon Krańca Świata. Musisz tam iść. Drzewo cię wzywa. Musisz, bo inaczej zginiesz.

– Jaki zakon? – spytał. – Gdzie jesteś? Czy mogę ci pomóc?

Obłoki włosów zafalowały.

– To nieważne. Słuchaj. Odnajdź Zakon Krańca Świata.

Wiedziony nagłą, szaloną nadzieją Berg wyciągnął ku niej ramiona.

– Czy ty tam jesteś? Czy tam cię odnajdę?

– Tak – szepnął wiatr. – W pewnym sensie.

– Jak mam znaleźć ten zakon? – krzyknął. – Gdzie on jest?

Blade jak szron usta Avy drgnęły.

– Idź na północ, Lars. Będzie cię prowadzić legenda. O wyroczni zwanej Księżniczką. Spiesz się, proszę. Drzewo jest bezlitosne. Musisz iść, skoro wzywa.

Rozłożył ręce.

– Jakie drzewo, Ava?

– Wieczne – wyszeptał wiatr. – Żegnaj, Lars. Znajdź Zakon.

– Poczekaj! – krzyknął, ale wicher wzmógł się.

Postać Avy zbladła i rozpłynęła się w powietrzu. Wydawało mu się, że po policzku żony spłynęła jedna srebrzysta łza.

– Boże – szepnął – dlaczego nie poprosiłem, żeby wróciła?

– *Nie mogła* – syknął niemiły głosik w głowie. – *Schwytali ją i więżą w tym zakonie. A ty siedzisz na dupie i nic nie zamierzasz robić. Bo przecież nie pójdziesz Bóg wie gdzie, szukać jakiegoś idiotycznego zamku na lodzie, który ci się śnił. To przecież tylko zwidy, Berg.*

Rozejrzał się bezradnie. Czerwone pustkowie nie miało końca. Rozciągało się po horyzont, przykryte wyblakłą czaszą szarego nieba.

To sen, pomyślał. Tylko sen.

Ogarnął go smutek, rozległy jak rudy step. Nagle wszystko spowiła ciemność, a Berg zapadł się w niej niczym w głębokiej wodzie.

Obudził się obolały i sztywny. Ramię boleśnie pulsowało. Gdzieś głęboko pod powiekami został ślad jakiegoś męczącego, nieprzyjemnego snu. Pamiętał strzępy wydarzeń. Martwego konia, Avę przemawiającą ustami wiatru i zakon, którego kazała mu szukać. Zaraz, jak to było?

Ścisnął palcami kąciki oczu.

Coś o końcu świata. Nie, raczej krańcu.

– *Zakon Krańca Świata, Berg* – odezwał się znajomy głos. – *Gdzie odnajdziesz księżniczkę i dostaniesz pół królestwa. Majaki po środku znieczulającym.*

Jasne, pomyślał. To nawet nie było przejście.

Ale wspomnienie żony, choć blade, nie miało zamiaru ulecieć. Może naprawdę chciała mu coś przekazać? Westchnął. Niestety, nie ma się co łudzić. To tylko gorączka i prochy.

Usiadł na łóżku.

Uśmiechnięte tygrysy i krętorogie antylopy przyglądały mu się nieufnie zza parawanu traw.

– Cześć, chłopaki – mruknął do nich, ale zgodnie z oczekiwaniami milczały.

Na stoliczku przy łóżku, obok słoiczków z kremami i pojedynczej pończochy, znalazł fiolkę z lekarstwami i liścik.

Berg, skarbie – pisała Alois – *nie wrócę do południa. Wolałabym, żebyś na mnie poczekał. Zostawiam ci środki przeciwbólowe. Najlepiej weź od razu dwa. Ale nie więcej, bo ci zaszkodzi. Gdybyś koniecznie chciał wyjść, zamknij po prostu drzwi. Tu nikt nie wejdzie. Pod żadnym pozorem nie zdejmuj opatrunku przed upływem tygodnia, nawet gdyby piekło albo bolało. Lepiej go nie mocz. Na krześle leży czysta koszula. Mam nadzieję, że będzie dobra. Trzymam kilka dla klientów, bo czasem swoje podrą albo uświnią. Weź też mój sweter, wybrałam największy, jaki znalazłam. W kuchni czekają kanapki i sok winogronowy. Sama robiłam, bardzo zdrowy. Ucałowania, skarbie. Mam nadzieję, że chociaż troszkę ci lepiej. Pa. Twoja A.*

Ubrał się, krzywiąc z bólu, bo ręka rwała jak cholera. Na stole znalazł ołówek i na odwrocie listu Alois napisał podziękowania.

Nie chciał na nią czekać. Z pewnością wróci zmęczona. Należy jej się spokój i porządny sen. I tak dużo dla niego zrobiła.

Kochana Alois, pomyślał z lekkim rozczuleniem. Nie ma to jak dobra dziwka. Potrafiłaby zagłaskać faceta na śmierć.

Kanapek nie mógł nawet tknąć, ale wypił sok. Bardzo zdrowy, przypomniał sobie z uśmiechem. Wciągnął cuchnący krwią, poznaczony rdzawymi plamami płaszcz i zgodnie z poleceniem Alois zatrzasnął drzwi.

I oto nadszedł koniec, pomyślał. Wczoraj połknął ostatnią pigułkę. Wydawała się mrugać złowrogą zielenią jak ślepie diabła.

Teraz mógł tylko czekać, aż przybędą demony. Wyszczerzył w uśmiechu zęby. Powita je godnie. Jak przystało na Grabieżcę. Przecież jest, kurwa, najlepszy. Przetrzyma atak. Podobno nikomu się nie udało. I fajnie. Będzie pierwszy. Przetrwa ten i każdy kolejny, choćby miał walczyć z chorobą, aż zdechnie. Nauczy się wychodzić z niekontrolowanych przejść. Poczeka spokojnie na drani z innego świata. I pokaże im, z kim chcą zadzierać. Opanuje ich, zdusi, weźmie za gardło. Od tego jest przecież Grabieżcą. Niech tylko przyjdą.

Rozluźnił się, przygotował. Czekał. Nawet objawy choroby jakby trochę zelżały. Myślał jasno, czuł się całkiem nieźle. Ręka bolała, ale pierwszy raz wydało mu się, że to nawet dobrze. Zwykła, fizyczna dolegliwość zdawała się nieźle kotwiczyć go w rzeczywistości.

Czas mijał, a atak nie nadchodził.

Na razie pojawił się Dirk. Zaniepokojony, smutny i trochę wkurzony.

Nie powiedział ani słowa na temat tatuażu, chociaż Berg wiedział, że uważa sprzedaż za przedwczesny, desperacki wybryk. Ale Dirk nie miał pojęcia, że zielone pigułki wyparowały z pudełka.

Lars wcisnął mu w rękę zwitek banknotów.

– Masz – powiedział. – To na leki dla Miriam.

Dirk popatrzył ponuro.

– Dlaczego mi je dajesz?

Berg wzruszył ramionami.

– Żebyś kupił. Ja nie mogę tracić czasu. Potrzebuję pryzów.

Dirk ugniatał pieniądze w palcach.

– Słuchaj – zaczął niepewnie. – Chciałbym porozmawiać o Miriam. Jak ona się czuje?

Lars zagryzł wargę.

– Fatalnie – powiedział w końcu. – Regres cały czas postępuje. Jest gorzej, niż się spodziewałem. Obawiam się, że całkiem odjedzie. Już teraz traci kontakt ze światem. Leki chyba niczego nie dają. Ale wolę je kupować, bo nie wiem, jak zareaguje, gdybym przerwał kurację. Może nastąpić gwałtowne pogorszenie.

Dirk przestąpił z nogi na nogę. Wyraźnie chciał o czymś pogadać, ale nie miał odwagi zacząć.

Berg oparł się o framugę.

– Co jest? – spytał, zdobywając się na cień uśmiechu. – Wyrzuć to wreszcie, Dirk. Co cię tak gryzie?

Mechanik westchnął.

– Berg, myślę... to znaczy oboje z Lottie uważamy, że powinienem zabrać dziewczynę do nas. Nie o to chodzi, że sobie nie radzisz albo źle o nią dbasz. Ale Miriam potrzebuje stałej opieki. Rozmawiałem z nią, czy raczej bawiłem się, no, w każdym razie widziałem ją wczoraj, kiedy na ciebie czekałem. Ona już prawie nie kontaktuje. Niedługo będzie trzeba ją myć, ubierać, karmić, kłaść do łóżka. To nie jest zajęcie dla faceta. Lottie chce pomóc. Potrafi. Zależy jej, Berg. Bardzo polubiła Miriam. Proszę, zrozum...

– Rozumiem – powiedział Lars.

Dirk rozłożył ręce.

– To jedyne rozwiązanie. Wiem, że to źle wygląda, ale zastanów się... naprawdę, trudno o lepsze wyjście.

Berg przeczesał włosy palcami. Dirk miał rację. Nie da rady dłużej opiekować się dziewczyną. Właściwie propozycja przyjaciół była mu bardzo na rękę. Jednak przerzucać cały ciężar na Lottie? To przecież w końcu jego cholerny problem. Nie powinien się zgodzić.

– *Genialne* – odezwał się stary znajomy w głowie. – *Dwoje świrów w jednym domu. Wesołe jak antyczna tragedia. Pan Była Końska Czaszka i Panna Daleko od Szosy w popisowym numerze: „Jak przetrwać bez środków do życia i krzty zdrowych zmysłów". Nawiedzona kamienica w centrum miasta. Proszę karmić i wrzucać datki, ale nie drażnić wariatów. Pogratulować pomysłu.*

Popatrzył Dirkowi w oczy.

– Dobrze – powiedział. – Możesz ją zabrać. Ja naprawdę nie daję sobie rady. Inaczej nigdy nie zgodziłbym się, by obarczyć Lottie taką odpowiedzialnością i pracą. Podziękuj żonie. I powiedz, że bardzo mi przykro. Będę łożył na Miriam, ile dam radę.

– No co ty, Berg? – mruknął Dirk. – Przecież sami chcieliśmy.

– Jasne – powiedział Lars. – Tylko weźcie ją jutro, kiedy mnie nie będzie w domu, dobra? Postaram się spakować jej rzeczy rano.

Dirk skinął głową.

– Nie ma sprawy. – Spróbował się uśmiechnąć i klepnął przyjaciela w plecy. – A ty się trzymaj, co?

– Jak zwykle – powiedział Berg.

Zrozumiał, że się zaczęło, kiedy za oknem spadł zielony deszcz. Duże, rzadkie krople rozpryskiwały się o parapet, znaczyły szyby smugami ciemnymi jak tusz. A przecież równocześnie widział padający spokojnie śnieg. Całkiem zwyczajny, biały niczym pierze z rozdartej poduszki.

Nie poczuł uderzenia żadnej nadprzyrodzonej siły. Niczego, co przypominałoby objawy niekontrolowanego przejścia. Po prostu widział równocześnie dwa nakładające się obrazy. Senne, przysypane śniegiem miasto i niezwykłą konstrukcję z nieociosanych głazów, przywodzącą na myśl pogańską świątynię, zmywaną strugami zielonej ulewy.

I to obudziło strach. Szykował się na ciężkie zmagania, a tymczasem nie miał z czym walczyć. Był jednocześnie w dwóch światach. Spróbował skupić siły i wyrzucić z umysłu obraz świątyni w deszczu, ale nie potrafił.

Na ulicy sklepikarz zamykał okiennice. Przez moment Berg poczuł ich ciężar, chropawą strukturę zbitych z sobą desek. W tej samej chwili wiatr, który towarzyszył zielonej szarudze, zatelepał okrągłymi, metalowymi drzwiami chramu. Podmuch uderzył Grabieżcę w plecy, zmroził chłodem.

Berg skulił się, roztarł pokryte gęsią skórką ramiona. Nie siedział już na łóżku. Klęczał obok zwalonego, omszałego pnia, próbując rozpalić ognisko zamokłymi w szmaragdowym deszczu zapałkami. Wyspę, czy może cypel, porastał gęsty, liściasty las. Wokół wąskiego paska plaży srożyło się morze, szare jak oczy nieustępliwego dowódcy. Uderzało w przybrzeżny piasek, jakby waliło pięścią w stół.

Kamienice spowijała gruba warstwa śniegu, zielone krople tłukły o łupkowy dach świątyni.

– Chryste Panie – jęknął Lars. – Co się, cholera, dzieje?

Znajdował się jednocześnie w trzech rzeczywistościach, które płynnie się przenikały. Zadrżał.

Na podobne zjawisko nie był przygotowany. Bał się gwałtownych przeskoków. Wściekłej, wysysającej myśli siły, która próbowałaby wyrwać go z ciała i rzucić w otchłań. Stworów umysłu, iluzorycznych potworów ryczących w mroku, widm i upiorów, ale to przekraczało wszelkie wyobrażenia. Wisiał ponad jakimś miastem, upalnym i gwarnym, pełnym płaskich, czerwonych budynków, moknął w strugach zielonego deszczu, a wiatr wzmagał się, piętrząc wysokie, stalowoszare fale, które zalewały plażę. Mijał świetliste ogrody, oglądał płomienne miasta i gubił się w labiryntach wysokich, pustych korytarzy. Podróżował oderwany od świata, nie wiedząc, kim jest i gdzie się znajduje. Stał się zagubioną duszą przenikającą rzeczywistości, lecz nienależącą do żadnej.

Prażące, rozpalone słońca wstawały nad czerwonym stepem. Beznogie, dwugłowe stwory ukrywały się pod odłamkami głazów, dysząc z wysiłkiem. Zielony deszcz...

...Jezu, nie!...

...uderzał w ośnieżone dachy domów, a w głębinach, mrocznych i gęstych jak miód, budzili się drapieżcy, aby wyruszyć na łów...

...Boże, oszaleję!...

...dwa turkusowe księżyce stały wysoko na białym niebie, srogie i nieugięte.

– Berg! – krzyczały. – Walcz, człowieku!

Był wszędzie i nigdzie, rozciągnięty, rozrzedzony do granic możliwości. Czuł, że za chwilę pęknie, rozedrze się na cienkie jak batyst strzępki. Nie pamiętał swojego imienia, nie wiedział, co to znaczy być istotą obdarzoną osobowością, rozciągał się nad wszechświatem niczym odwieczny duch nad wodami, tyle że nikły jak poranny opar.

Na nim opierały się planety, księżyce i gwiazdy. Po nim przechadzały się cudaczne zwierzęta i bestie. Z niego śmiali się wyniośli, ascetyczni aniołowie i demony o ptasich twarzach. Mieszkał w każdym liściu, kropli rosy, krzyczał schwytany w pułapkę najdrobniejszych źdźbeł trawy. I niknął. Roztapiał się w mnogości światów.

To śmierć, pomyślał. Ale nie był jeszcze gotów.

W ostatnim, zamierającym przebłysku świadomości przypomniał sobie, że musi walczyć.

– Dość! – krzyknął trawą, morzem, deszczem i gwiazdami. – Dość! Jestem! Ja jestem!

Przez zielone niebo przebiegła błyskawica. Stalowoszare fale runęły na cypel, porwały w objęciach omszały tram. Turkusowe księżyce lśniły nieugięcie.

– Nazywam się! – wycharczał ostatkiem sił. – Nazywam się... Mam imię!

Świątynia z surowych głazów zatrzęsła się w posadach. Dwa z sześciu słońc spadły na czerwony step i zapadł półmrok. W Domu Wieczności czarny lotos rozsunął płatki.

– Grabieżca! – krzyknął. – Jestem Grabieżcą!

Śnieżna sowa tłukła wściekle skrzydłami. Wszystkie małe, błękitne, sześciorękie małpki zebrały się na jednym konarze drzewa, piszcząc wniebogłosy. Ich głosy zlewały się, brzmiały jak koncert na sto piszczałek.

– Boże – szepnął Berg. – Gdzie ja jestem?

– Wciąż wszędzie – zaszumiała sawanna głosami fioletowych gazeli.

– Ale już bliżej – wymruczał tygrys i uśmiechnął się.

Miał miękkie, puszyste futro, w które tak dobrze byłoby się zapaść. I spać. Spać przez wieki.

Wielki pręgowany drapieżnik potrząsnął łbem. W zielonych ślepiach krył się dziwny niepokój.

– Nie, nie – szepnął.

W pysku niósł coś dużego, wydłużonego, o barwie piasku. Końską czaszkę.

– Musisz walczyć, Grabieżco – usłyszał słowa kości. – Gdy nazwiesz rzecz, zapanujesz nad nią. Gdy znajdziesz swe imię, odnajdziesz siebie.

Upadła ciężko na ziemię i natychmiast zaczęła się zapadać. Runął na kolana. Wbił paznokcie w spękane, ceglaste podłoże. Kopał w zapamiętaniu, szaleńczo. Wiedział, że musi ją dopaść, inaczej nigdy nie odzyska tożsamości. Wyrzucał zwały piachu, grudy twardej jak kamień gliny.

– Głębiej – szeptał ochryple. – Głębiej, ona tam czeka.

Wreszcie pokaleczone, zakrwawione palce musnęły gładką kość czaszki. Serce zabiło radośnie. Jest! Już miał uchwycić żuchwę, gdy step zadrżał, poruszony wewnętrznym wstrząsem. Berg przewrócił się na plecy akurat w chwili, kiedy za horyzont spadły pozostałe cztery słońca. Wszystko spowiła ciemność.

– Nieźle – pochwalił przejrzysty jak dym, szary stwór.

Berg uniósł się na łokciach. Dyszał ciężko. W głowie czuł nieznośny ucisk, jakby ściśnięto ją żelazną obręczą.

– Jak to, nieźle? – wymamrotał. – Wróciłem do Domu Wieczności. Zaraz mnie dopadną i przerobią na sieczkę.

Stwór przysiadł na zadzie jak pokraczny pies. Wysunął wąski pysk.

– Rozejrzyj się – syknął. – No i co?

Berg z trudem próbował skupić wzrok. Leżał na dnie rozległej, wysoko sklepionej jaskini. Przez wąską szczelinę w stropie wpadał snop światła.

– To początek – powiedziało zwierzę. – Mały odpowiednik kosmicznego łona.

Lars oblizał spierzchnięte wargi. Język miał suchy jak kołek.

– Dobra, i co teraz? – spytał.

Stwór też się oblizał. Jego długi, czarny i giętki ozór nieprzyjemnie przypominał pijawkę.

– Wystarczy urodzić się na nowo – zachichotał, wyraźnie rozbawiony.

Lars opadł z powrotem na plecy. Jęknął i zasłonił twarz dłońmi.

– Rany, dajcie mi wszyscy spokój. Mam dosyć.

Stwór wciąż chichotał. Berg oparł się na łokciu i spojrzał na niego niechętnie.

– Jak już tu jesteś, nie mógłbyś zrobić czegoś pożytecznego?

– Oczywiście. Jak się nazywasz, Grabieżco?

Lars usiadł i wzruszył ramionami. Przypomniał sobie.

– Mówią na mnie Berg.

Zwierz wydał coś na kształt cichego, pełnego irytacji szczeknięcia. Niebieskie ślepia się zwęziły.

– Pytałem, jak się nazywasz?

Berg nabrał powietrza. Poczuł, że za chwilę stanie się coś ważnego. I nieodwracalnego zarazem.

– Lars Bergerson, zwany Końską Czaszką, Grabieżca – powiedział.

Nagle zachłysnął się oddechem. Płuca przestały pracować. Serce wykonało zdumiewające salto i stanęło. Runął na ziemię, a jego ciałem wstrząsnęły drgawki.

Umarłem, zdążył pomyśleć z niedowierzaniem, zanim ktoś wyłączył światło i zapadła noc.

Ocknął się pod ścianą jakiegoś budynku. Nie było jeszcze ciemno. Wczesny zimowy wieczór dopiero miał nadejść. Po zaśnieżonej ulicy powoli brnęli ludzie. Widział wyraźnie ich okutane w płaszcze i chusty sylwetki. Tyle że spod ubrania bladym, fosforycznym blaskiem prześwitywały szkielety. Mógł dostrzec najdrobniejszą kość, wszystkie organy wewnętrzne, jakby prześwietlał przechodniów na wylot. A potem zobaczył, jak zapalają się jaskrawe, złociste linie wiodące wzdłuż kręgosłupa, od dużych niczym jabłko kul światła w piersi aż do świetlistych punktów umieszczonych ponad brwiami, głęboko w czaszkach.

Zacisnął powieki, ukrył twarz w dłoniach, ale wciąż widział ożywione złotymi nitkami szkielety. Tańczyły niczym okropne, tandetne marionetki z teatru grozy.

– Nie chcę – szepnął. – Już nie chcę...

Poczuł szarpnięcie i lekkie uderzenie w twarz.

– Mamy go – powiedział ktoś oschłym, pełnym niechęci głosem. – Tylko doprawdy nie wiem, czy warto.

– Spokojnie – mruczał drugi głos, melodyjny i miękki jak odgłos wody ściekającej po kamieniach. – Berg, słyszysz? Do góry, Grabieżco. Wyłaź z tego.

Lars rozkleił ciężkie, niechętne powieki.

Twarz zielonowłosego olbrzyma, biała i gładka, kołysała się ponad nim niczym lampion na sznurku.

Nie przypomina posągu, przebiegło mu przez myśl. Raczej galion. Ogromną figurę na dziobie statku płynącego wprost na Wyspę Jabłek.

– Bergerson, słyszysz? – Znów szarpnięcie za ramię. – Nie zapadaj się znowu, bo już cię nie wyciągniemy.

– Powiedziałem, że go mamy – sarknął tamten drugi, oschły głos. – Trochę zaufania nie boli i niewiele kosztuje. Stać cię, Angelos. Już nic mu nie grozi. Chociaż wywinął się w ostatniej chwili.

W polu widzenia Berga ukazała się teraz długa, pociągła twarz, obsypana niewiarygodną ilością piegów, pośród których jak dwa jeziorka tkwiły bardzo niebieskie, blade oczy.

Kościste, suche palce dotknęły szyi Grabieżcy.

– Tętno w porządku. Możesz go zabierać.

– Dokąd? – Lars miał poważne trudności z poruszaniem ustami.

Czuł się tak słaby, że nie mógł nawet unieść ręki.

– Do domu – powiedział Angelos.

Berg starał się skupić wzrok na nieludzko regularnych rysach Tancerza.

– Kim ty jesteś, Angelos? – wymamrotał. – Kim, do cholery, jesteś?

Na bladych, jakby pokrytych szadzią ustach pojawił się krzywy uśmiech. Przywódca Tancerzy pochylił się nisko.

– Wróżką o Turkusowych Włosach – wyszeptał w samo ucho Grabieżcy.

Wtedy świat rozmazał się i zatopił w szarości, a Berg poszybował przez miękką, puchatą mgłę gdzieś w dół i w dół.

Obudził go ból głowy. Nic dziwnego, skoro zamiast mózgu miał ostre, metalowe wióry i gwoździe. Chciało mu się pić, ale był zbyt osłabiony, żeby się poruszyć. Otworzył tylko oczy i zobaczył biały prostokąt sufitu.

Bardzo charakterystyczny punkt, pomyślał kwaśno.

W pomieszczeniu było jasno. Z łóżka mógł dostrzec górny fragment okna i widoczny za oknem kawałek szarego jak blacha nieba.

Widocznie musi być dzień, stwierdził.

Męczyło go pragnienie. Oblizał suche, spękane wargi, ale to nie przyniosło ulgi.

Pokój wydawał się znajomy. Gdzieś z głębi mieszkania dochodziły głosy, które także nie brzmiały obco. Wsłuchał się uważnie.

– Dirk – szepnął. – Jak to możliwe?

Podłoga zaskrzypiała.

– Berg? – spytał cichy głos Lottie. – Ocknąłeś się?

– Tak – wyszeptał z trudem. – Mogę... coś do picia?

– Oczywiście! Już biegnę! – zawołała Lottie.

Słyszał, jak krzyczy do męża, żeby szybko przyszedł.

Po chwili już pił małymi łyczkami wodę z kubka podtrzymywanego ostrożną dłonią Lottie.

– Wygląda na to – powiedział cicho – że zrobiłem z ciebie pielęgniarkę na dobre.

Uśmiechnęła się.

– Boże, daj spokój! Dobrze, że nic ci nie jest. Okropnie się martwiliśmy.

– Długo tak leżę? – spytał.

– Trzeci dzień – powiedział od progu Dirk.

Lars przymknął oczy.

– Skąd się u was wziąłem?

Dirk splótł palce.

– Angelos cię przywiózł – wyjaśnił.

– Cholera – szepnął Lars.

Lottie podniosła na męża spłoszony wzrok.

– Nie powinniśmy go teraz męczyć. Niech odpocznie.

– Musi zaraz po obudzeniu wziąć leki – powiedział Dirk dziwnie ponuro.

Berg spróbował unieść się na łóżku.

– Powariowaliście? – jęknął. – Kupiliście dla mnie lekarstwa? Kto wam sprzedał? I skąd wzięliście taką cholerną forsę?

– Spokojnie, Lars. Spokojnie – zawołała Lottie. – Tylko się nie denerwuj.

Dirk pokręcił głową.

– Nie my kupiliśmy – powiedział spokojnie. – Angelos. Zostawił garść różnych pigułek i dwieście sztuk zielonych. Wysoki, rudy chudzielec, piegowaty jak indycze jajo, który z nim przyszedł, napisał, co i jak masz brać. Zachowywał się jak lekarz, więc chyba wie, co mówi. Kotku, przynieś mu te prochy. Niech lepiej od razu połknie.

Lottie wstała pospiesznie.

– Racja. Już idę.

Lars zacisnął powieki.

No to pięknie, pomyślał. Wrobił mnie. Chcę czy nie, jestem na żołdzie pieprzonego pana Tancerza.

– Wziąłeś od Angelosa leki? – spytał.

Dirk podniósł oczy.

– A ty byś nie wziął?

Berg wciągnął głęboko powietrze.

– Nie miałem wyjścia – burknął Dirk. – Zostawił też forsę dla Miriam. I namiar, gdzie możesz go znaleźć, jak już dojdziesz do siebie.

Więc to tak wygląda, pomyślał Berg. Tak czuje się człowiek przyciśnięty do muru. Dłużnik wbrew woli sprzedany w niewolę. Paskudne uczucie.

Lottie podsunęła mu kubek i garść tabletek. Połknął posłusznie wszystkie.

I przypieczętowane, powiedział sobie z goryczą. Zwierzak pożarł przynętę, pułapka się zatrzasnęła. Witamy na dworze Wróżki o Turkusowych Włosach.

Achilles brnął przez wąskie uliczki Północnego Skraju. Berg rzadko tu bywał. Grabieżcy nie zapuszczali się zwykle na terytorium Tancerzy, chociaż słyszeli pogłoski, że to mieszkańcy Skraju byli głównymi odbiorcami większości pryzów. W ogóle o Skraju opowiadano różne rzeczy. Że jest ziemią przeklętą, siedliskiem zła i bramą piekła. Że jego mieszkańcy porywają dzieci, żeby je składać w ofierze demonom. Że Skraj tak naprawdę nie istnieje, a czas płynie tu wolno lub szybko w zależności od kaprysu. Że stąd przybędzie wybawiciel, który stawi czoło Mistrzom Blasku i złączy rozszczepione światy.

Berg nie wierzył w żadną z tych plotek. Północna dzielnica nie była miejscem nawiedzonym ani przeklętym. W skleconych byle jak domkach i ukrytych w gęstwie ogrodów rezydencjach mieszkali ci, którzy wciąż chcieli walczyć. Mistycy i magowie, alchemicy i naukowcy, sceptycy i poszukiwacze prawd metafizycznych. Wszyscy ożywieni jedną myślą. Żeby doścignąć Mistrzów Blasku. Z pewnością większość stanowili zwykli wariaci. Ale przynajmniej starali się. A to już wiele.

Tu nie uprawiano festyniarskich sztuczek rodem z „Veve". Szaleństwo Skraju było prawdziwe, głębokie i natchnione. Tu królowała Sztuka. Niewdzięczna, drapieżna, zaborcza władczyni. Pani Magia w całej krasie swego okrucieństwa.

Achilles, porykując silnikiem, pchał się pod górę wcale szerokiej jak na warunki Skraju ulicy. Wszystkie mijane budynki wydawały się wyrwane z kontekstu i postawione przypadkowo obok siebie, jakby zgromadził je ślepy scenograf z bankrutującego teatru. Kanciaste wieże, chałupki z drewnianych bali, kamienne domki z dachami porosłymi mchem, zwyczajne kamieniczki z cegły, a nawet szałasy ze skór i gałęzi tłoczyły się, tworząc mozaikę równie niezwykłą jak sztuki uprawiane przez właścicieli. Tu nic nie pasowało, każdy budynek wydawał się pochodzić z innego świata. Skraj nie sprawiał wrażenia żadnego sensownego skupiska ludzkiego. Każdy zdawał się żyć niezależnie od reszty, ignorując fakt, że prywatna pustelnia stoi pośród tysiąca innych. Północna dzielnica nie była właściwie osiedlem, tylko zbiorowiskiem indywidualistów, którzy postanowili zamieszkać na jednym skrawku terenu.

Przedpołudniową porą mieszkańcy Skraju rzadko wychodzili na ulice. Chociaż zdarzały się wyjątki. Berg przyhamował gwałtownie, bo środkiem, zupełnie nie zwracając uwagi na motor, szedł półnagi mężczyzna okręcony skórami. Rozmawiał z kimś niewidzialnym, gestykulując żywo. Lars wyminął go z trudem, modląc się w duchu, żeby golas nie rzucił się nagle pod koła, bo w ferworze dyskusji to niespodziewanie przystawał, to znów pędził gdzieś szybkim krokiem, jakby, obrażony, porzucał niewidzialnego antagonistę.

Co za świr.

Że też jeszcze się nie przekręcił na zapalenie płuc, pomyślał Lars, kiedy wreszcie mógł zakończyć męczący slalom za nagusem. Na sam widok skąpego odzienia przechodnia i obutych w sandały, posiniałych stóp robiło mu się zimno.

Na szczęście dalej ulica była pusta. Tylko na szczycie ponurej, przysadzistej wieży Berg zauważył odprawiającego obrzędy saturnianina, wygrażającego szaremu niebu starym kijem hokejowym. Na końcu kija kołysał się ustrojony wstążkami dzwonek. Saturnianin wykrzykiwał coś, czego Lars nie mógł dosłyszeć. Pewno klątwy albo wieszczby o końcu świata, stwierdził, uśmiechając się krzywo. No to się spóźniłeś, koleś. Jeden już zaliczyliśmy.

Uliczka zakręcała łagodnym łukiem i wiodła odrobinę pod górę. Tu leżało nieco więcej śniegu i Berg obawiał się trochę, czy Achilles nie utknie. Na razie motor walczył dzielnie. Przejrzysty sześcian energetyczny co prawda zmatowiał lekko i zrobił się podejrzanie ciepły, ale silnik pracował równo.

Domy stały teraz ciaśniej, napierając na siebie ścianami, jakby przepychały się, walcząc o miejsce przy ulicy. Na widok długiego, jaskrawoczerwonego budynku po lewej Berg zwolnił. Nad wejściem kołysał się szyld przedstawiający dwugłowego mężczyznę dzierżącego w dłoniach miecz i łeb wołu. Pod spodem biegł napis głoszący: „Pod Słonecznym Blaskiem".

– Ciekawe, czy i tu rozdaje zupę za darmo – mruknął Lars, ale ucieszył się, bo w wiadomości od Angelosa czerwona karczma była wspomniana jako punkt orientacyjny. Powinien jechać jeszcze kawałek prosto, a przy kapliczce skręcić ostro w prawo. Dodał gazu, ale

Achilles nie chciał nabrać prędkości. Berg minął wysoki, umazany smołą słup, do którego ktoś przybił krzywą deskę. Z otworu po sęku jak pojedynczy kieł sterczało pożółkłe ze starości żebro jakiegoś zwierzęcia, prawdopodobnie krowy.

To cholerstwo nijak nie przypomina kapliczki, pomyślał. Nawet dla bardzo mało wymagającego boga. Postanowił pojechać dalej i w razie czego zawrócić. Minął okoloną płotem z gałęzi zagrodę i niewielką konstrukcję przypominającą jurtę. Na sąsiedniej posesji, przed chałupą z grubych, ciemnych bierwion, siedział młody człowiek i plótł kosz. Lars zagapił się na niego, wjechał w głęboki wybój i o mało nie wywrócił motoru, bo przez chwilę byłby gotów przysiąc, że facet ma troje oczu. Jednak dodatkową, świecącą nad nasadą nosa źrenicą okazał się przyklejony na czole zielony kamień. Młody człowiek roześmiał się drwiąco, a Berg podkręcił gaz.

– Pieprzony Skraj – mruknął.

Przejechał obok czegoś w rodzaju ogromnego, obróconego do góry nogami kotła z miedzi i glinianej lepianki w całości pokrytej rzeźbami maleńkich, wykrzywionych w przeróżnych grymasach twarzy. Na progu siedziała piękna, czarnowłosa kobieta w długim futrze. Nad głową trzymała czarną parasolkę obwieszoną martwymi nietoperzami. Potrząsała nią od czasu do czasu, a wtedy gliniane maski zaczynały krzyczeć.

– Witaj, przybyszu – odezwała się śpiewnie. – Chcesz poznać swoją przyszłość? Chodź, odkryję przed tobą cuda wszechświata.

Dzięki, pomyślał. I złożę twoją wątrobę w ofierze Wielkiej Bogini.

Uśmiechała się do Larsa czerwonymi jak laka ustami, ale odwrócił wzrok. Zdążył tylko zauważyć, że ze złością składa parasol.

Achilles zakrztusił się niepokojąco, lecz po chwili silnik znów zaczął równo pracować. Lars odetchnął z ulgą. Brakowało mu tylko klątwy rzuconej przez czarownicę ze Skraju.

Za kolejnym zakrętem uliczka zwęziła się jeszcze bardziej, bo po lewej stronie wyrósł zwarty mur kolorowych kramów. Przypominał zwykłe targowisko, chociaż w innej części miasta rzadko na ladach leżały dwugłowe ryby i chleby naznaczone kabalistycznymi symbolami. Kręciło się tu sporo ludzi, ale Lars nie miał zamiaru nikogo zaczepiać.

Zaniepokoił się trochę. We wskazówkach Angelosa nie było słowa o targu. Czyżbym zabłądził? – pomyślał. Patrzył uważnie i nigdzie po drodze nie zauważył śladu czegokolwiek, co można by nazwać kapliczką. Chyba że tamten pomazany smołą słup. W otoczeniu dziwacznych, ciasno stłoczonych domów czuł się trochę nieswojo. Skraj naprawdę nie przypominał ludzkiego osiedla. Budził niezrozumiały lęk nawet u przyzwyczajonego do niezwykłości Grabieżcy. Rana na ramieniu pobolewała, ale Berg nie wiedział, czy to działanie niewidzialnego teraz, wpisanego znacznie głębiej niż w samą strukturę skóry tatuażu, czy zwykły skutek urazu.

Targowisko nie wydawało mu się bezpiecznym miejscem. Od razu spostrzegł, że zwraca uwagę. Za wielu ludzi gapiło się na niego. Niektórzy komentowali, wskazując obcego palcami. Postanowił zawrócić. Ale w ciasnej, szczelnie zabudowanej przestrzeni obrócenie potężnego motocykla nie było łatwe. Chyba lepiej jechać dalej, zadecydował. Przecież naprawdę nie minął po drodze żadnej cholernej kapliczki.

Ruszył, przeciskając się między ścianą straganów a murami domów po przeciwnej stronie ulicy. Ścigały go cierpkie uwagi i przekleństwa kupujących, zmuszanych do ustępowania z drogi, ale chociaż mówili wyraźnie i z pozoru normalnie, nie był w stanie zrozumieć poszczególnych słów, jakby posługiwali się obcym językiem. Pod kurtką ubranie lepiło się do pleców, w ramieniu odzywał się ostry, świdrujący ból, a targowisko zdawało się nie mieć końca. Kiedy wreszcie wyrwał się na pustą przestrzeń uliczki, był zmęczony i rozzłoszczony.

Pieprzyć Angelosa i jego cholerny Skraj, pomyślał, zdrową ręką ocierając pot z karku. Pewnie mnie wystawił, piekielny świr.

Ulica wiła się pod górę, wąska i kręta jak ogon szczura. Berg wziął kolejny zakręt i zatrzymał się gwałtownie, dosłownie stawiając motor na nosie i wykręcając rozpaczliwy wiraż w miejscu. Fontanna śniegu bryznęła spod kół, ale jakimś cudem nie obsypała stojącego pośrodku drogi mężczyzny, który kreślił patykiem na śniegu jakieś skomplikowane wzory. Miał na sobie grubą skórzaną kurtę, obszytą mnóstwem metalowych przedmiotów. Na piersi i plecach dyndały swobodnie widelce, łyżki i bardziej wyrafinowane sztućce, na przykład komplet noży do ryby lub łopatki do nabierania ciasta. Na rękawach i połach dzwoniły małe okucia, klamry od pasów, różnego rodzaju blaszki, wędkarskie błystki i ostrza połamanych scyzoryków.

Berg opuścił ręce. Tajemnicze ornamenty pokrywały całą szerokość ulicy. Żeby kontynuować poszukiwania, musiałby po nich przejechać. Niby nic, ale w sumie nie miał na to specjalnej ochoty. Znaki wyrysowane zwykłym patykiem w śniegu nie powinny świecić trzema kolorami i zmieniać kształtów, płynnie przenikając jeden w drugi. Zwłaszcza gdyby były bazgrołami nieszkodliwego wariata. Berg patrzył właśnie, jak linie żółtego oplotu przybierają barwę ciemnej czerwieni i układają się w obraz dwukrotnie zapętlonego węża, a błękitna ryba wybrzusza się, żeby zostać ptakiem o rozpostartych skrzydłach, gdy uświadomił sobie, że tajemniczy rysownik przerwał pracę.

Wyprostował się i odgarnął długie, skudlone włosy, szare jak niebo chmurnym świtem, ukazując nadspodziewanie młodą twarz. Uśmiechał się całkiem uprzejmie.

– Człowiek, który szuka, powinien rozglądać się uważniej – powiedział. Miał głębokie, fiołkowe oczy, które mogłyby oczarować niejedną kobietę.

Berg chrząknął i przełknął ślinę.

– Czy mogę przejechać? – spytał.

Mężczyzna wzruszył ramionami, a jego kurtka odezwała się brzękliwym śmiechem.

– Oczywiście. Chociaż nie wiem po co.

– Szukam pewnego miejsca – wyjaśnił Berg.

– Szukasz kilku miejsc – powiedział szarowłosy. – A jedno, o którym jeszcze nie wiesz, szuka ciebie. Ale żadna z twoich dróg nie wiedzie przez moje zaklęcie.

Berg oparł się ciężko na kierownicy.

– Więc nie pozwolisz mi przejechać, tak?

Mężczyzna roześmiał się serdecznie i potrząsnął głową.

– Ależ pozwolę. Jeśli naprawdę będziesz chciał. Jednak najpierw spójrz w prawo, proszę.

Lars zerknął w kierunku, który wskazywał patyk maga. Mógłby przysiąc, że w zwartej ścianie budynków przed chwilą nie było żadnej przerwy. Teraz po prawej stronie otwierało się wąskie przejście. A tuż obok, na słupie, stała konstrukcja przypominająca mały gołębnik. Berg zsiadł z motoru i podszedł bliżej. Nie bardzo miał ochotę zostawiać dziwaka w brzęczącej kurtce za plecami, ale musiał się przekonać, czy droga i kapliczka nie są sprytnie wywołaną iluzją. Wąziutka uliczka ciągnęła się w górę i nikła w rzadkim lasku porastającym szczyt pagórka. Drewniana, pomalowana na niebiesko budka z pewnością była całkiem realna i musiała służyć jako przedmiot kultu. Niezbyt normalnego, pomyślał Berg.

W środku siedziała zasuszona ze starości, martwa od lat wrona, ubrana w szkarłatną pelerynkę. Na głowie miała potrójną koronę misternie zdobioną szlachetnymi kamieniami. Jedna skurczona jak uschła gałązka łapka zaciskała się na trzonku złotego berła, druga spoczywała na maleńkiej kościanej czaszce. Wnętrze kapliczki ozdabiały szklane koraliki i naszyjniki z zębów, podejrzanie przypominających ludzkie.

– Pogratulować – mruknął Lars. – Tym panom serdecznie dziękujemy.

– Szukając, nigdy nie należy tracić z oczu celu, Idący ku Drzewu – odezwał się szarowłosy. – Nawet jeśli pragnie się odnaleźć miejsce na krańcu świata.

Berg odwrócił się gwałtownie.

– Co powiedziałeś?

Mag stał z założonymi na piersi rękami i uśmiechał się pogodnie.

– Zakon to tylko etap podróży, Wędrowcze – dodał. – Odnajdziesz cel, kiedy przekroczysz bramę. Nigdy wcześniej, pamiętaj.

Lars rozłożył ręce.

– Zaraz, mówisz o Zakonie Krańca Świata? Skąd, do diabła, wiesz?

– Mówię o bramie, Idący ku Drzewu. Niektórzy zwą ją wyrocznią. Tam rodzą się korzenie.

– Do cholery z korzeniami! Wiesz coś o Avie? Odpowiedz! Gdzie jest ten piekielny Zakon?

Berg chciał przyskoczyć do maga, potrząsnąć nim jak pies szczurem, żeby przestał wreszcie raczyć go idiotycznymi zagadkami, i wytrząsnąć z niego prawdę, ale bał się przekroczyć świetliste, pulsujące linie wzoru.

Szarowłosy stał spokojnie, nieporuszenie.

– Wiem, że musisz zawsze podążać drogami, które wiodą przez twoje własne zaklęcia. Drzewo cię wzywa. Pospiesz się. Odszukaj Zakon i wyrocznię. Idź w stronę zimna, na północ, Wędrowcze.

– Czekaj! – krzyknął Berg, bo mężczyzna odwrócił się, jakby chciał odejść. – Co to wszystko znaczy?

– Przeobrażenie – usłyszał jeszcze, ale nie wiedział, czy ostatnie słowa maga dotyczyły rozmowy, czy były rozkazem, bo w tym samym momencie szarowłosy świsnął w powietrzu patykiem i rozsypał się w słup wirującego śniegu. Zniknął, zostawiając ogłupiałego Larsa, stojącego pośrodku ulicy obok zaparkowanego Achillesa. Po znakach na jezdni nie pozostał żaden ślad.

– Szlag! – szepnął Berg bezradnie. – Po prostu wyparował. Tak się, do cholery, nie robi!

Zwariowałem, pomyślał. W końcu musiało do tego dojść. Gadam z duchami, które znikają w pół słowa. Całkiem jak Matias.

Przesunął ręką po twarzy.

Chociaż diabli wiedzą. Przecież to Skraj. Na co dzień pracuję, wyprawiając się na abordaże do innego wymiaru, a jeden rozpływający się w powietrzu szaman przyprawia mnie o palpitacje. Gdzie tu sens? W końcu Mistrzowie Blasku też zdobyli moc na Ziemi, a nie w żadnych cholernych zaświatach. Tylko skąd, suczy syn, wiedział o Zakonie?

Na razie nie miał szans na odpowiedź.

Uliczka była cicha i pusta.

Grabieżca westchnął. Spotkanie z Angelosem wydało mu się teraz znacznie mniej ważne. Jednak nic więcej nie mógł zrobić. Wsiadł na motor i skręcił w drogę, nad którą czuwała martwa, ukoronowana wrona.

Siedziba Tancerzy z zewnątrz nie wyglądała zachęcająco. Wysoki, ukryty w lesie budynek przypominał wypaloną skorupę dawnego biurowca, który z trudem przywrócono do stanu używalności. W wielu oknach brakowało szyb, zastąpionych deskami lub kawałkami folii. Na ścianach pozostały dawne smugi sadzy.

Lars zaparkował Achillesa przed głównym wejściem, osłoniętym niewielkim gankiem. Wciąż czuł się nieprzyjemnie poruszony spotkaniem z szarowłosym. Skąd sukinsyn wiedział? Może wcale nie istniał i był tylko projekcją rozstrojonego niedawnymi przejściami umysłu Berga. Może po prostu mózg jeszcze nie doszedł do siebie po odjeździe, który zafundował mu brak zielonych pigułek. Chociaż pozostawała dodatkowa opcja. Tajemniczy Zakon istnieje i ma coś wspólnego ze zniknięciem Avy. I z nim samym, Larsem Bergersonem, Grabieżcą. Wtedy powinien podjąć wariacką wyprawę na poszukiwanie cholera wie czego i sprawdzić, co się za tym wszystkim kryje. Nigdy nie słyszał o Zakonie, ale dochodziły go kiedyś niejasne pogłoski o wyroczni. Cudownej i mądrej wieszczce zwanej Księżniczką, która przepowiadała przyszłość, uzdrawiała i pomagała nieszczęśliwym. Kolejna legenda wymyślona przez biednych, zagubionych ludzi, którzy próbowali zapewnić sobie chociaż odrobinę nadziei. Tylko trochę głupsza niż inne podobne mity.

Berg przesunął dłonią po czole. Nie, do diabła, na razie nie będzie ruszał w podróż za toczącym się cudownym jabłuszkiem na siwku-złotogrzywku czy latającym smoku. Jedna zielonowłosa legenda powinna na razie wystarczyć.

Podszedł do wejścia, spodziewając się zobaczyć drzwi, ale zamiast tego zastał dwie ściśle do siebie przylegające płyty z matowego szkła. Każdą ozdabiała wygrawerowana postać młodzieńca trzymającego pochodnię. Ta po lewej skierowana była ku górze, ta po prawej w dół. I tyle. Żadnej klamki ani uchwytu. Wyciągnął rękę w nadziei, że może trzeba pchnąć któreś ze skrzydeł, i wtedy płyty rozsunęły się bezszelestnie, ukazując korytarzyk zamknięty podobnymi, ale przezroczystymi taflami. Berg drgnął. Obawiał się, że płyty zatrzasną się, przecinając go na pół, jak nóż kroi cebulę. Jednak nawet nie drgnęły, więc po chwili wahania przekroczył próg i znalazł się bezpiecznie w środku. Dopiero wtedy zasunęły się równie cicho, jak otworzyły.

Nieźle, pomyślał Grabieżca. Nawet w dziedzinie Oświeconych nie spotkał podobnych patentów.

Za przezroczystymi drzwiami widział rozległy, jasno oświetlony hol wyłożony marmurem, lśniący chromem tralek i poręczy. Wyciągnął rękę, pewien, że szklane drzwi się rozsuną, ale nic takiego nie nastąpiło. Na gładkiej tafli nie było żadnych wgłębień czy uchwytów, tylko umieszczona na wysokości oczu wypolerowana płyta mosiądzu z wygrawerowanym młodzieńcem w zabawnej czapce, zarzynającym klęczącego byka.

Lars dotknął rytu, ale drzwi nie drgnęły.

Pięknie, pomyślał. Mam zacząć wrzeszczeć i tłuc pięściami w szyby?

Ale z głębi holu szedł już ku niemu rozpromieniony Tancerz z imponującą grzywą pomarańczowych włosów. Dotknął czegoś przy framudze z drugiej strony drzwi i tafle się otwarły.

– Proszę wybaczyć, panie Bergerson – powiedział. – Nie chcemy, żeby po budynku kręcili się przypadkowi ludzie. Proszę za mną. Pan Angelos czeka.

Berg ruszył za przewodnikiem. Nie musiał się długo zastanawiać, żeby zrozumieć, że wypalony szkielet na zewnątrz to tylko kamuflaż. Westybul, przez który szli, był wielki jak plac miejski. Przypominał marmurową grotę ozdobioną mnóstwem chromowanych stalaktytów. Na środku szemrała fontanna, zlewając srebrnymi strużkami kropel rzeźbę uśmiechniętego młodzieńca, pastwiącego się nad bykiem z takim samym wdziękiem, jak na grawerunku w korytarzu.

Po prawej Berg zobaczył szerokie schody, więc odruchowo skierował się w ich stronę. Tancerz leciutko musnął jego ramię.

– Doprawdy, nie ma potrzeby się trudzić – zauważył. – Gabinet pana Angelosa mieści się na jednym z najwyższych pięter. Proszę tędy.

Nacisnął przycisk w ścianie i metalowe drzwi rozstąpiły się posłusznie.

Co tu się jeszcze rozsuwa? – pomyślał Berg. Ściany? Dał się jednak zatrzasnąć w ciasnej, jasno oświetlonej szafie razem z Tancerzem. Odniósł wrażenie podobne do opuszczania koi podczas abordażu, choć znacznie słabsze, i zanim się spostrzegł, znalazł się w długim, pustym korytarzu. Wszystkie pomieszczenia siedziby Tancerzy oświetlały matowe, emitujące jaskrawe światło rurki umieszczone bezpośrednio na suficie. Berg nie zauważył ani jednej lampy Aladyna lub choćby śladu po sześcianach energetycznych.

– Proszę poczekać tutaj – powiedział uprzejmy Tancerz. – Pan Angelos zaraz pana przyjmie.

Przynajmniej te drzwi otwierają się normalnie, pomyślał Lars, ciągnąc za klamkę. Wszedł i zamarł w progu.

No proszę, powiedział do siebie. Jednak rozsunęli i ściany.

W pokoju brakowało dwóch. Za to widok był imponujący. Cały Skraj leżał pod stopami. Przypominał makietę, tyle że z żywymi ludźmi zamiast figurek. Kolorowe domki, ciągnące się po łagodnej pochyłości stoku uliczki, a dalej rozległa przestrzeń pól i ciemniejąca ściana lasu wydawały się nierzeczywiste jak obraz czy haftowana tkanina.

Berg bał się podejść do krawędzi podłogi, żeby nie runąć w dół z tego nietypowego, niczym niezabezpieczonego balkonu. W pomieszczeniu było ciepło, nie dochodził najmniejszy podmuch wiatru i tylko dlatego zorientował się wreszcie, że miejsce ścian zajmują niezwykle przejrzyste i wielkie szyby.

– Piękny widok, prawda? – odezwał się głos za plecami Grabieżcy.

Lars odwrócił się zaskoczony. W głębokim, czarnym fotelu siedział jakiś mężczyzna ubrany w ciemny garnitur.

Kto się teraz nosi tak staroświecko? – pomyślał Berg z lekkim zdziwieniem.

– Przepraszam – bąknął. – Nie zauważyłem pana.

– Oczywiście – zaśmiał się nieznajomy. – Na pańskim miejscu też wolałbym patrzeć na Skraj. Ciekawe miejsce, prawda?

– Tak – mruknął Berg, nieco zbity z tropu.

Nieznajomy był uderzająco podobny do Angelosa, tylko sporo starszy. Miał tak samo regularne rysy, choć wyglądał znacznie mniej niezwykle niż Tancerz dzięki szopie szpakowatych włosów i zwykłym, piwnym oczom.

To pewnie jego ojciec albo bliski krewny, przebiegło Larsowi przez myśl.

Nie spodziewał się, że Angelos ma w ogóle jakąś rodzinę. Prawdę mówiąc, uważał, że Tancerz nie urodził się w naturalny sposób. Chociaż teraz takie przypuszczenie wydawało mu się naiwne. No bo skąd miał się wziąć? Z kapusty?

– Czym się pan zajmuje, jeśli wolno spytać, panie...? – domniemany ojciec Angelosa zawiesił głos.

– Bergerson – powiedział Lars. – Jestem Grabieżcą.

Nieznajomy się rozpromienił.

– Wspaniała profesja. Zawsze podziwiałem ludzi pełnych odwagi i poświęcenia. Pan walczy ze złem. To godne szacunku w dzisiejszych czasach.

Berg rozłożył ręce.

– Po prostu wykonuję mój zawód.

Czuł się nieprzyjemnie skrępowany w towarzystwie starszej wersji Angelosa.

– I w dodatku podziwu godna skromność. Tacy ludzie jak pan są bardzo potrzebni, panie Bergerson. Zatrudniamy wielu pozyskiwaczy, ale nieliczni okazują się naprawdę utalentowani. A przecież żeby pokonać wroga, trzeba doskonale go poznać. Wasza... działalność dywersyjna staje się na wagę złota – ciągnął nieznajomy.

Ciekawe, czemu nikt nie nazywa tego kradzieżą, pomyślał z niechęcią Berg, który nie lubił pochlebstw i nie ufał pochlebcom. Przecież w sumie niczego innego nie robię.

Chciał odpowiedzieć zdawkowo, lecz w tym momencie w drzwiach stanął kolejny Tancerz, tym razem z fioletową kitą spiętych na karku włosów.

– Panie Bergerson, pan Angelos zaprasza.

– Pomyślnych negocjacji – rzucił uprzejmie facet w garniturze.

Bergowi nie spodobała się jego mina. Drwi? – zastanawiał się. Nie mógł się przyzwyczaić do kamiennych, pozbawionych wyrazu twarzy Tancerzy i współpracowników Angelosa. Każdy niuans, każde skrzywienie nabierało przez to ukrytych znaczeń. Są dziwnie nieludzcy, pomyślał, idąc za przewodnikiem po korytarzu. Jak obcy albo ożywione manekiny. Lepiej uważaj, chłopie. Im nie należy ufać.

Ukryty pod raną na ramieniu tatuaż milczał, ale Berg wszystkimi zmysłami wyczuwał niebezpieczeństwo. Dwór Wróżki o Turkusowych Włosach nieprzyjemnie kojarzył mu się z dominiami Mistrzów Blasku.

Tancerz wprowadził go do gabinetu na końcu korytarza. Angelos siedział za ogromnym biurkiem w kształcie nerki. Na widok gościa odłożył plik papierów i wskazał ręką krzesło naprzeciw siebie.

Berg, krocząc przez przestwór puchatego, popielatego jak dym dywanu, po raz pierwszy w życiu poczuł się siermiężny i źle ubrany. Wszystkie meble, bibeloty, obrazy, a nawet ubranie Angelosa były wykonane z niezwykłym kunsztem i precyzją. Lars stykał się czasem z podobnym luksusem w siedzibach Oświeconych, ale nawet tam rzemiosło rzadko osiągało podobny poziom. Zresztą świat po drugiej stronie należał do wrogów. Tu, na Ziemi, ludzie żyli inaczej. Ubrany w powyciągany, ręcznie dziergany sweter, drelichowe spodnie i koślawe buty, Berg po raz pierwszy zrozumiał, jak wielki upadek dotknął cywilizację. Napełniło go to smutkiem, lecz równocześnie dumą. Przetrwali, wciąż żyli na starym, tak głęboko przesiąkniętym historią kontynencie. Nawet jeśli, niczym pionierzy, musieli budować wszystko od nowa, własnymi rękami.

Podszedł do krzesła i stanął za nim. Na razie nie chciał jeszcze siadać.

Na sofie pod oknem zauważył piegowatego doktora, którego pamiętał ze szpitala w Mrowisku. Czytał książkę, nie zwracając uwagi na Larsa.

Tymczasem Angelos wyszczerzył zęby w przyjaznym, nieco drwiącym uśmiechu.

– O, pan Końska Czaszka. Nie powiem, że się nie spodziewałem.

Berg wsunął ręce do kieszeni. Irytował go protekcjonalny ton Tancerza. W głębi turkusowych oczu kryło się coś niepokojącego, jakiś przebiegły, triumfalny błysk.

To on, a nie Jaszczur, odciął mi dostęp do leków, pomyślał Lars ponuro. Patrząc w marmurową, gładką twarz Angelosa z każdą chwilą był bardziej pewny, że się nie myli. Tak czy inaczej, Tancerz miał go w garści. I mógł zmusić do wykonywania dowolnych poleceń. Nie tylko dla dobra świata, przeszło mu przez myśl. Niezły skurwysyn z tej Wróżki o Turkusowych Włosach.

Angelos splótł palce.

– Nie stój, Berg – powiedział. – Usiądź, proszę. Jak się czujesz, jeśli wolno wiedzieć?

– Kwitnąco – mruknął Lars.

Piegowaty chudzielec odłożył książkę.

– To znamienne – odezwał się zrzędliwym głosem, nieprzyjemnym jak zgrzyt noża po szkle. – Brak podstawowych norm kultury. A może byś tak podziękował, Bergerson, co?

Angelos machnął ręką.

– Wybacz, Berg, nie przedstawiłem. Doktor Tertius. Uratował ci życie, muszę przyznać.

Berg zmieszany spojrzał na rudzielca, a ten uśmiechnął się nadspodziewanie serdecznie. Uśmiech rozjaśnił kostyczną, suchą twarz i zapalił wesołe błyski w wodnistych, jasnych oczach.

– Głupstwo – powiedział. – Nie ma o czym mówić. Nakaz powołania i tyle. W sumie ciekawy przypadek. Nie zawsze mam okazję zawracać wędrowca między wymiarami.

Tertius, pomyślał Lars. Co za nazwisko. Jeśli i ten zacznie gadać o Zakonie, to znak, że jednak postradałem zmysły.

– Mimo to dziękuję – mruknął.

– No, siadaj, Berg – ponaglił Angelos. – Musimy porozmawiać o twoim kontrakcie.

Lars odsunął krzesło. Nie miał ochoty rozmawiać o żadnym kontrakcie, ale dobrze wiedział, że jest przyparty do muru.

– Podobno zatrudniasz wielu pozyskiwaczy – powiedział. – Nie wystarczą ci?

Angelos uniósł brwi.

– Skąd masz takie informacje?

Lars poczuł się zmęczony. Wydało mu się nagle, że bierze udział w jakiejś niezrozumiałej grze. Że każde słowo i gest są z góry ukartowane, a tylko on nie potrafi zrozumieć, po co.

– Powiedział mi twój ojciec – rzekł ze znużeniem.

Angelos zaśmiał się krótko.

– Septimus? Nie jest moim ojcem. Raczej młodszym bratem, a nawet, rzekłbym, synem. W pewnym sensie.

Popatrzył na Berga wyczekująco, ale Grabieżca milczał. Nie chciało mu się wyrażać zdziwienia, a czuł, że na prawdziwe wyjaśnienia nie ma co liczyć.

Angelos splótł palce.

– Chcę, żebyś dla mnie pracował, Berg. Może i mam sporo ludzi, ale potrzebuję prawdziwych talentów. Do specjalnych zadań. Obserwowałem twoją karierę i wiem, że się nadajesz. Jak nikt inny.

I dlatego odciąłeś mnie od leków, draniu, pomyślał Berg gorzko. Podniósł głowę i spojrzał Angelosowi w oczy.

– Nie myśl, że to dla mnie łatwa decyzja – powiedział. – Nigdy nie przypuszczałem, że będę zmuszony pracować dla pasterza.

Usłyszał jak Tertius parska stłumionym śmiechem. Angelos skrzywił się.

– Nie jestem pasterzem.

– Ale zbawcą świata, co? – rzucił Lars z ironią.

– Jeśli chcesz to tak ująć – mruknął Tancerz. – Daję sprzęt i leki. Zabieram wszystkie pryzy, ale płacę uczciwie, według cen miejskich. Jeśli nie zechcę jakiegoś pryzu, masz prawo sprzedać go komuś innemu, jasne?

Berg zacisnął pięści.

– Będę pracować w domu. Na własnym sprzęcie. Inaczej nie ma mowy o kontrakcie.

Angelos odchylił się w fotelu.

– Hardy jesteś. I masz charakter, muszę przyznać. Wiesz, że daję maszyny o klasę lepsze od wszystkiego, co funkcjonuje w mieście?

Lars wzruszył ramionami.

– A ja mam najlepsze wyniki i talent, o który zabiegasz.

Tancerz się uśmiechnął.

– Fakt. W końcu to twoja sprawa. Byle nie ucierpiała na tym jakość pryzów. Jestem skłonny zrobić dla ciebie wyjątek. Ale... – zawiesił głos – w wypadku zadań specjalnych pracujesz u mnie, na moich maszynach. Od tego nie odstąpię.

Berg zmrużył oczy.

– Jakiego rodzaju są te zadania specjalne, Tancerzu?

Na twarzy Angelosa nie drgnął nawet mięsień.

– Wkrótce się przekonasz, Grabieżco. Bez obaw.

Berg zacisnął szczęki. Cała impreza coraz mniej mu się podobała. Niestety, nie mógł wyjść, trzasnąwszy drzwiami. Niewiele mógł, tak naprawdę.

– Będziesz uczciwie odliczał kwotę należną za leki, a to, co dałeś Dirkowi, potrąć przy odbiorze najbliższych pryzów – powiedział.

Angelos bębnił palcami w blat biurka.

– Darmowe lekarstwa znajdują się w kontrakcie każdego pozyskiwacza, którego zatrudniam, Berg. – Westchnął. – A pieniądze dla Miriam potraktuj jako część mojej działalności charytatywnej.

– Życzę sobie, żebyś wszystko odliczył – powtórzył Lars z naciskiem. – Utrzymywanie tej dziewczyny stanowi część mojej działalności charytatywnej. Jasne?

Angelos potrząsnął głową.

– W porządku, jak chcesz. Trudno się z tobą dogadać, Grabieżco, wiesz? Zacznij od zaraz. Będę czekał na pryzy. Raz czy dwa razy w tygodniu odwiedzi cię któryś z Tancerzy, żeby sprawdzić, czy masz coś dla mnie. Aha, gdyby sprzęt wymagał napraw...

– Zwrócę się do Dirka – warknął Berg.

Angelos rozłożył ręce.

– Dobra. Nie będę się wtrącał. Chociaż naprawdę potrafię dbać o pracowników, Bergerson.

Oczy Larsa zwęziły się.

– Arvani uczył, że Grabieżca powinien sam dbać o siebie, Tancerzu. Inaczej straci instynkt i stanie się bezradny jak drapieżnik przyzwyczajony do regularnego karmienia. A tobie przecież zależy na sprawnym łowcy, prawda?

Angelos się uśmiechnął.

– Bez wątpienia. Widzę, że bardzo chcesz skrócić do minimum naszą rozmowę.

Berg spojrzał prosto w turkusowe oczy Tancerza i pierwszy raz zmusił go do spuszczenia wzroku.

– Nie jest łatwo negocjować niewolniczy kontrakt, panie pracodawco.

Angelos wyłamał palce i uśmiechnął się jakoś po ludzku, smutno.

– Przykro mi, że tak to traktujesz. Może z czasem zmienisz zdanie, Grabieżco.

– Kto wie – mruknął Berg.

Nie potrafił przeniknąć zamiarów Tancerza. Może rzeczywiście ocenił go zbyt pochopnie. Niewykluczone, że ten niezwykły olbrzym o kolorowych włosach naprawdę może zrobić coś dobrego.

– Mitus cię odprowadzi – powiedział Angelos, a Berg po raz pierwszy dostrzegł na marmurowej masce twarzy Tancerza cień znużenia. W kącikach turkusowych oczu kryło się coś jeszcze. Tęsknota? Melancholia? Nie umiał odczytać.

– Do zobaczenia, Tancerzu – powiedział.

Angelos nie odpowiedział, tylko jego usta drgnęły, układając się w słaby uśmiech.

– Pomyślnych łowów – rzucił doktor znad książki. – W imię obopólnych korzyści.

Berg wyszedł.

Coś się skończyło, pomyślał. Czuł się dziwnie, jakby właśnie podpisał cyrograf. Rzecz w tym, że nie potrafił powiedzieć, czy z diabłem, czy raczej z aniołem.

Angelos wstał zza stołu i z założonymi na plecach rękoma stanął przy oknie.

– Udało ci się złowić jedną duszę – mruknął Tertius. – Zadowolony?

Tancerz westchnął.

– Długo polowałem, fakt. Ale ten człowiek jest jak diament. Zależy mi na nim.

– Tylko szlifuj ostrożnie – zaśmiał się doktor. – Bo gotów cię pokaleczyć. Jest dumny i nieufny jak zwierzę. Naprawdę uważasz, że warto?

Angelos wzruszył ramionami.

– Ma ogromny potencjał. Czuję to.

– Ty tu jesteś mistrzem – mruknął Tertius.

– A on talentem, jakiego nie spotkałem od wieków. To cenny nabytek. Przyda się. Tylko czasem zupełnie go nie rozumiem. Niełatwo kierować człowiekiem, który okazuje tak dziwaczne motywacje.

Doktor zaśmiał się cicho.

– Daj spokój. Przecież to barbarzyńca jak oni wszyscy. Dumny, wolny, nieufny, nieznośny dzikus. A ty naprawdę go lubisz.

Angelos zapatrzył się w dal.

– Daleko zajdzie. A ja chcę, żeby szedł tą drogą z moją pomocą.

– Czy nie karmisz się fałszywą nadzieją, przyjacielu? – spytał Tertius cicho. – Wiesz, że może cię spotkać okrutne rozczarowanie.

Tancerz zamknął oczy.

– A czym mam się karmić, Tertiusie? – szepnął z goryczą. – Wspomnieniami?

Doktor westchnął.

– Prawdopodobnie masz rację. Tylko pamiętaj, że ten twój nowy diament prędzej czy później odejdzie własną ścieżką.

Turkusowe oczy Angelosa wędrowały po dachach Północnego Skraju.

– Na to liczę, doktorze – powiedział. – Na to właśnie liczę.

Rozdział 10

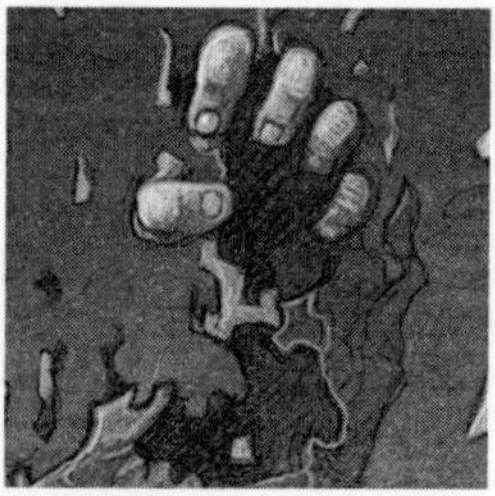

Berg roztarł palcami skronie. W mięśniach i ścięgnach czuł zmęczenie, ale był zadowolony. Praca dla Angelosa na razie niewiele różniła się od dotychczasowych zajęć Grabieżcy. Po prostu nie wszystkie pryzy sprzedawał Albie. Tancerz okazał się wymagającym, chociaż niezbyt uciążliwym klientem. Najczęściej brał tylko cenne zdobycze, choć czasami nie wykazywał zainteresowania łupem, który osiągał w mieście wysoką cenę, a brał na pniu pryzy uchodzące za niezbyt chodliwe.

Berg nie potrafił go rozgryźć. Czasem byłby gotów przysiąc, że Angelos pamięta wydarzenia sprzed końca świata i jest znacznie starszy, niż Lars śmiał podejrzewać, a czasami te same przypuszczenia wydawały mu się naiwne i absurdalne. W każdym razie potrafił zaskakiwać. Niedawno, przechodząc holem siedziby Tancerzy, usłyszał znajome, prędkie stukanie obcasów i nagle na szyję rzuciła mu się Alois. Wyglądała tak pięknie, że zapomniał zdziwić się na jej widok. Śliczna, wykrojona jak serce twarzyczka promieniała szczęściem.

– Berg, skarbie! Tak ci dziękuję! Jesteś najlepszym na świecie, wspaniałym przyjacielem! Nigdy nie zapomnę, ile ci zawdzięczam!

Odsunął delikatnie jej ramiona, chociaż częścią osobowości pragnął, żeby nigdy nie przestała go całować.

– Kochanie – powiedział – ja przecież nic nie zrobiłem.

Parsknęła śmiechem.

– Jak to nic? – Okręciła się wokoło. – Nie bądź taki skromny! To jest nic?

Przymknęła na chwilę oczy, a Berg patrzył z rosnącym zdumieniem, jak jej smagła skóra robi się wyraźnie złota, a na gładkim, aksamitnym tle występują wyraźne lamparcie cętki.

– Wspaniale, co? – zawołała.

Na jej wysokich kościach policzkowych wystąpiły ciemne rumieńce. Znów zarzuciła ramiona na szyję Grabieżcy.

– Zawsze o tym marzyłam, ale taki zabieg kosztował majątek! Skąd wiedziałeś, Berg? Jesteś taki cudowny!

Lars poczuł zimne ukłucie niepokoju.

– Zaraz – mruknął. – Kto przeprowadzał operację?

W migdałowych oczach Alois mignął cień zdziwienia.

– Doktor Tertius oczywiście. To wspaniały specjalista. Nawet nie marzyłam o takim efekcie! Nie podpuszczaj mnie, skarbie. Przecież sam wszystko zorganizowałeś.

– No tak – wymamrotał. – Oczywiście.

Dziewczyna klasnęła w ręce.

– Teraz żadna mi nie podskoczy. Jestem najlepsza w mieście.

Berg uśmiechnął się blado.

– Zawsze byłaś, kotku.

– Daj spokój! – prychnęła. – Miałam najwyżej kilku naprawdę przyzwoitych klientów. Nie to, co teraz. Od kiedy jestem pod opieką pana Angelosa, o nic nie muszę się martwić. To przecież twoja zasługa, nie zaprzeczaj, skarbie.

Berg osłupiał. Fajnie, pomyślał. W dodatku jest alfonsem. Przez moment przed oczami mignął mu obraz dziewczyny i olbrzyma o turkusowych włosach, jednak natychmiast go odrzucił. Nigdy się nie przejmował tym, co robi Alois, ale myśl, że jego długonoga gazela mogłaby wylądować w łóżku z tym lodowatym, dziwacznym posągiem, okazała się niespodziewanie przykra. Chociaż nie tak przykra, jak przekonanie dziewczyny, że przyłożył do tego rękę.

– Pracujesz dla Angelosa? – spytał.

– No pewnie! – zaśmiała się. – Nie udawaj głuptaka! Do licha, nie myślałam, że będziesz strugał takiego skromnisia! Nieważne! I tak jestem szczęśliwa! Uwielbiam cię, Berg. Nawet kiedy mnie podpuszczasz.

Mrugnęła szelmowsko.

– No, pędzę, skarbie. Zagadałam się, a przecież jestem umówiona. Pa, kochanie.

Ucałowała go w policzek i pobiegła, stukając obcasami. Berg patrzył za nią, a potem wbił ręce w kieszenie.

Pan Dobra Dusza coś za bardzo przejmuje się dobroczynnością, pomyślał ze złością.

Angelos, zagadnięty o Alois, zgodnie z oczekiwaniami jedynie uniósł brwi.

– Spłaciłem tylko twój dług – skwitował krótko. – O którym ty jakby zapomniałeś, Berg. Dziewczyna jest szczęśliwa, więc o co chodzi?

Niby o nic, ale Lars nie mógł się pozbyć wrażenia, że opieka Angelosa sięga nieco zbyt daleko. Na szczęście zostawił w spokoju Miriam.

Nabrał głęboko powietrza i ucisnął kąciki oczu. Boże, gdyby nie Miriam, byłbym nawet całkiem szczęśliwy, pomyślał.

Stan dziewczyny ulegał powolnemu, lecz nieubłaganemu pogorszeniu. Nie zatrzymała się na etapie pięciolatki, tylko brnęła coraz głębiej w mrok. Już chyba nikogo nie rozpoznawała. Nie potrafiła chodzić, czasem czołgała się jak tępe niemowlę, które nie umie wyjść poza etap raczkowania. Większość czasu spędzała jednak w łóżku.

Lars wyrzucał sobie, że odwiedza ją za rzadko, ale po prostu nie mógł znieść widoku jej bezmyślnej, oszołomionej twarzy. Tych nieskoordynowanych ruchów chudych łapek i koszmarnego, nieporadnego raczkowania. Rozlewania i mamlania papek, które tak cierpliwie gotowała dla niej Lottie.

Jezu, Lottie, przypomniał sobie i ukrył twarz w dłoniach. Nie potrafił sobie wybaczyć, że skazał żonę przyjaciela na los wiecznej niańki kretyniejącej z każdym dniem Miriam. Lottie opiekowała się dziewczyną niczym chorym dzieckiem. I nigdy się nie skarżyła.

Próbował z nią rozmawiać, ale nie miał przecież nic do zaoferowania. To była bolesna i trudna do zniesienia świadomość. Wiedział, że powinien sprowadzić Miriam do siebie, ale czuł też, że nie da sobie rady.

– Posłuchaj, Lars – powiedziała mu kiedyś Lottie, gdy czepiał się tematu opieki nad Miriam niczym pijany płotu. – Daj już spokój. Stało się i tyle. Może to jedyny dobry uczynek, jaki zrobię w życiu? Pozwól mi samej o tym zadecydować, dobra?

Wtedy się zamknął, lecz wciąż nie potrafił poradzić sobie z poczuciem winy. Im bardziej się przekonywał, że to nieprawda, tym bardziej czuł się odpowiedzialny za wypadek dziewczyny. Po co ją uczył? Po co się w ogóle nią zajmował? Może byłaby teraz niezbyt szczęśliwą, ale normalną mieszkanką swojego cholernego Czajnika.

Westchnął. To beznadziejne, pomyślał gorzko. Skutków szarej bomby nie sposób cofnąć. Tak jak czasu.

Podparł pięścią brodę i zapatrzył się w okno. Po stalowym niebie pływały brzydkie, ciężkie od deszczu chmury. Śnieg wszędzie topniał, zmieniając się w kałuże błota i kryjące się w cieniu zmrożone bryły lodu. Wiosna nadchodziła niechętnie, zapłakana marcowymi szarugami, bura jak rozmokła ziemia. Berg zdał sobie nagle sprawę, że nie zauważył, kiedy zima minęła. Dużo pracował. Rana na ramieniu zagoiła się, pozostawiając prostokątną, regularną bliznę, a Lars przekonał się, że nieistniejąca końska czaszka nadal spełnia swoje zadanie. Wrażenie było inne, dotkliwsze i bardziej przenikliwe, ale nadal ostrzegało przed niebezpieczeństwem.

Marzec płynął brudną wodą roztopów, a Angelos przez całą zimę ani razu nie zażądał od Berga niczego szczególnego. Aż do czasu, gdy w połowie miesiąca pod oknami Grabieżca zobaczył znajomą limuzynę.

Wsiadł bez słowa, starając się dobrze ukryć rosnące podekscytowanie.

Angelos przyjął go w pokoju z widokiem. Stał z rękami założonymi na plecach, patrząc na panoramę Skraju pod stopami. W ciemnym, pełnym sprzączek i klamer kombinezonie wyglądał jak szalony anioł piekieł, obserwujący z wysokości swoją magiczną krainę. Jednak pracuję dla świra, pomyślał Berg. Zdziwił się nieco na widok towarzyszącego Tancerzowi mężczyzny. Ubrany na czarno facet o ponurej, zaciekłej twarzy nie budził zaufania. Blizna po tatuażu zapulsowała słabym zimnem i odruchowa niechęć Larsa zabarwiła się odrobiną niepokoju.

Galery za samą mordę, pomyślał. Nie wspominając o ślepiach.

Angelos odwrócił się do Berga. Miał jakiś nieobecny, zamyślony wzrok.

– Powiadają, że umiesz łapać synchron? – spytał bez przywitania. – To bardzo rzadka umiejętność.

Lars skinął głową.

– Ale się zdarza – powiedział chłodno.

Tancerz splótł palce.

– Na przykład tobie?

– Na przykład mnie – potwierdził.

Nie podobała mu się obecność ponurego typa, nie podobał wyraz twarzy Angelosa. Coś tu zaczyna śmierdzieć, pomyślał.

Turkusowe oczy Tancerza błądziły daleko, jakby Angelos był obecny w pokoju tylko częściowo.

– Synchron z miejscami czy z ludźmi? – spytał.

Berg pozwolił sobie na chłodny uśmiech.

– Do wyboru, Angelos.

Kąciki ust Tancerza drgnęły.

– A równocześnie?

Lars przygryzł wargę.

– Nie wiem – przyznał. – Synchron z miejscami jest znacznie trudniejszy. Muszę mieć bardzo dokładny obraz wybranej przestrzeni, coś w rodzaju korytarza przez wymiary, i chociaż jeden przedmiot, który stamtąd pochodzi. A i tak ryzyko błędu pozostaje wysokie. Inaczej mógłbym kontrolować każde przejście, a to niemożliwe. Żaden pozyskiwacz nie potrafi podczas abordażu skakać w konkretne miejsce. Lepiej skupić się na pragnieniu dobrego pryzu. Zwłaszcza że jestem w stanie tylko z grubsza trafić w wybrany punkt.

– Ale może się udać, jeśli dostaniesz bezpośredni kontakt z miejscem, do którego chciałbyś dotrzeć?

– Tak – powiedział Berg. – Wtedy mam duże szanse. Tylko że takiego bezpośredniego kontaktu nie sposób osiągnąć. Inaczej niż w wypadku człowieka, który ma rozum, wolę i osobowość. O takie kotwice łatwiej się zaczepić.

Oczy Angelosa zajaśniały.

– To jest Juan. – Wskazał na ponurego typa. – Dzisiaj pracujecie razem.

Mina Juana wydłużyła się tak samo jak Berga.

– Zaraz – warknął Grabieżca. – Co to znaczy „razem"?

– We dwóch – wyjaśnił Tancerz, uśmiechając się bezczelnie.

Ponury poruszył ustami, jakby chciał splunąć na podłogę.

– Nie potrzebuję żadnych pomocników – burknął.

Mięśnie szczęk Larsa zadrgały.

– Angelos, zabierz stąd tego palanta, dobrze?

Ponury najeżył się, ale milczał. Tancerz rozłożył ręce.

– Nie da rady – powiedział spokojnie. – Musicie współpracować. Juan nie jest zwykłym pozyskiwaczem. Ma bardzo cenny dar, ale kiepsko sobie radzi z abordażami.

Ponury rzucił spojrzenie spode łba, a Berg potarł w zamyśleniu podbródek. Sformułowanie „kiepsko sobie radzi z abordażami" nie podobało mu się najbardziej ze wszystkiego, co tu usłyszał.

– Musisz przenieść go w pewne miejsce i wykraść wartościowy przedmiot – ciągnął Angelos.

– Wspaniale – mruknął Lars. – A on do czego mi będzie potrzebny? Potrzyma nade mną parasol, gdyby padało?

Facet w czerni warknął głucho, jakoś po psiemu.

Nawet gadać porządnie nie umie, pomyślał Berg z irytacją.

Tancerz zmrużył oczy.

– Widzę, że się nie polubiliście, panowie. A to niedobrze. Bo tylko razem możecie wypełnić zadanie i uratować tyłki. Juan potrafi wyczuć każdy falsyfikat – zwrócił się do Larsa. – A przedmiot, który chcę pozyskać, musi być autentyczny. To Klucz Adama.

Berg potrząsnął głową.

– On nie istnieje. Jest legendą, jak święty Graal.

– Mylisz się, Bergerson. Istnieje. A wy mi go przyniesiecie.

Lars wzruszył ramionami.

– Niby jak?

– Za pomocą tego – powiedział Angelos.

Zbliżył się do stołu i z wielkim pietyzmem otworzył stojącą na blacie niewielką skrzyneczkę.

– Podejdźcie – nakazał.

Posłusznie zbliżyli się do stołu. Na czerwonym suknie leżało małe lusterko. Przypominało lustra poszukiwawcze, ale taflę miało matową i zupełnie czarną.

– Co to niby jest? – spytał Juan.

– Brama – powiedział Angelos. – Dysponując Kluczem Adama i tym drobiazgiem, można się przenosić w dowolne miejsce we wszechświecie.

– Gadanie – fuknął ponury.

– Właśnie o tym chcę się przekonać – mruknął Angelos.

– Poczekaj. – Lars wsadził ręce do kieszeni. – Nie wiem, czy dobrze rozumiem. Rozmawiamy o Kluczu Adama, mistycznym przedmiocie, który Bóg ofiarował pierwszemu człowiekowi, aby otworzył wrota świata?

– Na to wygląda – powiedział Angelos pogodnie.

– A lusterko należało pewnie do Ewy, żeby mogła sobie zrobić pierwszy makijaż? – parsknął Berg.

– Weź je do ręki, panie Końska Czaszko. I dobrze się przyjrzyj.

Tancerz sięgnął po pudełko. Berg wziął maleńkie, owalne zwierciadełko z legowiska na czerwonym suknie. Było zadziwiająco ciężkie. Wpatrzył się w czarną taflę i nagle zabrakło mu tchu. Wydało mu się, że wpadł do ciemnej, chłodnej wody i pogrąża się coraz głębiej, płynąc na nieskończenie dalekie dno. Tam majaczył zamazany obrazek. Dom o czarnych ścianach upstrzonych krwistymi, podobnymi do zwojów kolczastego drutu napisami.

Z trudem, jakby pokonywał opór gęstego błota, zdołał unieść rękę i zamknąć lusterko w dłoniach.

Obrazek rozprysnął się na mnóstwo kolorowych iskier, a Berg ze świstem wciągnął powietrze.

– Robi wrażenie, co? – uśmiechnął się Angelos.

– Co to za miejsce?

Tancerz spoważniał.

– Absu. Miejsce mocy jednego z Mistrzów Blasku. Pałac, w którym ukrywa najcenniejsze przedmioty. Nie wiem, czy dotarł tam kiedykolwiek jakiś pozyskiwacz.

Dotarł, pomyślał Berg. Nazywał się Jonas Arvani i ty dobrze o tym wiesz, panie Tancerzu. Wyzwanie było niemal obrazoburcze, ale jakże kuszące. Absu. Miejsce Głębi.

– Dobra – powiedział. – Przyniosę ci Klucz.

Tancerz odetchnął z ulgą.

– Zapraszam do azylu, panowie.

Leżąc w miękkiej ciemności koi, Berg pojął nagle, jak ciężkie czeka go zadanie. Czuł milczącą, nieprzyjazną obecność Juana, leżącego spokojnie w koi obok. Musiał utrzymać swego niechcianego pasażera i przejść przez lustro. Dostać się do czegoś w rodzaju ogrodu jednego z najpotężniejszych Mistrzów Blasku. Absu leżało poza czasem i przestrzenią, choć pozostawało w pełni fizycznym miejscem. Wyspą w Nibylandii.

Berg sięgnął po lusterko. Czas się dowiedzieć, kto jest najcwańszy w świecie, pomyślał. Albo najbardziej szalony.

Przejście przebiegło nadspodziewanie dobrze, choć cały czas miał wrażenie, że wlecze ze sobą nieporęczny, ciężki pakunek, jakby musiał dźwigać ponurego Juana na własnych plecach. Towarzysz wisiał na nim całym ciężarem, nawet nie próbując pomóc. Widocznie nie radził sobie także z podstawowymi zasadami przyzwoitości.

Już kiedy zawisł nad mleczną taflą, przez którą majaczyły czarne ściany Absu, blizna odezwała się słabym ukłuciem zimna. Nie będzie łatwo, pomyślał. Teraz mógł tylko opaść, modląc się, żeby nie trafić akurat na pułapkę. Miał tyle szans, co spadochroniarz lądujący na polu minowym.

– Schodzimy – powiedział, choć nie był pewien, czy Juan słyszy.

W każdym razie nie raczył się odezwać.

Tafla rozstąpiła się miękko i w tej samej chwili Berg znalazł się na zimnej podłodze Absu. Chciał się dźwignąć na jedno kolano, ale smagnął go ból w bliźnie. Zamarł. W skroniach słyszał łomot krwi. Nie miał czasu zerknąć, czy Juan przeszedł. Gdzieś obok czaiło się niebezpieczeństwo. Same ściany tego czarnego cholerstwa składały się wyłącznie z niebezpieczeństw. Berg zmrużył oczy. Czarna jak obsydian tafla posadzki czy ochlapane krwią napisów mury? Nigdzie nie mógł dostrzec śladu pułapki. Spróbował poruszyć się ostrożnie, a blizna eksplodowała lodowatym bólem. Lars z trudem przełknął ślinę. Poczuł, jak oblewa go pot. Różowe, złowrogie ślepie diabła spoglądało na niego z podłogi. Tuż obok krawiędzi buta. Sięgnął po smolną łzę i upuścił czarną grudkę na posadzkę. Potoczyła się w stronę ślepia, błysnęła szkarłatną poświatą i już po chwili zamknęła oko diabła na zawsze.

Berg odetchnął z ulgą. Odgarnął z czoła mokre od potu włosy. Chłód w bliźnie zniknął. Lars rozejrzał się wokoło. Stał w nieprzyjemnie bezkształtnym pomieszczeniu, wzniesionym na planie nieregularnego wielokąta. Sufit i ściany były poprzekrzywiane względem siebie pod dziwacznymi kątami. Koszmarne, czerwone bazgroły na czarnym tle męczyły wzrok. Nigdzie nie zauważył śladu mebli, wnęk czy występów w murach, na których można by położyć jakikolwiek przedmiot. Wygląda to jak labirynt dla szczurów rodem z piekła, pomyślał. Ciekawe, który guzik wcisnąć, żeby dostać nagrodę? I jaka będzie kara za fałszywy ruch?

Przypomniał sobie o ponurym towarzyszu.

– Juan? – zawołał cicho.

– Jestem – usłyszał odpowiedź.

Pozyskiwacz pojawił się w nieregularnym, wykrzywionym otworze drzwi.

– Nie mam pojęcia, gdzie szukać tego draństwa – przyznał Berg bezradnie.

– Ja mam – mruknął Juan. – Czuję, jak mnie przyzywa. Poczekaj tu, przyniosę Klucz.

Lars uśmiechnął się chłodno.

– Przejdę się z tobą. Pracodawca kazał, nie?

Juan wzruszył ramionami. Przelazł przez coś w rodzaju niskiego, kanciastego okna w rogu i zniknął za załomem muru.

Lars przymrużył oczy.

Tak łatwo się mnie nie pozbędziesz, kumplu, pomyślał. Jasne, że się z tobą przejdę. I będę ci patrzył na ręce. Bardzo uważnie.

Ruszył za Juanem. Absu nie przypominało domu, a tym bardziej pałacu. Korytarze zwężały się do dziur o nierównych brzegach, przez które z trudem mogli się przecisnąć. Koślawe, bardzo szerokie lub absurdalnie strome schody wtapiały się w sufit albo kończyły zawieszonymi nad pustką podestami. Podłogi wybrzuszały się lub zapadały na kształt leja, niektóre zaś były nachylone pod kątem uniemożliwiającym chodzenie. I wszędzie ściany krzyczały koślawymi bazgrołami napisów.

Lars, który zwykle nie miał trudności z odczytywaniem języków drugiej strony, tym razem nie rozumiał żadnego słowa. Jednak podświadomie wyczuwał, czego im życzą skreślone czerwienią litery. Tak wyraźnie, jakby każda na głos krzyczała: „Zdechnij!".

Blizna cały czas ćmiła chłodem. Oprócz ślepia Berg załatwił już cztery pułapki. Bicz Livelego, wstęgę smutku i dwie szare bomby. Wolałby nie mieć przy sobie ponurego Juana. Pozyskiwacz rozpraszał go, a Berg musiał i tak pracować za niego. Juan, jak się okazało, nie radził sobie też z pułapkami. Lazł jak durny, nawet się nie rozglądając.

Lars chciał iść pierwszy, ale Juan upierał się, że zna drogę. Grabieżca powoli zaczynał w to wątpić. Czas mijał, a Juan zdawał się kręcić w kółko. W końcu, jeśli pozwalała na to dziwaczna topografia Absu, wędrowali ramię w ramię. Po pewnym czasie zrozumiał, co mu przypomina Miejsce Głębi. Grobowiec jakiegoś szalonego władcy, króla mrocznego, złowrogiego świata. Ponure ściany zdawały się napierać na intruzów, jakby pragnęły ich zgnieść. Czerwone napisy wykrzykiwały swoje klątwy. Mistrz Blasku, który wystawił taki ogród, musiał być popieprzony jak szczur z kanalizacji.

Dlaczego tu nikogo nie ma? – zastanawiał się Berg. Pytanie dręczyło go uporczywie jak ból zęba. Cały czas nie mógł pozbyć się wrażenia, że są obserwowani. Że chłodne, stare jak kosmos oczy śledzą każdy nieporadny ruch dwójki pozyskiwaczy.

Zauważył cieniutką smugę czerni, jeszcze zanim blizna odezwała się uderzeniem zimna.

– Stój! – wrzasnął do Juana, ale pozyskiwacz już robił krok.

Za późno na pasek szczęścia, przeleciało Larsowi przez myśl. Rzucił się na Juana, obalił go na ziemię i zdążył przetoczyć się pod świszczącymi w powietrzu ogniwami sieci Stockla. Cofnął rękę w ostatniej chwili, bo naprężona linka, która przeleciała ze śpiewnym pogłosem, zdołała już rozciąć rękaw.

– Nie ruszaj się – syknął do Juana.

Sieć miotała się wściekle w wąskiej przestrzeni korytarza niczym rozzłoszczona kobra. Berg, przylepiony do ściany w niewygodnej pozycji, ośmielił się sięgnąć do kieszeni, a zabójcza plecionka śmignęła mu tuż nad uchem. Cisnął koguci grzebień, jedyną skuteczną broń na rozwiniętą sieć Stockla, modląc się, żeby dał sobie radę. Linki trafiły na metalowe zęby grzebienia, owinęły się wokół z wibrującym w uszach dzwonieniem.

Rozetną go, pomyślał skulony przy ścianie Grabieżca. Zobaczył, jak oka sieci naprężają się, a grzebień wygina niebezpiecznie.

Nie mamy szans, przebiegło mu przez myśl i w tym samym momencie grzebień zwyciężył. Przez chwilę skłębione linki sieci biły jeszcze o ścianę, a potem zmartwiały.

– Juan? – szepnął Berg ochryple, rozprostowując zaciśnięte bezwiednie pięści.

Pozyskiwacz stęknął głucho.

– Oberwałeś? – spytał Lars.

– Nie – wymamrotał Juan. – W porządku.

Berg wstał szybko.

– Chodź. Mogła włączyć gdzieś alarm.

– Nie włączyła – mruknął ponury pozyskiwacz, rozcierając stłuczony bark. – Wiedziałbym.

– Wynośmy się stąd – powiedział Berg. – Daleko do tego cholernego Klucza?

Juan wzruszył ramionami.

– Nie. Zaraz będziemy.

Gramolił się długo, wreszcie stanął na nogi.

– Musiałeś mnie tak walnąć? – warknął.

Berg zacisnął zęby. Uratowałem mu dupę i jeszcze się palantowi nie podoba, pomyślał.

– Następnym razem się zastanowię – mruknął.

Ruszył przed siebie, ale towarzysz pociągnął go za rękaw.

– Tędy – powiedział, wskazując wlot małego korytarzyka o przekroju krzywego pięciokąta.

Lars zmrużył oczy. To jakaś szczurza nora, stwierdził. Otwór miał mniej niż metr wysokości.

– Jesteś pewien? – spytał.

– Mówię, że tędy – powtórzył Juan ze złością. – Co ci się nie podoba? Nie ja to zbudowałem.

Berg wzruszył ramionami.

– Jak chcesz. Ale ja idę pierwszy.

– Niby dlaczego? – warknął pozyskiwacz.

Berg powoli tracił panowanie nad nerwami.

– Bo wleziesz w pierwsze lepsze gówno i szlag nas obu trafi, palancie – syknął.

Juan niespodziewanie spuścił z tonu.

– To właź, mistrzu – burknął drwiąco.

Lars wczołgał się do korytarza. Chłód w ramieniu tym razem silniej dał o sobie znać. Na plecach czuł gorący oddech Juana. Wnętrze korytarza przypominało za długą trumnę. Berg zaczął się pocić. Przynajmniej nie jest ciemno, pocieszył się. Światło docierało z widocznego w oddali wylotu korytarza. Lars przyspieszył. Blizna smagnęła chłodem akurat w chwili, gdy pomyślał, że nie będzie pułapek. Wypatrzył cienką kreseczkę sieci Stockla w miejscu, w którym ściana stykała się z nierównym sufitem. Srebrzysty, wiotki pasek szczęścia przylgnął do niej natychmiast i Lars mógł wypuścić wstrzymywane od kilku sekund powietrze. Wolał nie myśleć, jaką masakrę zrobiłaby sieć umieszczona w tym miejscu.

– Co jest? – burknął zrzędliwie Juan. – Dlaczego nie idziesz?

– Sznurowadło mi się rozwiązało – warknął Berg i poczołgał się dalej.

Zatrzymał się, gdy wylot korytarza był na wyciągnięcie ręki. Blizna nie wysyłała żadnych sygnałów, więc ostrożnie przysunął się do krawędzi.

Pod sobą, w dole, zobaczył białe pomieszczenie o wyoblonych narożnikach. Wylot korytarza wypadał pod samym sufitem. Podłoga znajdowała się jakieś dwa i pół metra niżej. Pośrodku zupełnie pustego pokoju stał elegancki biały stoliczek, a na nim, na karminowej poduszeczce, spoczywała kamienna płytka wielkości dłoni.

Juan przecisnął się, żeby też wyjrzeć.

– Jest – szepnął. W jego głosie dawało się wyczuć podniecenie.

– Autentyczny? – spytał Lars.

Pozyskiwacz przełknął ślinę.

– Jak cipa dziwki. Ale będę wiedział na pewno dopiero, kiedy go dotknę. Skaczesz?

Berg oblizał wargi.

– Jasne – mruknął.

Juan gapił się na niego nieufnie.

– A jak potem wyjdziemy?

– Tak jak weszliśmy – powiedział Grabieżca. – Na lustro nie działają widocznie blokady, bo inaczej nie dostalibyśmy się tak łatwo do Absu. Z Kluczem i zwierciadłem w garści możemy się przenieść w dowolne miejsce. O ile to cholerstwo naprawdę jest autentyczne.

– Jest – burknął Juan. – Czuję, że tak.

A ja czuję, że siedzę po uszy w gównie z pieprzonym szarlatanem, pomyślał Berg. Taki z ciebie pozyskiwacz, jak z koziej dupy trąba, kumplu. Jeśli Klucz okaże się nieprawdziwy, to i tak nie wyjdziemy. Więc pieprzyć wszystko.

Usiadł, spuścił nogi poza krawędź i skoczył, zanim Juan zdążył otworzyć gębę. Wylądował sprawnie. Nie wyczuł nigdzie pułapek. Blizna przestała ćmić. Ruszył w kierunku stolika.

– Zaczekaj! – stęknął Juan i zeskoczył ciężko.

Berg ostrożnie wyciągnął dłoń. Płytka wydawała się bardzo stara. Nie umiał powiedzieć, z jakiego kamienia ją zrobiono. Wypolerowaną, szarawą powierzchnię pokrywały na wpół zatarte wzory. Kółka, półksiężyce i kreski.

Gdzieś widziałem podobne znaki, pomyślał Berg, lecz w tym momencie Juan, który przypadł do stołu, odepchnął jego rękę.

– Nie dotykaj! – wrzasnął. – Najpierw ja!

Lars poczuł uderzenie zimna w ramieniu równocześnie z potwornym bólem w prawym nadgarstku. Płonąca wesz, zrozumiał, ale już było za późno. Nie mam ręki, pomyślał oszołomiony. O Jezu Chryste!

Ból był nie do zniesienia. Płonęło całe ramię, bark, bok i plecy. Ból wdzierał się do mózgu, oślepiał. Lars nawet nie zdawał sobie sprawy, że upadł na posadzkę. Świat zniknął. Zamienił się w huczący, szalony płomień bólu. Berg wił się na podłodze, ściskając rozdzierany cierpieniem nadgarstek.

– Pierdolony skurwysynu! – zawył. – Zabiję cię!

Poczuł, że jakieś ręce dotykają go, grzebią po kieszeniach. Juan, pojął. Zabiera lustro.

– Zabiję – wychrypiał.

Przed oczami widział wirujące czarne i czerwone plamy. Ogień. Płomienie były wszędzie, ogarniały go i spopielały bez końca. Wyrwały z ust Grabieżcy długi, przeciągły krzyk, który odbił się echem od czarnych ścian Miejsca Głębi.

Musiał na jakiś czas stracić przytomność. Przez wirujące czarne strzępy i strzelające iskry bólu widział w bieli pokoju trzy zamazane postacie. Żadna nie była Juanem. Adepci, zrozumiał. Krążyli wokół, jakby bali się podejść. Jakby był konającym drapieżcą, który wciąż jednak może zabijać.

Bo mógł.

Zacisnął zęby. Uniósł się na łokciu, chociaż każde poruszenie odzywało się eksplozją cierpienia, wyrywało z gardła ochrypły jęk.

Wtedy jeden z adeptów zaatakował. Czemu nie zrobią tego równocześnie, głupcy? – pomyślał i poczuł uderzenie mocy. Słabe, niepewne i pełne strachu. Potężna, czerwona jak krew fala kontrataku popłynęła z umysłu Berga niemal bezwiednie. Wszystko wokół zniknęło. Przez mgnienie stali naprzeciw siebie w pustce i Lars mógł dostrzec pobladłą, przerażoną twarz przeciwnika. A potem fala nienawiści i cierpienia rannego Grabieżcy zalała adepta. Przeszła przez wszystkie zasłony, rozdzierając je jak brudne szmaty, żeby uderzyć w jądro osobowości, małe, bezbronne źródło życia, tak nieudolnie ukryte za pierścieniami blokad.

Berg usłyszał krzyk, a właściwie rozpaczliwy wrzask umierającego adepta, ale nie mógł się już zatrzymać. I nie chciał. Poczuł, jak przeciwnik rozpada się niczym rozgniecione butem jajko, a potężny strumień energii gasi jego siłę życiową niczym płomień świecy.

Znów ból i powrót do białej bańki pokoju. Adept leży jak kukła z rozrzuconymi nogami. Dwaj pozostali inwokują zaciekle. Wzywają pomoc.

Lars szarpnął się, lecz nie zdołał wstać. Ramię zapłonęło, jakby zanurzył je w kwasie. Czuł, jak płonąca wesz przepala sobie drogę przez kości i tkanki. Ktoś krzyczał, ale chyba nie on. Oddech świszczał przez zaciśnięte zęby, w oczach migały czarne strzępy. Zebrał siły i uderzył w drugiego adepta, ale tamten, wzmocniony strachem, zdołał odeprzeć atak. Świat zatonął w mroku. Berg poczuł, że osuwa się w głąb, jakby zapadał się w piasek.

Nie! – pomyślał z rozpaczą.

Jeśli miał jeszcze jakąkolwiek szansę na ucieczkę, to teraz, zanim pojawi się Oświecony albo sam przeklęty król czarnego pałacu, Mistrz Blasku. Słyszał mamrotanie inwokujących adeptów, ale coraz ciszej, jakby przefiltrowane przez warstwę waty. Miękka, kołysząca się podłoga z piasku wysysała z niego resztki sił, które wsiąkały głęboko w białe, kamienne płyty.

Śmielszy z adeptów zbliżył się.

Berg zacisnął zęby i uderzył zranioną ręką o podłogę. Srebrna i czerwona fontanna bólu rozprysła w nadgarstku, przeniknęła całe ciało, wbiła w mózg rozpalone do białości igły. Ale pokonała otumanienie.

– Zdychaj! – krzyknął chrapliwie i trzasnął najbliższego adepta potężnym strumieniem energii.

Przebił się przez większość blokad i pchnął ponownie z furią. Przeciwnik krzyknął, zatoczył się. Lars widział, jak pada, zalewając się tryskającą z nosa krwią. Znieruchomiał obok martwego towarzysza, ale prawdopodobnie żył. Nieważne. Przez dłuższy czas nie będzie zdatny do walki. Berg zdołał podźwignąć się na kolana. W głowie czuł nieustanny szum, jakby huk wodospadu. Odsłonił zęby w upiornym grymasie przypominającym uśmiech. Ostatni adept cofnął się, przerażony. Twarz miał szarą jak płótno.

– Zdychaj – wychrypiał Berg, powtarzając hasło, które wykrzykiwały czarne ściany Absu.

Coś ciepłego ciekło mu po twarzy. Pewnie krew, pomyślał. Krwawię z nosa. Próbował skupić wzrok na ostatnim przeciwniku.

Akolita stał wsparty plecami o ścianę, pojękując cicho. Berg zebrał siły do kolejnego ataku.

– Teraz – powiedział do siebie, ale w tej samej chwili poczuł, że głowę miażdży mu nieludzka siła. Krzyknął i upadł na bok. Imadło zaciskało się bezlitośnie. Grabieżca miotał się konwulsyjnie, jakby chciał zedrzeć straszną, niewidzialną obręcz. Oddychał chrapliwie. Powietrze stało się lepkie i gorące. Parzyło płuca. Żelazna pięść obejmowała mózg, zgniatała.

Pomoc przybyła, zrozumiał. Jego Wysokość Oświecony wysłuchał wezwania sług.

Zobaczył jeszcze, jak ocalały adept osuwa się po ścianie, szlochając głośno z ulgi albo ze strachu.

Potem ból zagłuszył wszystko. Berg skulił się na podłodze, obejmując ramionami głowę.

– Dość – powiedział Bóg głosem gromu i świat spowiła ciemność.

Brzęczenie. Uporczywe niczym rój rozzłoszczonych os. Ciągły, nieznośny dźwięk przebijający się przez opary ciężkiej, szarej mgły. Monotonna inwokacja. Słowa?

Żyję, pomyślał. Chyba.

W prawym ramieniu czuł głuchy, pulsujący ból. Głowa ciążyła, wypełniona brudną, mętną wodą, która przelewała się przy najmniejszym ruchu. Z trudem rozkleił ołowiane powieki. Światło raziło, więc zamknął oczy. Tak było zdecydowanie lepiej.

– Moc płynie z posłuszeństwa, a posłuszeństwo z pokory – słyszał czyjś dźwięczny, spokojny głos. – Regułą Blasku jest kornie słuchać i kornie przyjmować. Wspólność ma znaczenie nadrzędne. Nie ma bowiem niczego poza względnością. Kto wierzy w istnienie jedności oderwanej od idei wspólnoty, pozostaje bestią bezrozumną. Zwierzę bowiem powiada „ja". Człowiek postrzega się jedynie przez kontekst wspólnych idei, gdyż rozumie, że samo istnienie jest iluzją, pragnieniem narzuconym przez wewnętrzną zwierzęcość...

Berg jęknął. Boże, jak mi się chce pić, pomyślał. Oblizał spierzchnięte wargi, ale to nie przyniosło ulgi. Język miał suchy jak kołek.

– Możesz przestać czytać, Fryderyku – usłyszał modulowany, miękki głos. – Przychodzi do siebie.

Monotonna recytacja umilkła.

Dostali mnie, przypomniał sobie.

Poczuł przebiegające wzdłuż kręgosłupa ciarki. O Chryste, to koniec. Serce Grabieżcy zabiło szybciej, krew w żyłach zrobiła się zimna jak lód.

Spróbował ponownie otworzyć oczy. Ostre światło zmuszało do mrugania i mrużenia powiek. Zobaczył małe pomieszczenie o jasnych, schludnych ścianach. Co się ze mną dzieje? – pomyślał, bo czuł się dziwnie bezwładny, jakby zastygł w pół drogi między podłogą a sufitem. Zerknął w dół i mimowolnie jęknął. Stopy nie sięgały podłogi. Rzeczywiście wisiał z uniesionymi w górę ramionami, choć nie krępowały go żadne liny ani łańcuchy.

Fajna sztuczka, panie Oświecony, pomyślał z goryczą. Naprawdę robi wrażenie.

– Możesz opuścić celę, Fryderyku – odezwał się ten sam lepki, miodowy głos za plecami Berga. – Więzień odzyskał świadomość.

Szuranie jakby książki po pulpicie i skrzypnięcie zawiasów.

Lars znów oblizał usta. Nie mógł się nawet obrócić. Czuł się jak owad zatopiony w bursztynie. Nadgarstek rwał coraz mocniej.

Nie jestem już w Absu, pojął nagle. Trzymają mnie w Domu Wieczności. W miejscu kaźni pozyskiwaczy.

Ktoś z tyłu nalał sobie wody do szklanki. Berg słyszał charakterystyczne chlupotanie płynu o dno naczynia. Żeby cię szlag, sukinsynu, pomyślał z nienawiścią.

– Za każdym razem, gdy spotykam się z przypadkiem takim jak twój, czuję smutek – powiedział miodopłynny głos. – Kradzież to wystarczająco obrzydliwy występek. A ty w dodatku dopuściłeś się zbrodni. Zbrodni przeciw Społeczności Wybranych. Jesteś niebezpiecznym degeneratem. Szumowiną, która godzi w porządek i sprawiedliwość. Zdajesz sobie z tego sprawę, prawda?

– Jestem Grabieżcą – wychrypiał Berg przez wyschnięte, bolące gardło. – Pełnoprawnym członkiem gildii.

– Aaa – zaśpiewał głos. – I ośmielasz się być z tego dumny?

Tak, pomyślał Lars. Ośmielam się. Z żadnej rzeczy nie jestem tak dumny.

– No, odpowiedz, Grabieżco – ponaglił miodopłynny. – A może się boisz?

– Nie – powiedział Berg spokojnie. – Dlaczego miałbym się bać krwawego gnojka, który dorwał się do władzy dzięki podłości, pochlebstwom, nielojalności i zwykłemu draństwu?

– Ooo? A skąd ty możesz coś wiedzieć na temat drogi Oświeconych? – w płynnej słodyczy pojawił się drwiący ton.

– Bo tak zawsze wygląda kariera w obrębie systemu, który opiera się na wyzysku i gnębieniu innych.

Usłyszał wyraźny stukot odstawianego zamaszyście naczynia.

– Co ja słyszę – syknął głos. – Pełne nienawiści oszczerstwa. To dla was znamienne. Ziejecie jadem i wściekłością. Bo nie możecie znieść istnienia enklawy, w której panuje miłość, równość i sprawiedliwość. Chcecie to zniszczyć za wszelką cenę. Zło i pusta destrukcja. Tylko na tyle cię stać, Grabieżco?

Lars, gdyby mógł, odwróciłby się, żeby splunąć draniowi w twarz.

– Uwolnij mnie, to się przekonasz – warknął.

Usłyszał szurnięcie krzesła.

– Mówiłem. Oto twoja prawdziwa natura. Przemoc i nienawiść. Cóż, zawsze tak się dzieje, gdy egoistyczne, destruktywne słowo „ja” przeważa nad wzniosłym słowem „my”. Zawsze znajdą się tacy, którzy w zaślepieniu będą atakować prawdziwie wyzwoloną, rządzącą się zasadami równości i sprawiedliwości społeczność.

– Widziałem waszą równość – warknął Lars. – I waszą sprawiedliwość. I rzygać mi się chciało na ten widok. Niewolicie ludzi, Oświecony. Zamieniacie w bezrozumne zwierzęta. Kto wam dał prawo do myślenia i stanowienie za innych?

– Społeczność wymaga światłego kierownictwa – powiedział głos z nutą zadowolenia. – Mędrcy muszą wziąć sprawy w swoje ręce. To ich moralny obowiązek. Inaczej świat pogrążyłby się w chaosie. Ale taki degenerat i wyrzutek jak ty nigdy tego nie pojmie.

Nie, pomyślał Lars. Nie pojmę, choćby przyszło mi za to zdechnąć.

Po posadzce zastukały kroki i właściciel lepkiego głosu pojawił się przed oczami Larsa w całej okazałości.

Był niewysokim, raczej krępym mężczyzną w nieokreślonym wieku, o kwadratowej twarzy, w której jak cząstka zasuszonego jabłka tkwiły małe, ściągnięte usteczka. Spowijała go amarantowa tkanina wyszywana w złote ornamenty. Na nieco przerzedzonych włosach nosił wymyślny diadem zwieńczony figurką szybującej jaskółki.

W obszernej, suto marszczonej i drapowanej szacie sprawiał groteskowe wrażenie. Wyglądał jak dziewczynka, która dorwawszy się do szafy matki, przebrała się za księżniczkę. Berg miał ochotę parsknąć śmiechem.

Jezu, co za palant, pomyślał.

Oświecony złożył ręce. Na krótkich, pulchnych palcach połyskiwały pierścienie.

– W swej nieprzebranej dobroci nasi Wielcy Ojcowie i Dobroczyńcy nakazują szanować wszelkie życie. Nie musisz się więc obawiać. Nie będziemy, tak jak ty, podążać szlakiem nienawiści i zemsty. Ale nie łudź się, że pozwolimy ci ponownie nękać naszą społeczność. Odejdziesz, lecz pozbawiony niegodnej umiejętności podstępnego wdzierania się do naszej enklawy.

Lars zadrżał. Nie, pomyślał rozpaczliwie. Wolę umrzeć. To gorsze niż szara i czarna bomba. Gorsze niż śmierć.

Pozyskiwacz, którego pozbawiono talentu, wracał na Ziemię jako bezwolna kukła. Nie potrafił funkcjonować bez poleceń, nie umiał samodzielnie podjąć żadnej, nawet najprostszej decyzji. Nie jadł, nie spał, nie ubierał się bez pozwolenia. Zostawał kompletnie wyprany z woli i osobowości.

Lodowate dreszcze wstrząsały ciałem Grabieżcy. Nie dam się, postanowił. Nie dam się, kurwa, złamać. Będzie musiał mnie zabić.

– Opór nie ma sensu. – Oświecony z paskudnym uśmiechem rozłożył ręce. – Ostrzegam.

W mgnieniu oka pokój skurczył się do rozmiarów łebka od szpilki. Berg poczuł przeszywający ból, jakby ktoś wkręcił mu w mózg świder.

Smród. Krwi, potu, kału.

Loch. Czerwone jęzory pochodni. Szorstkie, nieheblowane dechy kaleczą skórę. Skrzypienie drewnianych osi i to przerażające uczucie, że napięte do granic możliwości ciało po prostu rozrywa się na kawałki. Kości wyrywają się ze stawów, kręgosłup pęka.

Wrzask. To ja tak krzyczę?

Płomienie pochodni wirują, splatają jak piękne, pomarańczowe węże.

Ból, tylko ból i nic prócz bólu. Śmierdzi krwią i wymiocinami. Ogniste węże tańczą.

– Mówiłem, że opór nie ma sensu – w lepkim, miękkim głosie słychać dezaprobatę. – Ja nie zadaję ci cierpień. Sam to robisz, broniąc się tak bezsensownie.

Ściany białego pomieszczenia wirują. Lars oddycha z trudem. Jest bardzo, bardzo zmęczony. Ale udało się, myśli. Odepchnąłem go.

Pulchne dłonie Oświeconego kreślą w powietrzu wzory. Palce wyglądają jak blade larwy. Pierścienie łowią błyski światła, lśnią jak ślepia zwierząt nocą.

Słup jest schlapany krwią. Wszędzie pełno czerwieni. Płynie strużkami, barwi surowe deski, które piją zachłannie.

Na plecach nie ma już chyba skrawka całej skóry. Bat rozdziera żywe, drgające mięśnie.

Świst. Smagnięcie płomienia. Ogień jest wokoło. Spływa po ciele, pali. Spod krwawych ochłapów wyłaniają się nagie kości.

Po niebie pędzi koń. Wywraca przerażonymi oczami. Widać półksiężyce wywalonych białkówek. Z pyska leje się piana. Język zwisa jak martwy robak.

– Berg! – krzyczy koń. – Ratuj się! Umierasz!

Szkarłat zalewa wszystko.

– Jak można być tak tępym! – syczy wściekle Oświecony. – Przed naszym słusznym gniewem nie ma ucieczki. Opór to szaleństwo. Zrozum wreszcie.

Berg rozumie. Przetrzymał drania. Odepchnął drugi atak.

Ślina, którą próbuje przełknąć, ma metaliczny posmak. Pewnie krew z przygryzionej wargi, myśli mętnie. Pokój się kołysze. Jest zimno. Zimno i mroczno. Wieczór zapada?

Sznur podrywa w górę wykręcone, skrępowane na plecach ręce. Ciało zawisa. Łamią się barki, ramiona wyskakują ze stawów. Mrocznieje. Czy to noc zapada?

Gdzieś miauczy przerażony do granic możliwości kot. Bura, najeżona kula futra, w której świecą ogromne, pełne lęku ślepia.

– Berg! – krzyczy. – Walcz! Walcz, bo umierasz!

Śnieżna sowa tłucze skrzydłami, skrzeczy przeraźliwie. Z oddali słychać wysoki, histeryczny pisk szczura.

Zwierzęta mocy. Moje zwierzęta mocy.

Pokój już się nie kołysze. Kręci się jak karuzela. A on jest jej osią.

Głos Oświeconego dobiega zniekształcony, jakby mó wił przez tubę.

– Pycha. Zaciekłość i pycha prowadzą do takiej zatwardziałości. Nie warto. Nie wygrasz, Grabieżco.

Berg stara się unieść ciężkie jak z ołowiu powieki. Widzi je. Są wszystkie. Jego zwierzęta mocy.

– Uciekaj – szepcze Felis.

Futro na grzbiecie ma zjeżone, ogon puchaty jak miotełka do kurzu.

– Ratuj się, bo zginiesz. Umierasz, Grabieżco.

Usta Larsa ledwo się poruszają.

– Jak?

– Uderz w niego – mówi Max nosowym, pełnym napięcia głosem. – Uderz, kiedy się nie spodziewa. Tak naprawdę jest słaby. W nim nie ma mocy. To pusta skorupa. Jeśli nie zdąży oprzeć się na sile Mistrza, pokonasz go. Obróć swój ból przeciwko niemu. Uderz, Lars.

Berg przymyka oczy.

– Uderz – szepcze. – Tak...

W polu widzenia pojawia się kwadratowa, tępa gęba Oświeconego. A potem jest tylko nienawiść. I cierpienie, którego przecież jest sprawcą.

Stoją naprzeciw siebie. Czerwona, spękana ziemia ciągnie się po horyzont. Kopuła nieba leży na niej jak przewrócona miska.

Berg uśmiecha się ostro, drapieżnie. Żyje. Czuje to każdą komórką skatowanego ciała. W prawym ramieniu wrze ból, ale teraz to sojusznik. Zaprzeczenie śmierci. Źródło mocy.

Olbrzym w amarantowej szacie stoi rozkraczony. W oczach ma tępe zdumienie. Głową sięga chmur, ale jest pusty. Pusty jak wydmuszka. Berg potrafi patrzeć przez niego na wskroś, jakby kolos był tylko widmem ze światła i mgły.

– Zniszczę cię – ryczą usta, ale w rozszerzonych źrenicach mieszka strach.

A Grabieżca czuje, jak z płonącego, rozdzieranego spazmami bólu nadgarstka płynie do dłoni strużka mocy. Śliska jak szkło, zimna, złota strzałka.

Uśmiech na twarzy Berga promienieje.

Olbrzym wymachuje rękami, kreśląc znaki mocy, ale to tylko czcze gesty.

Lars czuje pulsującą w złotym grocie potęgę. Otwiera dłoń i strzałka mknie nad rudym przestworem spękanej ziemi. Wielkolud widzi ją i wydaje przeciągły skowyt przerażenia. Nie potrafi odwrócić biegu posłańca śmierci. Nie potrafi go nawet zatrzymać. Strzałka wnika gładko w ciało kolosa. Ryk wstrząsa powietrzem, a Lars patrzy, jak olbrzym się rozpada. Płatami, niczym spopielały w ognisku papier. Za chwilę wiatr unosi ostatnie strzępy.

Na czerwonym pustkowiu Grabieżca stoi sam.

Upadł na posadzkę ciężko jak wór. Ciało Oświeconego leżało obok, wytrzeszczone oczy wpatrywały się martwo w sufit. Amarantowa szata rozchyliła się, ukazując pulchne, blade łydki. Z głowy zsunął się idiotyczny diadem, a rozpięta ponad łukiem tęczy jaskółka bezskutecznie próbowała wyglądać godnie i wzniośle.

Berg dygotał. Nie miał siły się poruszyć. Oddychał ciężko, ze świstem. Przed oczami migały kolorowe zygzaki. Robiło się coraz ciemniej.

I tak umieram, pomyślał. Ale było warto.

– Idź do ogrodu – odezwał się niski, nosowy głos konia. – Natychmiast. Jeszcze nie jest za późno.

Berg z wysiłkiem skupił wzrok. Wokół stały zwierzęta mocy.

Czy wy nigdy nie rezygnujecie? – pomyślał.

– Ruszaj się – zawołał rozpaczliwie Felis. – Szybciej, Berg.

Ślepia kocura pałały.

– Nie dacie mi spokoju, co? – wymamrotał.

Ogród, przypomniał sobie. Tak, to dobre miejsce. Dobre, żeby umrzeć. Lepsze niż cela w Domu Wieczności.

Obraz skał i jaskini rozmywał się. Wirował przed oczami, kolebał się jak podłoga i ściany celi. W oddali szemrał strumień. Omszałe, stare kamienie zwieszały się nad głową. Obiecywały spokój. Cudowny, święty spokój na wieki. Berg pełzł. Czołgał się niezgrabnie jak rozdeptana gąsienica po białej, wyłożonej kaflami posadzce celi, po nagrzanym słońcem złotym piasku plaży.

Morze szumiało natarczywie. Lars słyszał monotonny huk fal rozbijających się o brzeg. Oblizał spierzchnięte usta. Jezu, pomyślał. To chyba we łbie mi tak szumi. Otworzył oczy.

– Co, i wy tutaj? – wymamrotał.

Zwierzęta otaczały go kręgiem.

– Berg, to jeszcze nie koniec – pisnął Euzebiusz. – Przykro mi, ale powinieneś jak najszybciej wyjść z ogrodu.

– Zwariowałeś? – szepnął Lars. – Mnie tu dobrze.

Piasek grzał przyjemnie. Było spokojnie i cicho. Ból krążył gdzieś daleko na obrzeżach świadomości. A Berg chciał tylko spać. Ogarniała go ciężka, leniwa senność.

– Umrzesz tutaj – prychnął Felis. – Musisz wyjść.

Grabieżca przymknął powieki.

– Umrzesz i umrzesz – powiedział. – Co z tego?

Zapadał się w miękki piasek, ale tym razem uczucie było przyjemne. Ziemia łagodnie zamykała się ponad nim. W uszach słyszał słodki, kojący śpiew fal. Ból znikał, rozmywał się w głębinach ciepłego, łagodnego morza, które kołysało Grabieżcę do snu.

Wtedy Felis go ugryzł.

Berg syknął. Wciąż leżał na plaży, patrząc, jak wiatr goni smużki chmur po szafirowym jeziorze nieba.

– Odpieprzyło ci, burasie? – stęknął. – Wynoś się. Nie istniejesz. Jesteś tylko projekcją mojej wyobraźni.

Max trącił go miękkimi, aksamitnymi chrapami. Pachniał trawą i morską solą.

– Prawda, Berg – przytaknął – ale tu możemy wiele. Wszyscy zrobimy to, co Felis, jeśli natychmiast nie wyjdziesz z ogrodu. Między innymi po to zostaliśmy stworzeni.

Berg zmrużył oczy.

– Co, rzucicie się na mnie? – spytał drwiąco.

Ciemne oczy konia były bardzo poważne.

– Tak – szepnął – jeśli nie zostawisz nam innego wyjścia.

Lars jęknął. Wydawało mu się, że całe ciało ma wypełnione rtęcią. Zimnym, przelewającym się metalem, który uniemożliwia wszelkie ruchy. Zmęczenie przygniatało niczym zwalony na pierś głaz. Nawet myślenie sprawiało trudność. A łagodne zaproszenie do snu było takie kuszące.

– Dobrze – powiedział. – Dobrze. Ale dajcie mi chociaż trochę odpocząć.

– Nie wolno nam – pisnął szczur. – Ty odchodzisz, Berg. Zrozum. Jeśli tu za długo zostaniesz, nie obudzisz się.

Na ustach Grabieżcy pojawił się cień uśmiechu.

– A wy zginiecie ze mną – szepnął.

– Nieważne – fuknął kot, wymachując ze złości ogonem. – Przecież i tak jesteśmy tobą.

– Pospiesz się, proszę – mruknął Max. – Czas ucieka.

Natarczywa obecność zwierząt stała się nie do zniesienia. Ich głosy brzęczały w uszach, kaleczyły umysł.

Nie odczepią się, pomyślał. Muszę się stąd wynosić.

Zdobył się na rozpaczliwy wysiłek i zaczął niezgrabnie gramolić się z ziemi. Wreszcie usiadł na piasku. Czuł się tak słabo, że nie chciało mu się nawet oddychać. Głowę miał lekką jak balon, dłonie i stopy zesztywniałe, zimne jak lód. Dotknął twarzy i rozmazał cieknącą z nosa krew.

– W porządku, wychodzę – powiedział bardziej do siebie niż do zwierząt.

Stały cierpliwie, milcząc.

Oparł się na zdrowej ręce i po kilku próbach dźwignął na nogi. Kiedy wreszcie wstał, wydało mu się, że szybuje nad piaskiem. Horyzont się kołysał, wyginał w łuk. Wiatr od morza niósł w sobie chłód i senność. Zrobiwszy parę chwiejnych kroków, Berg zdobył się na jeszcze jeden blady uśmiech, przypominający raczej grymas bólu.

– Hej, wy! – szepnął. – Dzięki.

Zwierzęta nie odpowiedziały.

Ocknął się w miękkiej ciemności koi. Otrzeźwił go wściekły, promieniujący z nadgarstka ból, jakby wewnątrz zagnieździło się kąsające zaciekle zwierzę.

Płonąca wesz, przypomniał sobie. Jezu, stracę rękę, pomyślał z rozpaczą. I żegnajcie, abordaże.

Kopnął w pokrywę koi. Nie słyszał pracujących maszyn, ale był zbyt oszołomiony i zbolały, żeby zwrócić na to uwagę. Wieko odskoczyło ze skrzypnięciem. Lecz spodziewana struga światła nie wdarła się do koi. W azylu panował półmrok. Berg z trudem wyczołgał się na podłogę. Wydawało mu się, że wszystkie kości ma wiotkie, elastyczne jak z gumy. Nogi nie chciały go utrzymać, zginały się podstępnie. Potrząsnął głową, a brudna, pełna lodowych igieł woda, która wypełniała czaszkę, zachlupotała boleśnie. Gdzie ja jestem? – zastanowił się mętnie. Zobaczył znajomą bryłę sezamu, kontury sensora, otwartą koję, lecz był tak otumaniony, że rozpoznał je dopiero po chwili.

Jakim cudem trafiłem do domu? – pomyślał. Przecież wystartowałem od Angelosa.

Wspomnienie Tancerza wywołało gniew. Skurwysyn mnie wystawił! Teraz przez niego stracę rękę. Cholera, będę kaleką!

Ból w nadgarstku pulsował. Wzmagał się przy każdym poruszeniu. Muszę, pomyślał Berg. Muszę... wstać? Uczepił się koi i spróbował podciągnąć w górę. Poczuł zawrót głowy i skurcz torsji w żołądku. Opadł na kolana i zwymiotował żółcią.

– Kurwa – szepnął. – Niedobrze ze mną.

Nie miał dokąd pójść. Wiedział, że potrzebny jest mu lekarz.

– *Który amputuje ramię* – syknął znajomy głosik. – *Tylko w ten sposób pozbędziesz się bólu. Inaczej wesz cię zeżre, Grabieżco.*

Lars zacisnął zęby. Gniew narastał w nim, pomagał zmobilizować siły.

– Takimi rzeczami powinien zajmować się pasterz – powiedział z pasją. – Pracuję dla pieprzonego pasterza, który mnie wystawił, więc to jego pieprzony obowiązek.

Skulony z bólu, przyciskając pochodnię ramienia do piersi, jakby hołubił chore niemowlę, zdołał wstać. Zatoczył się, ale utrzymał na nogach. Niosła go fala wściekłości i rozpaczy.

– Zabiję cię, Angelos – warknął ochryple – ale najpierw wyrwę jaja temu zasrańcowi Juanowi.

Otworzył kolanem drzwi azylu. Wypadł chwiejnie na korytarz. Oparł się plecami o ścianę. Potwór, który zamieszkał w nadgarstku, zaczął manifestować swoją obecność. Berg ścisnął rękę, jakby chciał zmiażdżyć palcami ból. Na skórze pojawił się jedynie mały, czerwony punkcik, lecz Lars wiedział, że to zaledwie początek. Za kilka godzin powiększy się, obejmując przedramię mozaiką sinych i szkarłatnych plam, w których za parę dni, jeśli przeżyłby tak długo, otworzą się obrzydliwe, gnijące rany, a potem infekcja zatruje cały organizm.

Nagły spazm bólu wyrwał z ust Grabieżcy ochrypły jęk. Przez chwilę, naprawdę krótką chwilę, zapragnął pójść do kuchni po nóż albo tasak i skończyć z tym wszystkim. Śmierć przez wykrwawienie nie jest przecież taka straszna.

Nie, kurwa mać, warknął w myślach. Przeżyłem, to będę walczył dalej.

Zacisnął zęby. Cholerny pasterz zapłaci, choćby miał mu przegryźć gardło jak wilk.

Nie pamiętał, jak znalazł się na ulicy. Buty natychmiast przemokły w marcowym błocie, wiatr szarpał tuniką akolity. Berg nawet nie zauważył, że nie zdjął przebrania. Zresztą i tak by nie dał rady. Przechodnie gapili się na niego, rozstępowali. Szedł jak pijany, zataczając się. Każdy, kto spojrzał w ściągniętą, wykrzywioną grymasem bólu i wściekłości twarz, złowił spojrzenie zwężonych, wilczych oczu Grabieżcy, ustępował z drogi.

Potem opowiadali różne rzeczy. Że spotkali jednego z Mistrzów Blasku, który zstąpił na Ziemię, żeby osądzić ludzi, a ich grzechy wzbudziły w nim gniew. Że w mieście grasuje szalony mag ze Skraju, którego Sztuka doprowadziła do utraty zmysłów. I wreszcie że to nie mag, ale demon, szukający zemsty na czarowniku, który go zniewolił.

A Berg brnął na północ, z sercem przepełnionym nienawiścią i żalem i ramieniem płonącym niczym pochodnia. W końcu zaczął tracić siły. Potykał się. Obraz ulicy rozmazywał się przed oczami. Barwy blakły, zastępowane czerwienią i szkarłatem. W skroniach pulsowała krew.

Nie dojdę, pomyślał. Boże, jak to jeszcze daleko.

Nie zabrał Achillesa, bo zdawał sobie sprawę, że w tym stanie nie mógłby prowadzić.

Oparł się o mur, dysząc ciężko.

Było wczesne popołudnie. Na ulicach kręciło się sporo ludzi, przeciągały wyładowane towarem wozy wracające z targu.

Wóz, pomyślał Berg i to było jak olśnienie. Oderwał się od ściany i ruszył wprost pod koła przejeżdżającej furmanki. Chudy, siwy koń zarył kopytami w błocie. Sapał nieufnie prosto w twarz Larsa. Okutany w koc woźnica, niespodziewanie wyrwany z drzemki, zamrugał zdziwiony.

Grabieżca złapał lejce tuż przy pysku zwierzęcia.

– Zawieź mnie do Północnego Skraju – powiedział ochryple. – Zapłacę.

Furman skulił się na koźle. W oczach miał strach.

– Odejdź – szepnął i cmoknął na konia.

Siwek zachrapał, zaniepokojony, ale nie ruszył z miejsca. Berg zdrową ręką przytrzymywał cugle.

– Zapłacę – powtórzył.

Woźnica zrobił taki ruch, jakby chciał sięgnąć po bat i smagnąć Larsa w twarz. Ale nie śmiał. Płonące, wilcze ślepia Grabieżcy paraliżowały.

– Zawieź – warknął Berg, uciekając się do ostatniej, rozpaczliwej sztuczki. – Bo rzucę na ciebie klątwę.

Gęba woźnicy poszarzała ze strachu.

– Wsiadaj – wymamrotał.

Lars zaczął się ciężko gramolić na wóz. Bał się, że furman ruszy, zanim zdoła wsiąść na platformę, ale widać był zbyt przerażony perspektywą przekleństwa.

Berg położył się na workach z kaszą i mąką, próbując zmobilizować wszystkie siły, żeby nie zemdleć. Znów czuł się dziwnie lekki, jakby szybował w błękicie. Tracił czucie w dłoniach i stopach. Boże, jak zimno, pomyślał.

Wóz kołysał się, skrzypiąc, a Grabieżca unosił się w przestrzeni pomiędzy świadomością a śmiercią.

Otrzeźwił go natarczywy, pełen napięcia głos:

– To już Skraj. Dalej nie podjadę. Wysiadajcie, człowieku.

Berg zamrugał.

– A, tak. Dobrze – wymamrotał.

Sięgnął do kieszeni po pieniądze.

– Nie trzeba – wyszeptał woźnica. – Tylko już idźcie.

Berg go nie słyszał.

– Masz – powiedział, wręczając furmanowi księżycową łzę. – Za fatygę.

Chłop zbladł jak ściana i gwałtownie cofnął dłoń. Obła, perłowa kulka upadła w błoto pod kopyta siwka.

Lars zlazł z wozu. Ruch wywołał kolejny spazm bólu w chorej ręce i nieprzyjemne uderzenie gorąca. Ale uwolnił na chwilę umysł z oparów czerwonej mgły.

Oblizał spierzchnięte wargi i rozejrzał się. Furmanka podwiozła go główną ulicą Skraju aż do początku targowiska. Wsunął zimną, bezwładną dłoń pod pachę i mocno przycisnął.

– Nie jest źle – szepnął. – Już niedaleko.

Ruszył pod górę. Musiał przepchać się przez bazar, ale tym razem ludzie rozstępowali się przed nim, jakby powodowani lękiem czy szacunkiem. Słyszał szeptane komentarze. Naznaczony. Wędrowiec. Wybrany.

Sens słów nie docierał do niego. Znów pojawiła się czerwona mgła. W uszach huczało. Kilka razy potknął się, raz runął na ladę jednego ze straganów, rozsypując stertę przedmiotów. Oszołomiony umysł Grabieżcy rozpoznał talizmany. Stare ręczne zegarki oprawione w koła z promieni lub złączone półksiężyce. Bateryjki zatknięte w kościanych rękojeściach. Naszyjniki z długopisów. Talie wróżebnych kart kredytowych. Dyskietki, pęki kabelków, śmieci.

Tłum zaszumiał.

Berg poczuł na górnej wardze ciepłą, słoną strużkę. Znów krwawił z nosa.

– Przepraszam – wyszeptał.

Jakieś ręce wyciągnęły się do niego, pomogły wstać.

– Naznaczony – słyszał. – Dotknął talizmanów starego Olafa! Wybraniec dotknął!

Lars chwiał się na nogach. Chciał powiedzieć, że nienaumyślnie i bardzo mu przykro, ale nie miał siły. Ktoś wcisnął mu w dłoń jakiś przedmiot. Zerknął. Stary, bardzo zniszczony egzemplarz Księgi I-Cing i komplet wróżebnych patyków zrobionych z pustych wkładów do piór.

– Dotknij! – poprosił pełen napięcia głos.

Wyciągnęły się kolejne ręce.

– Dotknij!

Zaraz zemdleję, pomyślał Lars.

Tłum zbierał się dokoła straganu z talizmanami, a jemu się zdawało, że ludzie mają głowy jaszczurek i kruków. Czerwona mgła zaczęła mieszać wzrok. Berg omal nie upadł pod nogi tłoczących się.

– Puśćcie go! – zawołał naraz gromki głos. – Pozwólcie mu podążać właściwą ścieżką!

Podpierając się kijem hokejowym z dzwonkiem i pękiem wstążek na końcu, do straganu przebił się wiekowy saturnianin. Miał dziwnie znajome, intensywnie fiołkowe oczy.

– Rozstąpcie się – zawołał. – A ty idź.

– Dziękuję – szepnął Berg.

Starzec z powagą kiwnął głową. Tłum rozsunął się niechętnie.

Lars zaczął się wspinać. Nigdy nie powiem złego słowa o saturnianach, pomyślał z wdzięcznością. Czuł się bardzo słaby, ale słowa starca dziwnie go pokrzepiły. Minął kapliczkę na słupie, a ukoronowana wrona obrzuciła go obojętnym spojrzeniem.

Jednak w połowie stoku siły zaczęły go opuszczać. Nogi zrobiły się ciężkie, z każdym krokiem bardziej nieposłuszne i sztywne. W głowie huczał wodospad. Ciepła strużka krwi płynęła z nosa, ciekła po brodzie. Zraniona ręka pulsowała na przemian zimnem i gorącem. A czerwona mgła gęstniała nieubłaganie.

Nagle horyzont przechylił się ostro i Berg upadł. Leżał na ścieżce, a ciemniejąca na szczycie bryła budynku wydawała mu się ogromnym nagrobkiem.

Wolałbym inaczej, pomyślał mętnie. Nie w błocie...

A potem czerwona mgła zagarnęła wszystko.

Majaczył. Unosił się na falach miękkiego, ciepłego morza. Świat tonął w błękicie. Nagle tafla wody wygładziła się, stwardniała. Leżał na wznak na ogromnym stole. Nad sobą widział pochylające się postacie. Ludzi z głowami zwierząt. Rozpoznał trójkątny pysk wilka. Jego ślepia lśniły księżycowym blaskiem. Obok pojawiła się puma. Skłoniła się ku niemu. Szorstki, suchy język polizał go w twarz. Przysiągłby, że oczy zwierzęcia zaszkliły się łzami.

– Nie płacz – chciał powiedzieć i pogłaskać miękkie futro pumy, ale nie miał siły nawet poruszyć bezgłośnie ustami.

Nad stołem majaczyły sylwetki jeszcze kilku stworzeń. Wielkiego jelenia z rozłożystą koroną rogów. Sokoła. Niedźwiedzia i psa.

– Podążaj ku Drzewu – mówiły. – Ku Drzewu, aby do nas dołączyć.

Postacie oddalały się, tonęły w głębokim, granatowym mroku pełnym gwiazd. Ich głosy zlały się, przerodziły w szmer strumienia. Przed oczyma Larsa pojawiło się wnętrze groty, rozświetlone pochodniami trzymanymi przez dwóch identycznych, długowłosych młodzieńców. Jeden z nich uśmiechnął się, pokręcił głową i włożył głownię pochodni do płynącego u stóp strumienia. Zgasła z sykiem.

Wtedy grota znikła, a zastąpiła ją biała, gładka twarz Angelosa, ściągnięta niespotykanym napięciem.

– Zrób to, Berg – szeptał. – Zrób to. Zrealizuj moje marzenie. Widziałem rzeczy, o których nie śni się ludziom. Uczestniczyłem w wydarzeniach, które zmieniały oblicze świata. W pewnym sensie jestem doskonałością. Ale nie potrafię sięgnąć tam, gdzie ty sięgasz z taką łatwością. Odmówiono mi daru. Nigdy go nie otrzymam.

Jestem rzeczywisty jak ziemia, po której stąpam. Pozbawiony duszy niczym maszyna. Nigdy nie wzniosę się ponad świat, w którym żyję. Spełnij moje marzenie, Berg. Zrób to. Musisz. Wypełnij moją misję.

Lars poczuł, jak ogarnia go fala gniewu.

– Kim jesteś, draniu?! – warknął. – Jak się naprawdę nazywasz? Skrót literowy i numer seryjny? Alfa i Omega 1.0? Odpowiedz, jak masz na imię?

Turkusowe oczy zamgliły się.

– Nullus – usłyszał Lars. – Nazywam się Nullus.

A potem wszędzie była już tylko zieleń. Unosił się na falach miękkiego, rozkołysanego morza. Bez bólu. Bez gniewu. Bez smutku. Trwał.

Obudził się i stwierdził, że leży na czymś miękkim, co bardziej przypomina stół niż łóżko. Nie czuł właściwie bólu, tylko odrętwienie i jakiś cień przebytego cierpienia.

Tak chyba nie wygląda śmierć, przebiegło mu przez głowę.

Pomieszczenie było jasne, schludne i niezbyt duże. Wyglądało na szpitalną izolatkę. Berg spróbował się poruszyć. Zraniona ręka zakłuła ostrzegawczo.

Chyba wciąż ją mam, pomyślał, chociaż słyszał, że utracona kończyna może boleć jeszcze długo po amputacji jak osobliwy fantom.

– *Niemożliwe. Nawet się nie łudź. Nie w wypadku płonącej wszy* – podpowiedział usłużnie stary przyjaciel. – *Oczywiście, że straciłeś rękę. Skoro żyjesz, nie ma inne-*

go wyjścia. W najlepszym wypadku amputowali ci tylko dłoń.

Uniósł głowę i stwierdził, że ramię od łokcia aż po palce jest zakute w coś w rodzaju metalicznego kokonu mocno przytwierdzonego do podłoża. Szarpnął, a ręka zaprotestowała gwałtownym skurczem bólu.

– Łaskawie się nie ruszaj – usłyszał zgrzytliwy głos Tertiusa. – I nie próbuj podnosić ręki, bo całą moją robotę szlag trafi. Ocknąłeś się trochę za wcześnie. Jakieś parę godzin, na moje oko.

Piegowaty doktor pojawił się w polu widzenia Berga. Uśmiechał się.

– Czy...? – szepnął Lars.

Nie mógł dokończyć.

– Och, daj spokój – fuknął Tertius. – Przecież masz do czynienia z lekarzem, a nie jakimś kiepskim felczerem. Oczywiście, że nie straciłeś ręki. Chociaż, trzeba przyznać, operacja nie należała do łatwych. Paradoksalnie, gdybyś nie miał tak dobrego refleksu i wesz trafiłaby w dłoń, a nie w nadgarstek, byłoby mi łatwiej.

Berg słuchał oszołomiony. A więc jednak dotarłem do siedziby Tancerzy, pomyślał. A Angelos... Musiał przyznać, że znów zachował się przyzwoicie.

– Powinieneś odzyskać pełną sprawność – ciągnął Tertius. – Chociaż wesz zdążyła poczynić paskudne spustoszenia. Dłoń czasem może ci drętwieć, niekiedy będzie bolała bez powodu. Przykro mi, ale zrobiłem, co w mojej mocy. Sprzęt już nie ten sam, co dawniej. Kiedyś mógłbym wykonywać o wiele bardziej skomplikowane zabiegi ze znacznie lepszym skutkiem. O niebo bardziej skomplikowane, Bergerson.

Uśmiechnął się i machnął ręką.

– Nieważne. Musisz poleżeć bez ruchu kilka godzin. Możliwie bez ruchu, oczywiście. Potem założę normalny opatrunek.

Berg spojrzał w wodniste, niebieskie oczy Tertiusa.

– Doktorze – powiedział – dziękuję.

Lekarz rozłożył ręce.

– Nie ma sprawy, Bergerson. Ja uwielbiam operować. To całe moje życie. W szpitalu w Mrowisku nie zdarzają się ciekawe przypadki, tutaj pozszywam czasem pocięte łby paru Tancerzy. Nuda. Właściwie to ja powinienem ci podziękować.

Uśmiechnął się znów, a Lars zrozumiał, że wcale nie żartuje.

– Angelos czeka. Chcesz się z nim zobaczyć?

Berg przymknął oczy. Właściwie cała złość na Tancerza gdzieś uleciała. Już nie był taki pewien, że Angelos go zdradził. Jak ten zielonowłosy sukinsyn to robi? – zastanowił się. Podprogowo?

– Dobrze – powiedział. – Niech wejdzie.

Tancerz wyglądał na naprawdę zmartwionego. Oczywiście o ile może być zmartwiony marmurowy pomnik.

– Jak się czujesz, Berg? – spytał od progu.

Lars chciał wzruszyć ramionami, ale przypomniał sobie o metalowym kokonie.

– W porządku – powiedział.

Angelos westchnął.

– Przykro mi, naprawdę.

– Mnie chyba jeszcze bardziej – mruknął Grabieżca.

– Misje niosą w sobie ryzyko – powiedział Tancerz.

Lars poczuł, że jego wściekłość nie wygasła do końca.

– Jasne – warknął. – Zwłaszcza kiedy partner wystawia cię dupą do wiatru. A ściślej, wprost w łapy Oświeconych.

Angelos przesunął ręką po twarzy. Przez chwilę wyglądał nawet jak człowiek.

– Nie mogłem tego przewidzieć. Juan dysponował rzadkim darem. Musiałem spróbować.

Berg zamknął oczy.

– Lepiej trzymaj swojego kolesia z dala ode mnie – powiedział z goryczą – bo mu nie odpuszczę, Angelos.

– Będziesz musiał – mruknął – ponieważ Juana nie ma już wśród żywych. Nie powrócił z misji. Musiał więc zginąć.

Mięśnie szczęk Berga zadrgały.

– Nie ukryjesz skurwiela, Tancerzu. Kiedyś go dorwę. Bez względu na wagę jego talentu.

Angelos pochylił się nisko, zajrzał wprost w szare, pociemniałe od gniewu oczy Bergersona.

– Starożytny bóg – zaczął – którego postać tak wdzięcznie oblewa fontanna w holu, jest patronem przysiąg, lojalności, wierności i honoru, Grabieżco. Zrozumiałeś?

Berg oblizał usta.

– Tak – mruknął. – Myślę, że tak. A Klucz?

Na twarzy Tancerza pojawił się łagodny uśmiech.

– Klucz? Przecież to mit, Berg. Jak święty Graal.

Którego następnym razem będę musiał ci przynieść, co? – pomyślał Lars, ale odwzajemnił uśmiech.

Powoli zaczynał zdawać sobie sprawę, jak jest wyczerpany. Krótka rozmowa zmęczyła go. Chciał przymknąć powieki i odpocząć.

Angelos krążył po pokoju.

– A swoją drogą – zaczął – ciekawe, dlaczego uciekając, wróciłeś do koi w swoim domu? Zdumiewające. Takie rzeczy się nie zdarzają. Powinieneś wylądować w moim azylu, tam, skąd wyruszyłeś. Ten problem mnie nurtuje. Kiedyś spróbujemy go zbadać. Może masz jakiś ukryty talent, który będzie można później wykorzystać?

Pomyliłem się, pomyślał Lars. W nim nie ma nic z człowieka.

Tancerz zatrzymał się przy łóżku.

– Masz dość, Berg, co? Tertius uprzedzał, żeby cię nie męczyć. Powinieneś odpocząć. Wrócę za kilka godzin.

Oczywiście, że wrócisz, powiedział do siebie Lars. Nie wypuścisz ze szponów zdobyczy, którą udało ci się schwytać, panie pracodawco.

Zamknął oczy. Po raz pierwszy od długiego czasu mógł sobie pozwolić na poddanie się senności i znużeniu. Postanowił więc wykorzystać okazję.

Łagodne, błękitne morze snu zamknęło się ponad nim szybciej, niż się spodziewał.

Rozdział 11

Berg potarł bezwiednie opatrunek na nadgarstku. Ręka jeszcze dokuczała, ale dłoń powróciła do całkowitej sprawności. Przypomniał sobie upstrzoną piegami twarz Tertiusa i poczuł wdzięczność. Miał wiele szczęścia. Znacznie więcej niż Miriam.

Spojrzał na Dirka. Przyjaciel wyglądał na zatroskanego.

– Jak ręka? – spytał.

Lars wzruszył ramionami.

– W porządku. Działa.

Dirk potrząsnął głową.

– Jezu, Berg. Że też spieprzyłeś z Domu Wieczności! Nie mogę przestać o tym myśleć. Mało brakowało, a byłoby po tobie. Naprawdę załatwiłeś Oświeconego?

– Tak – mruknął Lars niechętnie. – W sumie tak.

Dirk zdobył się na uśmiech.

– Znowu zrobiłeś się sławny. Pozyskiwacze o niczym innym nie gadają. Każdy, który przychodzi do warsztatu, pyta tylko o ciebie. Jak się ma Bergerson? Kiedy zawita do „Babilonu"? Czy to prawda, że uciekł? Że walczył z Oświeconym i wygrał? I tak w kółko. Chyba zapiszesz się w historii abordażu, co? Facet, który zabił Oświeconego i uciekł z celi w Domu Wieczności, zapisując chlubną kartę w dziejach gildii. Niezły wyczyn.

– Szczerze mówiąc, wolałbym tego uniknąć – skrzywił się Lars. – Przyjemność bardzo przereklamowana, Dirk.

Przyjaciel westchnął.

– Swoje oberwałeś, to prawda. Najważniejsze, że udało ci się wrócić.

Klepnął Berga w plecy.

– Martwiliśmy się trochę z Lottie.

Lars sięgnął do kieszeni.

– Masz – powiedział, wręczając Dirkowi kilka banknotów. – To dla Miriam. Jak reaguje na te nowe leki? Wiesz, te, które dostarczył Tertius?

Mechanik posmutniał.

– Prawdę mówiąc, wcale. Ona wygląda coraz gorzej, Berg – powiedział. – Boję się, że niedługo zupełnie straci kontakt. Prawie nic nie je. Odchodzi, Lars. Nie uratujemy jej.

Bergerson spuścił wzrok. Nie spodziewał się, że jest aż tak źle.

Dirk obracał w palcach śrubokręt.

– Wiesz – mruknął cicho – myślę, że tak może będzie lepiej. Nie mogę tego powiedzieć przy Lottie, ale tak mi się zdaje.

Popatrzył na Berga jakoś niepewnie, przepraszająco.

Lars przełknął ślinę.

– Chyba masz rację – szepnął. – Tak byłoby lepiej.

Dirk chrząknął.

– Wejdziesz na górę? Lottie się ucieszy.

Bergerson podrapał policzek.

– Właściwie tylko przyniosłem pieniądze... – zaczął, ale urwał.

– *A resztę interesu zwalę wam na łby, przyjaciele* – zadrwił głos w głowie. – *Wspaniale, stary. Co za porażający altruizm. Poradzić ci, co możesz zrobić ze swoimi pieniędzmi?*

Spróbował się uśmiechnąć.

– Jasne, że wejdę. Jak Lottie radzi sobie z warsztatem?

Dirk wzruszył ramionami.

– Dobrze. Przyjęła dziewczynę do pomocy. Miłą, bardzo cichą. Ale nieźle szyje. A Miriam... – zawahał się – tylko leży. Nie ma przy niej zbyt wiele roboty. Nakarmić, umyć i tyle. Jest jak kłoda, Berg.

Grabieżca westchnął. Jest jak wyrzut sumienia, Dirk, pomyślał. I zawsze już będzie, niezależnie od wszystkiego.

– Powiedz Lottie, że postaram się wcześniej wrócić – rzucił mechanik.

– Jasne – mruknął Lars.

Ale Dirk już zniknął w brzuchu rozbebeszonego sezamu.

Berg bezwiednie bębnił palcami po blacie stołu. Próbował wyrzucić z pamięci obraz drobnej, wychudzonej postaci, leżącej nieruchomo pod stertą koców, ale nie mógł. Dirk ma rację, pomyślał. Ona odchodzi.

Czuł smutek i gorycz. Po raz tysięczny próbował analizować sytuację, żeby znaleźć moment, w którym popełnił błąd. Jakby to mogło cokolwiek zmienić. Nocami blade, chude jak patyk widmo Miriam stawało w progu sypialni, patrząc na niego rozszerzonymi oczami. Wtedy długo nie mógł zasnąć.

Wizyta u Dirka pozostawiła przygnębiające wrażenie, z którego nie potrafił się otrząsnąć. Wciąż miał przed oczami zaostrzone przez chorobę rysy dziewczyny, cienkie jak gałązki ręce spoczywające bez ruchu na kołdrze i to okropne, puste spojrzenie.

– Żegnaj, Miriam z Czajnika – szepnął. – Gdybyś wiedziała, jak mi przykro...

Właśnie wtedy z ulicy dobiegło znajome porykiwanie silnika. Berg wstał i podszedł do okna akurat w chwili, gdy biała limuzyna wynurzyła się zza rogu.

A ten czego chce? – pomyślał Berg. Przyszedł czas na wyprawę po świętego Graala?

Ubrał się i zszedł, zanim któryś z Tancerzy zdążył zastukać do drzwi.

Tym razem Angelosowi towarzyszył Tertius. Doktor dłubał bardzo cienką igłą w maleńkim, wyglądającym na niezwykle skomplikowane urządzeniu. Wydawał się tak zajęty, że nie zauważył nadejścia Grabieżcy. Zielonowłosy Tancerz krążył nerwowo po pokoju.

– A, Berg – mruknął. – Dobrze, że już jesteś. Siadaj, jeśli masz ochotę. Napijesz się czegoś? Tam stoi flaszka.

Wskazał ręką stoliczek w rogu.

Berg podszedł i nalał sobie szczodrze złocistego trunku. Upił łyk. Alkohol miał cudowny, dębowy posmak.

– Własna brandy – powiedział Angelos z roztargnieniem. – Nie najgorsza.

Lars usiadł na kanapie.

– Tym razem nie zgodzę się na żadnych partnerów, Tancerzu – zapowiedział.

Angelos uśmiechnął się lekko.

– Nie śmiałbym ci nawet proponować. W pewnym sensie chodzi o twoją nieszczęsną przyjaciółkę, dziewczynę z sekty. Miriam, tak?

Berg poczuł ukłucie niepokoju.

– Zaraz – powiedział. – To moja prywatna sprawa.

Angelos splótł palce.

– Oczywiście. Ale zależy ci na niej, prawda?

Rysy Larsa stężały. Nie wiedział, czego chce Tancerz, ale posunął się chyba za daleko.

– Nie pozwolę ci ingerować w moje życie, Angelos – powiedział spokojnie. – Nie jestem twoją własnością. Więc odpieprz się łaskawie od Miriam.

Tancerz potrząsnął głową.

– Berg, nie zrozumiałeś. Istnieje szansa, żeby jej pomóc. Być może skutki działania szarej bomby uda się odwrócić. Przynajmniej w jakimś stopniu.

Lars drgnął. Na to nie był przygotowany. Gdzieś w środku obudziła się nagle nadzieja. Mógłby zrzucić ten ciężar. Dokonać cudu i zwrócić Miriam utracone życie. Uwolnić się nareszcie od poczucia winy. Lecz w ślad za nadzieją przybiegła nieufność. Tancerz był może altruistą, ale często jego pomoc drogo kosztowała i nie zawsze wychodziła na zdrowie.

– Co chcesz w zamian? – spytał Berg.

Angelos okrążał biurko.

– Poczekaj. – Zrobił uspokajający gest. – Pozwól, że najpierw Tertius wyjaśni ci, o co chodzi.

Piegowaty doktor uniósł głowę.

– Dochodzi do tego, że sam muszę naprawiać narzędzia – mruknął. – Bo nikt inny nie rozumie, jak działają. Czasami wydaje mi się, że jestem czymś w rodzaju lekarza okrętowego, który z walizeczką podstawowego sprzętu utknął na wyspie zamieszkanej przez barbarzyńców i stanął oko w oko z szalejącą tam zarazą.

Angelos skrzywił się z niesmakiem.

– Daruj sobie komentarze. – Tertius rozłożył ręce. – Oczywiście wiem, że jestem patetyczny. Posłuchaj, Bergerson. My nie dysponujemy takimi możliwościami, żeby pomóc Miriam czy jak tam się nazywa. Ale, na szczęście, nie pozostaliśmy jedynym bastionem cywilizacji na Ziemi. Mówiąc krótko, znam kogoś, kto spróbowałby podjąć się kuracji. Istnieje pewna szansa, że udałoby się ją przeprowadzić z powodzeniem.

Lars zmrużył oczy.

– Czyli całkowitym wyleczeniem? – spytał. – Miriam odzyskałaby pełną sprawność umysłu?

Tertius splótł palce.

– To niewykluczone. Mój przyjaciel zanotował kilka całkowitych wyleczeń. Dziewczyna jest młoda, to przemawia na jej korzyść. W każdym razie można liczyć na znaczącą poprawę. Wiem, że zareagowała na bombę bardzo gwałtownie, ale to czasem, paradoksalnie, zwiększa szanse na pozytywne działanie naszej, ujmując jak najprościej, kontrbomby. Pozostaną drobiazgi. Krótkotrwałe kłopoty z pamięcią, napady apatii, konieczność przyjmowania leków. Ale młody, sprawny mózg jest w stanie uporać się z tymi dolegliwościami w trakcie dwóch, trzech lat.

Berg wciągnął głęboko powietrze. Boże, spraw, żeby to była prawda, pomyślał. Jeszcze nie wierzył w to, co usłyszał. Lecz nadzieja już wzięła górę nad nieufnością.

– Kuracja jest, rzecz jasna, kosztowna – ciągnął Tertius. – Ale Angelos byłby skłonny zapłacić.

Lars przygryzł wargę.

– Pod jakim warunkiem?

Tancerz nalewał sobie brandy.

– Wciąż mam dług wobec ciebie z powodu Juana – powiedział. – To załatwi część opłat.

Berg wychylił swój kieliszek do dna. Alkohol rozlał się w żołądku przyjemnym ciepłem.

– A reszta? – zapytał.

Turkusowe oczy olbrzyma zalśniły.

– Za resztę przyniesiesz mi duszę, Grabieżco – powiedział.

Berg pochylił się do przodu.

– Chcesz, żebym kogoś zabił? Nie jestem mordercą, Tancerzu.

Angelos uśmiechnął się.

– W tym budynku roi się od zabójców, Berg. Każdy z moich żołnierzy niczego innego nie potrafi robić równie dobrze. Nie, Grabieżco. Nie chcę, żebyś zabijał. Potrzebuję twojego talentu. Uwolnisz dla mnie kogoś wiele lat temu porwanego przez Mistrzów Blasku. Naukowca nazwiskiem Wilhelm Stern. Jego wiedza może się okazać nieoceniona. Potrzebuję go, Berg. Stanęliśmy przed problemem, którego nie możemy rozwiązać. A Stern uchodzi za specjalistę w tej dziedzinie.

Lars potarł skronie. Uchodził, pomyślał ponuro. Jakieś osiemdziesiąt kilka lat temu. To czysty absurd. Tym razem Tancerzowi naprawdę odbiło. Mam dla niego zostać nekromantą?

– Stern nie żyje – powiedział. – Zginął w czasie przesilenia.

– Zgadza się – przytaknął Angelos. – Przecież mówiłem, że chodzi o duszę.

Berg potrząsnął głową. Zagadki i tajemnicze misje Tancerza zaczynały go męczyć.

– Nie rozumiem – mruknął.

– Stern został zamordowany przez jednego z Mistrzów Blasku – wtrącił Tertius – ale jego osobowość, coś w rodzaju świadomości umysłowej, pozostała. Nie pytaj mnie, w jaki sposób. Są rzeczy, których nawet ja nie rozumiem. Po wielu latach udało się zlokalizować miejsce, gdzie go przetrzymują. A raczej to, co pozostało z jego osoby. Więc można podjąć próbę uwolnienia Sterna.

Lars spojrzał na Angelosa.

– I ja mam to zrobić, tak? W zamian za ratunek dla Miriam?

Tancerz z powagą skinął głową.

– Tak. Ty jeden jesteś w stanie złapać synchron z umysłem Wilhelma Sterna. Nikt inny nie da sobie rady.

Berg przesunął dłonią po twarzy. Dobry Boże, pomyślał. W co ja się pakuję? Porwać kogoś, czy może coś, z dominium Oświeconych i powrócić na Ziemię? Łapać synchron z dawno umarłym facetem? Jak pieprzony łowca duchów? Nigdy nie słyszał o podobnym przypadku.

A gdyby słyszał, uśmiałby się serdecznie. Już miał powiedzieć, żeby wzięli coś na uspokojenie, położyli się i do rana zapomnieli o całej sprawie, ale przed oczyma zamajaczył mu obraz białej jak papier, nieruchomej postaci, gapiącej się pustym wzrokiem w sufit.

Pewnie i tak skończy się na tym, że nie uda mi się złapać synchronu z widmem, przeszło mu przez myśl. Więc dlaczego nie dać im tego, czego chcą? Dla Miriam.

– Dobrze – powiedział, a jego głos zabrzmiał ochryple. – Spróbuję ukraść duszę Wilhelma Sterna.

Wisiał nad matową taflą bieli. Pod nią majaczył zarys ostrych, poszarpanych zrębów skalnych. W górę sterczały, uniesione jakby ku przestrodze, cienkie palce stalagmitów. Przestrzeń przecinała połyskliwa wstążka strumienia. Co to ma być? – zdumiał się Lars. Grota? Przez chwilę wydawało mu się, że już kiedyś widział tę jaskinię, ale wrażenie szybko prysło. Nie miał czasu do namysłu. Mógł opaść albo zawrócić. Angelos nie wiedział, gdzie jest przechowywana ani jak wygląda dusza naukowca. Dał mu tylko wizerunek przedstawiający mężczyznę w średnim wieku o szczupłej, inteligentnej twarzy. Z portretu emanował słaby sygnał. Słaby, ale wystarczający, żeby przerzucić go tutaj.

Berg spoglądał na dno jaskini. Skoro synchron doprowadził go w to miejsce, powinien zaryzykować. Nawet jeśli według niego niezbyt się nadawało na więzienie dla duszy. Chociaż diabli wiedzą gdzie tak naprawdę powinni trzymać dusze. W kotłach z wrzącym olejem?

Westchnął i jeszcze raz uważnie zlustrował wnętrze jaskini. Wydawała się zupełnie pusta. Zdecydował się kontynuować przejście. Jeżeli nic nie znajdzie, będzie mógł wrócić z czystym sumieniem. Mglista tafla rozstąpiła się gładko, a Berg znalazł się na dnie groty.

Wstał pospiesznie. Nie chciał, żeby ktokolwiek zastał go na kolanach niczym pogrążonego w modlitwie do stalaktytów pustelnika. Zadarł głowę i spojrzał w górę. Jaskinia była bardzo wysoka. Rzeźbiona w szalone ornamenty skalnych formacji, wyglądała jak zrujnowana katedra. Przez długą szczelinę w sklepieniu wlewała się do środka smuga światła. Po ścianach pełzały głębokie cienie, kryły się w kamiennych wyżłobieniach między wypłukanymi przez wodę spiralnymi kolumnami stalagnatów.

Ja tu już byłem, przypomniał sobie, a wspomnienie wywołało nagły dreszcz. W majakach, kiedy zabrakło mi leków. Spotkałem wtedy stwora z piwnic Domu Wieczności.

Rozejrzał się uważnie.

– Szlag – syknął. – To nie jest miłe miejsce.

Po dnie jaskini, między wybujałymi, barokowymi statuami stalagmitów, płynął strumień. Po obu jego brzegach, w odstępie mniej więcej metra, stały ludzkie czaszki zwrócone twarzami w kierunku wody. Na czerepach, jak groteskowe czapki, tkwiły grube, woskowe świece. Żółte, czerwone lub czarne. Niektóre płonęły, inne były tylko ledwo się ćmiącymi ogarkami, część dawno pogasła. Strugi wosku płynęły po twarzach czaszek jak łzy.

Berg podszedł bliżej, przykucnął. Przyjrzał się najbliższemu czerepowi. W jego oczodoły ktoś powpychał kawałki surowego mięsa, które zgniły już jakiś czas temu. W miękkiej, rozkładającej się masie kłębiły się czerwie. Śmierdziało trupem.

W oczodołach następnej czaszki tkwiły, okryte kożuchem pleśni, kawałki chleba. Kolejnej wepchnięto jakieś na wpół zgniłe owoce, także pełne robactwa. Inna, pożółkła ze starości, miała zamiast gałek ocznych zwykłe otoczaki, ale spomiędzy zębów, niczym obrzydliwy język, wystawał zasuszony wąż. W oczach następnej leżały wielkie, skulone pająki. Ich odnóża przypominały kawałki drutu obciągnięte izolacją. Galeria ciągnęła się wzdłuż brzegów strumienia przez całą długość jaskini.

Berg wstał, odsunął się z obrzydzeniem.

– Gratulacje – mruknął. – Kolega, który się w to bawi, pewnie zapomniał regularnie zażywać lekarstwa.

Blizna po tatuażu nie wysyłała żadnych ostrzeżeń, ale Lars czuł na karku i plecach zimne dreszcze. W jaskini panowała mroczna, ponura aura. Ściekająca po ścianach woda zdawała się szeptać trwożnie. Gdzieś w głębi, jakby odbite od sklepienia, odległe i ciche jak tchnienie, dochodziły echa krzyków czy zawodzeń. Przez krótką chwilę Bergowi zdawało się, że to lamentują duchy zamordowanych, których czerepy tak okrutnie zbezczeszczono. Zadrżał.

Uniósł głowę i zobaczył wlepione w siebie, pałające wściekłością ślepia. Były szkarłatne jak krew, a ich rozszerzone, puste niczym przestrzeliny źrenice nie pozwalały oderwać wzroku, hipnotyzowały. Cofnął się odruchowo, potknął o pączkujący stalagmit, chociaż mózg już zdążył zrozumieć, że to tylko rysunek na kamieniu.

Jarzące się czerwone ślepia spoglądały nienawistnie ze ścian, głazów, złomów skalnych. Czaiły się wszędzie.

Lars nie mógł pozbyć się wrażenia, że go obserwują. Niczym milczący, pełni pogardy strażnicy, czekający na jeden fałszywy ruch ofiary. Której czaszka dołączy do kolekcji, ozdobiona martwymi myszami albo kulkami z kału, pomyślał. Ale blizna na ramieniu milczała.

Odgarnął włosy z czoła.

– Czy możesz gdzieś tu być, Wilhelmie Sternie? – spytał półgłosem.

Odpowiedziała tylko cisza. Nigdzie nie dostrzegł nawet śladu poszukiwanego naukowca. Ani jakiejkolwiek żywej istoty. Jaskinię zamieszkiwały jedynie widma i kości.

Nie miał specjalnej ochoty zapuszczać się w głąb licznych korytarzy i odnóg, lecz dla przyzwoitości postanowił sprawdzić główną salę groty.

Odwrócił się i właśnie wtedy zza załomu wyszło martwe koźlę. Zamiast racic miało ludzkie dłonie i stopy.

– Jezu Chryste – szepnął Berg.

Kózka wspięła się na tylne nogi. Łebek przekrzywił się na bok, ukazując rozwartą, czerwoną szramę poderżniętego gardła. Ścięte jak galareta, wywrócone białka oczu gapiły się bezmyślnie w przestrzeń. Martwa koza oglądała pejzaże krainy śmierci. Pierś i brzuch zwierzęcia pokrywała warstwa zrudziałej, skrzepłej krwi zlepiającej sierść. Zesztywniały pysk z wyszczerzonymi, żółtymi zębami nie poruszał się, jednak koźlę przemówiło.

– Wielkie jest imię tego, który włada duszami. Pan, król i władca, o Czerwonych Oczach – wygłosiło niskim, pozbawionym emocji głosem.

Zatupało sztywnymi nóżkami i ciężko upadło na bok.

Berg odważył się wziąć oddech. Koza leżała bez życia. Nic nie wskazywało, że przed chwilą objawiła talent oratorski. Lars pomyślał, żeby trącić ciało butem, ale stwierdził, że jednak nie ma ochoty. Nie chciał, żeby popisało się jeszcze jakąś sztuczką. Na przykład splunęło jadem albo zamieniło się w coś jeszcze bardziej paskudnego.

– Piękne powitanie – szepnął. – I znamienne. Czy mi się zdaje, czy było tam coś o duszach?

Minął szerokim łukiem ciało kozy i ruszył dalej. Z lekkim niepokojem zastanawiał się, czy zwierzę było czymś w rodzaju drogowskazu, czy raczej strażnikiem. A może po prostu zastępowało wycieraczkę z napisem „Witamy"?

– Diabli wiedzą – mruknął i dawno nie był tak pewien swojego zdania.

Jaskinia zwężała się nieco, lecz wciąż pozostawała na tyle przestronna, żeby swobodnie nią wędrować. Teraz dosłownie z każdego występu skały spoglądały nienawistne, szkarłatne ślepia. Bergowi przypominały napisy na ścianach Absu. Pałały taką samą czystą żądzą mordu.

– Zabijemy cię, jeśli zdołamy – zdawały się szeptać.

Kark i ramiona Larsa pokryła gęsia skórka, chociaż wcale nie zrobiło się zimniej. Miał wrażenie, że kroczy korytarzem pod pełnym pogardy i wściekłości wzrokiem ukrytej w mroku publiczności. Brnięcie w głąb jaskini z czasem zaczęło sprawiać coraz większą trudność. Złomy skalne i zwaliska kamieni utrudniały marsz. Teraz grota zwężała się wyraźnie.

Nagle Berg przystanął. Drogę odgradzały dwa ogromne, upstrzone wizerunkami oczu głazy. Dołem wypływał strumień, niosąc dziwnie zrudziałą, mętnawą wodę. A wąską szczelinę, przez którą można się było przecisnąć, odgradzała kotara z ludzkich kości. Piszczele, podudzia i kręgi wisiały nanizane na linki na kształt bambusowej zasłony.

Berg zawahał się. Do diabła, pomyślał. To chyba dobry moment, żeby zawrócić.

Jednak spoza upiornego parawanu dał się słyszeć cichy szmer. Coś jakby szlochanie, a może szept. Lars nie był w stanie stwierdzić. Ponura atmosfera groty przytłaczała go. Był podenerwowany i czujny. Mięśnie karku i ramion miał napięte jak sprężyny, po plecach przebiegały raz za razem dreszcze, w skroniach łomotała krew. Najchętniej znalazłby się z powrotem w koi. Blizna na ramieniu nie przesyłała żadnych sygnałów o niebezpieczeństwie, a to niepokoiło Berga jeszcze bardziej.

Nabrał głęboko powietrza.

– Życie Grabieżcy to pasmo parszywych zleceń – szepnął do siebie i ostrożnie odsunął kotarę.

Kości zaklekotały sucho. Na ziemi siedział taki sam stwór, jakiego Lars spotkał w piwnicach Domu Wieczności. Zwrócił w stronę Grabieżcy wąski pysk z pełnymi wyczekiwania, przenikliwymi oczami.

– Samotność jest przejmująca pod gwiazdami, Wędrowcze – powiedział – jeśli nie staje się więzieniem.

Berg przeszedł na drugą stronę zasłony z kości. Dopiero teraz zobaczył, że stworzenie siedzi w ciasnym kręgu, wyrysowanym na kamieniach ciemnym, na wpół zatartym barwnikiem, prawdopodobnie krwią.

Przysunął się nieco bliżej. Jasne, blade oczy śledziły go z napięciem. Nie wiedział, czy stworzenie jest wrogiem, czy sprzymierzeńcem, lecz jego bracia, których spotkał do tej pory, okazywali się zwykle pomocni.

– Szukam Wilhelma Sterna – zaryzykował. – Wiesz może, gdzie go znajdę?

Stwór wydał przeciągły skowyt, przypominający chichot.

– Stern od lat gryzie piach, wędrowcze. Szkoda zachodu.

Lars miał się cofnąć, ale zatrzymało go pełne napięcia spojrzenie zwierza. Z wąskiego pyska wysunął się jęzor i nerwowo oblizywał paskudnie ludzkie usta.

– A jego dusza? – szepnął Berg. – Co się stało z jego duszą?

Stwór zakołysał łbem. Widać było, że ogarnia go wielkie podniecenie. Pysk wykrzywił spazmatyczny grymas.

– Ja! – zaskowyczał. – O tak, właśnie ja!

– Co „ty"? – nie zrozumiał Lars.

– Wewnątrz – syknął potwór. Grabieżcy zdawało się, że ma nagle poważny problem z artykulacją słów, jakby mowa sprawiała mu ból. – Wędrowcze, wewnątrz!

Berg z trudem przełknął ślinę.

– Ty jesteś Wilhelmem Sternem? – spytał wstrząśnięty.

Zwierz jęknął głucho, z rozpaczą.

– Wewnątrz – powtórzył chrapliwie, niemal niezrozumiale. – Proszę.

Berg odetchnął głęboko. W nagłym olśnieniu przypomniał sobie, co usłyszał od takiego samego stwora w Domu Wieczności.

– Dusza Sterna jest w tobie? – spytał.

Stworzenie zamknęło oczy.

– Tak – wyszeptało. W jego dziwnym, śpiewnym głosie brzmiało wielkie wzruszenie. – Wewnątrz.

– Czy ktoś cię więzi?

Pysk stwora wykrzywił się, błysnęły kły.

– On – warknął. – O Czerwonych Oczach.

Lars opuścił ręce.

– W takim razie muszę zabrać cię ze sobą. Spróbuję... O Chryste, spróbuję złapać z tobą synchron.

Patrzył na wydłużony łeb stwora, pociemniałe z bólu, mądre, stare jak kosmos oczy. Nie potrafię, pomyślał. Boję się wniknąć do umysłu czegoś takiego.

Zwierz kołysał łbem.

– Nie, nie – zaskomlał. – Wewnątrz. Nie ja. On... wewnątrz. Wyjmij!

Berg jęknął.

– Święty Boże – szepnął. – Chcesz powiedzieć, że nie jesteś duszą Sterna, tylko nosicielem? Ukryto ją w tobie?

Stwór zerwał się na łapy.

– Cud! – zaskrzeczał. – Pragnę! Zabij, wędrowcze. Zabij!

– Jezu! Mam cię zabić? – stęknął Lars. – Przecież to obłęd!

Zwierz kręcił się nerwowo, ale wyraźnie nie mógł przekroczyć granicy kręgu. Wydawał się bardzo podniecony.

– Tyle lat! – jęczał. – Tyle lat! Proszę. Spokój. Wreszcie spokój! Proszę! Musisz mnie zabić. Wydobyć duszę.

Uspokoił się nieco. Wyraźnie ludzka strona próbowała osiągnąć kontrolę nad zwierzęcą.

– Otwórz mnie.

– Nie jesteś walizką – powiedział Lars. – To nie takie proste.

– Proste – szepnął stwór. – Uwolnij mnie, błagam. To tylko skorupa.

– Cholera – syknął Berg.

Sięgnął do pasa po nóż. Muszę to zrobić, pomyślał. Niech diabli porwą Angelosa. Co za gówno!

– Dziękuję – powiedział stwór. Odzywał się wyraźniej i składniej, jakby odzyskał zdolność mówienia. – Posłuchaj. Stąd nie wyjdziesz. Oczy patrzą na krainę umarłych. Wszystko przeinaczają. Musisz opuścić jaskinię. I uważaj na suki. Rozumiesz?

– Chyba – mruknął Lars.

Rozpłatanie sześcionogiego stwora wcale mu się nie uśmiechało. Zwierz przymknął powieki.

– Dziękuję – szepnął. – Cud!

Położył się na grzbiecie i podkurczył łapy. Wyglądał jak obrzydliwy owad.

Matko Boska, pomyślał Berg. To jakiś koszmar. Uległość stwora budziła w nim odrazę. Mimo to pochylił się nad szarym, półprzejrzystym ciałem z nożem w ręce. Może najpierw powinienem poderżnąć mu gardło? – zastanowił się z rozpaczą.

– Szybciej – stęknął stwór.

Berg starał się nie patrzeć mu w oczy. Wbił nóż i pociągnął. Wszedł miękko, jakby rozcinał galaretę. Obrzydliwą galaretę z błota i żelatyny. Stwór zadrgał i znieruchomiał. Zaskomlał cicho, a jego ślepia zaszły mgłą. Z pyska wypadł długi, podobny do pijawki jęzor. Berg odetchnął z ulgą. Zwierz prawdopodobnie nie żył. Z rany nie wypłynęła nawet kropla krwi. Stwór naprawdę dał się otworzyć prosto jak walizka. Niestety, zgodnie z przewidywaniami z rozciętego brzucha nie wypadł schludny kawałek kryształu ani kulka utkana ze światła. Zwierz wydawał się nie mieć żadnych organów wewnętrznych. Tylko miękką, drgającą tkankę. Przynajmniej nie śmierdział. Wydawał intensywny zapach dymu z ogniska i suszonych ziół.

A teraz najgorsze, pomyślał Lars. Zgaduj-zgadula, gdzie też jest ta pieprzona dusza?

Przełamując obrzydzenie, zanurzył rękę we wnętrznościach stwora. Poczuł tylko chłodną wilgoć. Przesunął dłoń i natrafił na coś twardego. Szarpnął mocno i wyciągnął płaską, obłą butlę z ciemnego szkła. Z jednej strony była gładka, z drugiej widniał wyraźnie wytłoczony wizerunek ludzkiej twarzy. Wykrzywionej grymasem cierpienia, uderzająco podobnej do portretu, który dał mu Angelos. Rozwarte usta zastygły w niemym krzyku. Zaciśnięte powieki zdawały się drgać z męki.

Butelkę zatykał grubo zalany lakiem korek.

– Wilhelm Stern – powiedział Lars cicho. – Więc cię znalazłem. Czas do domu, przyjacielu.

Wsunął flaszkę do wewnętrznej kieszeni, chociaż wydawała się nieprzyjemnie chłodna, jakby w kontakcie ze skórą spijała całe ciepło. Spojrzał na ciało stwora. Zamieniało się szybko w gęstą, parującą ciecz.

Odgarnął zasłonę, a kości zaklekotały sucho. Berga znów przeszedł dreszcz, bo dźwięk przypominał chichot złośliwego starca.

Skoncentrował się, żeby wywołać obraz ogrodu, ale przypomniał sobie ostrzeżenie nosiciela duszy. „*Oczy pa-*

trzą na krainę umarłych. Wszystko przeinaczają. Musisz wyjść z jaskini."

– Z przyjemnością – mruknął.

Nie był pewien, czy powinien ufać słowom stwora, ale nie bardzo chciał otwierać drogę do ogrodu w emanującym tak złą energią miejscu. Ruszył w powrotną drogę, ścigany szkarłatnym spojrzeniem ślepi. Butelka w kieszeni zrobiła się nienaturalnie ciężka, a serce Berga waliło jak kafar. Każdym napiętym do granic możliwości włóknem nerwów, każdą komórką mózgu spodziewał się niebezpieczeństwa. Czekał na smagnięcie chłodu w ramieniu, na nagły atak, który nie następował. Pocił się. Koszula i tunika zrobiły się nieprzyjemnie wilgotne.

Spokojnie, chłopie, skarcił się, rozprostowując zesztywniałe od zaciskania palce. Co z tobą? Boisz się duchów?

Bał się. Nie tyle duchów, ile ciężkiej, mrocznej atmosfery groty. I Pana o Czerwonych Oczach, który bawił się czaszkami wrogów, porywał dusze i w każdej chwili mógł się zjawić, żeby zademonstrować, jak bardzo nie podoba mu się zabieranie eksponatu z jego kolekcji.

Strumień, rozświetlony płomieniami świec sterczących z czerepów, połyskiwał jak płynne złoto. Woda szeptała trwożnie, a Lars był coraz bliżej wyjścia. Z każdym krokiem bardziej spięty, przygotowany na niespodziewane uderzenie.

Jasny zygzak szczeliny powiększał się, a blizna na ramieniu nie odzywała się chłodem. Berg minął trupa kozy, który leżał tak spokojnie, jak tylko martwe ciała potrafią, i ruszył dalej. Czuł na plecach ciężki wzrok czerwonych ślepi, ale i one pozostały jedynie rysunkiem na kamieniu.

Nie wierzę, pomyślał, gdy do wyjścia pozostało zaledwie parę kroków. Właściciel galerii czerepów musi się upomnieć o swoje.

Przestąpił nisko sklepioną, kamienną bramę i wtedy dopiero nabrał pewności, że się nie upomni. Zmrużył powieki przed ostrym światłem na zewnątrz i zamarł. Rozejrzał się i gwizdnął cichutko przez zęby, bo nie był pewien, czy oczy jednak czegoś nie przeinaczyły.

Patrzył na przestwór wysokich, szumiących traw, mieniących się odcieniami fioletu i amarantu. Skupione w kępach drzewa o pokręconych, węźlastych pniach skłaniały nisko długie, splątane konary, porośnięte dużymi jak dłoń, sztywnymi liśćmi w barwie purpury i czerwonego wina. Po gałęziach śmigały małe, zwinne stworzenia, niebieskie jak chabry. Skacząc, potrącały zwieszające się na linkach, dyndające na drzewach martwe ptaki, kawałki kości, paczuszki owinięte w papier, zasuszone ręce lub stopy, girlandy odciętych uszu i mnóstwo podobnych cudów. Po żółtym niebie toczyły się trzy wielobarwne słońca. Wszystko razem przypominało obraz nawiedzonego prymitywisty. Szalony eden spod znaku santerii.

– Witamy w raju według Mistrza Blasku – mruknął Lars. – Czas się zmywać, Wilhelmie Sternie.

Przywołał przed oczami obraz ogrodu i ruszył. Nie zdążył. W powietrzu śmignął płowy cień. Berg poczuł uderzenie w kark i upadł. Wylądował twarzą w mokrej ziemi, odbił się i momentalnie przetoczył na bok. Spodziewał się, że atakujący zwierz, czymkolwiek by był, przygniecie go swoim ciężarem, rozszarpie pazurami, ale płowe stworzenie odskoczyło z sykiem. Stało i gapiło się na Grabieżcę wąskimi, czarnymi oczami. Miało nisko osadzony, płaski jak patelnia łeb i imponujący garnitur długich jak ludzki palec kłów. Kiwało się na nogach, biło o boki ogonem, ale nie atakowało. Między przednimi łapami stwora kołysały się dwa oklapnięte wymiona jak karykatura kobiecych piersi.

Uważaj na suki, przypomniał sobie. No tak, dobra rada. Bał się poruszyć, aby nie sprowokować ataku. Powolutku, ostrożnie poruszył ręką, żeby wyjąć z kieszeni grot.

Zwierzę przestąpiło z łapy na łapę, wydając głuche stęknięcie.

– Dobra suczka – mruknął Berg. – Tylko się nie ruszaj.

– Nie ruszaj! – szczeknął stwór niespodziewanie.

Lars drgnął. I to gada, pomyślał z niechęcią.

– Odejdź – warknęła suka. – Odejdź! Masz złą rzecz!

Mam mnóstwo złych rzeczy, pieseczku, szepnął do siebie. I chętnie ich użyję, jak dasz mi szansę.

– Właśnie to chcę zrobić – powiedział. – Odejść. Pozwolisz mi?

– Zła rzecz, wielki strach – zaszczekała suka. – Nie jesteś dobre jedzenie.

Berg zwilżył usta.

– Bardzo złe jedzenie – powiedział z przekonaniem. – Wyjątkowo niedobre. Teraz wstanę, dobrze?

Zwierzę zjeżyło się.

– Wstanie i będzie duży. Żeby zabić.

Lars pokręcił głową.

– Nie będzie zabijania. Ja odejdę i ty odejdziesz, rozumiesz?

Bardzo powoli, zaciskając palce na ukrytym w kieszeni grocie, zaczął wstawać.

Suka zakołysała łbem, zaskomlała.

– Złe jedzenie, zła rzecz – pisnęła. – O Czerwonych Oczach kazał zabijać. Rozkaz zabić. Prawo zjeść. Ty złe jedzenie. Odejdź. Wielki strach.

Berg wyprostował się. W skroniach łomotała mu krew. Zwierzę wyglądało na bardzo zwinne. Bał się, że zginie, zanim grot zdąży je powalić.

– Odejdę – powiedział – jeśli i ty odejdziesz.

Suka przypadła do ziemi.

– Rozkaz zabić! – poskarżyła się. Czarne ślepia łypały żałośnie. – O Czerwonych Oczach kazał zabijać. Ale Ono mówi: nie wolno. Wielki strach. Wielki strach.

Lars zamarł z grotem w palcach.

– Kto mówi? – szepnął.

– Ono – jęknęła suka. – Drzewo! Woła: odejdź! Uciekaj! Złe jedzenie! Zła rzecz! Złaaaa!

W wąskich szczelinach oczu zrodziło się przerażenie. Suka podkuliła ogon, przypadła do ziemi. Lars znów zacisnął dłoń na grocie. Zwierz znajdował się na skraju paniki. Nagle po płowej skórze przebiegł dreszcz. Skurcz pyska odsłonił kły. Berg zamarł, a suka zaskowyczała boleśnie, porwała się i jednym susem zapadła w gęstwinę traw. Słyszał, jak ucieka w popłochu.

Odetchnął głęboko.

– Jestem wybrańcem Drzewa, Wilhelmie Sternie – szepnął. – Nie wiem, co to znaczy, ale mamy szczęście. Czas je wykorzystać. Boję się, że następna suka nie będzie taka uprzejma.

Wywołał obraz ogrodu i z ulgą pozostawił za sobą fioletową sawannę Czerwonookiego.

Wylądował w zielonej kotlinie, w cieniu rozłożystych gałęzi swojej prawie śliwki.

– Witaj, słodki domu – mruknął.

Rozejrzał się w poszukiwaniu zwierząt. Zobaczył tylko białą plamę wysoko na skałach. Pani Luiza czyściła pióra i nie zwracała uwagi na Berga. Natomiast nieopodal, na trawie, siedział szpakowaty mężczyzna. Niewysoki, w średnim wieku, ubrany nieco staroświecko. Odwrócił ku Grabieżcy szczupłą, inteligentną twarz.

Berg uśmiechnął się.

– Panie Stern – powiedział – witam w moim ogrodzie. Nazywam się Lars Bergerson i jestem Grabieżcą.

Naukowiec spróbował wstać, ale nogi go nie utrzymały. Klapnął z powrotem na trawę.

– Mój Boże – mruknął. – Przez wszystkie te lata zapomniałem, jak się chodzi.

Berg zbliżył się, wyciągnął rękę.

– Pomogę panu – powiedział.

Stern potrząsnął głową.

– Dziękuję. Za moment, jeśli można.

– Czy pan pamięta, co się z panem działo? – spytał Lars ostrożnie.

Rysy Sterna wykrzywił gorzki grymas.

– Tak, całkowicie. Byłem więźniem jednego z tych drani, tak zwanych Mistrzów Blasku. Zamordował mnie, a potem zamknął w butelce jak dżina. A ja nigdy nie lubiłem tej opowieści. – Uśmiechnął się blado. – Kpię, oczywiście. To nie było takie proste. Raczej koszmarne w sumie. Zdaję sobie sprawę, że fizycznie nie istnieję. Proszę mi wybaczyć te niedorzeczności. Wciąż jestem w szoku.

Lars pozwolił mu mówić. Przykucnął obok. Stern był bardzo blady, na twarzy miał wyraz oszołomienia.

– Wie pan, gdzie się znajdujemy? – spytał łagodnie.

Naukowiec przesunął ręką po czole.

– Tak, pan powiedział. W ogrodzie. Mój Boże, nie wie pan, jak bardzo jestem wdzięczny! Nie potrafię wyrazić! Tyle lat w niewoli. Straciłem nadzieję.

Wyciągnął do Larsa rękę.

– Dziękuję – wyszeptał, ściskając dłoń Grabieżcy. – To cud. Pan dokonał cudu.

W oczach naukowca zaszkliły się łzy. Berg łagodnie uwolnił się z uścisku.

– Nie możemy długo tu zostać – powiedział. – Ogród to miejsce w moim umyśle. Nie jest przygotowane na przyjmowanie gości.

Uśmiechnął się. Stern popatrzył bystro.

– Czy mógłbym poprosić o chwilkę? Tylko króciutki moment. Widzi pan, w pańskim ogrodzie przez drobny ułamek czasu mogę czuć się człowiekiem. Poruszać się, może nawet chodzić. Dotykać przedmiotów. Czuć zapachy. Oczywiście jeśli to kłopot...

– Nie – powiedział Berg szczerze. – Możemy zostać przez jakiś czas.

Rzeczywiście, obecność Sterna nie ciążyła mu tak, jak kiedyś obecność Miriam. Być może dlatego, że naukowiec był bezcielesny.

Na ustach Sterna pojawił się uśmiech.

– Dziękuję. Pan jest niezwykłym człowiekiem.

– Proszę nie przesadzać – mruknął Lars. – Po prostu Grabieżcą.

Pomógł naukowcowi wstać. Stern postawił parę chwiejnych kroków, a po chwili przechadzał się już po kotlinie.

– Mogę się przejść nad morze? – spytał. Starał się mówić obojętnie, ale w jego głosie dawały się słyszeć błagalne tony.

Berg skinął głową.

– Cudownie! – szepnął naukowiec.

– Panie Stern! – zawołał za nim Lars. – Czy może mi pan coś wyjaśnić? W jaki sposób Mistrz Blasku zdołał zniewolić pańską duszę?

Stern odwrócił się. Na ustach miał gorzki grymas.

– Nie domyślił się pan? – rzucił. – To przecież bokor. Jeden z dwunastu Wielkich jest ordynarnym czarownikiem voodoo. Z sekty zwanej Czerwone Oczy. Oto cała tajemnica.

Berg skinął głową.

– Dziękuję – mruknął. – To było do przewidzenia.

Dał Sternowi ponad pół godziny czasu, zanim zaczął odczuwać ciężar jego obecności w umyśle. Naukowiec przechadzał się po plaży. Berg wdrapał się na głaz.

– Musimy wracać! – zawołał i zamachał ręką.

Stern zawrócił posłusznie. Lars zauważył, że kieszenie miał pełne muszli.

– Dziękuję – powiedział. – Za wszystko.

Lars uśmiechnął się.

– Powodzenia, panie Stern. Proszę iść prosto i przejść przez szczelinę w skałach.

Naukowiec zniknął między głazami. Berg odwrócił się i zobaczył Maksa i Felisa stojących na plaży.

– Tym razem zrobiłem naprawdę dobrą robotę, prawda, chłopaki? – powiedział Lars i ruszył w stronę wylotu kotliny.

Zwierzęta stały nieruchomo.

Berg wszedł w bramę i opuścił ogród.

Otworzył wieko koi. W azylu czatował Angelos w towarzystwie kilku Tancerzy. Zerwał się na równe nogi. Turkusowe oczy lśniły z podniecenia.

– No i co? – zawołał.

Lars usiadł, spuścił nogi na podłogę.

– Spokojnie, chłopie. – Wyszczerzył zęby. – Nadmiar emocji przepali ci obwody.

Angelos prychnął.

– Masz go? – spytał z napięciem.

Berg przeciągnął się. Od długiego leżenia w koi zdrętwiały mu ramiona.

– Poczekaj, aż się sezam otworzy.

– Więc masz, sukinsynu! – zaśmiał się Angelos. – Nie wierzę. Ale jestem pełen podziwu.

– Poczekaj, aż się sezam otworzy – powtórzył Lars. – Nie mam pewności, czy coś takiego jak dusza zafunkcjonuje po prawdziwej stronie. Może twój Stern z ogrodu uleciał prosto w zaświaty?

– Kraczesz – fuknął Tancerz. – Co z tym cholernym sezamem?

Teraz zachowuje się jak człowiek, pomyślał Berg. Rzadki widok.

– Przetwarza. Daj mu spokój. Jeśli faktycznie przenosi obraz osobowości, ma co robić.

Maszyna burczała miarowo, a Tancerz wyłamywał palce. W końcu ucichła. Angelos drgnął nerwowo.

– Ja to zrobię, dobra? – powiedział Lars.

Odchylił kopułę sezamu i dostrzegł wirującą jeszcze tarczę. Odczekał, aż zwolni, i wyłączył maszyny. Sprawnym ruchem odsłonił przesłonę, sięgnął do zamka. Zwolniony, odskoczył z trzaskiem. Na gładkiej powierzchni czaszy pojawiło się pęknięcie. Połówki rozsunęły się i Lars mógł zerknąć w głąb. Dusza leżała na dnie, skręcona jak spirala. Składała się z tysięcy identycznych, powielających się w nieskończoność elementów. Fraktal, pomyślał Berg. Tak wygląda nasza jaźń.

Angelos przepchał się do sezamu.

– Jest – szepnął ze wzruszeniem. – Naprawdę ci się udało.

Sięgnął i wyjął duszę Sterna z wnętrza czaszy. Palce nawet mu nie zadrżały.

– Doskonała – powiedział z zachwytem. – Jesteś wielki, Grabieżco.

Raczej naiwny, pomyślał Berg. Ciekawe, czy naprawdę zrobisz coś dla Miriam.

Angelos ruszył ku drzwiom.

– Chodź – ponaglił Larsa. – Nie chcesz zobaczyć, czy działa?

Berg nie musiał się zastanawiać. Chciał. W końcu osiągnął coś spektakularnego. I miał nadzieję, że dusza Wilhelma Sterna zazna wreszcie ukojenia. A w każdym razie ulgi.

– A to wszystko po co? – spytał, wskazując przedmioty zgromadzone w pokoju, do którego wprowadził go Angelos. – Zakładasz muzeum?

Na półkach prostego, metalowego regału magazynowego stała staroświecka maszyna do pisania, gramofon z tubą, radio mrugające zielonym, kocim okiem, pęknięty ekran archaicznego telewizora, komputerowa drukarka i mnóstwo podobnych gratów. Po prawej stronie znajdował się okrągły stolik ze starannie wymalowanymi na blacie literami i umieszczoną pośrodku wskazówką. W rogu pokoju stało wielkie tremo w ozdobnej ramie, a obok matową czernią tafli połyskiwało lustro poszukiwawcze. W drugim kącie świecił mdłym blaskiem sześcian energetyczny, podłączony do przysadzistej bryły sensora. Na podłodze, otoczony płonącymi świecami, widniał pentagram wpisany w okrąg. Tajemnicze znaki zdobiące ramiona gwiazdy wyglądały jak pełzające chrząszcze.

A pośrodku sterczał, na kształt morskiej latarni, wyjątkowo wymyślny czytnik.

– Nie wiemy, jak dusza się zamanifestuje – mruknął Tancerz. – Próbujemy jej umożliwić komunikację.

– A przygotowaliście białe prześcieradło i łańcuchy do dzwonienia? – zadrwił Berg.

Angelos rzucił mu pełne wyrzutu spojrzenie.

– Więcej powagi – powiedział. – To historyczny moment.

Podszedł do czytnika i z wielkim pietyzmem umieścił w środku srebrzystą spiralę. Urządzenie odezwało się niskim, brzękliwym pomrukiem. Angelos cofnął się. Twarz miał ściągniętą w wyrazie napięcia.

Berg stwierdził, że bezwiednie ściska kciuki.

– Powodzenia, Stern – szepnął.

Czytnik buczał miarowo, ale powoli dźwięk zmieniał wysokość, aż głęboki, niski pomruk przerodził się w gwizd.

– Zaczyna się – powiedział półgłosem Tertius.

Lars, zaskoczony, obrócił głowę. Nie zauważył, kiedy doktor wszedł. Tertius uśmiechnął się i wskazał ruchem podbródka czytnik. Urządzenie gwizdało przeciągle, oba sześciany energetyczne zaszły mgłą.

Angelos stał nieruchomo, zaciskając pięści. Wpatrywał się w wirujące tarcze jak mysz w oczy kobry.

– Proszę – szepnął. – Proszę...

Nagle gwizd się urwał, czytnik zgasł i znieruchomiał.

– Szlag – syknął ktoś za plecami Berga.

Żegnaj, Stern, pomyślał Grabieżca. Mam nadzieję, że trafiłeś w jakieś porządne zaświaty.

– Odszedł – mruknął Tertius.

– Cisza – syknął Angelos, unosząc rękę.

Graty na półkach regału zadrżały. Po tafli trema przepływały głębokie cienie. Wskazówka umieszczona na blacie zaczęła wirować, najpierw wolno, potem coraz szybciej, aż w końcu znikła, zamieniona w biały wir. Ekran telewizora pękł z trzaskiem, odłamki pofrunęły wokoło jak szklane motyle. Radio czknęło, wybuchło kakofonią dźwięków, zakrztusiło się i umilkło.

Nagle z terkotem włączyła się drukarka. Wszyscy obecni drgnęli, a urządzenie zaczęło zasypywać pokój fontanną białych kartek. Kilka natychmiast zajęło się od świec, ale zanim ktokolwiek zdążył zareagować, gwałtowny podmuch zgasił wszystkie. Pozostały tylko dymiące ogarki.

Berg schylił się i podniósł leżący pod stopami papier. Był zapisany równym, nieprzerwanym pismem. *Czerwoneoczyczerwoneoczyczerwoneoczy...*

W tym momencie do drukarki dołączyła maszyna, wypluwając kolejną partię kartek. Sypały się jak ogromne śniegowe płatki, zasnuwając podłogę białym całunem. Tym razem wiadomość brzmiała: *cud cud cud...*

Biedak, pomyślał Berg. Chyba tutaj będzie mu lepiej.

Drgnął, bo nagle w pokoju rozległo się przenikliwe „bęg!". Ostry, nieprzyjemny dźwięk okazał się odgłosem pękania czarnej tafli lustra poszukiwawczego. Odłamki posypały się na podłogę. W zwierciadle pokazał się na moment obraz butelki z ciemnego szkła, którą Berg wydobył z ciała sześcionogiego stwora. Usta wykrzywionej cierpieniem twarzy poruszały się, jakby Stern próbował coś wykrzyczeć, ale słowa nie popłynęły. Butelka obróciła się wokół osi i pękła.

Robi niezłą demolkę, zaniepokoił się Berg. Mam nadzieję, że nic mu nie jest.

Półki regału zatrzęsły się. Radio, niczym poderwane gniewnym uderzeniem, wyskoczyło w górę i roztrzaskało się o podłogę. I nagle wszystko ucichło.

Angelos stał chwilę bez ruchu.

– Jest z nami – szepnął. – Czuję.

Jakby w odpowiedzi zaskrzypiała tarcza starego patefonu. Obracała się wolno, choć nie leżała na niej żadna płyta. W pewnej chwili z tuby popłynął głos. Zgrzytliwy i chropawy, lecz zupełnie wyraźny.

– Przepraszam. Mam kłopoty z opanowaniem umiejętności mowy.

– Wilhelm Stern – wyszeptał Angelos. – To ty?

– Dziękuję, Nullusie – zgrzytnęła tuba. – Dziękuję, że nie zapomniałeś...

Nazywam się Nullus, w pamięci Berga odezwało się odległe echo. Przygryzł wargę. A więc jednak, pomyślał. Znał go przed nocą przesilenia.

Ale zaraz pojawiły się wątpliwości. Stern jako duch mógł wniknąć do umysłu Tancerza i poznać jego imię. Mógł też znać ojca albo dziadka Angelosa i rozpoznać go, bo podobieństwo w tej rodzinie było uderzające. Septimus wyglądał przecież identycznie jak Tancerz. A imię prawdopodobnie dziedziczono z pokolenia na pokolenie.

Cholera wie jak to z nimi jest, pomyślał Berg ponuro. I wcale nie był pewien, czy chce się dowiedzieć. Czasami Tancerz wywoływał w nim dziwny niepokój.

– Panie Bergerson? – zaskrzypiał patefon.

– Cieszę się, że jest pan wolny, panie Stern – powiedział głośno.

– Tylko dzięki pańskiej odwadze – zgrzytnęła tuba. – Jestem głęboko poruszony i wdzięczny. Proszę pamiętać, że zawsze może pan na mnie liczyć.

Na dług wdzięczności u ducha, pomyślał Berg. Dlaczego nie? Może dusze są bardziej lojalne niż żywi?

– Dziękuję, panie Stern – powiedział. – Z pewnością o tym nie zapomnę.

Głos z patefonu stał się głuchy i słaby.

– Wybaczcie – oznajmił Stern. – Jeszcze nie potrafię dobrze sobie radzić. Muszę odpocząć. Z czasem będzie lepiej. Dziękuję raz jeszcze...

Ostatnie słowa były już prawie zupełnie nieczytelne. Z tuby wydobywał się przez chwilę szum, a potem wszystko ucichło.

Angelos odwrócił się do zebranych. Na jego twarzy malował się wyraz triumfu, tak że wyglądał teraz jak statua zwycięskiego wodza.

– Udało się – powiedział. – Mamy go!

Larsowi zdawało się, że z trudem opanował się, żeby nie dodać: „z powrotem".

– Zostawmy teraz Sterna w spokoju – ciągnął Tancerz. – Niech się rozgości.

Uśmiechnął się szeroko.

Berg odwrócił się, żeby wyjść, gdy poczuł na ramieniu rękę Angelosa.

– Wspaniale. Udało się tylko dzięki tobie, Berg. Jesteś nieprawdopodobny.

Lars zmrużył oczy.

– Co z umową, Nullusie? – spytał. – Wyleczysz dla mnie Miriam?

Tancerz nie odwrócił wzroku. Turkusowe oczy płonęły blaskiem.

– Zawiadom swoich przyjaciół, że przyjedziemy po nią za dwa, trzy dni.

Lars skinął głową. Cud za cud, panie pracodawco, pomyślał.

Zdumiewające, jak kapryśny potrafi być czas. Niecierpliwi się i pędzi, kiedy chciałbyś każdą chwilę zatrzymać na zawsze, a rozciąga się złośliwie, gdy nie pozostaje nic prócz czekania.

Berg czekał. Sekundy kapały miarowo jak krople deszczu za oknem, przesypywały się przez palce, nieuchwytne i nieskończone.

Szpitalny korytarz to parszywe miejsce. Przedsionek piekła, gdzie można tylko pokornie czekać na werdykt. Wypuszczą albo nie. Cudem ocaleni uciekają czym prędzej, nie oglądając się za siebie, z pochylonymi głowami, jakby chcieli ukryć się przed wzrokiem żądnego ofiar bóstwa. A ci, których mroczny bóg zauważył, mają jego piętno wypisane na twarzach, widoczne w głębokim smutku oczu. Oni nie mają już przed czym uciekać.

Lars westchnął. Roztarł nadgarstek, który zaczął nagle pulsować bólem. Czuł niepokój. Wyraźne, dotykalne poczucie klęski. Szpitalne korytarze nie sprzyjają nadziei. Zwłaszcza kiedy czas płynie razem z deszczem, przeradza się w istną ulewę sekund mijających bezpowrotnie, wsiąkających w błotnistą glebę oczekiwania.

Drzwi otworzyły się ze skrzypnięciem, a serce Grabieżcy zabiło mocno. Podniósł się z krzesła. W progu ukazał się Tertius.

Wystarczyło jedno spojrzenie na białą, upstrzoną piegami twarz, w wodniste, błękitne oczy.

Berg zacisnął zęby.

– Odzyskała przytomność – powiedział Tertius.

Lars był blady jak ściana. Tylko zwężone, chmurne jak niebo za oknem oczy płonęły.

– Dlaczego? – spytał chrapliwie.

Doktor przygryzł wargę.

– Nie wiem – powiedział cicho. – Nie reaguje prawidłowo. Bez żadnej logicznej przyczyny. W tej chwili jest znacząca poprawa. Ale nie ma się co łudzić, ten stan nie utrzyma się długo. Prawdopodobnie nie wróci do stadium kompletnej utraty świadomości. W jakimś stopniu kuracja odniosła zatem skutek. Jednak nie wyzdrowieje, Bergerson. Przykro mi. Zrobiliśmy, co w naszej mocy.

Lars targnął głową, jakby Tertius go uderzył.

Zrobiliśmy, co w naszej mocy, pomyślał z bólem. Chryste, co za okrutne, wredne stwierdzenie. Co w naszej mocy, ale... pieprzcie się sami, przyjaciele. Cudu nie będzie. Nie wskrzesisz słodkiej Miriam z Czajnika, Bergerson. Tak nam, kurwa, przykro.

– Berg? – powiedział doktor. – Nie odchodź teraz. Powinieneś się z nią zobaczyć. Czeka na ciebie.

Mięśnie na szczękach Larsa zadrgały.

– Czy ty wiesz, czego żądasz? – spytał stłumionym głosem. – Wiesz, doktorze Tertius?

Piegowaty rudzielec popatrzył twardo.

– Doskonale, Bergerson. Powinieneś odwiedzić tę nieszczęsną, kaleką dziewczynę. Żeby wiedziała, że ktoś czekał.

Berg odwrócił wzrok.

– Dobrze – powiedział. – Zrobię to. Tylko zostaw mnie na chwilę.

Tertius skinął głową.

– Jak będziesz gotowy, po prostu wejdź.

Odszedł w głąb korytarza.

Berg usiadł na krześle, objął rękami głowę. Cudu nie będzie, powtórzył w myślach. Nie będzie też odkupienia. Mimo że tak bardzo pragnąłem wrócić jej życie. A teraz muszę stanąć twarzą w twarz z dziewczyną, którą przecież w jakiś sposób zabiłem.

Miriam wydawała się krucha jak bibelot z porcelany. Wystarczyłby nieostrożny ruch, żeby rozsypała się na kawałki. Jednak kiedy zniknął pusty wyraz oczu, jej wychudła, blada twarz przestała wyglądać tak upiornie.

Na widok Berga zdobyła się na wątły uśmiech.

– Dobrze cię widzieć – szepnęła. – I rozpoznać.

Chciał coś powiedzieć, ale słowa utkwiły mu w gardle. Kaszlnął tylko, jakby się zakrztusił.

Miriam zagryzła wargę.

– Tertius powiedział mi wszystko – ciągnęła. – Wiem, że poprawa nie potrwa długo. Mimo wszystko dobrze być choć przez chwilę sobą.

– Może – powiedział Berg, nienawidząc się za te słowa – może się myli. Może pogorszenie nie nastąpi.

Miriam potrząsnęła głową.

– Nie muszę się łudzić. Nie chcę. Wolę cieszyć się chwilą świadomości. W każdym razie chcę, żebyś wiedział, że niczego nie żałuję. Warto było pożyć trochę jak wolny człowiek. Taki, któremu nie zabraniają marzyć, nie zabraniają podejmować decyzji. Nawet tych złych. Przez chwilę nie byłam Miriam ze wspólnoty, tylko Miriam dla siebie. Dzięki tobie, Berg.

Lars poczuł, że coś w nim pęka, rozdziera się gdzieś w okolicy serca.

– Proszę – szepnął ochryple. – Ja nie mogę...

Uśmiechnęła się blado.

– Zrozum. Musisz zrozumieć, że zrobiłeś dla mnie więcej niż ktokolwiek na świecie. Nawet jeśli nie chciałeś.

Nic nie zrobiłem, pomyślał z rozpaczą. Ale zrobię. Przysięgam ci, dziewczyno, że zrobię.

– Dobrze cię widzieć – powtórzyła. – Ale idź już. Jestem zmęczona.

Odwróciła głowę, ale zdążył zobaczyć. Oczywiście, że zdążył. Pojedynczą łzę toczącą się po bladym policzku. I nigdy nie miał o niej zapomnieć.

– Do zobaczenia, Miriam – powiedział cicho.

Zamknął za sobą drzwi i zbiegł po schodach. Wsiadł na motor i z furią kopnął gaz. Być może już wtedy podjął decyzję. Być może.

Nie pamiętał, kiedy wyszedł z „Babilonu". Nie potrafił też zrozumieć, jak w ogóle udało mu się wyjść. Był tak strasznie pijany, że we wspomnieniach pozostał mu tylko szum i przesuwające się jak w kalejdoskopie kolorowe plamy.

Bolała go prawa dłoń, więc uniósł ją do oczu i obejrzał. Kostki były spuchnięte i poobijane.

Widocznie dałem komuś w pysk, pomyślał. Tylko komu? Nie pamiętał. Przez chwilę odniósł nieprzyjemne wrażenie, że być może Lence.

– Niemożliwe – mruknął uspokajająco. – Przecież bym się tak nie pokaleczył.

Spróbował wstać i doszedł do wniosku, że wcale nie wytrzeźwiał. Świat krzyczał ostrymi barwami i odrobinę się kołysał.

Berg oparł się o ścianę, rozejrzał.

Siedział pod murem na jednej z ulic dawnej dzielnicy biurowej. Wokoło tętniło barwne, gwarne życie bazaru. Beczały kozy, sprzedawcy zachwalali towary, darli się prorocy i wróże. Przechodnie mijali Berga obojętnie. Tutaj śpiący na ulicy pijacy należeli do folkloru. Kto wie, może to był porzucony rumak któregoś z loa.

Co ja tu robię? – zastanowił się Lars. Prawdopodobnie z „Babilonu" poszedłem do „Veve". I chyba nie dotarłem. Rozmasował skronie. Ból w głowie odezwał się głuchym, tępym łupaniem.

Berg wstał i ruszył chwiejnie przed siebie. Na pobliskim straganie kupił kubek koziego mleka i od razu wypił. Przez chwilę zastanawiał się nad gorącym, pszenicznym plackiem, ale żołądek zaprotestował ostrym skurczem.

Nie wiedział, dokąd idzie. Krążył po bazarze, przyglądał się straganom, a kłębiący się wszędzie rozgadani kupujący i pstra różnorodność towarów odpowiadały mu. Łatwo gubił się w tłumie, nie musiał pamiętać ani czuć. Patrzył.

Starał się nie myśleć o Miriam. Starał się ze wszystkich sił.

Przeszedłby zupełnie obojętnie koło grupki ludzi skupionej wokół opowiadacza, gdyby nie wyłowił przypadkiem z potoku przemowy słowa, które sprawiło, że przeszył go dreszcz. Księżniczka. Wyrocznia zwana Księżniczką.

Zatrzymał się. Słyszał o niej. Opowiedziała mu Ava ustami wiatru. Opowiadały sny i nocne majaczenia. Przecisnął się przez tłum i stanął w pierwszym szeregu.

– Wyrocznia – mówił niewysoki, młody człowiek ubrany w futrzaną kurtę – jest bramą, przez którą można się dostać do świata prawdziwych duchów. Tych, które od zawsze mieszkały między ludźmi. Dobrych i złych, mądrych i niezbyt rozumnych. Odwiecznych. Droga do niej wiedzie aż za kraj świata. Trzeba ją przebyć, żeby odnaleźć Księżniczkę. Tam, gdzie wszystko się kończy i przemienia, gdzie mieszają się zaświaty i krainy ludzi, żyją mędrcy, którzy chcą przywrócić dawny porządek, przynieść ład, pokój i scalić to, co zostało bezprawnie rozdzielone. Tam, u korzeni Nieśmiertelnego Drzewa, stoi twierdza, do której nie ma wstępu głupota i zło, gdzie nie sięga władza uzurpatorów, zwanych czasem Mistrzami Blasku...

– Zakon Krańca Świata – szepnął Lars.

– ...żyją i wierzą, że zdołają zapobiec zupełnemu rozłamowi, że nadejdzie czas, gdy upadnie królestwo nienawiści i pychy. Czekają w ciszy, bo tylko w ciszy można odnaleźć głos Boga...

Berg poczuł nagły zawrót głowy. Zrobiło mu się słabo, nogi się pod nim ugięły. Nie upadł, chociaż mało brakowało.

– Drzewo jest filarem kosmosu. Rośnie poprzez wszystkie wszechświaty. Przerasta korzeniami krainy głębi, koroną sięga niemal stóp Białego Tronu. Bergerson, ty je widzisz! Musisz je widzieć! Wzywa cię.

– Co? – szepnął Lars, oszołomiony.

Zachwiał się, pociemniało mu w oczach i przez mgnienie spostrzegł je. Niebotyczne, nierealne drzewo, wznoszące się w górę jak kolumna, gałęziami zaplątane w błękicie nieba, splątanymi, sękatymi korzeniami sięgające praoceanu.

– Idź! – zawołał opowiadacz. – Idź, Larsie Bergersonie, Grabieżco. To ścieżka poprzez twoje zaklęcie. Musisz odnaleźć Zakon! Musisz przekroczyć bramę! Nie wahaj się. Odnajdziesz wszystko, co cenne. Wszystko, za co warto umrzeć. Idź Ścieżką ku Drzewu!

Berg zadygotał. Odwrócił się i rozpychając brutalnie pozostałych słuchaczy, wyrwał się z tłumu. W uszach słyszał huk, serce biło szaleńczo. Puścił się pędem przez bazar, roztrącając kupujących i wywracając stojące na ziemi towary. Ale ucieczka była tylko pustym gestem. Chociaż biegł ile sił, nie mógł umknąć spod cienia, który rzucało Odwieczne Drzewo.

– Lars, przemyśl to, proszę – powtórzyła po raz setny Lottie.

Berg zacisnął usta.

– Przemyślałem – powiedział – i nie widzę innego sposobu.

Dirk westchnął.

– Dobra, powiem to wprost. Popełniasz idiotyzm, człowieku. Jezu, rozumiem, że jesteś załamany, ale ta wyprawa to kompletne wariactwo.

To ty w ogóle nie rozumiesz, Dirk, pomyślał Lars. Tutaj już nic mnie nie czeka. Nic się nie wydarzy. Będę do końca życia pracował dla Angelosa, znosił pryzy i czekał, aż za którymś razem szlag mnie trafi.

Potrząsnął głową.

– Muszę to wszystko wyjaśnić. Ten Zakon, Drzewo, zaginięcie Avy. Chcę się przekonać, co się za tym kryje.

Dirk spuścił wzrok.

– Jesteś Grabieżcą. Podróżujesz między wymiarami, masz widzenia, sny. Czasem możesz wyobrazić sobie więcej niż zwykli ludzie...

Lars uśmiechnął się krzywo.

– Znaczy, zwariowałem. To chciałeś powiedzieć, Dirk?

– Tak, właśnie to – warknął mechanik. – Moim zdaniem dostałeś świra. Masz zamiar leźć Bóg wie gdzie z powodu jakichś bredni, które ci się śniły? Czy tak robi normalny facet?

– To się okaże – mruknął Berg.

Dirk jęknął.

– Bergerson, chłopie, przestań wariować. Dokąd tak naprawdę pójdziesz?

Lars popatrzył mu twardo w oczy.

– Na północ.

– Dobra – powiedział Dirk. – Twoje życie, twoja sprawa. Nie będę się wtrącał.

Lars upił łyk malinowej herbaty. Za słodkiej i zbyt cienkiej, jak zawsze u Lottie.

– Zajmiecie się Miriam czy mam ją zostawić u Angelosa?

Dirk milczał. Twarz miał ściągniętą wściekłością.

Lottie delikatnie dotknęła dłoni Berga.

– Oczywiście, że się zajmiemy. O to nie musisz się martwić. Ale zostań, proszę. Przecież naprawdę nie jesteś winien temu, co spotkało tę biedną dziewczynę. Nie musisz się karać tym wariackim wygnaniem.

Berg przesunął ręką po twarzy. Niczego nie zdołam im wytłumaczyć, pomyślał. I tak nie zrozumieją. Nie mogę już dłużej tkwić w pustce. Muszę znaleźć ten cholerny Zakon. Muszę spróbować się na coś przydać. Skoro neguję kształt świata, jaki narzucili nam Mistrzowie Blasku, powinienem walczyć przeciwko nim, a nie tylko okradać. Może Zakon okaże się właściwym rozwiązaniem.

– Posłuchaj – powiedział – nie chodzi o moje poczucie winy. Muszę odejść, żeby dać sobie szansę. Żeby coś mogło się zmienić, rozumiesz?

Popatrzył w zdumione, pełne żalu oczy Lottie. To beznadziejne, pomyślał ze smutkiem.

– Daj mu spokój – warknął Dirk. – Kompletnie oszalał. Idzie zbawiać świat. Zaraził się od swego pracodawcy. Prawda, Berg? A myślisz, że Tancerz cię wypuści, co? Gówno. On ci nie pozwoli odejść, zobaczysz. Nie swojemu najlepszemu Grabieżcy.

– Będzie musiał – powiedział Berg twardo.

Ale wcale nie był taki pewien. Nie chciał uciekać po kryjomu. Powinien załatwić tę sprawę z Tancerzem. Uczciwie i w cztery oczy.

– Pójdę już – mruknął. – Jeszcze wrócę, żeby się pożegnać.

– Jasne – burknął Dirk. – Powodzenia w poszukiwaniu zamku na lodzie, kretynie.

– Trzymaj się, Lottie – powiedział Berg i ucałował ją w policzek.

– Naprawdę nie zmienisz decyzji? – Podniosła na niego zatroskane oczy. – Naprawdę chcesz tam iść?

– Tak – powiedział i poczuł wypływającą z pewności ulgę. – Naprawdę.

Angelos patrzył na Skraj.

Berg stał za jego plecami z dłońmi zaciśniętymi w pięści. Czekał.

Tancerz obrócił się wolno. Jego twarz była zupełnie pozbawiona wyrazu, biała i gładka jak marmur.

– Więc chcesz odejść – powiedział.

Lars skinął głową.

Angelos westchnął.

– Uważasz, że odnalazłeś właściwą drogę?

– Tak – powiedział Grabieżca.

W głębokiej zieleni oczu Tancerza coś zapłonęło i zgasło.

– Dobrze, zatem idź.

Berg osłupiał. Spodziewał się ciężkiego starcia, niemal walki o prawo do własnych decyzji. Przygotował mnóstwo argumentów, ripost i ataków. A Tancerz kompletnie zbił go z tropu. Co on kombinuje? – myślał gorączkowo.

– Nie masz nic przeciwko temu? – wyjąkał. – Żadnych warunków?

Angelos uśmiechnął się lekko.

– Mam warunek. Oczywiście, że mam.

Jasne, pomyślał Berg. Teraz jesteśmy w domu.

Angelos podszedł blisko, położył mu ręce na ramionach.

– Chcę, żebyś nadal dla mnie pracował, kiedy wrócisz.

Lars nabrał głęboko powietrza. Nie takiej reakcji się spodziewał.

– Angelos – powiedział cicho – ja nie wiem, czy w ogóle wrócę.

Tancerz odsunął się, popatrzył przenikliwie na Berga.

– Gdybyś jednak wrócił, życzę sobie, żebyś wciąż dla mnie pracował. To mój warunek. Przyjmiesz go?

– Tak – powiedział Lars. – Jeśli wrócę, nadal będę twoim Grabieżcą, Tancerzu.

– Trzymam cię za słowo, Berg – mruknął Angelos. – Powodzenia. Znajdź swoją ścieżkę. I pamiętaj o obietnicy.

Uśmiechnął się, a Lars uścisnął jego zimną, białą jak śnieg rękę.

Żegnaj, Angelos, pomyślał, przemierzając z rykiem silnika wąskie uliczki Skraju. W sumie cieszę się, że cię spotkałem.

Odwrócił się, żeby ostatni raz spojrzeć na pokoje, które przez tyle lat miał przed oczami, gdy wypowiadał słowo „dom”. Tutaj wciąż jeszcze żyło wspomnienie czasu spędzonego z Avą, myśli, słowa, pragnienia, które należały tylko do niego.

Westchnął.

Wrócę, pomyślał. Na pewno.

Zarzucił na ramiona plecak i aż ugiął się pod ciężarem.

– Co ja tam wpakowałem? – mruknął. – Kamienie?

Zatrzasnął drzwi i zszedł na podwórze. Achilles stał gotowy do drogi, jakby czekał na skinienie.

– No dobra, stary – powiedział Berg. – Jedziemy odnaleźć Księżniczkę i zagarnąć pół królestwa.

Wsiadł na motor i jeszcze raz spojrzał w okna swojego domu. Teraz mieszkała w nich ciemność.

Silnik odezwał się głuchym warkotem i Berg ruszył.

Matka Gwiazd podniosła głowę znad szycia.

– Nadchodzi – powiedziała.

– Kto? – zaniepokoił się Cięgło.

– Wędrowiec – szepnęła. – Wybraniec duchów. Drzewo go wezwało, a on wreszcie usłuchał.

Przymknęła powieki i pogrążyła się w głębokiej, dziękczynnej modlitwie.

– Matko? – spytał nerwowo Cięgło. – Czy to zapowiedź nieszczęścia? Czy to zagraża stadom?

Ale Matka Gwiazd nie słuchała. Jej umysłem zawładnęła głęboka, wibrująca pieśń bez słów. Zew Drzewa.

Koniec tomu pierwszego

Książki Mai Lidii Kossakowskiej wydane nakładem naszego wydawnictwa:

1. Siewca Wiatru
2. Zakon Krańca Świata – tom 1
3. Zakon Krańca Świata – tom 2
4. Więzy Krwi
5. Ruda Sfora
6. Żarna niebios
7. Upiór Południa. Czerń
8. Upiór Południa. Pamięć Umarłych
9. Upiór Południa. Burzowe Kocię
10. Upiór Południa. Czas Mgieł
11. Zbieracz Burz – tom 1
12. Zbieracz Burz – tom 2
13. Grillbar Galaktyka
14. Takeshi 1. Cień Śmierci
15. Takeshi 2. Taniec Tygrysa
16. Bramy Światłości – tom 1

Siewca Wiatru
Kossakows
Maja Lidia
Zbieracz Burz tom II
Bramy Światłości
Kossakowska
Maja Lidia
Kossakowska
Maja Lidia
Czas mgieł
Upiór Południa
Zakon Krańca Świata tom II
Kossakowska
Maja Lidia
Takeshi Cień Śmierci
Takeshi 2 Taniec Tygrysa
Kossakowska
Maja Lidia
Maja Lidia
Kossakowska
Grillbar Galaktyka
Maja Lidia Kossakowska
Ruda Sfora
Kossakowska
Maja Lidia

fabryka słów®
WYDAWNICTWO

WYDAWCA
Fabryka Słów sp. z o.o.
20-834 Lublin, ul. Irysowa 25a
tel.: 81 524 08 88, faks: 81 524 08 91
www.fabrykaslow.com.pl
e-mail: biuro@fabrykaslow.com.pl
www.facebook.com/fabryka

SPRZEDAŻ INTERNETOWA
swiatksiazki.pl

ZAMÓWIENIA HURTOWE
firma księgarska fk J&K Olesiejuk
Firma Księgarska Olesiejuk sp. z o.o. sp.j.
05-850 Ożarów Mazowiecki,
ul. Poznańska 91
tel./faks: 22 721 30 00
www.olesiejuk.pl,
e-mail: hurt@olesiejuk.pl

DRUK I OPRAWA
OPOLGRAF s.a.
www.opolgraf.com.pl

PROJEKT I ADIUSTACJA AUTORSKA WYDANIA
Eryk Górski, Robert Łakuta

ILUSTRACJA NA OKŁADCE
Dark Crayon

PROJEKT OKŁADKI
Dark Crayon, „Grafficon" Konrad Kućmiński

ILUSTRACJE
Dominik Broniek

REDAKCJA
Agnieszka Buczak

KOREKTA
Celina Nikolska

SKŁAD I OPRACOWANIE OKŁADKI
„Grafficon" Konrad Kućmiński

Wydanie III

ISBN 978-83-7964-269-4

/ fabrykaslow   / fabryka